読んでおきたいベスト集！ 芥川龍之介

別冊宝島編集部 編

宝島社文庫

宝島社

目次

学校で読んだ芥川龍之介

蜘蛛の糸
杜子春
羅生門

作家たちが読んだ芥川龍之介

鼻　　　　　「母の鼻」　　　　　髙樹のぶ子
芋粥　　　　「五位は何者か」　　出久根達郎
手巾　　　　　　　　　　　　　　平野啓一郎
戯作三昧　　「馬琴に擬す」　　　出久根達郎

8　14　33　　47　61　91　107

地獄変	「娘を襲った犯人」	出久根達郎
奉教人の死		辻原登
きりしとほろ上人伝		皆川博子
蜜柑		平野啓一郎
魔術	「教訓的な寓意ではなく」	藤原智美
葱	「形式の創造」	出久根達郎
秋山図		大庭みな子
藪の中		田辺聖子
トロッコ	「怯えつづける存在として」	藤原智美
玄鶴山房		平野啓一郎
河童	「子供の頭に入ってきた河童」	赤瀬川原平
歯車		北杜夫
或阿呆の一生		大庭みな子

153 207 227 253 261 279 297 315 335 347 373 451 501

解説　芥川龍之介――人と作品と時代　　　　　郷原宏　538

とびら題字‥冬澤未都彦

学校で読んだ芥川龍之介

蜘蛛の糸

一

　或日の事でございます。御釈迦様は極楽の蓮池のふちを、独りでぶらぶら御歩きになっていらっしゃいました。池の中に咲いている蓮の花は、みんな玉のようにまっ白で、そのまん中にある金色の蕊からは、何とも云えない好い匂が、絶間なくあたりへ溢れて居ります。極楽は丁度朝なのでございましょう。
　やがて御釈迦様はその池のふちに御佇みになって、水の面を蔽っている蓮の葉の間から、ふと下の容子を御覧になりました。この極楽の蓮池の下は、丁度地獄の底に当って居りますから、水晶のような水を透き徹して、三途の河や針の山の景色が、丁度覗き眼鏡を見るように、はっきりと見えるのでございます。
　するとその地獄の底に、犍陀多と云う男が一人、外の罪人と一しょに蠢いている姿が、御眼に止りました。この犍陀多と云う男は、人を殺したり家に火をつけたり、い

ろいろ悪事を働いた大泥坊でございますが、それでもたった一つ、善い事を致した覚えがございます。と申しますのは、或時この男が深い林の中を通りますと、小さな蜘蛛が一匹、路ばたを這って行くのが見えました。そこで犍陀多は早速足を挙げて、踏み殺そうと致しましたが、「いや、いや、これも小さいながら、命のあるものに違いない。その命を無暗にとると云う事は、いくら何でも可哀そうだ」と、こう思い返した、とうとうその蜘蛛を殺さずに助けてやったからでございます。

御釈迦様は地獄の容子を御覧になりながら、この犍陀多には蜘蛛を助けた事があるのを御思い出しになりました。そうしてそれだけの善い事をした報には、出来るなら、この男を地獄から救い出してやろうと御考えになりました。幸い、側を見ますと、翡翠のような色をした蓮の葉の上に、極楽の蜘蛛が一匹、美しい銀色の糸をかけております。御釈迦様はその蜘蛛の糸をそっと御手に御取りになって、玉のような白蓮の間から、遥か下にある地獄の底へ、まっすぐにそれを御下しなさいました。

二

こちらは地獄の底の血の池で、外の罪人と一しょに、浮いたり沈んだりしていた犍陀多でございます。何しろどちらを見ても、まっ暗で、たまにそのくら暗からぼんや

り浮き上っているものがあると思いますが、それは恐しい針の山の針が光るのでございますから、その心細さと云ったらございません。その上あたりは墓の中のようにしんと静まり返って、たまに聞えるものと云っては、唯罪人がつく微な嘆息ばかりでございます。これはここへ落ちて来る程の人間は、もうさまざまな地獄の責苦に疲れはてて、泣声を出す力さえなくなっているのでございましょう。ですからさすが大泥坊の犍陀多（かんだた）も、やはり血の池の血に咽（むせ）びながら、まるで死にかかった蛙（かわず）のようにただもがいてばかり居りました。

ところが或時の事でございます。何気なく犍陀多が頭を挙げて、血の池の空を眺めますと、そのひっそりとした暗の中を、遠い遠い天上から、銀色の蜘蛛の糸が、まるで人目にかかるのを恐れるように、一すじ細く光りながら、するすると自分の上へ垂れて参るではございませんか。犍陀多はこれを見ると、思わず手を拍って喜びました。この糸に縋（すが）りついて、どこまでものぼって行けば、きっと地獄からぬけ出せるのに相違ございません。いや、うまく行くと、極楽へはいる事さえも出来ましょう。そうすれば、もう針の山へ追い上げられる事もなくなれば、血の池に沈められる事もある筈（はず）はございません。

こう思いましたから犍陀多は、早速その蜘蛛の糸を両手でしっかりとつかみながら、一生懸命に上へ上へとたぐりのぼり始めました。元より大泥坊の事でございますから、

こう云う事には昔から、慣れ切っているのでございます。

しかし地獄と極楽との間は、何万里となくございますから、いくら焦って見た所で、容易に上へは出られません。稍しばらくのぼる中に、とうとう犍陀多もくたびれて、もう一たぐりも上の方へはのぼれなくなってしまいました。そこで仕方がございませんから、先一休み休むつもりで、糸の中途にぶら下りながら、遥かに目の下を見下しました。

すると、一生懸命にのぼった甲斐があって、さっきまで自分がいた血の池は、今ではもう暗の底に何時の間にかかくれて居ります。それからあのぼんやり光っている恐しい針の山も、足の下になってしまいました。この分でのぼって行けば、地獄からぬけ出すのも、存外わけがないかも知れません。犍陀多は両手を蜘蛛の糸にからみながら、ここへ来てから何年にも出した事のない声で、「しめた。しめた」と笑いました。所がふと気がつきますと、蜘蛛の糸の下の方には、数限もない罪人たちが、自分ののぼった後をつけて、まるで蟻の行列のように、やはり上へ上へ一心によじのぼって来るではございませんか。犍陀多はこれを見ると、驚いたのと恐しいのとで、暫くは唯、莫迦のように大きな口を開いた儘、眼ばかり動かして居りました。自分一人でさえ断れそうな、この細い蜘蛛の糸が、どうしてあれだけの人数の重みに堪える事が出来ましょう。もし万一途中で断れたと致しましたら、折角ここまでのぼって来たこの肝

腎な自分までも、元の地獄へ逆落しに落ちてしまわなければなりません。そんな事があったら、大変でございます。が、そう云う中にも、罪人たちは何百となく何千となく、まっ暗な血の池の底から、うようよと這い上って、細く光っている蜘蛛の糸を、一列になりながら、せっせとのぼって参ります。今の中にどうかしなければ、糸はまん中から二つに断れて、落ちてしまうのに違いありません。

そこで犍陀多は大きな声を出して、「こら、罪人ども。この蜘蛛の糸は己のものだぞ。お前たちは一体誰に訊いて、のぼって来た。下りろ。下りろ」と喚きました。

その途端でございます。今まで何ともなかった蜘蛛の糸が、急に犍陀多のぶら下っている所から、ぷつりと音を立てて断れました。ですから、犍陀多もたまりません。あっと云う間もなく風を切って、独楽のようにくるくるまわりながら、見る見る中に暗の底へ、まっさかさまに落ちてしまいました。

後には唯極楽の蜘蛛の糸が、きらきらと細く光りながら、月も星もない空の中途に、短く垂れているばかりでございます。

三

御釈迦様は極楽の蓮池のふちに立って、この一部始終をじっと見ていらっしゃいま

したが、やがて犍陀多が血の池の底へ石のように沈んでしまいますと、悲しそうな御顔をなさりながら、又ぶらぶら御歩きになり始めました。自分ばかり地獄からぬけ出そうとする、犍陀多の無慈悲な心が、そうしてその心相当な罰をうけて、元の地獄へ落ちてしまったのが、御釈迦様の御目から見ると、浅ましく思召されたのでございましょう。

しかし極楽の蓮池の蓮は、少しもそんな事には頓着致しません。その玉のような白い花は、御釈迦様の御足のまわりに、ゆらゆら萼を動かして、そのまん中にある金色の蕊からは、何とも云えない好い匂が、絶間なくあたりへ溢れて居ります。極楽もも午に近くなったのでございましょう。

杜子春

一

或(ある)春の日暮です。

唐の都洛陽(らくよう)の西の門の下に、ぼんやり空を仰いでいる、一人の若者がありました。

若者は名は杜子春(とししゅん)といって、元は金持の息子でしたが、今は財産を費(つか)い尽して、その日の暮しにも困る位、憐(あわれ)な身分になっているのです。

何しろその頃洛陽といえば、天下に並ぶもののない、繁昌(はんじょう)を極めた都ですから、往来にはまだしっきりなく、人や車が通っていました。門一ぱいに当っている、油のような夕日の光の中に、老人のかぶった紗の帽子や、土耳古(トルコ)の女の金の耳環(みみわ)や、白馬に飾った色糸の手綱が、絶えず流れて行く容子(ようす)は、まるで画のような美しさです。

しかし杜子春は相変らず、門の壁に身を凭(もた)せて、ぼんやり空ばかり眺めていました。空には、もう細い月が、うらうらと靡(なび)いた霞(かすみ)の中に、まるで爪の痕(あと)かと思う程、かす

「日は暮れるし、腹は減るし、その上もうどこへ行っても、泊めてくれる所はなさそうだし——こんな思いをして生きている位なら、一そ川へでも身を投げて、死んでしまった方がましかも知れない。」

杜子春はひとりさっきから、こんな取りとめもないことを思いめぐらしていたのです。

するとどこからやって来たか、突然彼の前へ足を止めた、片目眇の老人があります。それが夕日の光を浴びて、大きな影を門へ落すと、じっと杜子春の顔を見ながら、

「お前は何を考えているのだ」と、横柄に言葉をかけました。

「私ですか。私は今夜寝る所もないので、どうしたものかと考えているのです。」

老人の尋ね方が急でしたから、杜子春はさすがに眼を伏せて、思わず正直な答をしました。

「そうか。それは可哀そうだな。」

老人は暫く何事か考えているようでしたが、やがて、往来にさしている夕日の光を指さしながら、

「ではおれが好いことを一つ教えてやろう。今この夕日の中へ立って、お前の影が地に映ったら、その頭に当る所を夜中に掘って見るが好い。きっと車に一ぱいの黄金が

「ほんとうですか。」

杜子春は驚いて、伏せていた眼を挙げました。所が更に不思議なことには、あの老人はどこへ行ったか、もうあたりにはそれらしい、影も形も見当りません。その代り空の月の色は、前よりも猶白くなって、休みない往来の人通りの上には、もう気の早い蝙蝠が二三匹ひらひら舞っていました。

二

　杜子春は一日の内に、洛陽の都でも唯一人という大金持になりました。あの老人の言葉通り、夕日に影を映して見て、その頭に当る所を、夜中にそっと掘って見たら、大きな車にも余る位、黄金が一山出て来たのです。

　大金持になった杜子春は、すぐに立派な家を買って、玄宗皇帝にも負けない位、贅沢な暮しをし始めました。蘭陵の酒を買わせるやら、桂州の竜眼肉をとりよせるやら、日に四度色の変る牡丹を庭に植えさせるやら、白孔雀を何羽も放し飼いにするやら、玉を集めるやら、錦を縫わせるやら、香木の車を造らせるやら、象牙の椅子を誂えるやら、その贅沢を一々書いていては、いつになってもこの話がおしまいにならない位

するとこういう噂を聞いて、今までは路で行き合っても、挨拶さえしなかった友だちなどが、朝夕遊びにやって来ました。それも一日毎に数が増して、半年ばかり経つ内には、洛陽の都に名を知られた才子や美人が多い中で、杜子春の家へ来ないものは、一人もない位になってしまったのです。杜子春はこの御客たちを相手に、毎日酒盛りを開きました。その酒盛りの又盛なことは、中々口には尽されません。極かいつまんだだけをお話しても、杜子春が金の杯に西洋から来た葡萄酒を汲んで、天竺生れの魔法使が刀を呑んで見せる芸に見とれていると、そのまわりには二十人の女たちが、十人は翡翠の蓮の花を、十人は瑪瑙の牡丹の花を、いずれも髪に飾りながら、笛や琴を節面白く奏しているという景色なのです。

しかしいくら大金持でも、御金には際限がありますから、さすがに贅沢家の杜子春も、一年二年と経つ内には、だんだん貧乏になり出しました。そうすると人間は薄情なもので、昨日まで毎日来た友だちも、今日は門の前を通ってさえ、挨拶一つして行きません。ましてとうとう三年目の春、又杜子春が以前の通り、一文無しになって見ると、広い洛陽の都の中にも、彼に宿を貸そうという家は、一軒もなくなってしまいました。いや、宿を貸す所か、今では椀に一杯の水も、恵んでくれるものはないのです。

そこで彼は或日の夕方、もう一度あの洛陽の西の門の下へ行って、ぼんやり空を眺めながら、途方に暮れて立っていました。するとやはり昔のように、片目眇の老人が、どこからか姿を現して、

「お前は何を考えているのだ」と、声をかけるではありませんか。

杜子春は老人の顔を見ると、恥しそうに下を向いた儘、暫くは返事もしませんでした。が、老人はその日も親切そうに、同じ言葉を繰返しますから、こちらも前と同じように、

「私は今夜寝る所もないので、どうしたものかと考えているのです」と、恐る恐る返事をしました。

「そうか。それは可哀そうだな。ではおれが好いことを一つ教えてやろう。今この夕日の中へ立って、お前の影が地に映ったら、その胸に当る所を、夜中に掘って見るが好い。きっと車に一ぱいの黄金が埋まっている筈だから。」

老人はこう言ったと思うと、今度も亦人ごみの中へ、掻き消すように隠れてしまいました。

杜子春はその翌日から、忽ち天下第一の大金持に返りました。と同時に相変らず、仕放題な贅沢をし始めました。庭に咲いている牡丹の花、その中に眠っている白孔雀、それから刀を呑んで見せる、天竺から来た魔法使——すべてが昔の通りなのです。

ですから車に一ぱいあった、あの夥しい黄金も、又三年ばかり経つ内には、すっかりなくなってしまいました。

　　三

　片目眇の老人は、三度杜子春の前へ来て、同じことを問いかけました。勿論彼はその時も、洛陽の西の門の下に、ほそぼそと霞を破っている三日月の光を眺めながら、ぼんやり佇んでいたのです。
「お前は何を考えているのだ。」
「私ですか。私は今夜寝る所もないので、どうしようかと思っているのです。」
「そうか。それは可哀そうだな。ではおれが好いことを教えてやろう。今この夕日の中へ立って、お前の影が地に映ったら、その腹に当る所を、夜中に掘って見るが好い。きっと車に一ぱいの——」
　老人がここまで言いかけると、杜子春は急に手を挙げて、その言葉を遮りました。
「いや、お金はもう入らないのです。」
「金はもう入らない？　ははあ、では贅沢をするにはとうとう飽きてしまったと見えるな。」

老人は審しそうな眼つきをしながら、じっと杜子春の顔を見つめました。

「何、贅沢に飽きたのじゃありません。人間というものに愛想がつきたのです。」

杜子春は不平そうな顔をしながら、突慳貪にこう言いました。

「それは面白いな。どうして又人間に愛想が尽きたのだ？」

「人間は皆薄情です。私が大金持になった時には、世辞も追従もしますけれど、一旦貧乏になって御覧なさい。柔しい顔さえもして見せはしません。そんなことを考えると、たといもう一度大金持になった所が、何にもならないような気がするのです。」

老人は杜子春の言葉を聞くと、急ににやにや笑い出しました。

「そうか。いや、お前は若い者に似合わず、感心に物のわかる男だ。ではこれからは貧乏をしても、安らかに暮して行くつもりか。」

杜子春はちょいとためらいました。が、すぐに思い切った眼を挙げると、訴えるように老人の顔を見ながら、

「それも今の私には出来ません。ですから私はあなたの弟子になって、仙術の修業をしたいと思うのです。いいえ、隠してはいけません。あなたは道徳の高い仙人でしょう。仙人でなければ、一夜の内に私を天下第一の大金持にすることは出来ない筈です。どうか私の先生になって、不思議な仙術を教えて下さい。」

老人は眉をひそめた儘、暫くは黙って、何事か考えているようでしたが、やがて又

にっこり笑いながら、
「いかにもおれは峨眉山に棲んでいる、鉄冠子という仙人だ。始めお前の顔を見た時、どこか物わかりが好さそうだったから、二度まで大金持にしてやったのだが、それ程仙人になりたければ、おれの弟子にとり立ててやろう」と、快く願を容れてくれました。

杜子春は喜びました。が、老人の言葉がまだ終らない内に、彼は大地に額をつけて、何度も鉄冠子に御時宜をしました。
「いや、そう御礼などは言って貰うまい。いくらおれの弟子にしたところが、立派な仙人になれるかなれないかは、お前次第できまることだからな。——が、兎も角もまずおれと一しょに、峨眉山の奥へ来て見るが好い。おお、幸、ここに竹杖が一本落ちている。では早速これへ乗って、一飛びに空を渡るとしよう。」
鉄冠子はそこにあった青竹を一本拾い上げると、口の中に呪文を唱えながら、杜子春と一しょにその竹へ、馬にでも乗るように跨りました。すると不思議ではありません。竹杖は忽ち竜のように、勢よく大空へ舞い上って、晴れ渡った春の夕空を峨眉山の方角へ飛んで行きました。

杜子春は胆をつぶしながら、恐る恐る下を見下しました。が、下には唯青い山々が夕明りの底に見えるばかりで、あの洛陽の都の西の門は、（とうに霞に紛れたのでし

よう）どこを探しても見当りません。その内に鉄冠子は、白い鬢の毛を風に吹かせて、高らかに歌を唱い出しました。

朝に北海に遊び、暮には蒼梧。
袖裏の青蛇、胆気粗なり。
三たび岳陽に入れども、人識らず。
朗吟して、飛過す洞庭湖。

　　四

　二人を乗せた青竹は、間もなく峨眉山へ舞い下りました。
　そこは深い谷に臨んだ、幅の広い一枚岩の上でしたが、よくよく高い所だと見えて、中空に垂れた北斗の星が、茶碗程の大きさに光っていました。元より人跡の絶えた山ですから、あたりはしんと静まり返って、やっと耳にはいるものは、後の絶壁に生えている、曲りくねった一株の松が、こうこうと夜風に鳴る音だけです。
　二人がこの岩の上へ来ると、鉄冠子は杜子春を絶壁の下に坐らせて、
「おれはこれから天上へ行って、西王母に御眼にかかって来るから、お前はその間ここに坐って、おれの帰るのを待っているが好い。多分おれがいなくなると、いろいろ

な魔性が現れて、お前をたぶらかそうとするだろうが、たといどんなことが起ろうとも、決して声を出すのではないぞ。もし一言でも口を利いたら、お前は到底仙人にはなれないものだと覚悟をしろ。好いか。天地が裂けても、黙っているのだぞ」と言いました。

「大丈夫です。決して声なぞは出しはしません。命がなくなっても、黙っています。」

「そうか。それを聞いて、おれも安心した。ではおれは行って来るから。」

老人は杜子春に別れを告げると、又あの竹杖に跨って、夜目にも削ったような山々の空へ、一文字に消えてしまいました。

杜子春はたった一人、岩の上に坐った儘、静に星を眺めていました。すると彼是半時ばかり経って、深山の夜気が肌寒く薄い着物に透り出した頃、突然空中に声があって、

「そこにいるのは何者だ」と、叱りつけるではありませんか。

しかし杜子春は仙人の教の通り、何とも返事をしずにいました。

所が又暫くすると、やはり同じ声が響いて、

「返事をしないと立ち所に、命はないものと覚悟しろ」と、いかめしく嚇しつけるのです。

杜子春は勿論黙っていました。

と、どこから登って来たか、爛々と眼を光らせた虎が一匹、忽然と岩の上に躍り上って、杜子春の姿を睨みながら、一声高く哮りました。のみならずそれと同時に、頭の上の松の枝が、烈しくざわざわ揺れたと思うと、後の絶壁の頂からは、四斗樽程の白蛇が一匹、炎のような舌を吐いて、見る見る近くへ下りて来るのです。

杜子春はしかし平然と、眉毛も動かさずに坐っていました。

虎と蛇とは、一つ餌食を狙って、互に隙でも窺うのか、暫くは睨合いの体でしたが、やがてどちらが先ともなく、一時に杜子春に飛びかかりました。が虎の牙に嚙まれるか、蛇の舌に吞まれるか、杜子春の命は瞬く内に、なくなってしまうと思った時、虎と蛇とは霧の如く、夜風と共に消え失せて、後には唯、絶壁の松が、さっきの通りこうこうと枝を鳴らしているばかりなのです。杜子春はほっと一息しながら、今度はどんなことが起るかと、心待ちに待っていました。

すると一陣の風が吹き起って、墨のような黒雲が一面にあたりをとざすや否や、うす紫の稲妻がやにわに闇を二つに裂いて、凄じく雷が鳴り出しました。いや、雷ばかりではありません。それと一しょに瀑のような雨も、いきなりどうどうと降り出したのです。杜子春はこの天変の中に、恐れ気もなく坐っていました。風の音、雨のしぶき、それから絶え間ない稲妻の光、――暫くはさすがの峨眉山も、覆るかと思う位でしたが、その内に耳をもつんざく程、大きな雷鳴が轟いたと思うと、空に渦巻いた黒

雲の中から、まっ赤な一本の火柱が、杜子春の頭へ落ちかかりました。

杜子春は思わず耳を抑えて、一枚岩の上へひれ伏しました。が、すぐに眼を開いて見ると、空は以前の通り晴れ渡って、向うに聳えた山々の上にも、茶碗程の北斗の星が、やはりきらきら輝いています。して見れば今の大あらしも、あの虎や白蛇と同じように、鉄冠子の留守をつけこんだ、魔性の悪戯に違いありません。杜子春は漸く安心して、額の冷汗を拭いながら、又岩の上に坐り直しました。

が、その溜息がまだ消えない内に、今度は彼の坐っている前へ、金の鎧を着下した、身の丈三丈もあろうという、厳かな神将が現れました。神将は手に三叉の戟を持っていましたが、いきなりその戟の切先を杜子春の胸もとへ向けながら、眼を嗔らせて叱りつけるのを聞けば、

「こら、その方は一体何者だ。この峨眉山という山は、天地開闢の昔から、おれが住居をしている所だぞ。それも憚らずたった一人、ここへ足を踏み入れるとは、よもや唯の人間ではあるまい。さあ命が惜しかったら、一刻も早く返答しろ」と言うのです。

しかし杜子春は老人の言葉通り、黙黙と口を噤んでいました。

「返事をしないか。――しないな。好し。しなければ、しないで勝手にしろ。その代りおれの眷属たちが、その方をずたずたに斬ってしまうぞ。」

神将は戟を高く挙げて、向うの山の空を招きました。その途端に闇がさっと裂ける

と、驚いたことには無数の神兵が、雲の如く空に充満ちて、それが皆槍や刀をきらめかせながら、今にもここへ一なだれに攻め寄せようとしているのです。

この景色を見た杜子春は、思わずあっと叫びそうにしましたが、すぐに又鉄冠子の言葉を思い出して、一生懸命に黙っていました。神将は彼が恐れないのを見ると、怒ったの怒らないのではありません。

「この剛情者め。どうしても返事をしなければ、約束通り命はとってやるぞ」

神将はこう喚くが早いか、三叉の戟を閃かせて、一突きに杜子春を突き殺しました。そうして峨眉山もどよむ程、からからと高く笑いながら、どこともなく消えてしまいました。勿論この時はもう無数の神兵も、吹き渡る夜風の音と一しょに、夢のように消え失せた後だったのです。

北斗の星は又寒そうに、一枚岩の上を照らし始めました。絶壁の松も前に変らず、こうこうと枝を鳴らせています。が、杜子春はとうに息が絶えて、仰向けにそこへ倒れていました。

　　五

杜子春の体は岩の上へ、仰向けに倒れていましたが、杜子春の魂は、静に体から抜

け出して、地獄の底へ下りて行きました。
この世と地獄との間には、闇穴道という道があって、そこは年中暗い空に、氷のような冷たい風がぴゅうぴゅう吹き荒んでいるのです。杜子春はその風に吹かれながら、暫くは唯木の葉のように、空を漂って行きましたが、やがて森羅殿という額の懸った立派な御殿の前へ出ました。

御殿の前にいた大勢の鬼は、杜子春の姿を見るや否や、すぐにそのまわりを取り捲いて、階の前へ引き据えました。階の上には一人の王様が、まっ黒な袍に金の冠をかぶって、いかめしくあたりを睨んでいます。これは兼ねて噂に聞いた、閻魔大王に違いありません。杜子春はどうなることかと思いながら、恐る恐るそこへ跪いていました。

「こら、その方は何の為に、峨眉山の上へ坐っていた?」
閻魔大王の声は雷のように、階の上から響きました。杜子春は早速その問に答えようとしましたが、ふと又思い出したのは、「決して口を利くな」という鉄冠子の戒めの言葉です。そこで唯頭を垂れた儘、唖のように黙っていました。すると閻魔大王は、持っていた鉄の笏を挙げて、顔中の鬚を逆立てながら、
「その方はここをどこだと思う？　速に返答をすれば好し、さもなければ時を移さず、地獄の呵責に遇わせてくれるぞ」と、威丈高に罵りました。

が、杜子春は相変らず唇一つ動かしません。それを見た閻魔大王は、すぐに鬼どもの方を向いて、荒々しく何か言いつけると、鬼どもは一度に畏って、忽ち杜子春を引き立てながら、森羅殿の空へ舞い上りました。

地獄には誰でも知っている通り、剣の山や血の池の外にも、焦熱地獄という焰の谷や極寒地獄という氷の海が、真暗な空の下に並んでいます。鬼どもはそういう地獄の中へ、代る代る杜子春を抛りこみました。ですから杜子春は無残にも、剣に胸を貫かれるやら、焰に顔を焼かれるやら、舌を抜かれるやら、皮を剝がれるやら、鉄の杵に撞かれるやら、油の鍋に煮られるやら、毒蛇に脳味噌を吸われるやら、熊鷹に眼を食われるやら、――その苦しみを数え立てていては、到底際限がない位、あらゆる責苦に遇わされたのです。それでも杜子春は我慢強く、じっと歯を食いしばった儘、一言も口を利きませんでした。

これにはさすがの鬼どもも、呆れ返ってしまったのでしょう。もう一度夜のような空を飛んで、森羅殿の前へ帰って来ると、さっきの通り杜子春を階の下に引き据えながら、御殿の上の閻魔大王に、
「この罪人はどうしても、ものを言う気色がございません」と、口を揃えて言上しました。

閻魔大王は眉をひそめて、暫く思案に暮れていましたが、やがて何か思いついたと

「この男の父母は、畜生道に落ちている筈だから、早速ここへ引き立てて来い」と、一匹の鬼に言いつけました。

鬼は忽ち風に乗って、地獄の空へ舞い上りました。と思うと、又星が流れるように、さっと森羅殿の前へ下りて来ました。その獣を見た杜子春は、驚いたの驚かないのではありません。なぜかといえばそれは二匹とも、形は見すぼらしい痩せ馬でしたが、顔は夢にも忘れない、死んだ父母の通りでしたから。

「こら、その方は何のために、峨眉山の上に坐っていたか、まっすぐに白状しなければ、今度はその方の父母に痛い思いをさせてやるぞ。」

杜子春はこう嚇されても、やはり返答をしずにいました。

「この不孝者めが。その方は父母が苦しんでも、その方さえ都合が好ければ、好いと思っているのだな。」

閻魔大王は森羅殿も崩れる程、凄じい声で喚きました。

「打て。鬼ども。その二匹の畜生を、肉も骨も打ち砕いてしまえ。」

鬼どもは一斉に「はっ」と答えながら、鉄の鞭をとって立ち上ると、四方八方から二匹の馬を、未練未釈なく打ちのめしました。鞭はりゅうりゅうと風を切って、所嫌わず雨のように、馬の皮肉を打ち破るのです。馬は、——畜生になった父母は、苦し

「どうだ。まだその方は白状しないか。」

閻魔大王は鬼どもに、暫く鞭の手をやめさせて、もう一度杜子春の答を促しました。もうその時には二匹の馬も、肉は裂け骨は砕けて、息も絶え絶えに階の前へ、倒れ伏していたのです。

杜子春は必死になって、鉄冠子の言葉を思い出しながら、緊く眼をつぶっていました。するとその時彼の耳には、殆声とはいえない位、かすかな声が伝わって来ました。

「心配をおしでない。私たちはどうなっても、お前さえ仕合せになれるのなら、それより結構なことはないのだからね。大王が何と仰っても、言いたくないことは黙って御出で。」

それは確に懐しい、母親の声に違いありません。杜子春は思わず、眼をあきました。そうして馬の一匹が、力なく地上に倒れた儘、悲しそうに彼の顔へ、じっと眼をやっているのを見ました。母親はこんな苦しみの中にも、息子の心を思いやって、鬼どもの鞭に打たれたことを、怨む気色さえも見せないのです。大金持になれば御世辞を言い、貧乏人になれば口も利かない世間の人たちに比べると、何という有難い志でしょう。何という健気な決心でしょう。杜子春は老人の戒めも忘れて、転ぶようにその側へ走りよると、両手に半死の馬の頭を抱いて、はらはらと涙を落しながら、「お母さ

」と一声を叫びました。………

六

その声に気がついて見ると、杜子春はやはり夕日を浴びて、洛陽の西の門の下に、ぼんやり佇んでいるのでした。霞んだ空、白い三日月、絶え間ない人や車の波、——すべてがまだ峨眉山へ、行かない前と同じことです。

「どうだな。おれの弟子になった所が、とても仙人にはなれはすまい。」

片目眇の老人は微笑を含みながら言いました。

「なれません。なれませんが、しかし私はなれなかったことも、反って嬉しい気がするのです。」

杜子春はまだ眼に涙を浮べた儘、思わず老人の手を握りました。

「いくら仙人になれた所が、私はあの地獄の森羅殿の前に、鞭を受けている父母を見ては、黙っている訳には行きません。」

「もしお前が黙っていたら——」と鉄冠子は急に厳かな顔になって、じっと杜子春を見つめました。

「もしお前が黙っていたら、おれは即座にお前の命を絶ってしまおうと思っていたの

「その言葉を忘れるなよ。ではおれは今日限り、二度とお前には遇わないから。」
鉄冠子はこう言う内に、もう歩き出していましたが、急に又足を止めて、杜子春の方を振り返ると、
「おお、幸、今思い出したが、おれは泰山の南の麓に一軒の家を持っている。その家を畑ごとお前にやるから、早速行って住まうが好い。今頃は丁度家のまわりに、桃の花が一面に咲いているだろう」と、さも愉快そうにつけ加えました。

杜子春の声には今までにない晴れ晴れした調子が罩っていました。

「何になっても、人間らしい、正直な暮しをするつもりです。」

元より愛想がつきた筈だ。ではお前はこれから後、何になったら好いと思うな。」

だ。——お前はもう仙人になりたいという望も持っていまい。大金持になることは、

羅生門

或日の暮方の事である。一人の下人が、羅生門の下で雨やみを待っていた。
広い門の下には、この男の外に誰もいない。唯、所々丹塗の剝げた、大きな円柱に、蟋蟀が一匹とまっている。羅生門が、朱雀大路にある以上は、この男の外にも、雨やみをする市女笠や揉烏帽子が、もう二三人はありそうなものである。それが、この男の外には誰もいない。

何故かと云うと、この二三年、京都には、地震とか辻風とか火事とか饑饉とか云う災がつづいて起った。そこで洛中のさびれ方は一通りではない。旧記によると、仏像や仏具を打砕いて、その丹がついたり、金銀の箔がついたりした木を、路ばたにつみ重ねて、薪の料に売っていたと云う事である。洛中がその始末であるから、羅生門の修理などは、元より誰も捨てて顧る者がなかった。するとその荒れ果てたのをよい事にして、狐狸が棲む。盗人が棲む。とうとうしまいには、引取り手のない死人を、この門へ持って来て、棄てて行くと云う習慣さえ出来た。そこで、日の目が見えなくな

ると、誰でも気味を悪るがって、この門の近所へは足ぶみをしない事になってしまったのである。

その代り又鴉が何処からか、たくさん集って来た。昼間見ると、その鴉が、何羽となく輪を描いて、高い鴟尾のまわりを啼きながら、飛びまわっている。殊に門の上の空が、夕焼けであかくなる時には、それが胡麻をまいたように、はっきり見えた。鴉は、勿論、門の上にある死人の肉を、啄みに来るのである。――尤も今日は、刻限が遅いせいか、一羽も見えない。唯、所々、崩れかかった、そうしてその崩れ目に長い草のはえた石段の上に、鴉の糞が、点々と白くこびりついているのが見える。下人は七段ある石段の一番上の段に、洗いざらした紺の襖の尻を据えて、右の頬に出来た、大きな面皰を気にしながら、ぼんやり、雨のふるのを眺めていた。

作者はさっき、「下人が雨やみを待っていた」と書いた。しかし、下人は雨がやんでも、格別どうしようと云う当てはない。ふだんなら、勿論、主人の家へ帰る可き筈である。所がその主人からは、四五日前に暇を出された。前にも書いたように、当時京都の町は一通りならず衰微していた。今この下人が、永年、使われていた主人から、暇を出されたのも、実はこの衰微の小さな余波に外ならない。だから「下人が雨やみを待っていた」と云うよりも「雨にふりこめられた下人が、行き所がなくて、途方にくれていた」と云う方が、適当である。その上、今日の空模様も少からず、この平安

雨は、羅生門をつつんで、遠くから、ざあっと云う音をあつめて来る。夕闇は次第に空を低くして、見上げると、門の屋根が、斜につき出した甍の先に、重たくうす暗い雲を支えている。

どうにもならない事を、どうにかする為には、手段を選んでいる遑はない。選んでいれば、築土の下か、道ばたの土の上で、饑死をするばかりである。そうして、この門の上へ持って来て、犬のように棄てられてしまうばかりである。選ばないとすれば――下人の考えは、何度も同じ道を低徊した揚句に、やっとこの局所へ逢着した。しかしこの「すれば」は、何時までたっても、結局「すれば」であった。下人は、手段を選ばないという事を肯定しながらも、この「すれば」のかたをつける為に、当然、その後に来る可き「盗人になるより外に仕方がない」と云う事を、積極的に肯定するだけの、勇気が出ずにいたのである。

下人は、大きな嚔をして、それから、大儀そうに立上った。夕冷えのする京都は、

朝の下人のSentimentalismeに影響した。そこで、下人は、何を措いても差当り明日の暮しをどうにかしようとして――云わばどうにもならない事を、どうにかしようとして、とりとめもない考えをたどりながら、さっきから朱雀大路にふる雨の音を、聞くともなく聞いていたのである。

雨は、羅生門をつつんで、遠くから、ざあっと云う音をあつめて来る。夕闇は次第

もう火桶が欲しい程の寒さである。風は門の柱と柱との間を、夕闇と共に遠慮なく、吹きぬける。丹塗の柱にとまっていた蟋蟀も、もうどこかへ行ってしまった。

下人は、頸をちぢめながら、山吹の汗衫に重ねた、紺の襖の肩を高くして、門のまわりを見まわした。雨風の患のない、人目にかかる惧のない、一晩楽にねられそうな所があれば、そこでともかくも、夜を明かそうと思ったからである。すると、幸門の上の楼へ上る、幅の広い、これも丹を塗った梯子が眼についた。上なら、人がいたにしても、どうせ死人ばかりである。下人はそこで、腰にさげた聖柄の太刀が鞘走らないように気をつけながら、藁草履をはいた足を、その梯子の一番下の段へふみかけた。

それから、何分かの後である。羅生門の楼の上へ出る、幅の広い梯子の中段に、一人の男が、猫のように身をちぢめて、息を殺しながら、上の容子を窺っていた。楼の上からさす火の光が、かすかに、その男の右の頬をぬらしている。短い鬚の中に、赤く膿を持った面皰のある頬である。下人は、始めから、この上にいる者は、死人ばかりだと高を括っていた。それが、梯子を二三段上って見ると、上では誰か火をともして、しかもその火を其処此処と、動かしているらしい。これは、その濁った、黄いろい光が、隅々に蜘蛛の巣をかけた天井裏に、揺れながら映ったので、すぐにそれと知れたのである。この雨の夜に、この羅生門の上で、火をともしているからは、どうせ

唯の者ではない。

下人は、守宮のように足音をぬすんで、やっと急な梯子を、一番上の段まで這うようにして上りつめた。そうして体を出来る丈、平にしながら、頸を出来る丈、前へ出して、恐る恐る、楼の内を覗いて見た。

見ると、楼の内には、噂に聞いた通り、幾つかの屍骸が、無造作に棄ててあるが、火の光の及ぶ範囲が、思ったより狭いので、数は幾つともわからない。唯、おぼろげながら、知れるのは、その中に裸の屍骸と、着物を着た屍骸とがあると云う事である。勿論、中には女も男もまじっているらしい。そうして、その屍骸は皆、それが、嘗て、生きていた人間だと云う事実さえ疑われる程、土を捏ねて造った人形のように、口を開いたり手を延ばしたりして、ごろごろ床の上にころがっていた。しかも、肩とか胸とかの高くなっている部分に、ぼんやりした火の光をうけて、低くなっている部分の影を一層暗くしながら、永久に唖の如く黙っていた。

下人は、それらの屍骸の腐爛した臭気に思わず、鼻を掩った。しかし、その手は、次の瞬間には、もう鼻を掩う事を忘れていた。或る強い感情が、殆悉この男の嗅覚を奪ってしまったからである。

下人の眼は、その時、はじめて、その屍骸の中に蹲っている人間を見た。檜皮色の着物を着た、背の低い、痩せた、白髪頭の、猿のような老婆である。その老婆は、

右の手に火をともした松の木片を持って、その屍骸の一つの顔を覗きこむように眺めていた。髪の毛の長い所を見ると、多分女の屍骸であろう。

下人は、六分の恐怖と四分の好奇心とに動かされて、暫時は呼吸をするのさえ忘れていた。旧記の記者の語を借りれば、「頭身の毛も太る」ように感じたのである。すると、老婆は、松の木片を、床板の間に挿して、それから、今まで眺めていた屍骸の首に両手をかけると、丁度、猿の親が猿の子の虱をとるように、その長い髪の毛を一本ずつ抜きはじめた。髪は手に従って抜けるらしい。

その髪の毛が、一本ずつ抜けるのに従って、下人の心からは、恐怖が少しずつ消えて行った。そうして、それと同時に、この老婆に対するはげしい憎悪が、少しずつ動いて来た。――いや、この老婆に対すると云っては、語弊があるかも知れない。寧ろ、あらゆる悪に対する反感が、一分毎に強さを増して来たのである。この時、誰かがこの下人に、さっき門の下でこの男が考えていた、饑死をするか盗人になるかと云う問題を、改めて持出したら、恐らく下人は、何の未練もなく、饑死を選んだ事であろう。それほど、この男の悪を憎む心は、老婆の床に挿した松の木片のように、勢よく燃え上り出していたのである。

下人には、勿論、何故老婆が死人の髪の毛を抜くかわからなかった。従って、合理的には、それを善悪の何れに片づけてよいか知らなかった。しかし下人にとっては、

この雨の夜に、この羅生門の上で、死人の髪の毛を抜くと云う事が、それ丈で既に許す可らざる悪であった。勿論、下人は、さっき迄、自分が、盗人になる気でいた事なぞは、とうに忘れているのである。

そこで、下人は、両足に力を入れて、いきなり、梯子から上へ飛び上った。そうして聖柄の太刀に手をかけながら、大股に老婆の前へ歩みよった。老婆が驚いたのは云う迄もない。

老婆は、一目下人を見ると、まるで弩にでも弾かれたように、飛び上った。

「おのれ、どこへ行く。」

下人は、老婆が屍骸につまずきながら、慌てふためいて逃げようとする行手を塞いで、こう罵った。老婆は、それでも下人をつきのけて行こうとする。下人は又、それを行かすまいとして、押しもどす。二人は屍骸の中で、暫、無言のまま、つかみ合った。しかし勝敗は、はじめから、わかっている。下人はとうとう、老婆の腕をつかんで、無理にそこへ扭じ倒した。丁度、鶏の脚のような、骨と皮ばかりの腕である。

「何をしていた。云え。云わぬと、これだぞよ。」

下人は、老婆をつき放すと、いきなり、太刀の鞘を払って、白い鋼の色を、その眼の前へつきつけた。けれども、老婆は黙っている。両手をわなわなふるわせて、肩で息を切りながら、眼を、眼球が眶の外へ出そうになる程、見開いて、啞のように執拗

く黙っている。これを見ると、下人は始めて明白に、この老婆の生死が、全然、自分の意志に支配されていると云う事を意識した。そうしてこの意識は、今までけわしく燃えていた憎悪の心を、何時の間にか冷ましてしまった。後に残ったのは、唯、或仕事をして、それが円満に成就した時の、安らかな得意と満足とがあるばかりである。
　そこで、下人は、老婆を、見下しながら、少し声を柔げてこう云った。
「己は検非違使の庁の役人などではない。今し方この門の下を通りかかった旅の者だ。だからお前に縄をかけて、どうしようと云うような事はない。唯、今時分、この門の上で、何をして居たのだか、それを己に話しさえすればいいのだ。」
　すると、老婆は、見開いていた眼を、一層大きくして、じっとその下人の顔を見守った。眶の赤くなった、肉食鳥のような、鋭い眼で見たのである。それから、皺で、殆、鼻と一つになった唇を、何か物でも噛んでいるように、動かした。細い喉で、尖った喉仏の動いているのが見える。その時、その喉から、鴉の啼くような声が、喘ぎ喘ぎ、下人の耳へ伝わって来た。
「この髪を抜いてな、この髪を抜いてな、鬘にしようと思うたのじゃ。」
　下人は、老婆の答が存外、平凡なのに失望した。そうして失望すると同時に、又前の憎悪が、冷やかな侮蔑と一しょに、心の中へはいって来た。すると、その気色が、先方へも通じたのであろう。老婆は、片手に、まだ屍骸の頭から奪った長い抜け毛を持ち

たなり、蟇のつぶやくような声で、口ごもりながら、こんな事を云った。
「成程な、死人の髪の毛を抜くと云う事は、何ぼう悪い事かも知れぬ。じゃが、ここにいる死人どもは、皆、その位な事を、されてもいい人間ばかりだぞよ。現に、わしが今、髪を抜いた女などはな、蛇を四寸ばかりずつに切って干したのを、干魚だと云うて、太刀帯の陣へ売りに往んだ事であろ。それもよ、この女の売る干魚は、味がよいと云うて、太刀帯どもが、欠かさず菜料に買っていたそうな。わしは、この女のした事が悪いとは思うていぬ。せねば、饑死をするのじゃて、仕方がなくした事であろ。されば、今又、わしのしていた事も悪い事とは思わぬぞよ。これとてもやはりせねば、饑死をするじゃて、仕方がなくする事じゃわいの。じゃて、その仕方がない事を、よく知っていたこの女は、大方わしのする事も大目に見てくれるであろ。」
老婆は、大体こんな意味の事を云った。
下人は、太刀を鞘におさめて、その太刀の柄を左の手でおさえながら、冷然として、この話を聞いていた。勿論、右の手では、赤く頬に膿を持った大きな面皰を気にしながら、聞いているのである。しかし、これを聞いている中に、下人の心には、或勇気が生まれて来た。それは、さっき門の下で、この男には欠けていた勇気である。そうして、又さっきこの門の上へ上って、この老婆を捕えた時の勇気とは、全然、反対な

方向に動こうとする勇気である。下人は、饑死をするか盗人になるかに、迷わなかったばかりではない。その時の、この男の心もちから云えば、饑死などと云う事は、殆、考える事さえ出来ない程、意識の外に追い出されていた。

「きっと、そうか。」

老婆の話が完ると、下人は嘲るような声で念を押した。そうして、一足前へ出ると、不意に右の手を面皰から離して、老婆の襟上をつかみながら、嚙みつくようにこう云った。

「では、己が引剝をしようと恨むまいな。己もそうしなければ、饑死をする体なのだ。」

下人は、すばやく、老婆の着物を剝ぎとった。それから、足にしがみつこうとする老婆を、手荒く屍骸の上へ蹴倒した。梯子の口までは、僅に五歩を数えるばかりである。下人は、剝ぎとった檜皮色の着物をわきにかかえて、またたく間に急な梯子を夜の底へかけ下りた。

暫、死んだように倒れていた老婆が、屍骸の中から、その裸の体を起したのは、それから間もなくの事である。老婆は、つぶやくような、うめくような声を立てながら、まだ燃えている火の光をたよりに、梯子の口まで、這って行った。そうして、そこから、短い白髪を倒さまにして、門の下を覗きこんだ。外には、唯、黒洞々たる夜があるば

かりである。
下人の行方は、誰も知らない。

作家たちが読んだ芥川龍之介

＊作品の発表順に従って掲載

鼻

読んだ人：髙樹のぶ子（『光抱く友よ』で第九〇回芥川賞受賞）

作品『鼻』　　　　　　　　　　　　　髙樹のぶ子

母の鼻

　私の母は今年八十歳になる。記憶があぶなっかしくなり、介護を受けている。その母が繰り返し「あれは良い」と言い続けたのが芥川の『鼻』だ。母に言わせると、自分のことを書いているのだとか。
　若いころから、母のコンプレックスは鼻だった。それほどのコンプレックスなら、今であれば美容整形で手術を受けていただろう。ただ母の時代それは叶わず、「自分で針でつついて」カタチを変えたのだそうだ。どこをどう変えたのか。説明されたが、針一本で変わったようには見えない。
　そのころ読んでいたのが『鼻』だったと、母は恥しそうに言った。
　実は私の母は、かなりの美人だ。鼻筋が通り、若いころは目もぱっちりしていた。その鼻は妹が受けつぎ、私には上向きの小ナマイキな鼻が譲られた。
　母のコンプレックスは、どう考えても見当違いなものだ。自分の鼻への執着

は、自意識の強さのあらわれだろう。

　私の額にはマイマイ（つむじ）があり、子供のころおかっぱ頭の前髪の半分が、いつもつっ立っていた。それがイヤで仕方なかった。針一本ではどうにもならず、現実を受入れ、妥協し、いつしかアイデンティティになった。

　若いころの母がこの短篇を読みながら、自分と格闘している姿が好きだ。私はやはり、母の血を引いた娘だな、と思えて嬉しくなる。

禅智内供の鼻と云えば、池の尾で知らない者はない。長さは五六寸あって、上唇の上から顎の下まで下っている。形は元も先も同じように太い。云わば、細長い腸詰めのような物が、ぶらりと顔のまん中からぶら下っているのである。

五十歳を越えた内供は、沙弥の昔から内道場供奉の職に陞った今日まで、内心では始終この鼻を苦に病んで来た。勿論表面では、今でもさほど気にならないような顔をしてすましている。これは専念に当来の浄土を渇仰すべき僧侶の身で、鼻の心配をするのが悪いと思ったからばかりではない。それより寧、自分で鼻を気にしているという事を、人に知られるのが嫌だったからである。内供は日常の談話の中に、鼻と云う語が出て来るのを何よりも惧れていた。

内供が鼻を持てあました理由は二つある。——一つは実際的に、鼻の長いのが不便だったからである。第一飯を食う時にも独りでは食えない。独りで食えば、鼻の先が鋺の中の飯へとどいてしまう。そこで内供は弟子の一人を膳の向うへ坐らせて、飯を食う間中、広さ一寸長さ二尺ばかりの板で、鼻を持上げていて貰う事にした。しかしこうして飯を食うと云う事は、持上げている弟子にとっても、持上げられている内供にとっても、決して容易な事ではない。一度この弟子の代りをした中童子が、嚔をした拍子に手がふるえて、鼻を粥の中へ落した話は、当時京都まで喧伝された。——けれどもこれは内供にとって、決して鼻を苦に病んだ重な理由ではない。内供は実にこ

の鼻によって傷けられる自尊心の為に苦しんだのである。

池の尾の町の者は、こう云う鼻をしている禅智内供の為に、内供の俗でない事を仕合せだと云った。あの鼻では誰も妻になる女があるまいと思ったからである。中には、あの鼻だから出家したのだろうと批評する者さえあった。しかし内供は、自分が僧である為に、幾分でもこの鼻に煩される事が少くなったとは思っていない。内供の自尊心は、妻帯と云うような結果的な事実に左右される為には、余りにデリケイトに出来ていたのである。そこで内供は、積極的にも消極的にも、この自尊心の毀損を恢復しようと試みた。

第一に内供の考えたのは、この長い鼻を実際以上に短く見せる方法である。これは人のいない時に、鏡へ向って、いろいろな角度から顔を映しながら、熱心に工夫を凝らして見た。どうかすると、顔の位置を換えるだけでは、安心が出来なくなって、頰杖をついたり頤の先へ指をあてがったりして、根気よく鏡を覗いて見る事もあった。時によると、苦心すればする程、鼻が短く見えるような気さえした。内供は、こう云う時には、鏡を筥へしまいながら、却って長く見えたと云うような結果的な事実に、今更のようにため息をついて、不承不承に又元の経机へ観音経をよみに帰るのである。

それから又内供は、絶えず人の鼻を気にしていた。池の尾の寺は、僧供講説などの

屢行われる寺である。寺の内には、僧坊が隙なく建て続いて、湯屋では寺の僧が日毎に湯を沸かしている。従ってここへ出入する僧俗の類も甚多い。内供はこう云う人々の顔を根気よく物色した。一人でも自分のような鼻のある人間を見つけて、安心がしたかったからである。だから内供の眼には、紺の水干も白の帷子もいらない。まして柑子色の帽子や、椎鈍の法衣なぞは、見慣れているだけに、有れども無きが如くである。内供は人を見ずに、唯、鼻を見た。——しかし鍵鼻はあっても、内供のような鼻は一つも見当らない。その見当らない事が度重なるに従って、内供の心は次第に又不快になった。内供が人と話しながら、思わずぶらりと下っている鼻の先をつまんで見て、年甲斐もなく顔を赤らめたのは、全くこの不快に動かされての所為である。

最後に、内供は、内典外典の中に、自分と同じような鼻のある人物を見出して、せめても幾分の心やりにしようとさえ思った事がある。けれども、目連や、舎利弗の鼻が長かったとは、どの経文にも書いてない。勿論竜樹や馬鳴も、人並の鼻を備えた菩薩である。内供は、震旦の話の序に蜀漢の劉玄徳の耳が長かったと云う事を聞いた時に、それが鼻だったら、どの位自分は心細くなくなるだろうと思った。

内供がこう云う消極的な苦心をしながら、一方では又、積極的に鼻の短くなる方法を試みた事は、わざわざここに云う迄もない。内供はこの方面でも、殆出来るだけの事をした。烏瓜を煎じて飲んで見た事もある、鼠の尿を鼻へなすって見た事もある。

しかし何をどうしても、鼻は依然として、五六寸の長さをぶらりと唇の上にぶら下げているではないか。

所が或年の秋、内供の用を兼ねて、京へ上った弟子の僧が、知己の医者から長い鼻を短くする法を教わって来た。その医者と云うのは、もと震旦から渡って来た男で、当時は長楽寺の供僧になっていたのである。

内供は、いつものように、鼻などは気にかけないと云う風をして、わざとその法もすぐにやって見ようとは云わずにいた。そうして一方では、気軽な口調で、食事の度毎に、弟子の手数をかけるのが、心苦しいと云うような事を云った。内心では勿論弟子の僧が、自分を説伏せて、この法を試みさせるのを待っていたのである。弟子の僧にも、内供のこの策略がわからない筈はない。しかしそれに対する反感よりは、内供のそう云う策略をとる心もちの方が、より強くこの弟子の僧の同情を動かしたのであろう。弟子の僧は、内供の予期通り、口を極めて、この法を試みる事を勧め出した。そうして、内供自身も亦、その予期通り、結局この熱心な勧告に聴従する事になった。

その法と云うのは、唯、湯で鼻を茹でて、その鼻を人に踏ませると云う、極めて簡単なものであった。

湯は寺の湯屋で、毎日沸かしている。そこで弟子の僧は、指も入れられないような熱い湯を、すぐに提に入れて、湯屋から汲んで来た。しかしじかにこの提へ鼻を入れ

るとなると、湯気に吹かれて顔を火傷する惧がある。そこで折敷へ穴をあけて、それを提の蓋にして、その穴から鼻を湯の中へ入れる事にした。鼻だけはこの熱い湯の中へ浸しても、少しも熱くないのである。しばらくすると弟子の僧が云った。
——もう茹った時分でござろう。
　内供は苦笑した。これだけ聞いたのでは、誰も鼻の話とは気がつかないだろうと思ったからである。鼻は熱湯に蒸されて、蚤の食ったようにむず痒い。
　弟子の僧は、内供が折敷の穴から鼻をぬくと、そのまだ湯気の立っている鼻を、両足に力を入れながら、踏みはじめた。内供は横になって、鼻を床板の上へのばしながら、弟子の僧の足が上下に動くのを眼の前に見ているのである。弟子の僧は、時々気の毒そうな顔をして、内供の禿げ頭を見下しながら、こんな事を云った。
——痛うはござらぬかな。医師は責めて踏めと申したで。じゃが、痛うはござらぬかな。
　内供は、首を振って、痛くないと云う意味を示そうとした。所が鼻を踏まれているので思うように首が動かない。そこで、上眼を使って、弟子の僧の足に皸のきれているのを眺めながら、腹を立てたような声で、
——痛うはないて。
と答えた。実際鼻はむず痒い所を踏まれるので、痛いよりも却て気もちのいい位だ

ったのである。
　しばらく踏んでいると、やがて、粟粒のようなものが、鼻へ出来はじめた。云わば毛をむしった小鳥をそっくり丸炙にしたような形である。弟子の僧は之を見ると、足を止めて独り言のようにこう云った。
　――之を鑷子でぬけと申す事でござった。
　内供は、不足らしく頬をふくらせて、黙って弟子の僧のするなりに任せて置いた。勿論弟子の僧の親切がわからない訳ではない。それは分っても、自分の鼻をまるで物品のように取扱うのが、不愉快に思われたからである。内供は、信用しない医者の手術をうける患者のような顔をして、不承不承に弟子の僧が、鼻の毛穴から鑷子で脂をとるのを眺めていた。脂は、鳥の羽の茎のような形をして、四分ばかりの長さにぬけるのである。
　やがて之が一通りすむと、弟子の僧は、ほっと一息ついたような顔をして、
　――もう一度、これを茹でればようござる。
と云った。
　内供は矢張、八の字をよせたまま不服らしい顔をして、弟子の僧の云うなりになっていた。
　さて二度目に茹でた鼻を出して見ると、成程、何時になく短くなっている。これで

はあたりまえの鍵鼻と大した変りはない。内供はその短くなった鼻を撫でながら、弟子の僧の出してくれる鏡を、極りが悪るそうにおずおず覗いて見た。

鼻は──あの頤の下まで下っていた鼻は、殆嘘のように萎縮して、今は僅に上唇の上で意気地なく残喘を保っている。所々まだらに赤くなっているのは、恐らく踏まれた時の痕であろう。こうなれば、もう誰も哂うものはないのにちがいない。──鏡の中にある内供の顔は、鏡の外にある内供の顔を見て、満足そうに眼をしばたたいた。

しかし、その日はまだ一日、鼻が又長くなりはしないかと云う不安があった。そこで内供は誦経する時にも、食事をする時にも、暇さえあれば手を出して、そっと鼻の先にさわって見た。が、鼻は行儀よく唇の上に納まっているだけで、格別それより下へぶら下って来る気色もない。それから一晩寝て、あくる日早く眼がさめると内供は先、第一に、自分の鼻を撫でて見た。鼻は依然として短い。内供はそこで、幾年にもなく、法華経書写の功を積んだ時のような、のびのびした気分になった。

所が二三日たつ中に、内供は意外な事実を発見した。それは折から、用事があって、池の尾の寺を訪れた侍が、前よりも一層可笑しそうな顔をして、話も碌々せずに、じろじろ内供の鼻ばかり眺めていた事である。それのみならず、嘗、内供の鼻を粥の中へ落した事のある中童子などは、講堂の外で内供と行きちがった時に、始めは、下を向いて可笑しさをこらえていたが、とうとうこらえ兼ねたと見えて、一度にふっと吹

き出してしまった。用を云いつかった下法師たちが、面と向っている間だけは、慎んで聞いていても、内供が後さえ向けば、すぐにくすくす笑い出したのは、一度や二度の事ではない。

内供は始、之を自分の顔がわりがしたせいだと解釈した。しかしどうもこの解釈だけでは十分に説明がつかないようである。――勿論、中童子や下法師が哂う原因は、そこにあるのにちがいない。けれども同じ哂うにしても、鼻の長かった昔とは、哂うのにどことなく容子がちがう。見慣れた長い鼻より、見慣れない短い鼻の方が滑稽に見えると云えば、それまでである。が、そこにはまだ何かあるらしい。

――前にはあのようにつけつけとは哂わなんだて。

内供は、誦しかけた経文をやめて、禿げ頭を傾けながら、時々こう呟く事があった。愛すべき内供は、そう云う時になると、必ずぼんやり、傍にかけた普賢の画像を眺めながら、鼻の長かった四五日前の事を憶い出して、「今はむげにいやしくなりさがれる人の、さかえたる昔をしのぶがごとく」ふさぎこんでしまうのである。――内供には、遺憾ながらこの間に答える明が欠けていた。

――人間の心には互に矛盾した二つの感情がある。勿論、誰でも他人の不幸に同情しない者はない。所がその人がその不幸を、どうにかして切りぬける事が出来ると、今度はこっちで何となく物足りないような心もちがする。少し誇張して云えば、もう

一度その人を、同じ不幸に陥れて見たいような気にさえなる。そうして何時の間にか、消極的ではあるが、或敵意をその人に対して抱くような事になる。——内供が、理由を知らないながらも、何となく不快に思ったのは、池の尾の僧俗の態度に、この傍観者の利己主義をそれとなく感づいたからに外ならない。

そこで内供は日毎に機嫌が悪くなった。二言目には、誰でも意地悪く叱りつける。しまいには鼻の療治をしたあの弟子の僧でさえ、「内供は法慳貪の罪を受けられるぞ」と陰口をきく程になった。殊に内供を忿らせたのは、例の悪戯な中童子である。或日、けたたましく犬の吠える声がするので、内供が何気なく外へ出て見ると、中童子は、二尺ばかりの木の片をふりまわして、毛の長い、痩せた尨犬を逐いまわしている。それも唯、逐いまわしているのではない。「鼻を打たれまい。それ、鼻を打たれまい」と囃しながら逐いまわしているのである。内供は、中童子の手からその木の片をひったくって、したたかその顔を打った。木の片は以前の鼻持上げの木だったのである。

内供はなまじいに、鼻の短くなったのが、反て恨めしくなった。

すると或夜の事である。日が暮れてから急に風が出たと見えて、塔の風鐸の鳴る音が、うるさい程枕に通って来た。その上、寒さもめっきり加わったので、老年の内供は寝つこうとしても寝つかれない。そこで床の中でまじまじしていると、ふと鼻が何

時になく、むず痒いのに気がついた。手をあてて見ると少し水気が来たようにむくんでいる。どうやらそこだけ、熱さえもあるらしい。
　——無理に短うしたで、病が起ったのかも知れぬ。
　内供は、仏前に香花を供えるような恭しい手つきで、鼻を抑えながら、こう呟いた。
　翌朝、内供が何時ものように早く眼をさまして見ると、寺内の銀杏や橡が、一晩の中に葉を落したので、庭は黄金を敷いたように明い。塔の屋根には霜が下りているせいであろう。まだうすい朝日に、九輪がまばゆく光っている。禅智内供は、蔀を上げた椽に立って、深く息をすいこんだ。
　殆、忘れようとしていた或感覚が、再び内供に帰って来たのはこの時である。
　内供は慌てて鼻へ手をやった。手にさわるものは、昨夜の短い鼻ではない。上唇の上から顋の下まで、五六寸あまりもぶら下っている、昔の長い鼻である。内供は鼻が一夜の中に、又元の通り長くなったのを知った。そうしてそれと同時に、鼻が短くなった時と同じような、はればれした心もちが、どこからともなく帰って来るのを感じた。
　——こうなれば、もう誰も哂うものはないにちがいない。
　内供は心の中でこう自分に囁いた。長い鼻をあけ方の秋風にぶらつかせながら。

芋粥

読んだ人：出久根達郎（『佃島ふたり書房』で第一〇八回直木賞受賞）

作品 『芋粥』

五位は何者か

出久根達郎

　この小説で、作者は何を訴えようとしたのだろうか？ 初めて読んだ時、読んだあとで、私はずいぶん長いこと考えた。その答えを見つけるために、くり返し、三度読んだのを覚えている。
　結局、わからなかった。ただ、読み返すたび、いやな気分になり、あと味も悪かった。こんな不快な小説は無い、と思った。『芋粥』は、漱石に激賞された『鼻』のあと、満を持して書かれた短編だが、雑誌に発表された当時、世評が高かったという。芥川文学の初期主要作である。何が、受けたのであろう。
　物語の面白さは、特別無い。登場人物が、ユニークなわけでもない。酔うような名文でもない。冒頭から説明調で、講義を聞かされているようである。本篇は果して名作なのだろうか？ 恐らく読者も私と同じような疑問を抱いたのではあるまいか。

そうなのである。私はこれを名作として推薦したのではない。気になる小説なので、収録に賛成したのである。非常に不快な心地にさせる小説なので、あえて推したのである。

主人公には、名前が無い。とりあえず位を呼称に用いている。この男は容貌風姿ともに冴えず、職場では仲間に無視されている。どころか、馬鹿にされている。往来では子どもたちにさえ、蔑まれる始末、しかし彼は決して腹を立てない。「彼は、一切の不正を、不正として感じない程、意気地のない、臆病な人間だったのである」。仲間にいたずらされても怒らず、「いけぬのう、お身たちは」とひと言たしなめるだけである。

五位の希望は、ただ一つ、芋粥を腹いっぱい飲みたい。飽きるほど飲みたい。それだけ。

叶えさせてくれる者が現れた。そして、五位はがっかりする。希望に満ちていたころの自分が、なつかしい。『芋粥』から、あえて教訓をひきだす必要は、ないだろう。

私がなぜ不快になるのか、その理由を突きとめればよい。私は貧しい育ちで、ろくに飯が貧乏くさくて、生理的に嫌悪を催すのである。私には五位の希望

も食えなかった。それだから、一つの食べ物を飽きるまで食べてみたい、などという五位の欲は、昔の自分の姿なのである。

つまり、五位は私なのだ。まことに食べ物をめぐる人間模様は、なまなましい。食を奢る、奢られるという構図は、案外に、人間の真の姿をうつしだす。

たとえば、志賀直哉の『小僧の神様』がそうである。屋台の鮨を奢ってもらう小僧の気持ち。あの短篇は、もしかすると、この『芋粥』に触発されて書いたのかも知れない。

芥川が五位に名前を与えなかった理由が、もう、おわかりだろう。五位に似た人間は、たくさんいる。気が弱くて、何となく人に軽んじられている。正義漢ぶった真似はできない。出世なんて夢の話。せめてもの願いは、高級な酒を心置きなく飲んで酔ってみたい。そんな人間。そう、私であり、あなたである。

元慶の末か、仁和の始にあった話であろう。どちらにしても時代はさして、この話に大事な役を、勤めていない。読者は唯、平安朝と云う、遠い昔が背景になっていると云う事を、知ってさえいてくれれば、よいのである。――その頃、摂政藤原基経に仕えている侍の中に、某と云う五位があった。

これも、某と書かずに、何の誰とちゃんと姓名を明にしたいのであるが、生憎旧記には、それが伝わっていない。恐らくは、実際、伝わる資格がない程、平凡な男だったのであろう。一体旧記の著者などと云う者は、平凡な人間や話に、余り興味を持たなかったらしい。この点で、彼等と、日本の自然派の作家とは、大分ちがう。王朝時代の小説家は、存外、閑人でない。――兎に角、摂政藤原基経に仕えている侍の中に、某と云う五位があった。これが、この話の主人公である。

五位は、風采の甚揚らない男であった。第一背が低い。それから赤鼻で、眼尻が下っている。口髭は勿論薄い。頬が、こけているから、頤が、人並はずれて、細く見える。唇は――一々、数え立てていれば、際限はない。我五位の外貌はそれ程、非凡に、だらしなく、出来上っていたのである。

この男が、何時、どうして、基経に仕えるようになったのか、それは誰も知っていない。が、余程以前から、同じような色の褪めた水干に、同じような萎々した烏帽子をかけて、同じような役目を、飽きずに、毎日、繰返している事だけは、確である。

その結果であろう、今では、誰が見ても、この男に若い時があったとは思われない。(五位は四十を越していた。)その代り、生まれた時から、あの通り寒むそうな赤鼻と、形ばかりの口髭とを、朱雀大路の衢風に、吹かせていたと云う気がする。上は主人の基経から、下は牛飼の童児まで、無意識ながら、悉そう信じて疑う者がない。

こう云う風采を具えた男が、周囲から、受ける待遇は、恐らく書くまでもない事であろう。侍所にいる連中は、五位に対して、殆ど蠅程の注意を払わない。冷淡を極めている。有位無位併せて二十人に近い下役さえ、彼の出入りには、不思議な位、冷淡を極めている。五位が何か云いつけても、決して彼等同志の雑談をやめた事はない。彼等にとっては、空気の存在が見えないように、五位の存在も、眼を遮らないのであろう。下役でさえそうだとすれば、侍所の司とか云う上役たちが、頭から彼を相手にしないのは、寧ろ自然の数である。彼等は、五位に対すると、殆ど、子供らしい無意味な悪意を、冷然とした表情の後に隠して、何を云うのでも、手真似だけで、用を足した。

人間に言語があるのは、偶然ではない。従って、彼等も手真似では、用を弁じない事が、時々ある。が、彼等は、それを全然五位の悟性に、欠陥があるからだと、思っているらしい。そこで彼等は用が足りないと、この男の歪んだ揉烏帽子の先から、切れかかった藁草履の尻まで、万遍なく、見上げたり、見下したりして、それから、鼻で晒いながら、急に後を向いてしまう。それでも、五位は、腹を立てた事がない。彼は、

一切の不正を、不正として感じない人間だったのである。一切の不正を、不正として感じない程、意気地のない、臆病な人間だったのである。所が、同僚の侍たちになると、進んで、彼を翻弄しようとした。年かさの同僚が、彼の振わない風采を材料にして、古い洒落を聞かせようとする如く、年下の同僚も、またそれを機会にして、所謂興言利口の練習をしようとしたからである。彼等は、この五位の面前で、その鼻と口髭と、烏帽子と水干とを、品隲して飽きる事を知らなかった。それればかりではない。彼が五六年前に別れたうけ唇の女房と、その女房と関係があったと云う酒のみの法師とも、「屡彼等の話題になった。その上、どうかすると、彼等は甚、性質の悪い悪戯さえする。それを今一々、列記する事は出来ない。が、彼の篠枝の酒を飲んで、後へ尿を入れて置いたと云う事を書けば、その外は凡、想像される事だろうと思う。

しかし、五位はこれらの揶揄に対して、全然無感覚であった。少くも、わき眼には、無感覚であるらしく思われた。彼は何を云われても、顔の色さえ変えた事がない。黙って例の薄い口髭を撫でながら、するだけの事をしてすましている。唯、同僚の悪戯が、高じすぎて、鬢に紙切れをくつけたり、太刀の鞘に草履を結びつけたりすると、彼は笑うのか、泣くのか、わからないような笑顔をして、「いけぬのう、お身たちは」と云う。その顔を見、その声を聞いた者は、誰でも一時或いじらしさに打たれてしまう。（彼等にいじめられるのは、一人、この赤鼻の五位だけではない、彼等の知らない誰

かが——多数の誰かが、彼の顔と声とを借りて、彼等の無情を責めている。）——そう云う気が、朧げながら、何時までも持続ける彼等の心に、一瞬の間、しみこんで来るからである。唯その時の心もちを、何時までも持続ける者は甚少い。その少い中の一人に、或無位の侍があった。これは丹波の国から来た男で、まだ柔かい口髭が、やっと鼻の下に、生えかかった位の青年である。勿論、この男も始めは皆と一しょに、何の理由もなく、赤鼻の五位を軽蔑した。所が、或日何かの折に、「いけぬのう、お身たちは」と云う声を聞いてからは、どうしても、それが頭を離れない。それ以来、この男の眼にだけは、五位が全く別人として、映るようになった。栄養の不足した、血色の悪い、間のぬけた五位の顔にも、世間の迫害にべそを搔いた、「人間」が覗いているからである。この無位の侍には、五位の事を考える度に、世の中のすべてが、急に、本来の下等さを露すように思われた。そうしてそれと同時に霜げた赤鼻と、数える程の口髭とが、何となく一味の慰安を自分の心に伝えてくれるように思われた。……

しかし、それは、唯この男一人に、限った事である。こう云う例外を除けば、五位は、依然として周囲の軽蔑の中に、犬のような生活を続けて行かなければならなかった。第一彼には着物らしい着物が一つもない。青鈍の水干と、同じ色の指貫とが一つずつあるが、今ではそれが上白んで、藍とも紺とも、つかないような色になっている。水干はそれでも、肩が少し落ちて、丸組の緒や菊綴の色が怪しくなっているだけ

だが、指貫になると、裾のあたりのいたみ方が、一通りでない。その指貫の中から、下の袴もはかない、細い足が出ているのを見ると、口の悪い同僚でなくとも、痩公卿の車を牽いている、痩牛の歩みを見るような、みすぼらしい心もちがする。それに佩いている太刀も、頗る覚束ない物で、柄の金具も如何わしければ、黒鞘の塗も剝げかっている。これが例の赤鼻で、だらしなく草履をひきずりながら、唯でさえ猫背なのを、一層寒空の下に背ぐくまって、もの欲しそうに、左右を眺め眺め、きざみ足に歩くのだから、通りがかりの物売りまで莫迦にするのも、無理はない。現に、こう云う事さえあった。……

或る日、五位が三条坊門を神泉苑の方へ行く所で、子供が六七人、路ばたに集って何かしているのを見た事がある。「こまつぶり」でも、廻しているのかと思って、後ろから覗いて見ると、何処からか迷って来た、尨犬の首へ縄をつけて、打ったり殴ったりしているのであった。臆病な五位は、これまで何かに同情を寄せる事があっても、あたりへ気を兼ねて、まだ一度もそれを行為に現わした事がない。が、この時だけは相手が子供だと云うので、幾分か勇気が出た。そこで出来るだけ、笑顔をつくりながら、年かさらしい子供の肩を叩いて、「もう、勘忍してやりなされ。犬も打たれれば、痛いでのう」と声をかけた。するとその子供はふりかえりながら、上眼を使って、蔑すむように、じろじろ五位の姿を見た。云わば侍所の別当が用の通じない時に、この

男を見るような顔をして、見たのである。「いらぬ世話はやかれとうもない。」その子供は一足下りながら、高慢な唇を反らせて、こう云った。「何じゃ、この鼻赤めが。」五位は、この語が自分の顔を打ったように感じた。が、それは悪態をつかれて、腹が立ったからでは毛頭ない。云わなくともいい事を云って、恥をかいた自分が、情なくなったからである。彼は、きまりが悪いのを苦しい笑顔に隠しながら、黙って、又、神泉苑の方へ歩き出した。後では、子供が、六七人、肩を寄せて、「べっかこう」をしたり、舌を出したりしている。勿論彼はそんな事を知らない。知っていたにしても、それが、この意気地のない五位にとって、何であろう。‥‥‥

では、この話の主人公は、唯、軽蔑される為にのみ生れて来た人間で、別に何の希望も持っていないかと云うと、そうでもない。五位は五六年前から芋粥と云う物に、異常な執着を持っている。芋粥とは山の芋を中に切込んで、それを甘葛の汁で煮た、粥の事を云うのである。当時はこれが、無上の佳味として、上は万乗の君の食膳にさえ、上せられた。従って、我五位の如き人間の口へは、年に一度、臨時の客の折にしか、はいらない。その時でさえ飲めるのは、僅に喉を沾すに足る程の少量である。そこで芋粥を飽きる程飲んで見たいと云う事が、久しい前から、彼の唯一の欲望になっていた。勿論、彼は、それを誰にも話した事がない。いや彼自身さえ、それが、彼の一生を貫いている欲望だとは、明白に意識しなかった事であろう。が事実は、彼がそ

の為に、生きていると云っても、差支ない程であった。——人間は、時として、充されるか、充されないか、わからない欲望の為に、一生を捧げてしまう。その愚を哂う者は、畢竟、人生に対する路傍の人に過ぎない。

しかし、五位が夢想していた、「芋粥に飽かむ」事は、存外容易に事実となって、現れた。その始終を書こうと云うのが、芋粥の話の目的なのである。

　或年の正月二日、基経の第に、所謂臨時の客があった時の事である。（臨時の客は二宮の大饗と同日に摂政関白家が、大臣以下の上達部を招いて、催す饗宴で、大饗と別に変りがない。）五位も、外の侍たちにまじって、その残肴の相伴をした。当時はまだ、取食みの習慣がなくて、残肴は、その家の侍が一堂に集まって、食う事になっていたからである。尤も、大饗に比しいと云っても昔の事だから、品数の多い割に碌な物はない。餅、伏菟、蒸鮑、干鳥、宇治の氷魚、近江の鮒、鯛の楚割、鮭の内子、焼蛸、大海老、大柑子、小柑子、橘、串柿などの類である。唯、その中に、例の芋粥があった。五位は毎年、この芋粥を楽しみにしている。が、何時も人数が多いので、自分が飲めるのは、いくらもない。それが今年は、特に、少なかった。そうして気のせいか、何時もより、余程味が好い。そこで、彼は飲んでしまった後の椀をしげしげと

眺めながら、うすい口髭についている滴を、掌で拭いて誰に云うともなく、「何時になったら、これに飽ける事かのう」と、こう云った。
「大夫殿は、芋粥に飽かれた事がないそうな。」
五位の語が完らない中に、誰かが、嘲笑った。錆のある、鷹揚な、武人らしい声である。五位は、猫背の首を挙げて、臆病らしく、その人の方を見た。声の主は、その頃、同じ基経の恪勤になっていた、民部卿時長の子藤原利仁である。肩幅の広い、身長の群を抜いた逞しい大男で、これは、燻栗を嚙みながら、黒酒の杯を重ねていた。もう大分酔がまわっているらしい。
「お気の毒な事じゃ。」利仁は、五位が顔を挙げたのを見ると、軽蔑と憐憫とを一しょにしたような声で、語を継いだ。「お望みなら、利仁がお飽かせ申そう。」
始終、いじめられている犬は、たまに肉を貰っても容易によりつかない。五位は、例の笑うのか、泣くのか、わからないような笑顔をして、利仁の顔と、空の椀とを、等分に見比べていた。
「おいやかな。」
「…………」
「どうじゃ。」
「…………」

五位は、その中に、衆人の視線が、自分の上に、集まっているのを感じ出した。答え方一つで、又、一同の嘲弄を、受けなければならない。或は、どう答えても、結局、莫迦にされそうな気さえする。彼は躊躇した。もし、その時に、相手が、少し面倒臭そうな声で「おいやなら、たってとは申すまい」と云わなかったなら、五位は、何時までも、椀と利仁とを、見比べていた事であろう。

彼は、それを聞くと、慌しく答えた。

「いや……忝うござる。」

この問答を聞いていた者は、皆、一時に、失笑した。「いや、忝うござる。」―こう云って、五位の答を、真似る者さえある。所謂、橙黄橘紅を盛った、窪坏や高坏の上に、多くの揉烏帽子や立烏帽子が、笑声と共に一しきり、波のように動いた。中でも、最、大きな声で、機嫌よく、笑ったのは、利仁自身である。

「では、その中に、御誘い申そう。」そう云いながら、彼は、ちょいと顔をしかめた。こみ上げて来る笑と今、飲んだ酒とが、喉で一つになったからである。「……しかと、よろしいな。」

「忝うござる。」

五位は赤くなって、吃りながら、又、前の答を繰返した。一同が今度も、笑ったのは、云うまでもない。それが云わせたさに、わざわざ念を押した当の利仁に至っては、

前よりも一層可笑しそうに広い肩をゆすって、哄笑した。この朔北の野人は、生活の方法を二つしか心得ていない。一つは酒を飲む事で、他の一つは笑う事である。
しかし幸に談話の中心は、程なく、この二人を離れてしまった。これは事によると、外の連中が、たとい嘲弄にしろ、一同の注意をこれからそれへと集中させるのが、不快だったからかも知れない。兎に角、談柄はそれからそれへと移って、酒も肴も残少になった時分には、某と云う侍学生が、行縢の片皮へ、両足を入れて馬に乗ろうとした話が、一座の興味を集めていた。が、五位だけは、まるで外の話が聞えないらしい。恐らく芋粥の二字が、彼のすべての思量を支配しているからであろう。前に雉子の炙いたのがあっても、箸をつけない。黒酒の杯があっても、口を触れない。彼は、唯、両手を膝の上へ置いて、見合いをする娘のように、霜に犯されかかった鬢の辺まで、初々しく上気しながら、何時までも空になった黒塗の椀を見つめて、多愛もなく、微笑しているのである。……

それから、四五日たった日の午前、加茂川の河原に沿って、粟田口へ通う街道を、静に馬を進めてゆく二人の男があった。一人は、濃い縹の狩衣に同じ色の袴をして、鬚黒く鬢ぐきよき」男である。もう一人は、みすぼらしい青鈍の水干に、薄綿の衣を二つばかり重ねて着た、四十恰好の侍で、これは、帯のむす打出の太刀を佩いた、

び方のだらしのない容子と云い、赤鼻で、しかも穴のあたりが、洟にぬれている容子と云い、身のまわり万端のみすぼらしい事夥しい。尤も、馬は二人とも、前のは月毛、後のは蘆毛の三才駒で、道をゆく物売りや侍も、振向いて見る程の駿足である。その後から又二人、馬の歩みに遅れまいとして随いて行くのは、調度掛と舎人とに相違ない。——これが、利仁と五位との一行である事は、わざわざ、ここに断るまでもない話であろう。

冬とは云いながら、物静かに晴れた日で、白けた河原の石の間、潺湲たる水の辺に立枯れている蓬の葉を、ゆする程の風もない。川に臨んだ背の低い柳には、葉のない枝に飴の如く、滑かな日の光りをうけて、梢にいる鶺鴒の尾を動かすのさえ、鮮にそれと、影を街道に落している。東山の暗い緑の上に、霜に焦げた天鵞絨のような肩を、丸々と出しているのは、大方、比叡の山であろう。二人は、その中に鞍の螺鈿を、まばゆく日にきらめかせながら、鞭をも加えず悠々と、粟田口を指して行くのである。

「どこでござるかな、手前をつれて行って、やろうと仰せられるのは。」五位が馴れない手に手綱をかいくりながら、云った。

「すぐ、そこじゃ。お案じになる程遠うはない。」

「すると、粟田口辺でござるかな。」

「まず、そう思われたがよろしかろう。」

利仁は今朝五位を誘うのに、東山の近くに湯の湧いている所があるから、そこへ行こうと云って出て来たのである。赤鼻の五位は、それを真にうけた。久しく湯にはいらないので、体中がこの間からむず痒い。芋粥の馳走になった上に、入湯が出来れば、願ってもない仕合せである。こう思って、予め利仁が牽かせて来た、蘆毛の馬に跨った。所が、轡を並べて、此処まで来て見ると、どうも利仁はこの近所へ来るつもりはないらしい。現にそうこうしている中に、粟田口は通りすぎた。

「粟田口ではござらぬのう。」

「いかにも、もそっと、あなたでな。」

利仁は、微笑を含みながら、わざと、五位の顔を見ないようにして、静に馬を歩ませている。両側の人家は、次第に稀になって、今は、広々とした冬田の上に、餌をあさる鴉が見えるばかり、山の陰に消残って雪の色も、仄に青く煙っている。晴れながら、とげとげしい櫨の梢が、眼に痛く空を刺しているのさえ、何となく肌寒い。

「では、山科辺ででもござるかな。」

「山科は、これじゃ。もそっと、さきでござるよ。」

成程、そう云う中に、山科も通りすぎた。それ所ではない。何かとする中に、関山も後にして、彼是、午少しすぎた時分には、とうとう三井寺の前へ来た。三井寺には、利仁の懇意にしている僧がある。二人はその僧を訪ねて、午餐の馳走になった。それ

がすむと、又、馬に乗って、途を急ぐ。行手は今まで来た路に比べると遥に人煙が少ない。殊に当時は盗賊が四方に横行した、物騒な時代である。——五位は猫背を一層低くしながら、利仁の顔を見上げるようにして訊ねた。
「まだ、さきでござるのう。」
利仁は微笑した。悪戯をして、それを見つけられそうになった子供が、年長者に向ってするような微笑である。鼻の先へよせた皺と、眼尻にたたえた筋肉のたるみとが、笑ってしまおうか、しまうまいかとためらっているらしい。そうして、とうとう、こう云った。
「実はな、敦賀まで、お連れ申そうと思うたのじゃ。」笑いながら、利仁は鞭を挙げて遠くの空を指さした。その鞭の下には、的皪として、午後の日を受けた近江の湖が光っている。
五位は、狼狽した。
「敦賀と申すと、あの越前の敦賀でござるかな。あの越前の——」
利仁が、敦賀の人、藤原有仁の女婿になってから、多くは敦賀に住んでいると云う事も、日頃から聞いていない事はない。が、その敦賀まで自分をつれて行く気だろうとは、今の今まで思わなかった。第一、幾多の山河を隔てている越前の国へ、この通り、僅二人の伴人をつれただけで、どうして無事に行かれよう。ましてこの頃は、往

来の旅人が、盗賊の為に殺されたと云う噂さえ、諸方にある。——五位は歎願するように、利仁の顔を見た。
「それは又、滅相な、東山じゃと心得れば、山科。山科じゃと心得れば、三井寺。揚句が越前の敦賀とは、一体どうしたと云う事でござる。始めから、そう仰せられるなら、下人共なりと、召つれようものを。」——敦賀とは、滅相な。」
五位は、殆どべそを掻かないばかりになって、呟いた。もし「芋粥に飽かむ」事が、彼の勇気を鼓舞しなかったとしたら、彼は恐らく、そこから別れて、京都へ独り帰って来た事であろう。
「利仁が一人居るのは、千人ともお思いなされ。路次の心配は、御無用じゃ。」
五位の狼狽するのを見ると、利仁は、少し眉を顰めながら、嘲笑った。そうして調度掛を呼寄せて、持たせて来た壺胡籙を背に負うと、やはり、その手から、黒漆の真弓をうけ取って、それを鞍上に横えながら、先に立って、馬を進めた。こうなる以上、意気地のない五位は、利仁の意志に盲従するより外に仕方がない。そこで、彼は心細そうに、荒涼とした周囲の原野を眺めながら、うろ覚えの観音経を口の中に念じ念じ、例の赤鼻を鞍の前輪にすりつけるようにして、覚束ない馬の歩みを、不相変とぼとぼと進めて行った。
馬蹄の反響する野は、茫々たる黄茅に蔽われて、その所々にある行潦も、つめたく、

青空を映したまま、この冬の午後を、何時かそれなり凍ってしまうかと疑われる。その涯には、一帯の山脈が、日に背いているせいか、かがやく可き残雪の光もなく、紫がかった暗い色を、長々となすっているが、それさえ蕭条たる幾叢の枯薄に遮られて、二人の従者の眼には、はいらない事が多い。——すると、利仁が、突然、五位の方をふりむいて、声をかけた。

「あれに、よい使者が参った。敦賀への言づけを申そう。」

五位は利仁の云う意味が、よくわからないので、怖々ながら、その弓で指さす方を、眺めて見た。元より人の姿が見えるような所ではない。唯、野葡萄か何かの蔓が、灌木の一むらにからみついている中を、一疋の狐が、暖かな毛の色を、傾きかけた日に曝しながら、のそりのそり歩いて行く。——と思う中に、狐は、慌ただしく身を跳らせて、一散に、どこともなく走り出した。利仁が急に、鞭を鳴らせて、その方へ馬を飛ばし始めたからである。五位も、われを忘れて、利仁の後を、逐った。従者の勿論遅れてはいられない。しばらくは、石を蹴る馬蹄の音が、曠野の静けさを破っていたが、やがて利仁が、馬を止めたのを見ると、何時、捕えたのか、もう狐の後足を摑んで、倒に、鞍の側へ、ぶら下げている。狐が、走れなくなるまで、追いつめた所で、それを馬の下に敷いて、手取りにしたものであろう。五位は、うすい髭にたまる汗を、慌しく拭きながら、漸く、その傍へ馬を乗りつけた。

「これ、狐、よう聞けよ。」利仁は、狐を高く眼の前へつるし上げながら、わざと物々しい声を出してこう云った。「其方、今夜の中に、敦賀の利仁が館へ参って、こう申せ。『利仁は、唯今俄に客人を具して下ろうとする所じゃ。明日、巳時頃、高島の辺まで、男たちを迎いに遣わし、それに、鞍置馬二疋、牽かせて参れ。』よいか忘れるなよ。」

云い畢ると共に、利仁は、一ふり振って狐を、遠くの叢の中へ、抛り出した。

「いや、走るわ。走るわ。」

やっと、追いついた二人の従者は、逃げゆく狐の行方を眺めながら、手を拍って囃し立てた。落葉のような色をしたその獣の背は、夕日の中を、まっしぐらに、木の根石くれの嫌いなく、何処までも、走って行く。それが一行の立っている所から、手にとるようによく見えた。狐を追っている中に、何時か彼等は、曠野が緩い斜面を作って、水の涸れた川床と一つになる、その丁度上の所へ、出ていたからである。

「広量の御使でござるのう。」

五位は、ナイイヴな尊敬と讃嘆とを洩らしながら、この狐さえ頤使する野育ちの武人の顔を、今更のように、仰いで見た。自分と利仁との間に、どれ程の懸隔があるか、そんな事は、考える暇がない。唯、利仁の意志に、支配される範囲が広いだけに、その意志の中に包容される自分の意志も、それだけ自由が利くようになった事を、心強

く感じるだけである。——阿諛は、恐らく、こう云う時に、最自然に生れて来るものであろう。読者は、今後、赤鼻の五位の態度に、幇間のような何物かを見出しても、それだけで、妄にこの男の人格を、疑う可きではない。

抛り出された狐は、なぞえの斜面を、転げるようにして、駈け下りると、水の無い河床の石の間を、器用に、ぴょいぴょい、飛び越えて、今度は、向うの斜面へ、勢よく、すじかいに駈け上った。駈け上りながら、ふりかえって見ると、自分を手捕りにした侍の一行は、まだ遠い傾斜の上に馬を並べて立っている。それが皆、指を揃えた程に、小さくもくっきりと、浮き上っている。殊に入日を浴びた、月毛と蘆毛とが、霜を含んだ空気の中に、描いたよりもくっきりと、浮き上っている。

狐は、頭をめぐらすと、又枯薄の中を、風のように走り出した。

　一行は、予定通り翌日の巳時ばかりに、高島の辺へ来た。此処は琵琶湖に臨んだ、ささやかな部落で、昨日に似ず、どんよりと曇った空の下に、幾戸の藁屋が、疎にちらばっているばかり、岸に生えた松の樹の間には、灰色の漣漪をよせる湖の水面が、磨ぐのを忘れた鏡のように、さむざむと開けている。——此処まで来ると利仁が、五位を顧みて云った、

「あれを御覧じろ。男どもが、迎いに参ったげでござる。」

見ると、成程、二三十人の男たちが、馬に跨がったのもあり徒歩のもあり、皆水干の袖を寒風に翻えして、湖の岸、松の間を、一行の方へ急いで来る。やがてこれが、間近くなったと思うと、馬に乗っていた連中は、慌ただしく鞍を下り、徒歩の連中は、路傍に蹲踞して、いずれも恭々しく、利仁の来るのを、待ちうけた。

「やはり、あの狐が、使者を勤めたと見えますのう。」

「性得、変化ある獣じゃて、あの位の用を勤めるのは、何でもござらぬ。」

五位と利仁とが、こんな話をしている中に、一行は、郎等たちの待っている所へ来た。「大儀じゃ」と、利仁が声をかける。蹲踞していた連中が、忙しく立って、二人の馬の口を取る。急に、すべてが陽気になった。

「夜前、稀有な事が、ございましてな。」

二人が、馬から下りて、敷皮の上へ、腰を下すか下さない中に、檜皮色の水干を着た、白髪の郎等が、利仁の前へ来て、こう云った。

「何じゃ。」利仁は、郎等たちの持って来た篠枝や破籠を、五位にも勧めながら、鷹揚に問いかけた。

「されば、でございまする。夜前、戌時ばかりに、奥方が俄に、人心地をお失いなさ

れましてな。『おのれは、阪本の狐じゃ。今日、殿の仰せられた事を、言伝てしょほどに、近う寄って、よう聞きやれ』と、こう仰有るのでございまする。さて、一同がお前に参りますると、奥方の仰せられまするには、『殿は、唯今俄に客人を具して、下られようとする所じゃ。明日巳時頃、高島の辺まで、男どもを迎いに遣わし、それに鞍置馬二疋牽かせて参れ』と、こう御意遊ばすのでございまする。」
「それは、又、稀有な事でござるのう。」五位は利仁の顔と、郎等の顔とを、仔細らしく見比べながら、両方に満足を与えるような、相槌を打った。
「それも唯、仰せられるのではございませぬ。さも、恐ろしそうに、わなわなとお震えになりましてな、『遅れまいぞ。遅れれば、おのれが、殿の御勘当をうけねばならぬ』と、しっきりなしに、お泣きになるのでございまする。」
「して、それから、如何した。」
「それから、多愛なく、お休みになりましてな。手前共の出て参りまする時にも、まだ、お眼覚にはならぬようで、ございました。」
「如何でござる。」郎等の話を聞き完ると、利仁は五位を見て、得意らしく云った。「利仁には、獣も使われ申すわ。」
「何とも驚き入る外は、ござらぬのう。」五位は、赤鼻を掻きながら、ちょいと、頭を下げて、それから、わざとらしく、呆れたように、口を開いて見せた。口髭には今、

飲んだ酒が、滴になって、くっついている。

　その日の夜の事である。五位は、利仁の館の一間に、切灯台の灯を眺めるともなく、眺めながら、寝つかれない長の夜をまじまじして、明していた。すると、夕方、此処へ着くまで、利仁や利仁の従者と、談笑しながら、越えて来た松山、小川、枯野、或は、草、木の葉、石、野火の煙のにおい、──そう云うものが、一つずつ、五位の心に、浮んで来た。殊に、雀色時の靄の中を、やっと、この館に辿りついて、長櫃に起してある、炭火の赤い焰を見た時の、ほっとした心もち、──それも、今、こうして、寝ていると、遠い昔にあった事としか、思われない。五位は綿の四五寸もはいった、黄ろい直垂の下に、楽々と、足をのばしながら、ぼんやり、われとわが寝姿を見廻した。

　直垂の下に利仁が貸してくれた、練色の衣の綿厚なのを、二枚まで重ねて、着こんでいる。それだけでも、どうかすると、汗が出かねない程、暖かい。そこへ、夕飯の時に一杯やった、酒の酔が手伝っている。枕元の蔀一つ隔てた向うは、霜の冴えた広庭だが、それも、こう陶然としていれば、少しも苦にならない。万事が、京都の自分の曹司にいた時と比べれば、雲泥の相違である。が、それにも係らず、我五位の心

には、何となく釣合のとれない不安があった。しかもそれと同時に、夜の明けると云う事が、そう早く、来てはならないような心もちがする。互に剋し合う後には、境遇の急激な変化から来る、落着かない気分が、今日の天気のように、うすら寒く控えている。それが、皆、邪魔になって、折角の暖かさも、容易に、眠りを誘いそうもない。

すると、外の広庭で、誰か、大きな声を出しているのが、耳にはいった。声がらでは、どうも、今日、途中まで迎えに出た、白髪の郎等が何か告げられているらしい。その乾からびた声が、霜に響くせいか、凛々として凩のように、一語ずつ五位の骨に、応えるような気さえする。

「この辺の下人、承われ。殿の御意遊ばさるるには、明朝、卯時までに、切口三寸、長さ五尺の山の芋を、老若各、一筋ずつ、持って参る様にとある。忘れまいぞ、卯時までにじゃ。」

それが、二三度、繰返されたかと思うと、やがて、人のけはいが止んで、あたりは忽ち元のように、静かな冬の夜になった。その静かな中に、切灯台の油が鳴る。赤い真綿のような火が、ゆらゆらする。五位は欠伸を一つ、噛みつぶして、又、とりとめのない、思量に耽り出した。――山の芋と云うからには、勿論芋粥にする気で、持って来

させるのに相違ない。そう思うと、一時、外に注意を集中したおかげで忘れていた、さっきの不安が、何時の間にか、心に帰って来る。殊に、前よりも、一層強くなったのは、あまり早く芋粥にありつきたくないと云う心もちで、それが意地悪く、思量の中心を離れない。どうもこう容易に「芋粥に飽かむ」事が、事実となって現れては、折角今まで、何年となく、辛抱して待っていたのが、如何にも、無駄な骨折のように、見えてしまう。出来る事なら、何か突然故障が起って一旦、芋粥が飲めなくなってから、又、その故障がなくなって、今度は、やっとこれにありつけると云うような、そんな手続きに、万事を運ばせたい。——こんな考えが、「こまつぶり」のように、ぐるぐる一つ所を廻っている中に、何時か、五位は、旅の疲れで、ぐっすり、熟睡してしまった。

翌朝、眼がさめると、直に、昨夜の山の芋の一件が、気になるので、五位は、何よりも先に部屋の蔀をあげて見た。すると、知らない中に、寝すごして、もう卯時をすぎていたのであろう。広庭へ敷いた、四五枚の長筵の上には、丸太のような物が、凡そ、二三千本、斜につき出した、檜皮葺の軒先へつかえる程、山のように、積んである。見るとそれが、悉く、切口三寸、長さ五尺の途方もなく大きい、山の芋であった。

五位は、寝起きの眼をこすりながら、殆ど周章に近い驚愕に襲われて、呆然と、周囲を見廻した。広庭の所々には、新しく打ったらしい杭の上に五斛納釜を五つ六つ、

かけ連ねて、白い布の襖を着た若い下司女が、何十人となく、そのまわりに動いている。火を焚きつけるもの、灰を搔くもの、或は、新しい白木の桶に、「あまずら」を汲んで釜の中へ入れるもの、皆、芋粥をつくる準備で、眼のまわる程忙しい。釜の下から上る煙と、釜の中から湧く湯気とが、まだ消え残っている明方の霞と一つになって、広庭一面、はっきり物も見定められない程、灰色のものが罩めた中で、赤いのは、烈々と燃え上る釜の下の焔ばかり、眼に見るもの、耳に聞くもの悉く、戦場か火事場へでも行ったような騒ぎである。五位は、今更のように、この巨大な五斛納釜の中で、芋粥になる事を考えた。そうして、自分が、その芋粥を食う為にわざわざ、越前の敦賀まで旅をして来た事を考えた。考えれば考える程、何一つ、情無くならないものはない。我五位の同情すべき食慾は、実に、此時もう、一半を減却してしまったのである。

それから、一時間の後、五位は利仁や舅の有仁と共に、朝飯の膳に向った。前にあるのは、銀の提の一斗ばかりはいるのに、なみなみと海の如くたたえた、恐るべき芋粥である。五位はさっき、あの軒まで積上げた山の芋を、何十人かの若い男が、薄刃を器用に動かしながら、片端から削るように、勢よく、切るのを見た。それからそれを、あの下司女たちが、右往左往に馳せちがって、一つのこらず、五斛納釜へすくっては入れ、すくっては入れるのを見た。最後に、その山の芋が、一つも長筵の上に

見えなくなった時に、芋のにおいと、甘葛のにおいとを含んだ、幾道かの湯気の柱が、蓬々然として、釜の中から、晴れた朝の空へ、舞上って行くのを見た。これを、目のあたりに見た彼が、今、提に入れた芋粥に対した時、まだ、口をつけない中から、既に、満腹を感じたのは、恐らく、無理もない次第であろう。――五位は、提を前にして、間の悪そうに、額の汗を拭いた。

「芋粥に飽かれた事が、ござらぬげな。どうぞ、遠慮なく召上って下され。」

舅の有仁は、童児たちに云いつけて、更に幾つかの銀の提を膳の上に並べさせた。中にはどれも芋粥が、溢れんばかりにはいっている。五位は眼をつぶって、唯でさえ赤い鼻を、一層赤くしながら、提に半分ばかりの芋粥を大きな土器にすくって、いやいやながら飲み干した。

「父もそう申すじゃて。平に、遠慮は御無用じゃ。」

利仁も側から、新な提をすすめて、意地悪く笑いながらこんな事を云う。弱ったのは五位である。遠慮のない所を云えば、始めから芋粥は、一椀も吸いたくない。それを今、我慢して、やっと、提に半分だけ平げた。これ以上、飲めば、喉を越さない中にもどしてしまう、そうかと云って、飲まなければ、利仁や有仁の厚意を無にするのも、同じである。そこで、彼は又眼をつぶって、残りの半分を三分の一程飲み干した。もう後は一口も吸いようがない。

「何とも、忝うござった。もう、十分頂戴致したて。——いやはや、何とも忝うござった。」
　五位は、しどろもどろになって、こう云った。余程弱ったと見えて、口髭にも、鼻の先にも、冬とは思われない程、汗が玉になって、垂れている。
「これは又、御少食な事じゃ、客人は、遠慮をされると見えたぞ。それそれ、その方ども、何を致して居る。」
　童児たちは、有仁の語につれて、新な提の中から、芋粥を、土器に汲もうとする。五位は、両手を蠅でも逐うように動かして、平に、辞退の意を示した。
「いや、もう、十分でござる。……失礼ながら、十分でござる。」
　もし、此時、有仁が、突然、向うの家の軒を指さして、「あれを御覧じろ」と云わなかったなら、有仁は猶、五位に、芋粥をすすめて、止まなかったかも知れない。が、幸いにして、利仁の声は、一同の注意を、その軒の方へ、持って行った。檜皮葺の軒には、丁度、朝日がさしている。そうして、そのまばゆい光に、光沢のいい毛皮を洗わせながら、一疋の獣が、おとなしく、坐っている。見るとそれは一昨日、利仁が枯野の路で手捕りにした、あの阪本の野狐であった。男ども、しゃつにも、物を食わせてつかわせ。」
「狐も、芋粥が欲しさに、見参したそうな。

利仁の命令は、言下に行われた。軒からとび下りた狐は、直に広庭で、芋粥の馳走に、与ったのである。

五位は、芋粥を飲んでいる狐を眺めながら、此処へ来ない前の彼自身を、なつかしく、心の中でふり返った。それは、多くの侍たちに愚弄されている彼である。京童にさえ「何じゃ。この鼻赤めが」と、罵られている彼である。色のさめた水干に、指貫をつけて、飼主のない尨犬のように、朱雀大路をうろついて歩く、憐む可き、孤独な彼である。しかし、同時に又、芋粥に飽きたいと云う欲望を、唯一人大事に守っていた、幸福な彼である。——彼は、この上芋粥を飲まずにすむと云う安心と共に、満面の汗が次第に、鼻の先から、乾いてゆくのを感じた。晴れてはいても、敦賀の朝は、身にしみるように、風が寒い。五位は慌てて、鼻をおさえると同時に銀の提に向って大きな嚔をした。

手巾

読んだ人:平野啓一郎(『日蝕』で第一二〇回芥川賞受賞)

作品『手巾(ハンケチ)』

平野啓一郎

『手巾』は、芥川的なアイロニーのあり方が、初期において最も端的に描かれた作品。外観と内実との混濁と乖離という主題を扱ったものとして、『ひょっとこ』が太宰治を準備したとするならば、本作は三島由紀夫を準備したと言えるかもしれない。

作品自体が備える洗練された「型(マニィル)」は、いわばメタ・アイロニーである。芥川の晩年に至るまでのスタイルの変遷を考える上でも示唆的。

東京帝国法科大学教授、長谷川謹造先生は、ヴェランダの籐椅子に腰をかけて、ストリントベルクの作劇術(ドラマツルギイ)を読んでいた。

先生の専門は、殖民政策の研究である。従って読者には、先生がドラマトゥルギイを読んでいると云う事が、聊(いささ)か、唐突の感を与えるかも知れない。が、学者としてのみならず、教育家としても、令名ある先生は、専門の研究に必要でない本でも、それが何等かの意味で、現代の学生の思想なり、感情なりに、関係のある物は、暇のある限り、必ず一応は、眼を通して置く。現に、昨今は、先生の校長を兼ねている或高等専門学校の生徒が、愛読すると云う、唯、それだけの理由から、オスカア・ワイルドのデ・プロファンディスとか、インテンションズとか云う物さえ、一読の労を執った。そう云う先生の事であるから、今読んでいる本が、欧州近代の戯曲及俳優を論じた物であるにしても、別に不思議がる所はない。何故と云えば、先生の薫陶を受けている学生の中には、イブセンとか、ストリントベルクとか、乃至(ないし)メエテルリンクとかの評論を書く学生が、いるばかりでなく、進んでは、そう云う近代の戯曲家の跡を追って、作劇を一生の仕事にしようとする、熱心家さえいるからである。

先生は、警抜な一章を読み了(おわ)る毎に、黄いろい布表紙の本を、膝の上へ置いて、ヴェランダに吊してある岐阜提灯(ぎふぢょうちん)の方を、漫然と一瞥(いちべつ)する。不思議な事に、そうするや否や、先生の思量は、ストリントベルクを離れてしまう。その代り、一しょにその

岐阜提灯を買いに行った、奥さんの事が、心に浮んで来る。先生は、留学中、米国で結婚をした。だから、奥さんは、勿論、亜米利加人である。が、先生は、日本と日本人とを愛する事は、先生と少しも変りがない。従って、岐阜提灯をヴェランダにぶら下げたのも、先生の奥さんの気に入っている。殊に、日本の巧緻なる美術工芸品は、少からず好みと云うよりは、寧、奥さんの日本趣味が、一端を現したものと見て、然る可きであろう。

先生は、本を下に置く度に、奥さんと岐阜提灯と、そうして、その提灯によって代表される日本の文明とを思った。先生の信ずる所によると、日本の文明は、最近五十年間に、物質的方面では、可成顕著な進歩を示している。が、精神的には、殆ど、と云う程の進歩も認める事が出来ない。否、寧、或意味では、堕落している。では、現代に於ける思想家の急務として、この堕落を救済する途を講ずるのには、どうしたらいいのであろうか。先生は、これを日本固有の武士道による外はないと論断した。武士道なるものは、決して偏狭なる島国民の道徳を以て、目せらるべきものでない。却てその中には、欧米各国の基督教的精神と、一致すべきものさえある。この武士道によって、現代日本の思潮に帰趣を知らしめる事が出来るならば、それは、独り日本の精神的文明に貢献する所があるばかりではない。惹いては、欧米各国民と日本国民との相互の理解を容易にすると云う利益がある。或は国際間の平和も、これから促進

されると云う事があるであろう。――先生は、日頃から、この意味に於て、自ら東西両洋の間に横はる橋梁になろうと思っている。こう云う先生にとって、奥さんと岐阜提灯と、その提灯によって代表される日本の文明とが、或調和を保って、意識に上るのは決して不快な事ではない。

所が、何度かこんな満足を繰返している中に、先生は、追々、読んでいる中でも、思量がストリントベルクとは、縁の遠くなるのに気がついた。そこで、ちょいと、忌々しそうに頭を振って、それから又丹念に、眼を細い活字の上に曝しはじめた。すると、丁度、今読みかけた所にこんな事が書いてある。

――俳優が最も普通なる感情に対して、或一つの恰好な表現法を発見し、この方法によって成功を贏ち得る時、彼は時宜に適すると適せざるとを問はず、一面にはそれが楽である処から、それによって成功する処から、或もすればこの手段に赴かんとする。しかし夫が即ち型なのである。

先生は、由来、芸術――殊に演劇とは、風馬牛の間柄である。日本の芝居でさえ、この年まで何度と数える程しか、見た事がない。――嘗て或学生の書いた小説の中に、梅幸と云う名が、出て来た事がある。流石、博覧強記を以て自負している先生にも、この名ばかりは何の事だかわからない。そこで序の時に、その学生を呼んで、訊いて見た。

——君、梅幸と云うのは何だね。
——梅幸——ですか。梅幸と云いますのは、当時、丸の内の帝国劇場の座附俳優で、小倉の袴をはいた学生は、慇懃に、こう答えた。——だから、先生は、ストリントベルクが、簡勁な筆で論評を加えて居る各種の演出法に対しても、先生自身の意見と云うものは、全然ない。唯、それが、先生の留学中、西洋で見た芝居の或ものを聯想させる範囲で、幾分か興味を持つ事が出来るだけである。云わば、中学の英語の教師が、イディオムを探す為に、バアナアド・ショウの脚本を読むと、別に大した相違はない。が、興味は、曲りなりにも、興味である。

ヴェランダの天井からは、まだ灯をともさない岐阜提灯が下っている。籐椅子の上では、長谷川謹造先生が、ストリントベルクのドラマトゥルギイを読んでいる。自分は、これだけの事を書きさえすれば、それが、如何に日の長い初夏の午後であるか、読者は容易に想像のつく事だろうと思う。しかし、こう云ったからと云って、決して先生が無聊に苦しんでいると云う訳ではない。そう解釈しようとする人があるならば、それは自分の書く心もちを、わざとシニカルに曲解しようとするものである。——現在、ストリントベルクさえ、先生は、中途でやめなければならなかった。何故と云えば、突然、訪客を告げる小間使が、先生の清興を妨げてしまったからで

る。世間は、いくら日が長くても、先生を忙殺しなければ、止まないらしい。……

先生は、本を置いて、今し方小間使が持って来た、小さな名刺を一瞥した。象牙紙に、細く西山篤子と書いてある。どうも、今までに逢った事のある人では、ないらしい。交際の広い先生は、籐椅子を離れながら、それでも念の為に、一通り、頭の中の人名簿を繰って見た。が、やはり、それらしい顔も、記憶に浮んで来ない。そこで、栞代りに、名刺を本の間へはさんで、それを籐椅子の上に置くと、先生は、落着かない容子で、銘仙の単衣の前を直しながら、ちょいと又、鼻の先の岐阜提灯へ眼をやった。誰もそうであろうが、待たせてある客より、待たせて置く主人の方が、こう云う場合は多く待遠しい。尤も、日頃から謹厳な先生の事だから、これが、今日のような未知の女客に対してでなくとも、そうだと云う事は、わざわざ断る必要もないであろう。

やがて、時刻をはかって、先生は、応接室の扉をあけた。中へはいって、おさえていたノブを離すと、殆、同時である。客は、先生の判別を超越した、上品な鉄御納戸の単衣を着て、それを黒の絽の羽織が、胸だけ細く剰した所に、帯止めの翡翠を、涼しい菱の形にうき上らせている。髪が、丸髷に結ってある事は、こう云う些事に無頓着な先生にも、すぐわかった。日本人に特有な、丸顔の、琥珀色の皮膚をした、賢母らしい婦人である。先生は、

一瞥して、この客の顔を、どこかで見た事があるように思った。
——私が長谷川です。
先生は、愛想よく、会釈した。こう云えば、逢った事があるのなら、向うで云い出すだろうと思ったからである。
——私は、西山憲一郎の母でございます。
婦人は、はっきりした声で、こう名乗って、それから、叮嚀に、会釈を返した。
西山憲一郎と云えば、先生も覚えている。やはりイブセンやストリントベルクの評論を書く生徒の一人で、専門は確か独法だったかと思うが、大学へはいってからも、よく思想問題を提げては、先生の許に出入した。それが、この春、腹膜炎に罹って、大学病院へ入院したので、先生も序ながら、一二度見舞に行ってやった事がある。この婦人の顔を、どこかで見た事があるように思ったのも、偶然ではない。あの眉の濃い、元気のいい青年と、この婦人とは、日本の俗諺が、瓜二つと形容するように、驚く程、よく似ているのである。
——はあ、西山君の……そうですか。
先生は、独りで頷きながら、小さなテエブルの向うにある椅子を指した。
——どうか、あれへ。
婦人は、一応、突然の訪問を謝してから、又、叮嚀に礼をして、示された椅子に腰

をかけた。その拍子に、袂から白いものを出したのは、手巾であろう。先生は、それを見ると、早速テエブルの上の朝鮮団扇をすすめながら、その向う側の椅子に、座をしめた。

――結構なおすまいでございます。

婦人は、稍、わざとらしく、室の中を見廻した。

――いや、広いばかりで、一向かまいません。

こう云う挨拶に慣れた先生は、折から小間使の持って来た冷茶を、客の前に直させながら、直に話頭を相手の方へ転換した。

――西山君は如何です。別段御容態に変りはありませんか。

――はい。

婦人は、つつましく両手を膝の上に重ねながら、ちょいと語を切って、それから、静にこう云った。やはり、落着いた、滑な調子で云ったのである。

――実は、今日も悴の事で上ったのでございますが、あれもとうとう、いけませんでございました。在生中は、いろいろ先生にも御厄介になりまして……

こう云う挨拶に慣れない先生は、この時丁度、紅茶々碗を口へ持って行こうとしていた。なまじいに、くどく、すすめるよりは、自分で啜って見せる方がいいと思ったからである。所が、まだ茶碗が、柔な口髭にとどかない中に、婦人

の語は、突然、先生の耳をおびやかした。茶を飲んだものだろうか、飲まないものだろうか。——こう云う思案が、青年の死とは、全く独立して、一瞬の間、先生の心を煩わした。が、何時までも、持ち上げた茶碗を、片づけずに置く訳には行かない。そこで先生は思切って、がぶりと半碗の茶を飲むと、心もち眉をひそめながら、むせるような声で、「そりゃあ」と云った。

——……病院に居りました間も、よくあれが御噂なぞ致したものでございますから、御忙しかろうとは存じましたが、お知らせかたがた、御礼を申上げようと思いまして……

——いや、どうしまして。

先生は、茶碗を下へ置いて、その代りに青い蠟を引いた団扇をとりあげながら、憮然として、こう云った。

——とうとう、いけませんでしたかなあ。丁度、これからと云う年だったのですが……私は又、病院の方へも御無沙汰していたものですから、もう大抵、よくなられた事だとばかり、思っていました。——すると、何時になりますかな、なくなられたのは。

——昨日が、丁度初七日でございます。

——やはり病院の方で……

——さようでございます。
——いや、実際、意外でした。
——何しろ、手のつくせる丈は、つくした上なのでございますから、何かにつけて、愚痴が出ていけませんものでございます。
 外は、ございますが、それでも、あれまでに致して見ますと、何かにつけて、愚痴が出ていけませんものでございます。
 こんな対話を交換している間に、先生は、意外な事実に気がついた。それは、この婦人の態度なり、挙措なりが、少しも自分の息子の死を、語っているらしくないと云う事である。眼には、涙もたまっていない。声も、平生の通りである。その上、口角には、微笑さえ浮んでいる。これで、話を聞かずに、外貌だけ見ているとしたら、誰でも、この婦人は、家常茶飯事を語っているとしか、思わなかったのに相違ない。——
 先生には、これが不思議であった。
 ——昔、先生が、伯林に留学していた時分の事である。今のカイゼルのおとうさんに当る、ウイルヘルム第一世が、崩御された。先生は、この訃音を行きつけの珈琲店で耳にしたが、元より一通りの感銘しかうけようはない。そこで、何時ものように、元気のいい顔をして、杖を脇にはさみながら、下宿へ帰って来ると、下宿の小供が二人、扉をあけるや否や、両方から先生の頸に抱きついて、一度にわっと泣き出した。一人は、茶色のジャケットを着た、十二になる女の子で、一人は、紺の短いズボンを

はいた、九つになる男の子である。子煩悩な先生は、訳がわからないので、二人の明るい色をした髪の毛を撫でながら、しきりに「どうした。どうした。」と云って慰めた。が、小供は、中々泣きやまない。そうして、洟をすすり上げながら、こんな事を云う。
——おじいさまの陛下が、おなくなりなすったのですって。

先生は、一国の元首の死が、小供にまで、これ程悲まれるのを、不思議に思った。独り皇室と人民との関係と云うような問題を、考えさせられたばかりではない。西洋へ来て以来、何度も先生の視聴を動かした、西洋人の衝動的な感情の表白が、今更のように、日本人たり、武士道の信者たる先生を、驚かしたのである。その時の怪訝と同情とを一つにしたような心もちは、未に忘れようとしても、忘れる事が出来ない。
——先生は、今も丁度、その位な程度で、逆に、この婦人の泣かないのを、不思議に思っているのである。

が、第一の発見の後には、間もなく、第二の発見が次いで起った。——

丁度、主客の話題が、なくなった青年の追懐から、その日常生活のディテイルに及んで、更に又、もとの追懐へ戻ろうとしていた時である。何かの拍子で、朝鮮団扇が、先生の手をすべって、ぱたりと寄木の床の上に落ちた。会話は無論寸刻の断続を許さない程、切迫している訳ではない。そこで、先生は、半身を椅子から前へのり出しながら、下を向いて、床の方へ手をのばした。団扇は、小さなテエブルの下に——上靴

にかくれた婦人の白足袋の側に落ちている。
　その時、先生の眼には、偶然、婦人の膝が見えた。のっている。勿論これだけでは、発見でも何でもない。が、同時に、先生は、婦人の手が、はげしく、ふるえているのに気がついた。ふるえながら、それが感情の激動を強いて抑えようとするせいか、膝の上の手巾を、両手で裂かないばかりに緊く握っているのに気がついた。そうして、最後に、皺くちゃになった絹の手巾が、しなやかな指の間で、さながら微風にでもふかれているように、繡のある縁を動かしているのに気がついたのである。——婦人は、顔でこそ笑っていたが、実はさっきから、全身で泣いていたのである。
　団扇を拾って、顔をあげた時に、先生の顔には、今までにない表情があった。見てはならないものを見たと云う敬虔な心もちと、そう云う心もちの意識から来る或満足とが、多少の芝居気で、誇張されたような、甚、複雑な表情である。
　——いや、御心痛は、私のような小供のない者にも、よくわかります。
　先生は、眩しいものでも見るように、稍、大仰に、頸を反らせながら、低い、感情の籠った声でこう云った。
　——難有うございます。が、今更、何と申しましても、かえらない事でございますから……

婦人は、心もち頭を下げた。晴々した顔には、依然として、ゆたかな微笑が、たたえている。——

＊＊＊＊＊

　それから、二時間の後である。先生は、湯にはいって、晩飯をすませて、食後の桜実をつまんで、それから又、楽々と、ヴェランダの籐椅子に腰を下した。
　長い夏の夕暮は、何時までも薄明りをただよわせて、硝子戸をあけはなした広いヴェランダは、まだ容易に、暮れそうなけはいもない。先生は、そのかすかな光の中で、さっきから、左の膝を右の膝の上へのせて、頭を籐椅子の背にもたせながら、ぼんやり岐阜提灯の赤い房を眺めている。例のストリントベルクも、手にはとって見たものの、まだ一頁も読まないらしい。それも、その筈である。——先生の頭の中は、西山篤子夫人のけなげな振舞で、未だに一ぱいになっていた。
　先生は、飯を食いながら、奥さんに、その一部始終を、話して聞かせた。そうして、それを、日本の女の武士道だと賞賛した。日本と日本人とを愛する奥さんが、この話を聞いて、同情しない筈はない。先生は、奥さんに熱心な聴き手を見出した事を、満足に思った。奥さんと、さっきの婦人と、それから岐阜提灯と——今では、この三つが、或倫理的な背景を持って、先生の意識に浮んで来る。

先生はどの位、長い間、こう云う幸福な回想に耽っていたか、わからない。が、その中に、ふと或雑誌から、寄稿を依頼されていた事に気がついた。その雑誌では「現代の青年に与うる書」と云う題で、四方の大家に、一般道徳上の意見を徴していたのである。今日の事件を材料にして、早速、所感を書いて送る事にしよう。――こう思って、先生は、ちょいと頭を掻いた。

掻いた手は、本を持っていた手である。先生は、今まで閑却されていた本に、気がついて、さっき入れて置いた名刺を印に、読みかけた頁を、開いて見た。丁度、その時、小間使が来て、頭の上の岐阜提灯をともしたので、細い活字も、さほど読むのに煩わしくない。先生は、別に読む気もなく、漫然と眼を頁の上に落した。ストリントベルクは云う。――

――私の若い時分、人はハイベルク夫人の、多分巴里から出たものらしい、手巾のことを話した。それは、顔は微笑していながら、手は手巾を二つに裂くと云う、二重の演技であった。それを我等は今、臭味と名づける。……

先生は、本を膝の上に置いた。開いたまま置いたので、西山篤子と云う名刺が、まだ頁のまん中にのっている。が、先生の心にあるものは、もうあの婦人ではない。うかと云って、奥さんでもなければ日本の文明でもない。それらの平穏な調和を破ろうとする、得体の知れない何物かである。ストリントベルクの指弾した演出法と、実

践道徳上の問題とは、勿論ちがう。が、今、読んだ所からうけとった諭示の中には、先生の、湯上りののんびりした心もちを、擾そうとする何物かがある。武士道と、そうしてその型と——

先生は、不快そうに二三度頭を振って、それから又上眼を使いながら、じっと、秋草を描いた岐阜提灯の明い灯を眺め始めた。………

戯作三昧

読んだ人:出久根達郎

作品 『戯作三昧』　　　　　　出久根達郎

馬琴に擬す

　『戯作三昧』の主人公・曲亭馬琴は、芥川の分身である。銭湯で馬琴の作品を批判する男は、芥川の分身である。『今昔物語』などに材をとって短篇を仕上げる芥川の手法を、心よからず思っている当時の文芸評論家や読者の代弁者と見て間違いない。つまり、「馬琴なんぞの書くものは、みんなありや焼き直しでげす」とか、「第一馬琴の書くものは、ほんの筆先一点張りでげす。まるで腹には、何にもありやせん（略）だから又当世の事は、とんと御存じなしさ」は、芥川文学の一面を衝いている、と言ってよい。芥川は自分のそういうところは先刻承知だったから、耳が痛かったに違いない。しかし、芥川にも自負がある。馬琴で言えば、「先王の道」である。芥川の書く小説が、これの芸術的表現とは決めつけられないが、少なくとも志と精神はそうであったろう。芥川の師の夏目漱石は、「志士の心」で小説を書く、と志と精神はそうであったろう。漱石を尊敬してやまなかった芥川

は、師の確固たる意向を体していたであろう。単なる戯作者ではないぞ、というのが、芥川の本音であり自負である。

それはともかく、この小説は、いろいろ重要な問題を呈示している。売れる小説とはどんなものか。文学青年の、独善ぶり。古人の芸術美の迫力。検閲の厳しさ。創作の苦しみ。喜び。

そして、たぶんこれは芥川自身のことだろう。原稿を書く時の作法である。すなわち「先を書きつゞける前に、昨日書いた所を一通り読み返すのが、彼の昔からの習慣である。」

芥川はなまの言葉で自分を語らない作家であった。小説は作りごとに徹した。いかにも想像でこしらえました、と告げているように、あざとく、白々しく、みえみえなのである。従って、情感が無い。血が通っていない描写なのである。作者が常に冷静すぎて、情熱が感じられない。

しかし、この作品の後半、馬琴の孫が外から戻って、祖父に甘える。二人の問答が、楽しい。この場面は、作意が感じられない。自然である。反芥川派への、芥川らしいデモンストレーションであろう。

馬琴は晩年、失明した。本篇にも目の悪い老人に描かれている。

結末で、息子の嫁のお路が登場する。姑が馬琴の動静を問うと、「きつと又お書きもので、夢中になっていらつしやるのでせう。」と答える。
このお路が馬琴の口述筆記を助け、大作『南総里見八犬伝』を完成させた。全九十八巻百六冊という、恐るべき大長篇である。四十八歳のときに筆を起こし、擱筆したのが七十六歳という。実に二十八年がかりの労作であった。八十一歳まで生きた。江戸人としては長命である。
一方、馬琴に自らをなぞらえた芥川は、三十五歳で自殺した。

一

　天保二年九月の或午前である。神田同朋町の銭湯松の湯では、朝から不相変客が多かった。式亭三馬が何年か前に出版した滑稽本の中で、「神祇、釈教、恋、無常、みないりごみの浮世風呂」と云った光景は、今もその頃と変りはない。風呂の中で歌祭文を唄っている嚊たばね、上り場で手拭をしぼっているちょん髷本多、文身の脊中を流させている丸額の大銀杏、さっきから顔ばかり洗っている由兵衛本多、水槽の前に腰を据えて、しきりに水をかぶっている坊主頭、竹の手桶と焼物の金魚とで、余念なく遊んでいる虻蜂蜻蛉、──狭い流しには、そう云う種々雑多な人間がいずれも濡れた体を滑らかに光らせながら、濛々と立上る湯煙と窓からさす朝日の光との中に、模糊として動いている。その又騒ぎが、一通りではない。第一に湯を使う音や桶を動かす音がする。それから話し声や唄の声がする。最後に時々番台で鳴らす拍子木の音がする。だから柘榴口の内外は、すべてがまるで戦場のように騒々しい。そこへ暖簾をくぐって、商人が来る。物貰いが来る。客の出入りは勿論あった。その混雑の中に──つつましく隅へ寄って、その混雑の中に、静に垢を落している、六十あまりの老人が一人あった。年の頃は六十を越していよう。鬢の毛が見苦しく黄ばんだ上に、眼も

少し悪いらしい。が、痩せてはいるものの、骨組みのしっかりした、寧いかついと云う体格で、皮のたるんだ手や足にも、どこかまだ老年に抵抗する底力が残っている。これは顔でも同じ事で、下顎骨の張った頬のあたりや、稍大きい口の周囲に、旺盛な動物的精力が、恐ろしい閃きを見せている事は、殆壮年の昔と変りがない。

老人は丁寧に上半身の垢を落してしまうと、止め桶の湯も浴びずに、今度は下半身を洗いはじめた。が、黒い垢すりの甲斐絹が何度となく上をこすっても、脂気の抜けた、小皺の多い皮膚からは、垢と云う程の垢も出て来ない。それがふと秋らしい寂しい気を起させたのであろう。老人は片々の足を洗ったばかりで、急に力がぬけたように手拭の手を止めてしまった。そうして、濁った止め桶の湯に、鮮かに映っている窓の外の空へ眼を落した。そこには又赤い柿の実が、瓦屋根の一角を下に見ながら、疎に透いた枝を綴っている。

老人の心には、この時「死」の影がさしたのである。が、その「死」は、嘗て彼を脅したそれのように、忌わしい何物をも蔵していない。云わばこの桶の中の空のように、静ながら慕わしい、安らかな寂滅の意識であった。一切の塵労を脱して、その「死」の中に眠る事が出来たならば――無心の子供のように、夢もなく眠る事が出来たならば、どんなに悦ばしい事であろう。自分は生活に疲れているばかりではない。何十年来、絶え間ない創作の苦しみにも、疲れている。……

老人は憮然として、眼を挙げた。あたりではやはり賑な談笑の声につれて、大ぜいの裸の人間が、目まぐるしく湯気の中に動いている。柘榴口の中の歌祭文にも、めりやすやよしこのの声が加わった。ここには勿論、今彼の心に影を落した悠久なものの姿は、微塵もない。

「いや、先生、こりゃとんだ所で御眼にかかりますな。どうも曲亭先生が朝湯にお出でになろうなんぞとは手前夢にも思いませんでした。」

老人は、突然こう呼びかける声に驚ろかされた。見ると彼の傍には、血色のいい、中脊の細銀杏が、止め桶を前に控えながら、濡れ手拭を肩へかけて、元気よく笑っている。これは風呂から出て、丁度上り湯を使おうとした所らしい。

「不相変御機嫌で結構だね。」

馬琴滝沢瑣吉は、微笑しながら、稍皮肉にこう答えた。

二

「どう致しまして、一向結構じゃございません。結構と云や、先生、八犬伝は愈出でて、愈奇なり、結構なお出来でございますな。」

細銀杏は肩の手拭を桶の中へ入れながら、一調子張上げて弁じ出した。

「船虫が鴇婦に身をやつして、小文吾を殺そうとする。拷問された揚句に、荘介に助けられる。あの段どりが実に何とも申されません。そうしてそれが又、荘介小文吾再会の機縁になるのでございますからな。不肖じゃございますが、この近江屋平吉も、小間物屋こそ致して居りますが、読本にかけちゃ一かど通のつもりでございます。その手前でさえ、先生の八犬伝には、何とも批の打ちようがございません。いや全く恐れ入りました。」

馬琴は黙って又、足を洗い出した。彼は勿論彼の著作の愛読者に対しては、昔からそれ相当な好意を持っている。しかしその好意が、相手の人物に対する評価が、変化するなどと云う事は少しもない。これは聡明な彼にとって、当然すぎる程当然な事である。が、不思議な事には逆にその評価に影響すると云う事も亦殆どない。だから彼は場合によって、軽蔑と好意とを、完く同一人に対して同時に感ずる事が出来た。この近江屋平吉の如きは、正にそう云う愛読者の一人である。——いや、これはとんだ失礼を申上げました。」

「何しろあれだけのものをお書きになるんじゃ、先ず当今では、先生がさしずめ日本の羅貫中と云う所でございますな。並大抵なお骨折じゃございますまい。」

平吉は又大きな声をあげて笑った。その声に驚かされたのであろう。側で湯を浴びていた小柄な、色の黒い、眇の小銀杏が、振返って平吉と馬琴とを見比べると、妙な

顔をして流しへ痰を吐いた。

「貴公は不相変発句にお凝りかね。」

馬琴は巧に話頭を転換した。がこれは何も眇の表情を気にした訳ではない。彼の視力は幸福な事に（？）もうそれがはっきりとは見えない程、衰弱していたのである。

「これはお尋ねに預って恐縮至極でございますな。手前のはほんの下手の横好きで今日も運座、明日も運座、と、所々方々へ臆面もなくしゃしゃり出ますが、どうも物のか、句の方は一向頭を出してくれません。時に先生は、如何でございますな。歌とか発句とか申すものは、格別お好みになりませんか。」

「いや私は、どうもああ云うものにかけると、とんと無器用でね。尤も一時はやった事もあるが。」

「そりゃ御冗談で。」

「いや、完く性に合わない」と云う語に、殊に力を入れてこう云った。彼は歌や発句馬琴は、「性に合わない」と見えて、未だにとんと眼くらの垣覗きさ。」が作れないとは思っていない。だから勿論その方面の理解にも、乏しくないと云う自信がある。が、彼はそう云う種類の芸術には、昔から一種の軽蔑を持っていた。何故かと云うと、歌にしても発句にしても、彼の全部をその中に注ぎこむ為には、余りに形式が小さすぎる。だから如何に巧に詠みこなしてあっても、一句一首の中に表現さ

れたものは、抒情なり叙景なり、僅に彼の作品の何行かを充す丈の資格しかない。そう云う芸術は、彼にとって、第二流の芸術である。

三

　彼が「性に合わない」と云う語に力を入れた後には、こう云う軽蔑が潜んでいた。が、不幸にして近江屋平吉には、全然そう云う意味が通じなかったものらしい。
「ははあ、やっぱりそう云うものでございますかな。手前などの量見では、先生のような大家なら、何でも自由にお作りになれるだろうと存じて居りましたが――いや、天二物を与えずとは、よく申したものでございます。」
　平吉はしぼった手拭で、皮膚が赤くなる程、ごしごし体をこすりながら、稍遠慮するような調子で、こう云った。が、自尊心の強い馬琴には、彼の謙辞をその儘語通り受取られたと云う事が、先ず何よりも不満である。その上平吉の遠慮するような調子が愈又気に入らない。そこで彼は手拭と垢すりとを流しへ抛り出すと半ば身を起しながら、苦い顔をして、こんな気焔をあげた。
「尤も、当節の歌よみや宗匠位には行くつもりだがね。」
　しかし、こう云うと共に、彼は急に自分の子供らしい自尊心が恥ずかしく感ぜられ

た。自分はさっき平吉が、最上級の語を使って八犬伝を褒めた時にも、格別嬉しかったとは思っていない。そうして見れば、今その反対に、自分が歌や発句を作る事の出来ない人間と見られたにしても、それを不満に思うのは、明に矛盾である。咄嗟にこう云う自省を動かした彼は、恰も内心の赤面を隠そうとするように、慌しく止め桶の湯を肩から浴びた。

「でございましょう。そうなくっちゃ、とてもああ云う傑作は、お出来になりますまい。して見ますと、先生は歌も発句もお作りになると、こう睨んだ手前の眼光は、やっぱり大したものでございますな。これはとんだ手前味噌になりました。」

平吉は又大きな声を立てて、笑った。さっきの眇はもう側にいない。痰も馬琴の浴びた湯に、流されてしまった。が、馬琴がさっきにも増して恐縮したのは勿論の事である。

「いや、うっかり話しこんでしまった。どれ私も一風呂、浴びて来ようか。」

妙に間の悪くなった彼は、こう云う挨拶と共に、自分に対する一種の腹立たしさを感じながら、とうとうこの好人物の愛読者の前を退却すべく、徐に立上った。が、平吉は彼の気焰によって寧ろ愛読者たる彼自身まで、肩身が広くなったように、感じたらしい。

「では先生その中に一つ歌か発句かを書いて頂きたいものでございますな。よろしゅ

うございますか。お忘れになっちゃいけませんぜ。じゃ手前も、これで失礼致しましょう。お忙しゅうもございましょうが、お通りすがりの節は、ちと御立ち寄りを。手前も亦、お邪魔に上ります。」

平吉は追いかけるように、こう云った。そうして、もう一度手拭を洗い出しながら、柘榴口(ざくろぐち)の方へ歩いて行く馬琴の後姿を見送って、これから家へ帰った時に、曲亭先生に遇(あ)ったと云う事を、どんな調子で女房に話して聞かせようかと考えた。

　　四

　柘榴口の中は、夕方のようにうす暗い。それに湯気が、霧よりも深くこめている。眼の悪い馬琴は、その中にいる人々の間を、あぶなそうに押しわけながら、どうにか風呂の隅をさぐり当てると、やっとそこへ皺だらけな体を浸した。

　湯加減は少し熱い位である。彼はその熱い湯が爪の先にしみこむのを感じながら、長い呼吸をして、徐(おもむろ)に風呂の中を見廻わした。うす暗い中に浮んでいるまわりには、人つ八つもあろうか。それが皆話しをしたり、唄をうたったりしている頭の数は、七間の脂(あぶら)を溶(とか)した、滑(なめらか)な湯の面が、柘榴口からさす濁った光に反射して、退屈そうにぶたぶたと動いている。そこへ胸の悪い「洗湯の匂(にお)い」がむんと人の鼻を衝(つ)いた。

馬琴の空想には、昔から羅曼的な傾向がある。彼はこの風呂の湯気の中に、彼が描こうとする小説の場面の一つを、思い浮べるともなく思い浮べた。そこには重い舟日覆がある。日覆の外の海は、日の暮と共に風が出たらしい。舷をうつ浪の音が、まるで油を揺るように、重苦しく聞えて来る。その音と共に、日覆をはためかすのは、大方蝙蝠の羽音であろう。舟子の一人は、それを気にするように、そっと舷から外を覗いて見た。霧の下りた海の上には、赤い三日月が陰々と空に懸っている。すると……

彼の空想は、ここまで来て、急に破られた。同じ柘榴口の中で、誰か彼の読本の批評をしているのが、ふと彼の耳へはいったからである。しかも、それは声と云い、話様と云い、殊更彼に聞かせようとして、しゃべり立てているらしい。馬琴は一旦風呂を出ようとしたが、やめて、じっとその批評を聞き澄ました。

「曲亭先生の、著作堂主人のと、大きな事を云ったって、馬琴なんぞの書くものは、みんなありゃ焼直しでげす。早い話が八犬伝は、手もなく水滸伝の引写しじゃげえせんか。が、そりゃまあ大目に見ても、いい筋がありやす。何しろ先が唐の物でげしょう。そこで、まずそれを読んだと云う丈でも、一手柄さ。ところがそこへ又ぶ京伝の二番煎じと来ちゃ、呆れ返って腹も立ちゃせん。」

馬琴はかすむ眼で、この悪口を云っている男の方を透して見た。湯気に遮られて、はっきりとは見えないが、どうもさっき側にいた眇の小銀杏ででもあるらしい。そ

とすればこの男は、さっき平吉が八犬伝を褒めたのに業を煮やして、わざと馬琴に当りちらしているのであろう。

「第一馬琴の書くものは、ほんの筆先一点張りでげす。まるで腹には、何にもありゃせん。あればまず寺子屋の師匠でも云いそうな、四書五経の講釈だけでげしょう。だから又当世の事は、とんと御存じなしさ。それが証拠にゃ、昔の事でなけりゃ、書いたと云うためしはとんとげえせん。お染久松がお染久松じゃ書けねえもんだから、そら松染情史秋七草さ。こんな事は、馬琴大人の口真似をすれば、そのためしさわに多かりでげす。」

憎悪の感情は、どっちか優越の意識を持っている以上、起したくも起されない。馬琴も相手の云いぐさが癪にさわりながら、妙にその相手が憎めなかった。その代りに彼自身の軽蔑を、表白してやりたいと云う欲望がある。それが実行に移されなかったのは、恐らく年齢が歯止めをかけたせいであろう。

「そこへ行くと、一九や三馬は大したものでげす。あの手合いの書くものには、天然自然の人間が出ていやす。決して小手先の器用や生嚙りの学問で、捏ちあげたものじゃげえせん。そこが大きに蓑笠軒隠者なんぞとは、ちがう所さ。」

馬琴の経験によると、自分の読本の悪評を聞くと云う事は、単に不快であるばかりでなく、危険も亦少くない。と云うのは、その悪評を是認する為に、勇気が沮喪する

と云う意味ではなく、それを否認する為に、その後の創作的動機に、反動的なものが加わると云う意味である。そうしてそう云う不純な動機から出発する結果、屢々崎形な芸術を創造する恐があると云う意味である。時好に投ずる事のみを目的としている作者は別として、少しでも気魄のある作者なら、この危険には存外陥り易い。だから馬琴は、この年まで自分の読本に対する悪評は、成る可く読まないように心がけて来た。が、そう思いながらも亦、一方には、その悪評を読んで見たいと云う誘惑がない でもない。今、この風呂で、この小銀杏の悪口を聞くようになったのも、半はその誘惑に陥ったからである。

こう気のついた彼は、すぐに便々とまだ湯に浸っている自分の愚を責めた。そうして、癇高い小銀杏の声を聞き流しながら、柘榴口を外へ勢いよく跨いで出た。外には、湯気の間に窓の青空が見え、その青空には暖く日を浴びた柿が見える。馬琴は水槽の前へ来て、心静に上り湯を使った。

「兎に角、馬琴は食わせ物でげす。」

しかし風呂の中ではさっきの男が、まだ馬琴がいるとでも思うのか、依然として猛烈なフィリッピクスを発しつづけている。事によると、これはその眥に災されて、彼の柘榴口を跨いで出る姿が、見えなかったからかも知れない。

五

しかし、洗湯を出た時の馬琴の気分は、沈んでいた。眇の毒舌は、少くともこれだけの範囲で、確に予期した成功を収め得たのである。彼は秋晴れの江戸の町を歩きながら、風呂の中で聞いた悪評を、一々彼の批評眼にかけて、綿密に点検した。そうして、それが、如何なる点から考えて見ても、一顧の価のない愚論だと云う事実を、即座に証明する事が出来た。が、それにも関らず、一度乱された彼の気分は、容易に元通り、落着きそうもない。

彼は不快な眼を挙げて、両側の町家を眺めた。町家のものは、彼の気分とは没交渉に、皆その日の生計を励んでいる。だから「諸国銘葉」の柿色の暖簾、「本黄楊」の黄いろい櫛形の招牌、「駕籠」の掛行灯、「卜筮」の算木の旗、――そう云うものが、無意味な一列を作って、唯雑然と彼の眼底を通りすぎた。

「どうして己は、己の軽蔑している悪評に、こう煩されるのだろう。」

馬琴は又、考えつづけた。

「己を不快にするのは、第一にあの奴が己に悪意を持っていると云う事実だ。人に悪意を持たれると云う事は、その理由の如何に関らず、それ丈で己には不快なのだから、

「仕方がない。」
 彼は、こう思って、自分の気の弱いのを恥じた。実際彼の如く傍若無人な態度に出る人間が少かったように、彼の如く他人の悪意に対して、敏感な人間も亦少かったのである。そうして、この行為の上では全く反対に思われる二つの結果が、実は同じ原因――同じ神経作用から来ていると云う事実にも、勿論彼はとうから気がついていた。
「しかし、己を不快にするものは、まだ外にもある。それは己があの胼があの胼だと、対抗するような位置に置かれたと云う事だ。己は昔からそう云う位置に身を置く事を好まない。勝負事をやらないのも、その為だ。」
 ここまで分析して来た彼の頭は、更に一歩を進めると同時に、思いもよらない変化を、気分の上に起させた。それは緊くむすんでいた彼の脣が、この時急に弛んだのを見ても、知れる事であろう。
「最後に、そう云う位置へ己を置いた相手が、あの胼だと云う事実も、確に己を不快にしている。もしあれがもう少し高等な相手だったら、己はこの不快を反撥する丈の、反抗心を起していたのに相違ない。何にしても、あの胼が相手では、いくら己でも閉口する筈だ。」
 馬琴は苦笑しながら、高い空を仰いだ。その空からは、朗かな鳶の声が、日の光と共に、雨の如く落ちて来る。彼は今まで沈んでいた気分が、次第に軽くなって来る事

「しかし、誰がどんな悪評を立てようとも、それは精々、己を不快にさせる位だ。いくら鳶が鳴いたからと云って、天日の歩みが止まるものではない。己の八犬伝は必ず完成するだろう。そうしてその時は、日本が古今に比倫のない大伝奇を持つ時だ。」
彼は恢復した自信を労わりながら、細い小路を静に家の方へ曲って行った。

　　六

内へ帰って見ると、うす暗い玄関の沓脱ぎの上に、見慣れたばら緒の雪駄が一足のっている。馬琴はそれを見ると、すぐにその客ののっぺりした顔が、眼に浮んだ。そうして又、時間をつぶされる迷惑を、苦々しく心に思い起した。
「今日も朝の中はつぶされるな。」
こう思いながら、彼が式台へ上ると、慌しく出迎えた下女の杉が、手をついた儘、下から彼の顔を見上げるようにして、
「和泉屋さんが、御居間でお帰りをお待ちでございます。」と云った。
彼は頷きながら、ぬれ手拭を杉の手に渡した。が、どうもすぐに書斎へは通りたくない。

を意識した。

「お百は。」
「御仏参にお出でになりました。」
「お路も一しょか。」
「はい。坊ちゃんと御一しょに。」
「倅は。」
「山本様へいらっしゃいました。」
家内は皆、留守である。彼はちょいと、失望に似た感じを味わった。そうして仕方なく、玄関の隣にある書斎の襖を開けた。
開けて見ると、そこには、色の白い、顔のてらてら光っている、どこか妙に取り澄ました男が、細い銀の煙管を咥えながら、端然と座敷のまん中に控えている。彼の書斎には石刷を貼った屏風と床にかけた紅楓黄菊の双幅との外に、装飾らしい装飾は一つもない。壁に沿うては、五十に余る本箱が、唯古びた桐の色を、一面に寂しく並べている。障子の紙も貼ってから、一冬はもう越えたのであろう。切り貼りの点々と白い上には、秋の日に照された破芭蕉の大きな影が、婆娑として斜に映っている。それだけにこの客のぞろりとした服装が、一層又周囲と釣り合わない。
「いや、先生、ようこそお帰り。」
客は、襖があくと共に、滑な調子でこう云いながら、恭しく頭を下げた。これが、

当時八犬伝に次いで世評の高い金瓶梅の版元を引受けていた、和泉屋市兵衛と云う本屋である。

「大分にお待ちなすったろう。めずらしく今朝は、朝湯に行ったのでね。」

馬琴は、本能的にちょいと顔をしかめながら、何時もの通り、礼儀正しく座についた。

「へへえ、朝湯に。成程。」

市兵衛は、大に感服したような声を出した。如何なる瑣末な事件にも、この男の如く容易に感服する人間は、滅多にない。いや、感服したような顔をする人間は、稀である。馬琴は徐に一服吸いつけながら、何時もの通り、早速話を用談の方へ持っていった。彼は特に、和泉屋のこの感服を好まないのである。

「そこで今日は何か御用かね。」

市兵衛は煙管を一つ指の先でくるりとまわして見せながら、女のように柔しい声を出した。この男は不思議な性格を持っている。と云うのは、外面の行為と内面の心意とが、大抵な場合は一致しない。しない所か、何時でも正反対になって現れる。だから、彼は大に強硬な意志を持っていると、必ずそれに反比例する、如何にも柔しい声を出した。

「へえ、なに又一つ原稿を頂戴に上りましたんで。」

126

馬琴はこの声を聞くと、再び本能的に顔をしかめた。

「原稿と云ったって、それは無理だ。」

「へへえ、何か御差支でもございますので。」

「差支える所じゃない。今年は読本を大分引受けたので、とても合巻の方へは手が出せそうもない。」

「成程それは御多忙で。」

と云ったかと思うと、市兵衛は煙管で灰吹きを叩いたのが相図のように、今までの話はすっかり忘れたと云う顔をして、突然鼠小僧次郎太夫の話をしゃべり出した。

　　　七

鼠小僧次郎太夫は、今年五月の上旬に召捕られて、八月の中旬に獄門になった、評判の高い大賊である。それが大名屋敷へばかり忍び込んで、盗んだ金は窮民へ施したと云う所から、当時は義賊と云う妙な名前が、一般にこの盗人の代名詞になって、どこでも盛んに持て囃されていた。

「何しろ先生、盗みにはいった御大名屋敷が七十六軒、盗んだ金が三千百八十三両二分だと云うのだから驚きます。盗人じゃございますが、中々唯の人間に出来る事じゃ

ございません。」
　馬琴は思わず好奇心を動かした。市兵衛がこう云う話をする後には、何時も作者に材料を与えてやると云う己惚れがひそんでいる。その己惚れは勿論、よく馬琴の癇にさわった。が、癇にさわりながらも、やっぱり好奇心には動かされる。芸術家としての天分を多量に持っていた彼は、殊にこの点では、誘惑に陥り易かったからであろう。
「ふむ、それは成程えらいものだね。私もいろいろ噂には聞いていたが、まさかそれ程とは思わずにいた。」
「つまりまず賊中の豪なるものでございましょうな。お屋敷方の案内に明るいのは、そのせいだそうでございます。引廻しを見たものの話を聞きますと、でっぷりした、愛嬌のある男だそうで、その時は紺の越後縮の帷子に、下へは白練の単衣を着ていたと申しますが、とんと先生のお書きになるものの中へでも出て来そうじゃございませんか。」
　馬琴は生返事をしながら、又一服吸いつけた。が、市兵衛は元より、生返事位に驚くような男ではない。
「如何でございましょう。そこで金瓶梅の方へ、この次郎太夫を持ちこんで、御執筆を願うような訳には参りますまいか。それはもう手前も、お忙しいのは重々承知致して居ります。が、そこをどうか枉げて、一つ御承諾を。」

鼠小僧はここに至って、忽ち又元の原稿の催促へ舞戻った。が、この慣用手段に慣れている馬琴は依然として承知しない。のみならず、彼は前よりも一層機嫌が悪くなった。これは一時でも市兵衛の計に乗って、幾分の好奇心を動かしたのが、彼自身莫迦々々しくなったからである。彼はまずそうに煙草を吸いながら、とうとうこんな理窟を云い出した。

「第一私が無理に書いたって、どうせ碌なものは出来やしない。それじゃ売れ行きに関るのは云うまでもない事なのだから、貴公の方だってつまらなかろう。して見ると、これは私の無理を通させる方が、結局両方の為になるだろうと思うが。」

「でございましょうが、そこを一つ御奮発願いたいので。如何なものでございましょう。」

市兵衛は、こう云いながら、視線で彼の顔を「撫で廻した。」（これは馬琴が、和泉屋の或眼つきを形容した語である。）そうして、煙草の煙をとぎれとぎれに、鼻から出した。

「とても、書けないね。書きたくも、暇がないんだから、仕方がない。」

「それは手前、困却致しますな。」

と言ったが、今度は突然、当時の作者仲間の事を話し出した。やっぱり細い銀の煙管を、うすい脣の間に啣えながら。

八

「又種彦の何か新版物が、出るそうでございますな。いずれ優美第一の、哀れっぽいものでございましょう。あの仁の書くものには、種彦でなくては書けないと云う所があるようで。」

　市兵衛は、どう云う気か、すべて作者の名前を呼びすてにする習慣がある。馬琴はそれを聞く度に、自分も亦蔭では「馬琴が」と云われる事だろうと思った。この軽薄な、作者を自家の職人だと心得ている男の口から、呼びすてにされてまでも、原稿を書いてやる必要がどこにある？——癇の嵩ぶった時々には、こう思って腹を立てた事も、稀ではない。が、今日も彼は種彦と云う名を耳にすると、苦い顔を愈苦くせずにはいられなかった。

「それから手前どもでも、春水を出そうかと存じて居ります。先生はお嫌いでございますが、やはり俗物にはあの辺が向きますようでございますな。」

　市兵衛には、少しもそんな事は気にならないらしい。

「ははあ、左様かね。」

　馬琴の記憶には、何時か見かけた事のある春水の顔が、卑しく誇張されて浮んで来た。「私は作者じゃない。お客様のお望みに従って、艶物を書いてお目にかける手間

取りだ。」——こう春水が称していると云う噂は、馬琴も夙に聞いていた所である。だから、勿論彼はこの作者らしくない作者を、心の底から軽蔑していた。が、それにも関らず、今市兵衛が呼びすてにするのを聞くと、依然として不快の情を禁ずる事が出来ない。

「兎も角あれで、艶っぽい事にかけては、達者なものでございますからな。それに名代の健筆で。」

こう云いながら、市兵衛はちょいと馬琴の顔を見て、それから又すぐに口に啣えている銀の煙管へ眼をやった。その咄嗟の表情には、恐る可く下等な何物かがある。少くとも、馬琴はそう感じた。

「あれだけのものを書きますのに、すらすら筆が走りつづけで、二三回分位なら、紙からはなれないそうでございます。時に先生などでは、やはりお早い方でございますか。」

馬琴は不快を感じると共に、脅されるような心もちになった。彼の筆の早さを春水や種彦のそれと比較されると云う事は、自尊心の旺盛な彼にとって、勿論好ましい事ではない。しかも彼は遅筆の方である。彼はそれが自分の無能力に裏書きをするように思われて、寂しくなった事もよくあった。が、一方又それが自分の芸術的良心を計る物差しとして、尊みたいと思った事も度々ある。唯、それを俗人の穿鑿にまかせる

のは、彼がどんな心もちでいようとも、断じて許そうとは思わない。そこで彼は、眼を床の紅楓黄菊の方へやりながら、吐き出すようにこう云った。

「時と場合でね。早い時もあれば、又遅い時もある。」

「ははあ、時と場合でね。成程。」

市兵衛は三度感服した。が、これが感服それ自身に了る感服でない事は、云うまでもない。彼はこの後で、すぐに又、切りこんだ。

「でございますが、度々申し上げた原稿の方は、一つ御承諾下さいませんでしょうか。春水なんぞも、……」

「私と為永さんとは違う。」

馬琴は腹を立てると、下顎を左の方へまげる癖がある。この時、それが恐しい勢で左へまがった。

「まあ私は御免を蒙ろう。——杉、杉、和泉屋さんのお履物を直して置いたか。」

九

和泉屋市兵衛を逐い帰すと、馬琴は独り縁側の柱へよりかかって、狭い庭の景色を眺めながら、まだおさまらない腹の虫を、無理におさめようとして、骨を折った。

日の光を一ぱいに浴びた庭先には、葉の裂けた芭蕉や、坊主になりかかった梧桐が、槙や竹の緑と一しょになって、暖く何坪かの秋を領している。こっちの手水鉢の側にある芙蓉は、もう花が疎になったが、向うの袖垣の外に植えた木犀は、まだその甘い匂が衰えない。そこへ例の鳶の声が遥な青空の向うから、時々笛を吹くように落ちて来た。

彼は、この自然と対照させて、今更のように世間の下等さを思出した。下等な世間に住む人間の不幸は、その下等さに煩わされて、自分も亦下等なくさせられる所にある。現に今自分は、和泉屋市兵衛を逐い払った。逐い払うと云う事は、勿論高等な事でも何でもない。が、自分は相手の下等さによって、自分も亦その下等な事を、しなくてはならない所まで押しつめられたのである。そうして、した。したと云う意味は市兵衛と同じ程度まで、自分を卑くしたと云うのに外ならない。つまり自分は、それ丈堕落させられた訳である。

ここまで考えた時に、彼はそれと同じような出来事を、近い過去の記憶に発見した。

それは去年の春、彼の所へ弟子入りをしたいと云って手紙をよこした、相州朽木上新田とかの長島政兵衛と云う男である。この男はその手紙によると二十一の年に聾になって以来、廿四の今日まで、文筆を以て天下に知られたいと云う決心で、専ら読本の著作に精を出した。八犬伝や巡島記の愛読者である事は、云うまでもない。就いて

はこう云う田舎にいては、何かと修業の妨になる。だから、あなたの所へ、食客に置いて貰う訳には行くまいか。それから又、自分は六冊物の読本の原稿を持っている。──これも馬琴の筆削を受けて、然るべき本屋から出版したい。──大体こんな事を書いてよこした。向うの要求は、勿論皆馬琴にとって、余りに虫のいい事ばかりである。が、耳の遠いと云う事が、眼の悪いのを苦にしている彼にとっては、幾分の同情を繋ぐ楔子になったのであろう。折角だが御依頼通りになり兼ねると云う彼の返事は、始から仕舞まで猛烈としては、丁重を極めていた。すると、折返して来た手紙には、寧彼な非難の文句の外に、何一つ書いてない。

自分はあなたの八犬伝と云い、巡島記と云い、あんな長たらしい、拙劣な読本を根気よく読んであげたが、あなたは私のたった六冊物の読本に眼を通すのさえ拒まれた。以てあなたの人格の下等さがわかるではないか。──手紙はこう云う文句ではじまって、先輩として後輩を食客に置かないのは、鄙客の為す所だと云う攻撃で、僅に局を結んでいる。馬琴は腹が立ったから、すぐに返事を書いた。そうしてその中に、自分の読本が貴公のような軽薄児に読まれるのは、一生の恥辱だと云う文句を入れた。その後杳として消息を聞かないが、彼はまだ今でも、読本の稿を起しているだろうか。そうしてそれが何時か日本中の人間に読まれる事を、夢想しているだろうか。

馬琴はこの記憶の中に、長島政兵衛なるものに対する情無さと、彼自身に対する情

無さとを同時に感ぜざるを得なかった。そうしてそれは又彼を、云いようのない寂しさに導いた。が、日は無心に木犀の匂を融かしている。芭蕉や梧桐も、ひっそりとして葉を動かさない。鳶の声さえ以前の通り朗である。この自然とあの人間と——十分の後、下女が昼飯の支度の出来た事を知らせに来た時まで、彼はまるで夢でも見ているように、ぼんやり縁側の柱に倚りつづけていた。

十

独りで寂しい昼飯をすませた彼は、漸く書斎へひきとると、何となく落着かない、不快な心もちを鎮める為に、久しぶりで水滸伝を開いて見た。偶然開いた所は豹子頭林冲が、風雪の夜に山神廟で、草秣場の焼けるのを望見する件である。彼はその戯曲的な場景に、何時もの感興を催す事が出来た。が、それが或所まで続くと反て妙に不安になった。

仏参に行った家族のものは、まだ帰って来ない。内の中は森としている。彼は陰気な顔を片づけて、水滸伝を前にしながら、うまくもない煙草を吸った。そうしてその煙の中に、ふだんから頭の中に持っている、或疑問を髣髴した。

それは、道徳家としての彼と芸術家としての彼との間に、何時も纏綿する疑問であ

る。彼は昔から「先王の道」の芸術的表現である。だから、そこに矛盾はない。彼の小説は彼自身公言した如く、正に「先王の道」を疑わなかった。彼の小説は彼自身公言した如く、正に「先王の道」が芸術に与える価値と、彼の心情が芸術に与えようとする価値との間には、存外大きな懸隔がある。従って彼の中にある道徳家が前者を肯定すると、彼の中にある芸術家は当然又後者を肯定した。勿論比矛盾を切抜ける安価な妥協的思想もない事はない。実際彼は公衆に向って比煮切らない調和説の背後に、彼の芸術に対する曖昧な態度を隠そうとした事もある。

しかし公衆は欺かれても、彼自身は欺かれない。彼は戯作の価値を否定して、「勧懲の具」と称しながら、常に彼の中に磅礴する芸術的感興に遭遇すると、忽ち不安を感じ出した。——水滸伝の一節が、偶彼の気分の上に、予想外の結果を及ぼしたのにも、実はこんな理由があったのである。

この点に於て、思想的に臆病だった馬琴は、黙然として煙草をふかしながら、強いて思量を留守にしている家族の方へ押し流そうとした。が、彼の前には水滸伝がある。不安はそれを中心にして、容易に念頭を離れない。そこへ折よく、久しぶりで、崋山渡辺登が尋ねて来た。袴羽織に紫の風呂敷包みを小脇にしている所では、これは大方借りていた書物でも返しに来たのであろう。

馬琴は喜んで、この親友をわざわざ玄関まで、迎えに出た。

「今日は拝借した書物を御返却旁、御目にかけたいものがあって、参上しました。」

崋山は書斎に通ると、果してこう云った。見れば風呂敷包みの外にも紙に巻いた絵絹らしいものを持っている。

「御暇なら一つ御覧を願いましょうかな。」

「おお、早速、拝見しましょう。」

崋山は或興奮に似た感情を隠すように、稍わざとらしく微笑しながら、紙の中の絵絹を披いて見せた。絵は蕭索とした裸の樹を、遠近と疎に描いて、その中に掌を拊って談笑する二人の男を立たせている。林間に散っている黄葉と、林梢に群っている乱鴉と、——画面のどこを眺めても、うそ寒い秋の気が動いていない所はない。

馬琴の眼は、この淡彩の寒山拾得に落ちると、次第にやさしい潤いを帯びて輝き出した。

「何時もながら、結構な御出来ですな。私は王摩詰を思い出します。食随鳴磬一鳥下、行踏空林落葉声と云う所でしょう。」

十一

「これは昨日描き上げたのですが、私には気に入ったから、御老人さえよければ差上

げようと思って持って来ました」

崋山は、鬚の痕の青い頤を撫でながら、満足そうにこう云った。

「勿論気に入ったと云っても、今まで描いたものの中ではと云う位な所ですが——」とでも思う通りには、何時になっても、描けはしません。」

「それは難有い。何時も頂戴ばかりしていて恐縮ですが。」

馬琴は、絵を眺めながら、呟くように礼を云った。未完成の儘になっている彼の仕事の事が、この時彼の心の底に、何故かふと閃いたからである。が、崋山は崋山で、やはり彼の絵の事を考えつづけているらしい。

「古人の絵を見る度に、私は何時もどうしてこう描けるだろうと思いますな。木でも石でも人物でも、皆その木なり石なり人物なりに成り切って、しかもその中に描いた古人の心もちが、悠々として生きている。あれだけは実に大したものです。まだ私などは、そこへ行くと、子供程にも出来て居ません。」

「古人は後生恐るべしと云いましたがな。」

崋山は後生が自分の絵の事ばかり考えているのを、妬ましいような心もちで、眺めながら、何時になくこんな諧謔を弄した。

「それは後生も恐ろしい。だから私どもは唯、古人と後生との間に挟まって、身動きもならずに、押され押され進むのです。尤もこれは私どもばかりではありますまい。

古人もそうだったし、後生もそうでしょう。」

「如何にも進まなければ、すぐに押し倒される。するとまず一足でも進む工夫が、肝腎らしいようですな。」

「さよう、それが何よりも肝腎です。」

主人と客とは、彼等自身の語に動かされて、暫くの間口をとざした。そうして二人とも、秋の日の静かな物音に耳をすませた。

「八犬伝は不相変、捗がお行きですか。」

やがて、崋山が話題を別な方面に開いた。

「いや、一向捗どらんで仕方がありません。これも古人には及ばないようです。」

「御老人がそんな事を云っては、困りますな。」

「困るのなら、私の方が誰よりも困っています。併しどうしても、之で行ける所迄行くより外はない。そう思って、私は比頃八犬伝と討死の覚悟をしました。」

こう云って、馬琴は自ら恥ずるもののように、苦笑した。

「たかが戯作だと思っても、そうは行かない事が多いのでね。」

「それは私の絵でも同じ事です。どうせやり出したからには、私も行ける所までは行き切りたいと思っています。」

「御互に討死ですかな。」

二人は声を立てて、笑った。が、その笑い声の中には、二人だけにしかわからない或寂しさが流れている。と同時に又、主人と客とは、ひとしくこの寂しさから、一種の力強い興奮を感じた。
「しかし絵の方は羨ましいようですな。公儀の御咎めを受けるなどと云う事がないのは何よりも結構です。」
今度は馬琴が、話頭を一転した。

十二

「それはないが——御老人の書かれるものも、そう云う心配はありますまい。」
「いや、大にありますよ。」
馬琴は改名主の図書検閲が、陋を極めている例として、自作の小説の一節が、役人が賄賂をとる箇条のあった為に、改作を命ぜられた事実を挙げた。そうして、それにこんな批評をつけ加えた。
「改名主など云うものは、咎め立てをすればする程、尻尾の出るのが面白いじゃありませんか。自分たちが賄賂をとるものだから、賄賂の事を書かれると、嫌がって改作させる。又自分たちが猥雑な心もちに囚われ易いものだから、男女の情さえ書いてあ

れば、どんな書物でも、すぐ誨淫の書にしてしまう。それで自分たちの道徳心が、作者より高い気でいるから、傍痛い次第です。云わばあれは、猿が鏡を見て、歯をむき出しているようなものでしょう。自分で自分の下等なのに、腹を立てているのですからな。」

崋山は馬琴の比喩が余り熱心なので、思わず失笑しながら、

「それは大きにそう云う所もありましょう。しかし改作させられても、それは御老人の恥辱になる訳ではありますまい。改名主などが何と云おうとも、立派な著述なら、必ずそれだけの事はある筈です。」

「それにしても、ちと横暴すぎる事が多いのでね。そうそう一度などは獄屋へ衣食を送る件を書いたので、やはり五六行削られた事がありました。」

馬琴自身もこう云いながら、崋山と一しょに、くすくす笑い出した。

「しかしこの後五十年か百年経ったら、改名主の方はいなくなって、八犬伝だけが残る事になりましょう。」

「八犬伝が残るにしろ、残らないにしろ、改名主の方は、存外何時までもいそうな気がしますよ。」

「そうですかな。私にはそうも思われませんが。」

「いや、改名主はいなくなっても、改名主のような人間は、何時の世にも絶えた事は

ありません。焚書坑儒が昔だけあったと思うと、大きに違います。」
「御老人は、この頃心細い事ばかり云われますな。」
「私が心細いのではない。改名主どものはびこる世の中が、心細いのです。」
「では、益々働かれたら好いでしょう。」
「兎に角、それより外はないようですな。」
「そこで又、御同様に討死ですか。」
今度は二人とも笑わなかった。笑わなかったばかりでない。それ程崋山のこの冗談のような語には、妙な鋭さがあったのである。
「しかしまず若い者は、生きのこる分別をする事です。討死は何時でも出来ますからな。」
馬琴はちょいと顔を堅くして、崋山を見た。

程を経て、馬琴がこう云った。崋山の政治上の意見を知っている彼には、この時ふと一種の不安が感ぜられたからであろう。が、崋山は微笑したぎり、それには答えようともしなかった。

十三

崋山が帰った後で、馬琴はまだ残っている興奮を力に、八犬伝の稿をつぐべく、何時ものように机へ向った。先を書きつづける前に、昨日書いた所を一通り読み返すのが、彼の昔からの習慣である。そこで彼は今日も、細い行の間へべた一面に朱を入れた、何枚かの原稿を、気をつけてゆっくり読み返した。

すると、何故か書いてある事が、自分の心もちとぴったり来ない。字と字との間に、不純な雑音が潜んでいて、それが全体の調和を至る所で破っている。彼は最初それを、彼の癇が昂ぶっているからだと解釈した。

「今の己の心もちが悪いのだ。書いてある事は、どうにか書き切れる所まで、書き切っている筈だから。」

そう思って、彼はもう一度読み返した。が、調子の狂っている事は前と一向変りはない。彼は老人とは思われない程、心の中で狼狽し出した。

「このもう一つ前はどうだろう。」

彼はその前に書いた所へ眼を通した。すると、これも赤徒らに粗雑な文句ばかりが、粥然としてちらかっている。彼は更にその前を読んだ。そうして又その前の前を読んだ。

しかし読むに従って、拙劣な布置と乱脈な文章とは、次第に眼の前に展開して来る。そこには何等の映像をも与えない叙景があった。何等の感激をも含まない詠歎があっ

た。そうして又、何等の理路を辿らない論弁があった。彼が数日を費して書き上げた何回分かの原稿は、今の彼の眼から見ると、悉く無用の饒舌としか思われない。彼は急に、心を刺されるような苦痛を感じた。

「これは始めから、書き直すより外はない。」

彼は心の中でこう叫びながら、忌々しそうに原稿を向うへつきやると、片肘ついてごろりと横になった。が、それでもまだ気になるのか、眼は机の上を離れない。彼はこの机の上で、弓張月を書き、南柯夢を書き、そうして今は八犬伝を書いた。この上にある端溪の硯、蹲蟠の文鎮、簣の形をした銅の水差し、獅子と牡丹とを浮かせた青磁の硯屏、それから蘭を刻んだ孟宗の根竹の筆立て——そう云う一切の文房具は、皆彼の創作の苦しみに、久しい以前から親しんでいる。それらの物を見るにつけても、彼は自ら今の失敗が、暗い影を投げるような——彼自身の実力が根本的に怪しいような、忌わしい不安を禁じる事が出来ない。

「自分はさっきまで、本朝に比倫を絶した大作を書くつもりでいた。が、それもやはり事によると、人並に己惚れの一つだったかも知れない。」

こう云う不安は、彼の上に、何よりも堪え難い、落莫たる孤独の情を齎した。彼は彼の尊敬する和漢の天才の前には、常に謙遜である事を忘れるものではない。が、そ
れ丈に又、同時代の屑々たる作者輩に対しては、傲慢である事と共に、飽迄も不遜であ

る。その彼が、結局自分も彼等と同じ能力の所有者だったと云う事を、そうして更に厭う可き遼東の豕だったと云う事は、どうして安々と認められよう。しかも彼の強大な「我」は「悟り」と「諦め」とに避難するには余りに情熱に溢れている。

彼は机の前に身を横えた儘、親船の沈むのを見る、難破した船長の眼で、失敗した原稿を眺めながら、静に絶望の威力と戦いつづけた。もしこの時、彼の後の襖が、けたたましく開け放されなかったら、そうして「お祖父様唯今。」と云う声と共に、柔かい小さな手が、彼の頸へ抱きつかなかったら、彼は恐らくこの憂鬱な気分の中に、何時までも鎖されていた事であろう。が、孫の太郎は襖を開けるや否や、子供のみが持っている大胆と率直とを以て、いきなり馬琴の膝の上へ勢よくとび上った。

「お祖父様唯今。」

「おお、よく早く帰って来たな。」

この語と共に、八犬伝の著者の皺だらけな顔には、別人のような悦びが輝いた。

　　十四

茶の間の方では、癇高い妻のお百の声や内気らしい嫁のお路の声が賑に聞えている。太郎は祖父の膝時々太い男の声がまじるのは、折から倅の宗伯も帰り合せたらしい。

に跨がりながら、それを聞きすましでもするように、わざと真面目な顔をして天井を眺めた。外気にさらされた頬が赤くなって、小さな鼻の穴のまわりが、息をする度に動いている。

「あのね、お祖父様にね。」

栗梅の小さな紋附を着た太郎は、突然こう云い出した。考えようとする努力と、笑いたいのを耐えようとする努力とで、靨が何度も消えたり出来たりする。——それが馬琴には、自ら微笑を誘うような気がした。

「よく毎日。」

「うん、よく毎日？」

「御勉強なさい。」

馬琴はとうとう噴き出した。が、笑の中ですぐ又語をつぎながら、

「それから？」

「それから——ええと——癇癪を起しちゃいけませんって。」

「おやおや、それっきりかい。」

「まだあるの。」

太郎はこう云って、糸鬢奴の頭を仰向けながら自分も亦笑い出した。眼を細くして、白い歯を出して、小さな靨をよせて、笑っているのを見ると、これが大きくなって、

世間の人間のような憐れむべき顔になろうとは、どうしても思われない。馬琴は幸福の意識に溺れながら、こんな事を考えた。そうしてそれが、更に又彼の心を擽った。

「まだ何かあるかい？」

「まだね。いろんな事があるの。」

「どんな事が？」

「ええと——お祖父様はね。今にもっとえらくなりますからね。」

「えらくなりますから？」

「ですからね。よくね。辛抱おしなさいって。」

「辛抱しているよ。」馬琴は思わず、真面目な声を出した。

「もっと、もっとようく辛抱なさいって。」

「誰がそんな事を云ったのだい。」

「それはね。」

太郎は悪戯そうに、ちょいと彼の顔を見た。そうして笑った。

「だあれだ？」

「そうさな。今日は御仏参に行ったのだから、お寺の坊さんに聞いて来たのだろう。」

「違う。」

断然として首を振った太郎は、馬琴の膝から、半分腰を擡げながら、顋を少し前へ

出すようにして、
「あのね。」
「うん。」
「浅草の観音様がそう云ったの。」
こう云うと共に、この子供は、家内中に聞えそうな声で、嬉しそうに笑いながら、馬琴につかまるのを恐れるように、急いで彼の側から飛び退いた。そうしてうまく祖父をかついだ面白さに小さな手を叩きながら、ころげるようにして茶の間の方へ逃げて行った。

馬琴の心に、厳粛な何物かが刹那に閃いたのは、この時である。彼の唇には、幸福な微笑が浮んだ。それと共に彼の眼には、何時か涙が一ぱいになった。この冗談は太郎が考え出したのか、或は又母が教えてやったのか、それは彼の問う所ではない。この時、この孫の口から、こう云う語を聞いたのが、不思議なのである。
「観音様がそう云ったか。勉強しろ。癇癪を起すな。そうしてもっとよく辛抱しろ。」
六十何歳かの老芸術家は、涙の中に笑いながら、子供のように頷いた。

十五

その夜の事である。

馬琴は薄暗い円行灯の光の下で、八犬伝の稿をつぎ始めた。執筆中は家内のものも、この書斎へははいって来ない。ひっそりした部屋の中では、灯心の油を吸う音が、蟋蟀の声と共に、空しく夜長の寂しさを語っている。

始め筆を下した時、彼の頭の中には、かすかな光のようなものが動いていた。が、十行二十行と、筆が進むのに従って、その光のようなものは、次第に大きさを増して来る。経験上、その何であるかを知っていた馬琴は、注意に注意をして、筆を運んで行った。神来の興は火と少しも変りがない。起す事を知らなければ、一度燃えても、すぐに又消えてしまう。………

「あせるな。そうして出来る丈、深く考えろ。」

馬琴はややもすれば走りそうな筆を警めながら、何度もこう自分に囁いた。が、頭の中にはもうさっきの星を砕いたようなものが、川よりも早く流れている。そうしてそれが刻々に力を加えて来て、否応なしに彼を押しやってしまう。

彼の耳には何時か、蟋蟀の声が聞えなくなった。彼の眼にも、円行灯のかすかな光が、今は少しも苦にならない。筆は自ら勢を生じて、一気に紙の上を辷りはじめる。彼は神人と相搏つような態度で、殆ど必死に書きつづけた。頭の中の流は、丁度空を走る銀河のように、滾々として何処からか溢れて来る。彼

はその凄じい勢を恐れながら、自分の肉体の力が万一それに耐えられなくなる場合を気づかった。そうして、緊く筆を握りながら、何度もこう自分に呼びかけた。
「根かぎり書きつづけろ。今己が書いている事は、今でなければ書けない事かも知れないぞ。」
しかし光の靄に似た流は、少しもその速力を緩めない。反って目まぐるしい飛躍の中に、あらゆるものを溺らせながら、澎湃として彼を襲って来る。彼は遂に全くその虜になった。そうして一切を忘れながら、その流の方向に、嵐のような勢で筆を駆った。

この時彼の王者のような眼に映っていたものは、利害でもなければ、愛憎でもない。まして毀誉に煩わされる心などは、とうに眼底を払って消えてしまった。あるのは、唯不可思議な悦びである。或は恍惚たる悲壮の感激である。この感激を知らないものに、どうして戯作者の厳かな魂が理解されよう。ここにこそ「人生」は、あらゆるその残滓を洗って、まるで新しい鉱石のように、美しく作者の前に、輝いているではないか。……

＊　＊　＊　＊　＊

その間も茶の間の行灯のまわりでは、姑のお百と、嫁のお路とが、向い合って縫物

を続けている。太郎はもう寝かせたのであろう。少し離れた所には尪弱らしい宗伯が、さっきから丸薬をまろめるのに忙しい。

「お父様はまだ寝ないかねえ。」

やがてお百は、針へ髪の油をつけながら、不服らしく呟いた。

「きっと又お書きもので、夢中になっていらっしゃるのでしょう。」

お路は眼を針から離さずに、返事をした。

「困り者だよ。碌なお金にもならないのにさ。」

お百はこう云って、倅と嫁とを見た。蟋蟀はここでも、書斎でも、変りなく秋を鳴きつくしても黙って、針を運びつづけた。宗伯は聞えないふりをして、答えない。お路ている。

地獄變

読んだ人‥出久根達郎

作品『地獄変』　　　　　　　　　　　出久根達郎

娘を襲った犯人

　何度、読み直しても、わからない。『地獄変』は謎の多い小説である。
　まず、堀川の大殿様が、どうしてにわかに『地獄変』図を、絵師の良秀に描くように命じたのかが、わからない。花鳥図ではない。このような特殊なモチーフの絵を求めるには、抜き差しならぬ重大な動機があろう。
　良秀が喜んで受諾したのは、理解できる。何しろ彼は醜いものが好きだし、醜いものの美しさを知る絵師だから。
　しかし、燃えあがる牛車の中で、悶え苦しむ「あでやかな上﨟」を要求したのは、どういう理由だろう？　しかも大殿に向ってである。
　最大の謎は、良秀の娘に狼藉を働こうとしたのは、何者か、だ。
　読者はどのように読んだろうか。大殿が娘を手込めにしようとした、と読んだのではあるまいか。私は、そうではない、と見る。

では、誰か？

その前に、この物語の語り手は、娘とどのような関係を持つ者か。大殿に仕えて二十年、という男。良秀の娘とは親しい関係にある、と思われるのは、娘のかわいがる猿が、この男に異変を知らせる。かねて見知りだからではあるまいか。男は、駆けつける。娘は部屋から逃げだしてきて、男と危くぶつかりそうになる。「……その儘外へ転び出ましたが、何故かそこへ膝をついて、息を切らしながら私の顔を、何か恐ろしいものでも見るやうに、戦き〲見上げてゐるのでございます。」

娘は、男が誰であるかを知った。男は娘を襲った人間を、「誰ですと静に眼で尋ねました。すると娘は唇を嚙みながら、黙つて首をふりました。その容子が如何にも亦、口惜しさうなのでございます。そこで私は身をかゞめながら、娘の耳へ口をつけるやうにして、今度は『誰です』と小声で尋ねました。」

二人は旧知の間柄だから、眼で尋ねたり、耳元にささやいたりしたのだ。男は、それ以上、追及しない。「何故かこの上問ひ訊すのが悪いやうな、気咎めが致したからでもございます。」

男は優しく「もう曹子（部屋）へ帰りなさい」と娘に言う。「さうして私も

自分ながら、何か見てはならないものを見たやうな、不安な心もちに脅されて、誰にともなく恥しい思ひをしながら、そつと元来た方へ歩き出しました。」
 もういいだろう。娘を襲った者。大殿ではない。昼寝をすると地獄の夢を見る良秀。夢の地獄は、良秀の心奥の性の欲求である。彼は切れ切れに語りだす。
「なに、己に来いと云ふのだな。──どこへ──どこへ来いと？.」「誰だと思つたら──うん、貴様だな」「奈落へ来い。奈落には──奈落には己の娘が待つてゐる。」
 良秀は夢でなく「貴様」に誘われて、ついに「地獄」に向う。そこには確かに「娘が待つて」いた。
 大殿にこの夜の出来事を伝えたのは、語り手の男に違いない。娘がおとなしく「罪人の女房」になったのは、父を諫めるつもりだったろう。近親相姦は当時といえども禁忌であった。──とは私の推測だが、的外れだろうか？

一

　堀川の大殿様のような方は、これまでは固より、後の世にも恐らく二人とはいらっしゃいますまい。噂に聞きますと、あの方の御誕生になる前には、大威徳明王の御姿が御母君の夢枕にお立ちになったとか申す事でございます。でございますから、兎に角御生れつきから、並々の人間とは御違いになっていたようでございます。でございますから、兎に角御生れつきから、あの方の為なさいました事には、一つとして私どもの意表に出ていないものはございません。早い話が堀川のお邸の御規模を拝見致しましても、壮大と申しましょうか、到底私どもの凡慮には及ばない、思い切った所があるようでございます。中にはまた、そこを色々とあげつらって大殿様の御性行を始皇帝や煬帝に比べるものもございますが、それは諺に云う群盲の象を撫でるようなものででもございましょうか。あの方の御思召は、決してそのように御自分ばかり、栄耀栄華をなさろうと申すのではございません。それよりはもっと下々の事まで御考えになる、云わば天下と共に楽しむとでも申しそうな、大腹中の御器量がございました。
　それでございますから、二条大宮の百鬼夜行に御遇いになっても、格別御障りがなかったのでございましょう。又陸奥の塩竈の景色を写したので名高いあの東三条の

河原院に、夜な夜な現われると云う噂のあったる融の左大臣の霊でさえ、大殿様のお叱りを受けては、姿を消したのに相違ございますまい。かような御威光でございますから、その頃洛中の老若男女が、大殿様と申しますと、まるで権者の再来のように尊み合いましたも、決して無理ではございません。何時ぞや、内の梅花の宴からの御帰りに御車の牛が放れて、折から通りかかられた老人に怪我をさせました時でさえ、その老人は手を合せて、大殿様の牛にかけられた事を難有がったと申す事でございます。

さような次第でございますから、大殿様御一代の間には、後々までも語り草になりますような事が、随分沢山にございました。大饗の引出物に白馬ばかりを三十頭、賜ったこともございますし、長良の橋の橋柱に御寵愛の童を立てた事もございますし、それから又華陀の術を伝えた震旦の僧に、御腿の瘡を御切らせになった事もございますし、――一々数え立てて居りましては、とても際限がございません。が、その数多い御逸事の中でも、今では御家の重宝になって居ります地獄変の屏風の由来程、恐ろしい話はございますまい。日頃は物に御騒ぎにならない大殿様でさえ、あの時ばかりは、流石に御驚きになったようでございました。まして御側に仕えていた私どもが、魂も消えるばかりに思ったのは、申し上げるまでもございません。中でもこの私なぞは、大殿様にも二十年来御奉公申して居りましたが、それでさえ、あのような凄じい見物に出遇った事は、ついぞ又となかった位でございます。

しかし、その御話を致しますには、予め先づ、あの地獄変の屛風を描きました、良秀と申す画師の事を申し上げて置く必要がございましょう。

二

良秀と申しましたら、或は唯今でも猶、あの男の事を覚えていらっしゃる方がございましょう。その頃絵筆をとりましては、良秀の右に出るものは一人もあるまいと申された位、高名な絵師でございます。あの時の事がございました時には、彼是もう五十の阪に、手がとどいて居りましたろうか。見た所は唯、脊の低い、骨と皮ばかりに痩せた、意地の悪さうな老人でございました。それが大殿様の御邸へ参ります時には、よく丁子染の狩衣に揉烏帽子をかけて居りましたが、人がらは至って卑しい方で、何故か年よりらしくもなく、唇の目立って赤いのが、その上に又気味の悪い獣めいた心もちを起させたものでございます。中にはあれは画筆を舐めるので紅がつくのだなどと申した人も居りましたが、どう云うものでございませうか。尤もそれより口の悪い誰彼は、良秀の立居振舞が猿のようだとか申しまして、猿秀と云う諢名までつけた事がございました。

いや猿秀と申せば、かような御話もございます。その頃大殿様の御邸には、十五に

なる良秀の一人娘が、小女房に上って居りましたが、これは又生みの親には似もつかない、愛嬌のある娘でございました。その上早く女親に別れましたせいか、思いやりの深い、年よりはませた、悧巧な生れつきで、年の若いのにも似ず、何かとよく気がつくものでございますから、御台様を始め外の女房たちにも、可愛がられて居たようでございます。

すると何かの折に、丹波の国から人馴れた猿を一匹、献上したものがございまして、それに丁度悪戯盛りの若殿様が、良秀と云う名を御つけになりました。唯でさえその猿の容子が可笑しい所へ、かような名がついたのでございますから、御邸中誰一人笑わないものはございません。それも笑うばかりならよろしゅうございますが、面白半分に皆のものが、やれ御庭の松に上ったの、やれ曹司の畳をよごしたのと、その度毎に、良秀々々と呼び立てては、兎に角いじめたがるのでございます。

所が或日の事、前に申しました良秀の娘が、御文を結んだ寒紅梅の枝を持って、長い御廊下を通りかかりますと、遠くの遣戸の向うから、例の小猿の良秀が、跛を引き引きも挫いたのでございましょう、何時ものように柱へ駆け上る元気もなく、楚をふり上げた若殿様が、一散に、逃げて参るのでございます。しかもその後からは楚をふり上げた若殿様が「柑子盗人め、待て。待て」と仰有りながら、追いかけていらっしゃるではございませんか。良秀の娘はこれを見ますと、ちょいとの間ためらったようでございます

が、丁度その時逃げて来た猿が、袴の裾にすがりながら、哀れな声を出して啼き立てました——と、急に可哀そうだと思う心が、抑え切れなくなったのでございましょう。片手に梅の枝をかざした儘、片手に紫匂の袿の袖を軽そうにはらりと開きますと、やさしくその猿を抱き上げて、若殿様の御前に小腰をかがめそうにはらりと開きますと、でございます。どうか御勘弁遊ばしまし」と、涼しい声で申し上げました。が、若殿様の方は、気負って駆けてお出でになった所でございますから、むずかしい御顔をなすって、二三度御み足を御踏鳴しになりながら、

「何でかばう。その猿は柑子盗人だぞ。」

「畜生でございますから、……」

娘はもう一度こう繰返ししたがやがて寂しそうにほほ笑みますと、

「それに良秀と申しますと、父が御折檻を受けますようで、どうも唯見ては居られませぬ」と、思い切ったように申すのでございます。これには流石の若殿様も、我を御折りになったのでございましょう。

「そうか。父親の命乞なら、枉げて赦してとらすとしよう。」

不承無承にこう仰有ると、楚をそこへ御捨てになって、元いらっしった遣戸の方へ、その儘御帰りになってしまいました。

三

　良秀の娘とこの小猿との仲がよくなったのは、それからの事でございます。娘は御姫様から頂戴した黄金の鈴を、美しい真紅の紐に下げて、それを猿の頭へ懸けてやりますし、猿は又どんな事がございましても、滅多に娘の身のまわりを離れません。或時娘の風邪の心地で、床に就きました時なども、小猿はちゃんとその枕もとに坐りこんで、気のせいか心細そうな顔をしながら、頻に爪を嚙んで居りました。
　こうなると又妙なもので、誰も今までのようにこの小猿を、いじめるものはございません。いや、反ってだんだん可愛がり始めて、しまいには若殿様でさえ、時々柿や栗を投げて御やりになったばかりか、侍の誰やらがこの猿を足蹴にした時なぞは、大層御立腹にもなったそうでございます。その後大殿様がわざわざ良秀の娘に猿を抱いて、御前へ出るようにた御沙汰になったのも、この若殿様の御腹立になった話を、御聞きになってからだとか申しました。その序に自然と娘の猿を可愛がる所由も御耳にいったのでございましょう。
「孝行な奴じゃ。褒めてとらすぞ。」
　かような御意で、娘はその時、紅の袙を御褒美に頂きました。所がこの袙を又見よ

う見真似に、猿が恭しく押頂きましたので、大殿様の御機嫌は、一入よろしかったそうでございます。でございますから、孝行恩愛の情を御賞美なすったので、大殿様が良秀の娘を御贔屓になったのは、全くこの猿を可愛がった、というわけではございません。尤もかような噂の立ちました起りも、無理のない所がございますが、それは又後になって、ゆっくり御話し致しましょう。ここでは唯大殿様が、如何に美しいにした所で、絵師風情の娘などに、想いを御懸けになる方ではないと云う事を、申し上げて置けば、よろしゅうございます。

さて良秀の娘は、面目を施して御前を下りましたが、元より悧巧な女でございますから、はしたない外の女房たちの妬を受けるような事もございません。反ってそれ以来、猿と一しょに何かとしがられまして、取分け御姫様の御側からは御離れ申した事がないと云ってもよろしい位、物見車の御供にもついぞ欠けた事はございませんでした。

が、娘の事は一先ず措きまして、これから又親の良秀の事を申し上げましょう。成程猿の方は、かように間もなく、皆のものに可愛がられるようになりましたが、肝腎の良秀はやはり誰にでも嫌われて、相不変陰へまわっては、猿秀呼りをされて居りました。しかもそれが又、御邸の中ばかりではございません。現に横川の僧都様も、良秀と申しますと、魔障にでも御遇いになったように、顔の色を変えて、御憎み遊ばし

ました。（尤もこれは良秀が僧都様の御行状を戯画に描いたからだなどと申しますが、何分下ざまの噂でございますから、確に左様とは申されますまい。）兎に角、あの男の不評判は、どちらの方に伺いましても、そう云う調子ばかりでございます。もし悪く云わないものがあったと致しますと、それは二三人の絵師仲間か、或は又、あの男の絵を知ってるだけで、あの男の人間は知らないものばかりでございましょう。

しかし実際、良秀には、見た所が卑しかったばかりでなく、もっと人に嫌がられる悪い癖があったのでございますから、それも全く自業自得とでもなすより外に、致し方はございません。

四

その癖と申しますのは、吝嗇で、慳貪で、恥知らずで、怠けもので、強慾で――いや、その中でも取分け甚しいのは、横柄で高慢で、何時も本朝第一の絵師と申す事を、鼻の先へぶら下げている事でございましょう。それも画道の上ばかりならまだしもでございますが、あの男の負け惜しみになりますと、世間の習慣とか慣例とか申すようなものまで、すべて莫迦に致さずには置かないのでございます。これは永年良秀の弟子になっていた男の話でございますが、或日さる方の御邸で名高い檜垣の巫女に御

霊が憑いて、恐しい御託宣があった時も、あの男は空耳を走らせながら、有合せた筆と墨とで、その巫女の物凄い顔を、丁寧に写して居ったとか申しました。大方御霊の御祟りも、あの男の眼から見ましたなら、子供欺し位にしか思われないのでしょう。

さような男でございますから、吉祥天を描く時は、卑しい傀儡の顔を写しましたり、不動明王を描く時は、無頼の放免の姿を像りましたり、いろいろの勿体ない真似を致しましたが、それでも当人を詰りますと「良秀の描いた神仏が、その良秀に冥罰を当てられるとは、異な事を聞くものじゃ」と空嘯いているではございませんか。これには流石の弟子たちも呆れ返って、中には未来の恐ろしさに、匆々暇をとったものも、少くなかったように見うけました。――先ず一口に申しましたなら、慢業重畳とでも名づけましょうか。兎に角当時天が下で、自分程の偉い人間はないと思っていた男でございます。

従って良秀がどの位画道でも、高く止って居りましたかは、申し上げるまでもございますまい。尤もその絵でさえ、あの男のは筆使いでも彩色でも、まるで外の絵師とは違って居りましたから、仲の悪い絵師仲間では、山師だなどと申す評判も、大分あったようでございます。その連中の申しますには、川成とか金岡とか、その外昔の名匠の筆になった物と申しますと、やれ板戸の梅の花が、月の夜毎に匂ったの、やれ屏

風の大宮人が、笛を吹く音さえ聞えたのと、優美な噂が立っているものでございますが、良秀の絵になりますと、何時でも必ず気味の悪い、妙な評判だけしか伝わりません。譬えばあの男が竜蓋寺の門へ描きました、五趣生死の絵に致しましても、夜更けて門の下を通りますと、天人の嘆息をつく音や啜り泣きをする声が、聞えたと申す事でございます。いや、中には死人の腐をつく音や啜り泣きをする声が、嗅いだと申すものさえございました。それから大殿様の御云いつけで描いた、女房たちの似絵なども、皆三年と尽たない中に、皆魂の抜けたような病気になって、その絵に写されただけの人間は、三年と尽たない中に、皆魂の抜けたような病気になって、死んだと申すではございませんか。悪く云うものに申させますと、それが良秀の絵の邪道に落ちている、何よりの証拠だそうでございます。

が、何分前にも申し上げました通り、横紙破りな男でございますから、それが反って良秀は大自慢で、何時ぞや大殿様が御冗談に、「その方は兎角醜いものが好きと見える」と仰有った時も、あの年に似ず赤い唇でにやりと気味悪く笑いながら、「さようでございまする。かいなでの絵師には総じて醜いものの美しさなどとわかろう筈がございませぬ」と、横柄に御答え申し上げました。如何に本朝第一の絵師に致せ、よくも大殿様の御前へ出て、そのような高言が吐けたものでございます。先刻引合に出しました弟子が、内々師匠に「智羅永寿」と云う諢名をつけて、増長慢を譏っておりましたが、それも無理はございません。御承知でもございましょうが、

「智羅永寿」と申しますのは、昔震旦から渡って参りました天狗の名でございます。しかしこの良秀にさえ――この何とも云いようのない、横道者の良秀にさえ、たった一つ人間らしい、情愛のある所がございました。

五

と申しますのは、良秀が、あの一人娘の小女房をまるで気違いのように可愛がっていた事でございます。先刻申し上げました通り、娘も至って気のやさしい、親思いの女でございましたが、あの男の子煩悩は、決してそれにも劣りますまい。何しろ娘の着る物とか、髪飾とかの事と申しますと、どこの御寺の勧進にも喜捨をした事のないあの男が、金銭には更に惜し気もなく、整えてやると云うのでございますから、嘘のような気が致すではございませんか。

が、良秀の娘を可愛がるのは、唯可愛がるだけで、やがてよい聟をとろうなどと申す事は、夢にも考えて居りません。それ所か、あの娘へ悪く云い寄るものでもございましたら、反って辻冠者ばらでも駆り集めて、暗打位は喰わせ兼ねない量見でございます。でございますから、あの娘が大殿様の御声がかりで、小女房に上りました時も、老爺の方は大不服で、当座の間は御前へ出ても、苦り切ってばかり居りました。大殿

様が娘の美しいのに御心を惹かされて、親の不承知なのもかまわずに、召し上げたなどと申す噂は、大方かような容子を見たものの当推量から出たのでございましょう。尤も其噂は嘘でございましても、子煩悩の一心から、良秀が始終娘の下るように祈って居りましたのは確でございます。或時大殿様の御云いつけで、稚児文殊を描きました時も、御寵愛の童の顔を写しまして、見事な出来でございましたから、大殿様も至極御満足で、

「褒美には望みの物を取らせるぞ。遠慮なく望め」と云う難有い御言が下りました。

すると良秀は畏まって、何を申すかと思いますと、

「何卒私の娘をば御下げ下さいまするように」と臆面もなく申し上げました。外のお邸ならば兎も角も、堀川の大殿様の御側に仕えているのを、如何に可愛いからと申しまして、かように無躾に御暇を願いますものが、どこの国に居りましょう。これには大腹中の大殿様も聊か御機嫌を損じたと見えまして、暫くは唯黙って良秀の顔を眺めて御居でになりましたが、やがて、

「それはならぬ」と吐出すように仰有ると、急にその儘御立になってしまいました。かような事が、前後四五遍もございましたろうか。今になって考えて見ますと、大殿様の良秀を御覧になる眼は、その都度にだんだんと冷やかになっていらしったようでございます。すると又、それにつけても、娘の方は父親の身が案じられるせいででも

ございますか、曹司へ下っている時などは、よく裃の袖を嚙んで、しくしく泣いて居りました。そこで大殿様が良秀の娘に懸想なすったなどと申す噂が、愈々拡がるようになったのでございましょう。中には地獄変の屏風の由来も、実は娘が大殿様の御意に従わなかったからだなどと申すものも居りますが、元よりさようなことがある筈はございません。

私どもの眼から見ますと、大殿様が良秀の娘を御下げにならなかったのは、全く娘の身の上を哀れに思召したからで、あのように頑な親の側へやるよりは御邸に置いて、何の不自由なく暮させてやろうと云う難有い御考えだったようでございます。が、それは元より気立ての優しいあの娘を、御贔屓になったのには間違いございません。いや、色を御好みになったと申しますのは、恐らく牽強附会の説でございましょう。寧ろ方もない嘘と申した方が、宜しい位でございます。

それは兎も角もと致しまして、かように娘の事から良秀の御覚えが大分悪くなって来た時でございます。どう思召したか、大殿様は突然良秀を御召になって、地獄変の屏風を描くようにと、御云いつけなさいました。

六

　地獄変の屏風と申しますと、私はもうあの恐ろしい画面の景色が、ありありと眼の前へ浮んで来るような気が致します。
　同じ地獄変と申しましても、良秀の描きましたのは、外の絵師のに比べますと、第一図取りから似て居りません。それは一帖の屏風の片隅へ、小さく十王を始め眷属たちの姿を描いて、あとは一面に紅蓮大紅蓮の猛火が剣山刀樹も爛れるかと思う程渦を巻いて居りました。でございますから、唐めいた冥官たちの衣裳が、点々と黄や藍を綴って居ります外は、どこを見ても烈々とした火焔の色で、その中をまるで卍のように、墨を飛ばした黒煙と金粉を煽った火の粉とが、舞い狂って居るのでございます。
　こればかりでも、随分人の目を驚かす筆勢でございますが、その上に又、業火に焼かれて、転々と苦しんで居ります罪人も、殆ど一人として通例の地獄絵にあるものはございません。何故かと申しますと良秀は、この多くの罪人の中に、上は月卿雲客から下は乞食非人まで、あらゆる身分の人間を写して来たからでございます。束帯のいかめしい殿上人、五つ衣のなまめかしい青女房、珠数をかけた念仏僧、高足駄を穿いた侍学生、細長を着た女の童、幣をかざした陰陽師――一々数え立てて居りまし

たら、とても際限はございますまい。兎に角そう云ういろいろの人間が、火と煙とが逆捲く中を、牛頭馬頭の獄卒に虐まれて、大風に吹き散らされる落葉のように、紛々と四方八方へ逃げ迷っているのでございます。鋼叉に髪をからまれて、蜘蛛よりも手足を縮めている女は、神巫の類ででもございましょうか。手矛に胸を刺し通されて、蝙蝠のように逆になった男は、生受領か何かに相違ございますまい。その外或は鉄の笞に打たれるもの、或は千曳の磐石に押されるもの、或は怪鳥の嘴にかけられるもの、或は又毒竜の顎に嚙まれるもの——、呵責も亦罪人の数に応じて、幾通りあるかわかりません。

　が、その中でも殊に一つ目立って凄じく見えるのは、まるで獣の牙のような刀樹の頂きを半ばかすめて（その刀樹の梢にも、多くの亡者が纍々と、五体を貫かれて居りましたが）中空から落ちて来る一輛の牛車でございましょう。地獄の風に吹き上げられた、その車の簾の中には、女御、更衣にもまがうばかり、綺羅びやかに装った女房が、丈の黒髪を炎の中になびかせて、白い頸を反らせながら、悶え苦しんで居りますが、その女房の姿と申し、又燃えしきっている牛車と申し、何一つとして炎熱地獄の責苦を偲ばせないものはございません。云わば広い画面の恐ろしさが、この一人の人物に輳っているとでも申しましょうか。これを見るものの耳の底には、自然と物凄い叫喚の声が伝わって来るかと疑う程、入神の出来映えでございました。

ああ、これでございます、これを描く為めに、あの恐ろしい出来事が起ったのでございます。又さもなければ如何に良秀でも、どうしてかように生々と奈落の苦艱が画かれましょう。あの男はこの屏風の絵を仕上げた代りに、命さえも捨てるような、無惨な目に出遇いました。云わばこの絵の地獄は、本朝第一の絵師良秀が、自分で何時か堕ちて行く地獄だったのでございます。……
　私はあの珍しい地獄変の屏風の事を申上げますのを急いだあまりに、或は御話の順序を顚倒致したかも知れません。が、これからは又引き続いて、大殿様から地獄絵を描けと申す仰せを受けた良秀の事に移りましょう。

　　七

　良秀はそれから五六箇月の間、まるで御邸へも伺わないで、屏風の絵にばかりかかって居りました。あれ程の子煩悩がいざ絵を描くと云う段になりますと、娘の顔を見る気もなくなると申すのでございますから、不思議なものではございません。先刻申し上げました弟子の話では、何でもあの男は仕事にとりかかりますと、まるで狐でも憑いたようになるらしゅうございます。いや実際当時の風評に、良秀が画道で名を成したのは、福徳の大神に祈誓をかけたからで、その証拠にはあの男が絵を描いてい

る所を、そっと物陰から覗いて見ると、必ず陰々として霊狐の姿が、一匹ならず前後左右に、群っているのが見えるなどと申す者もございました。その位でございますから、いざ画筆を取るとなると、その絵を描き上げると云うより外は、何も彼も忘れてしまうのでございましょう。昼も夜も一間に閉じこもったきりで、滅多に日の目も見た事はございません。——殊に地獄変の屏風を描いた時には、こう云う夢中になり方が、甚しかったようでございます。

　と申しますのは何もあの男が、昼も蔀した部屋の中で、結灯台の火の下に、秘密の絵の具を合せたり、或は弟子たちを、水干やら狩衣やら、さまざまに着飾らせて、その姿を、一人ずつ丁寧に写したり、——そう云う事ではございません。それ位の変った事なら、別にあの地獄変の屏風を描かなくとも、仕事にかかっている時とさえ申しますと、何時でもやり兼ねない男なのでございます。いや、現に竜蓋寺の五趣生死の図を描きました時などは、当り前の人間なら、わざと眼を外らせて行くあの往来の屍骸の前へ、悠々と腰を下して、半ば腐れかかった顔や手足を、髪の毛一すじも違えずに、写して参った事がございました。では、その甚しい夢中になり方とは、一体どう云う事を申すのか、流石に御わかりにならない方もいらっしゃいましょう。それは大唯今詳しい事は申し上げている暇もございませんが、主な話を御耳に入れますと、体先、かような次第なのでございます。

良秀の弟子の一人が（これもやはり、前に申した男でございますが）或日絵の具を溶いて居りますと、急に師匠が参りまして、
「己は少し午睡をしようと思う。どうもこの頃は夢見が悪い」とこう申すのでございます。別にこれは珍しい事でも何でもございませんから、弟子は手を休めずに、唯、
「さようでございますか」と一通りの挨拶を致しました。所が、良秀は、何時になく寂しそうな顔をして、
「就いては、己が午睡をしている間中、枕もとに坐っていて貰いたいのだが」と、遠慮がましく頼むではございませんか。弟子は何時になく、師匠が夢なぞを気にするのは、不思議だと思いましたが、それも別に造作のない事でございます、
「よろしゅうございます」と申しますと、師匠はまだ心配そうに、
「では直に奥へ来てくれ。尤も後で外の弟子が来ても、己の睡っている所へは入れないように」と、ためらいながら云いつけました。奥と申しますのは、あの男が画を描きます部屋で、その日も夜のように戸を立て切って、ぼんやりと灯をともしながら、まだ焼筆で図取りだけしか出来ていない屏風が、ぐるりと立て廻してあったそうでございます。さてここへ参りますと、良秀は肘を枕にして、まるで疲れ切った人間のように、すやすや、睡入ってしまいましたが、ものの半時とたちません中に、枕もとに居ります弟子の耳には、何とも彼とも申しようのない、気味の悪い声がはいり始

めました。

八

それが始めは唯、声でございましたが、暫くしますと、次第に切れ切れな語になって、云わば溺れかかった人間が水の中で呻るように、かような事を申すのでございます。

「なに、己に来いと云うのだな。――どこへ――どこへ来いと？　奈落へ来い。――誰だ。そう云う貴様は。

地獄へ来い。――誰だ。――誰だと思ったら」

弟子は思わず絵の具を溶く手をやめて、恐る恐る師匠の顔を、覗くようにして透して見ますと、皺だらけな顔が白くなった上に大粒な汗を滲ませながら、唇の干いた、歯の疎な口を喘ぐように大きく開けて居ります。そうしてその口の中で、何か糸でもつけて引張っているかと疑う程、目まぐるしく動くものがあると思いますと、それがあの男の舌だったと申すではございませんか。切れ切れな語は元より、その舌から出て来るのでございます。

「誰だと思ったら――うん、貴様だな。己も貴様だろうと思っていた。なに、迎えに来たと？　だから来い。奈落へ来い。奈落には――奈落には己の娘が待っている。」

その時、弟子の眼には、朦朧とした異形の影が、屏風の面をかすめてむらむらと下りて来るように見えた程、気味の悪い心もちが致したそうでございます。すぐに良秀に手をかけて、力のあらん限り揺り起しましたが、師匠は猶夢現に独り語を云いつづけて、容易に眼のさめる気色はございません。そこで弟子は思い切って、側にあった筆洗の水を、ざぶりとあの男の顔へ浴びせかけました。

「待っているから、この車へ乗って来い――この車に乗って、奈落へ来い――」と云う語がそれと同時に、喉をしめられるような呻き声に変ったと思いますと、やっと良秀は眼を開いて、針で刺されたよりも慌しく、矢庭にそこへ刎ね起きましたが、まだ夢の中の異類異形が、瞼の後を去らないのでございましょう。暫くは唯恐ろしそうな眼つきをして、やはり大きく口を開きながら、空を見つめて居りましたが、やがて我に返った容子で、

「もう好いから、あちらへ行ってくれ」と、今度は如何にも素っ気なく、云いつけるのでございます。弟子はこう云う時に逆うと、何時でも大小言を云われるので、匆々師匠の部屋から出て参りましたが、まだ明るい外の日の光を見た時には、まるで自分が悪夢から覚めた様な、ほっとした気が致したとか申して居りました。

しかしこれなぞはまだよい方なので、その後一月ばかりたってから、今度は又別の弟子が、わざわざ奥へ呼ばれますと、良秀はやはりうす暗い油火の光りの中で、絵筆

を嚙んで居りましたが、いきなり弟子の方へ向き直って、
「御苦労だが、又裸になって貰おうか」と申すのでございます。これはその時までにも、どうかすると師匠が云いつけた事で妙に顔をしかめながら、赤裸になりますと、あの男は妙に顔をしかめながら、冷然とこう申しました。元来この弟子は画筆などを握るよりも、太刀でも持った方が好さそうな、逞しい若者でございましたが、これには流石に驚いたと見えて、後々までもその時の話を致しますと、「これは師匠が気が違って、私を殺すのではないかと思いました」と繰返して申したそうでございます。が、良秀の方では、どこから出したか、燥ったくなって参ったのでございましょう。どこから出したか、細い鉄の鎖をざらざらと手繰りながら、殆ど飛びつくような勢いで、否応なしにその儘両腕を捻じあげて、ぐるぐる巻きに致してしまりかかりますと、否応なしにその儘両腕を捻じあげて、ぐるぐる巻きに致してしました。そうして又その鎖の端を邪慳にぐいと引きましたからたまりません。弟子の体ははずみを食って、勢よく床を鳴らしながら、ごろりとそこへ横倒しに倒れてしまったのでございます。

九

　その時の弟子の恰好は、まるで酒甕を転がしたようだとでも申しましょうか。何しろ手も足も惨たらしく折り曲げられて居りますから、動くのは唯首ばかりでございます。そこへ肥った体中の血が、鎖に循環を止められたので、顔と云わず胴と云わず、一面に皮膚の色が赤み走って参るではございませんか。が、良秀にはそれも格別気にならないと見えまして、その酒甕のような体のまわりを、あちこちと廻って眺めながら、同じような写真の図を何枚となく描いて居ります。その間、縛られている弟子の身が、どの位苦しかったかと云う事は、何もわざわざ取り立てて申し上げるまでもございますまい。

　が、もし何事も起らなかったと致しましたら、この苦しみは恐らくまだその上にも、つづけられた事でございましょう。幸（と申しますより、或は不幸にと申した方がよろしいかも知れません。）暫く致しますと、部屋の隅にある壺の陰から、まるで黒い油のようなものが、一すじ細くうねりながら、流れ出して参りました。それが始めは余程粘り気のあるもののように、ゆっくり動いて居りましたが、だんだん滑らかに迸り始めて、やがてちらちら光りながら、鼻の先まで流れ着いたのを眺めますと、弟

子は思わず、息を引いて、「蛇が——蛇が」と喚きました。その時は全く体中の血が一時に凍るかと思ったと申しますが、それも無理はございません。蛇は実際もう少しで、鎖の食いこんでいる、頸の肉へその冷い舌の先を触れようとしていたのでございます。この思いもよらない出来事には、いくら横道な良秀でも、ぎょっと致したのでございましょう。慌てて画筆を投げ棄てながら、咄嗟に身をかがめたと思うと、素早く蛇の尾をつかまえて、ぶらりと逆に吊り下げました。蛇は吊り下げられながらも、頭を上げて、きりきりと自分の体へ巻きつきましたが、どうしてもあの男の手の所まではとどきません。

「おのれ故に、あったら一筆を仕損じたぞ。」

良秀は忌々しそうにこう呟くと、蛇はその儘部屋の隅の壺の中へ抛りこんで、それからさも不承無承に、弟子の体へかかっている鎖を解いてくれました。それも唯解いてくれたと云う丈で、肝腎の弟子の方へは、優しい言葉一つかけてはやりません。大方弟子が蛇に噛まれるよりも、写真の一筆を誤ったのが、業腹だったのでございましょう。——後で聞きますと、この蛇もやはり姿を写す為に、わざわざあの男が飼っていたのだそうでございます。

これだけの事を御聞きになったのでも、良秀の気違いじみた、薄気味の悪い夢中になり方が、略御わかりになった事でございましょう。所が最後に一つ、今度はまだ十

三四の弟子が、やはり地獄変の屏風の御かげで、云わば命にも関わり兼ねない、恐ろしい目に出遇いました。その弟子は生れつき色の白い女のような男でございましたが、或夜の事、何気なく師匠の部屋へ呼ばれて参りますと、良秀は灯台の火の下で掌に何やら腥い肉をのせながら、見慣れない一羽の鳥を養っているのでございます。大きさは先、世の常の猫ほどもございましょうか。そう云えば、耳のように両方へつき出た羽毛と云い、琥珀のような色をした、大きな円い眼と云い、見た所も何となく猫に似て居りました。

　十

　元来良秀と云う男は、何でも自分のしている事に嘴を入れられるのが大嫌いで、先刻申し上げた蛇などもそうでございますが、自分の部屋の中に何があるか、一切そう云う事は弟子たちにも知らせた事がございません。でございますから、或時は机の上に髑髏がのっていたり、或時は又、銀の椀や蒔絵の高坏が並んでいたり、その時描いている画次第で、随分思いもよらない物が出て居りました。が、ふだんはかような品を、一体どこにしまって置くのか、それは又誰にもわからなかったそうでございます。あの男が福徳の大神の冥助を受けているなどと申す噂も、一つは確にそう云う事が起

りになっていたのでございましょう。

そこで弟子は、机の上のその異様な鳥も、やはり地獄変の屏風を描くのに入用なのに違いないと、こう独り考えながら、師匠の前へ畏まって、「何か御用でございますか」と、恭々しく申しますと、良秀はまるでそれが聞えないように、あの赤い唇へ舌なめずりをして、

「どうだ。よく馴れているではないか」と、鳥の方へ頤をやります。

「これは何と云うものでございましょう。私はついぞまだ、見た事がございませんが。」

弟子はこう申しながら、この耳のある、猫のような鳥を、気味悪そうにじろじろ眺めますと、良秀は相不変何時もの嘲笑うような調子で、

「なに、見た事がない？　都育ちの人間はそれだから困る。これは二三日前に鞍馬の猟師がわしにくれた耳木兎と云う鳥だ。唯、こんなに馴れているのは、沢山あるまい。」

こう云いながらあの男は、徐に手をあげて、丁度餌を食べてしまった耳木兎の脊中の毛を、そっと下から撫で上げました。するとその途端でございます。鳥は急に鋭い声で、短く一声啼いたと思うと、忽ち机の上から飛び上って、両脚の爪を張りながら、いきなり弟子の顔へとびかかりました。もしその時、弟子が袖をかざして、慌てて顔

を隠さなかったら、きっともう疵の一つや二つは負わされて居りました。あっと云いながら、その袖を振って、逐い払おうとする所を、耳木兎は嘴を鳴らしながら、又一突き――弟子は師匠の前も忘れて、立っては防ぎ、坐っては逐い、思わず狭い部屋の中を、あちらこちらと逃げ惑いました。怪鳥も元よりそれにつれて、高く低く翔りながら、隙さえあれば驀地に眼を目がけて飛んで来ます。その度にばさばさと、凄じく翼を鳴すのが、落葉の匂だか、滝の水沫とも或は又猿酒の饐えたいきだか何やら怪しげなもののけはいを誘って、気味の悪さと云ったらございません。師匠の部屋がその儘遠い山奥の、うす暗い油火の光さえ朧げな月明りかと思われて、心細い気がしたそうでございます。
そう云えばその弟子も、妖気に閉された谷のような、物凄い有様を写していた事でございます。
しかし弟子が恐しかったのは、何も耳木兎に襲われると云う、その事ばかりではございません。いや、それよりも一層身の毛がよだったのは、師匠の良秀がその騒ぎを冷然と眺めながら、徐に紙を展べ筆を舐って、女のような少年が異形な鳥に虐まれる、物凄い有様を写していた事でございます。弟子は一目それを見ますと、忽ち云いようのない恐ろしさに脅かされて、実際一時は師匠の為に、殺されるのではないかとさえ、思ったと申して居りました。

十一

実際師匠に殺されると云う事も、全くないとは申されません。現にその晩わざわざ弟子を呼びよせたのでさえ、実は耳木兎を嗾けて、と云う魂胆らしかったのでございます。でございますから、弟子は、師匠の容子を一目見るが早いか、思わず両袖に頭を隠しながら、自分にも何と云ったかわからないような悲鳴をあげて、その儘部屋の隅の遣戸の裾へ、居すくまってしまいました。とその拍子に、良秀も何やら慌てたような声をあげて、立上った気色でございましたが、忽ち耳木兎の羽音が一層前よりもはげしくなって、物の倒れる音や破れる音が、けたたましく聞えるではございませんか。これには弟子も二、度、度を失って、思わず隠していた頭を上げて見ますと、部屋の中は何時かまっ暗になっていて、師匠の弟子たちを呼び立てる声が、その中で苛立しそうにして居ります。

やがて弟子の一人が、遠くの方で返事をして、それから灯をかざしながら、急いでやって参りましたが、その煤臭い明りで眺めますと、結灯台が倒れたので、床も畳も一面に油だらけになった所へ、さっきの耳木兎が片方の翼ばかり、苦しそうにはためかしながら、転げまわっているのでございます。良秀は机の向うで半ば体を起した儘、

流石に呆気にとられたような顔をして、何やら人にはわからない事を、ぶつぶつ呟いて居りました。——それも無理ではございません。あの耳木兎の体には、まっ黒な蛇が一匹、頸から片方の翼へかけて、きりきりと捲きついているのでございます。大方これは弟子が居すくまる拍子に、そこにあった壺をひっくり返しに、とうとうこう云い出したのを、耳木兎がなまじいに摑みかかろうとしたばかりに、とうとうこう云う大騷ぎが始まったのでございましょう。二人の弟子は互に眼と眼とを見合せて、暫くは唯、この不思議な光景をぼんやり眺めて居りましたが、やがて師匠に黙礼をして、こそこそ部屋の外へ引き下ってしまいました。蛇と耳木兎とがその後どうなったか、それは誰も知っているものはございません。——

こう云う類の事は、その外まだ、幾つとなくございました。前には申し落しましたが、地獄変の屏風を描けと云う御沙汰があったのは、秋の初でございますから、それ以来冬の末まで、良秀の弟子たちは、絶えず師匠の怪しげな振舞に、脅かされていた訳でございます。が、その冬の末に良秀は何か屏風の画で、自由にならない事が出来たのでございましょう。それまでよりは、一層容子も陰気になり、物云いも目に見えて、荒々しくなって参りました。と同時に又屏風の画で、下画が八分通り出来上った儘、更に捗どる模様はございません。いや、どうかすると今までに描いた所さえ、塗り消してもしまい兼ねない気色なのでございます。

その癖、屛風の何が自由にならないのだか、それは誰にもわかりません。又、誰もわかろうとしたものもございますまい。前のいろいろな出来事に懲りている弟子たちは、まるで虎狼と一つ檻にでもいるような心もちで、その後師匠の身のまわりへは、成る可く近づかない算段をして居りましたから。

十二

　従ってその間の事に就いては、別に取り立てて申し上げる程の御話もございません。もし強いて申し上げると致しましたら、それはあの強情な老爺が、何故か妙に涙脆くなって、人のいない所では時々独りで泣いていたと云う御話位なものでございましょう。殊に或日、何かの用で弟子の一人が、庭先へ参りました時なぞは、廊下に立ってぼんやり春の近い空を眺めている師匠の眼が、涙で一ぱいになっていたそうでございます。弟子はそれを見ますと、反ってこちらが恥しいような気が致したので、黙ってそこそこ引き返したと申す事でございますが、五趣生死の図を描く為には、道ばたの屍骸さえ写したと云う、傲慢なあの男が、屛風の画が思うように描けない位の事で、子供らしく泣き出すなどと申すのは、随分異なものでございませんか。
　所が一方良秀がこのように、まるで正気の人間とは思われない程夢中になって、屛

風の絵を描いて居ります中に、又一方ではあの娘が、何故かだんだん気鬱になつて参りました。それが元来愁顔のせ色の白い、つつましやかな女だけに、眼に立つて何だか睫毛が重くなつて、眼のまわりに隈がかかつたような、余計寂しい気が致すのでございます。初はやれ父思いのせいだの、やれ恋煩いをしているからだの、いろいろ臆測を致したものがございますが、中頃から、なにあれは大殿様が御意に従わせようとしていらつしやるのだと云う評判が立ち始めて、夫からは誰も忘れた様に、ぱつたりあの娘の噂をしなくなつて了いました。

丁度その頃の事でございましょう。或夜、更が闌けてから、私が独り御廊下を通りかかりますと、あの猿の良秀がいきなりどこからか飛んで参りまして、私の袴の裾を頻りにひつぱるのでございます。確か、もう梅の匂でも致しそうな、うすい月の光のさしている、暖い夜でございましたが、其明りですかして見ますと、猿はまつ白な歯をむき出しながら、鼻の先へ皺をよせて、気が違わないばかりにけたたましく啼き立てているではございませんか。私は気味の悪いのが三分と、新しい袴をひつぱられる腹立たしさが七分とで、最初は猿を蹴放して、その儘通りすぎようかとも思いましたが、前にこの猿を折檻して、若殿様の御不興を受けた侍の例もございます。それに猿の振舞が、どうも唯事とは思われません。そこでとうとう私も思

い切って、そのひっぱる方へ五六間歩くともなく歩いて参りました。
すると御廊下が一曲り曲って、夜目にもう白い御池の水が枝ぶりのやさしい松の向うにひろびろと見渡せる、丁度そこ迄参った時の事でございます。どこか近くの部屋の中で人の争っているらしいけはいは、慌しく又妙にひっそりと私の耳を脅しました。あたりはどこも森と静まり返って、月明りとも靄ともつかないものの中で、魚の跳る音がする外は、話し声一つ聞えません。そこへこの物音でございますから、私は思わず立止って、もし狼藉者ででもあったなら、目にもの見せてくれようと、そっとその遣戸の外へ、息をひそめながら身をよせました。

十三

　所が猿は私のやり方がまだるかったのでございましょう。二三度私の足のまわりを駈けまわったと思いますと、まるで咽を絞められたような声で啼きながら、いきなり私の肩のあたりへ一足飛に飛び上りました。私は思わず頸を反らせて、その爪にかけられまいとする、猿は又水干の袖にかじりついて、――その拍子に、私はわれ知らず二足三足よろめいて、その体から辷り落ちまいとする、――その拍子に、私はわれ知らず二足三足よろめいて、その遣り戸へ後ざまに、したたか私の体を打ちつけました。こうなっては、もう

一刻も躊躇している場合ではございません。私は矢庭に遣り戸を開け放して、月明りのどかかない奥の方へ跳びこもうと致しました。が、その時私の眼を遮ったものは――いや、それよりももっと私は、同時にその部屋の中から、弾かれたように駈け出そうとした女の方に驚かされました。女は出合頭に危く私に衝き当ろうとして、その儘外へ転び出ましたが、何故かそこへ膝をついて、息を切らしながら私の顔を、何か恐ろしいものでも見るように、戦き戦き見上げているのでございます。

それが良秀の娘だったことは、何もわざわざ申し上げるまでもございますまい。が、その晩のあの女は、まるで人間が違ったように、生々と私の眼に映りました。眼は大きくかがやいて居ります。頬も赤く燃えて居りました。そこへしどけなく乱れた袴や袿が、何時もの幼さとは打って変った艶しささえも添えております。――これが実際あの弱々しい、何事にも控え目勝な良秀の娘でございましょうか。私は遣り戸に身を支えて、この月明りの中にいる美しい娘の姿を眺めながら、慌しく遠のいて行くもう一人の足音を、指させるものように指させして、誰ですと静に眼で尋ねました。

すると娘は脣を嚙みながら、黙って首をふりました。その容子が如何にも亦、口惜しそうなのでございます。

そこで私は身をかがめながら、娘の耳へ口をつけるようにして、今度は「誰です」と小声で尋ねました。が、娘はやはり首を振ったばかりで、何とも返事を致しません。

いや、それと同時に長い睫毛の先へ、涙を一ぱいためながら、前よりも緊く脣を嚙みしめているのでございます。

性得愚かな私には、分りすぎている事の外は、生憎何一つ呑みこめませぬ。でございますから、私は言のかけようも知らないで、暫くは唯、娘の胸の動悸に耳を澄ませるような心もちで、じっとそこに立ちすくんで居りました。尤もこれは一つには、何故かこの上問い訊すのが悪いような、気咎めが致したからでもございます。

　それがどの位続いたか、わかりません。が、やがて明け放した遣り戸を閉しながら、少しは上気の褪めたらしい娘の方を見返って、「もう曹司へ御帰りなさい」と出来る丈やさしく申しました。そうして私も自分ながら、何か見てはならないものを見たような、不安な心もちに脅かされて、誰にともなく恥しい思いをしながら、そっと元来た方へ歩き出しました。所が十歩と歩かない中に、誰か又私の袴の裾を、後から恐る恐る、引き止めるではございませんか。私は驚いて、振り向きました。あなた方はそれが何だったと思召します?

　見るとそれは私の足もとにあの猿の良秀が、人間のように両手をついて、黄金の鈴を鳴しながら、何度となく丁寧に頭を下げているのでございました。

十四

するとその晩の出来事があってから、半月ばかり後の事でございます。或日良秀は突然御邸へ参りまして、大殿様へ直の御眼通りを願いました。卑しい身分のものでございますが、日頃から格別御意に入っていたからでございましょう。誰にでも容易く御会いになった事のない大殿様が、その日も快く御承知になって、早速御前近くへ御召しになりました。あの男は例の通り、香染めの狩衣に萎えた烏帽子を頂いて、何時もよりは一層気むずかしそうな顔をしながら、恭しく御前へ平伏致しましたが、やがて嗄れた声で申しますには、

「兼ね兼ね御云いつけになりました地獄変の屏風でございますが、私も日夜に丹誠を抽んでて、筆を執りました甲斐が見えまして、もはやあらましは出来上ったのも同然でございまする。」

「それは目出度い。予も満足じゃ。」

しかしこう仰有る大殿様の御声には、何故か妙に力の無い、張合のぬけた所がございました。

「いえ、それが一向目出度くはござりませぬ。」良秀は、稍腹立しそうな容子で、じ

っと眼を伏せながら、「あらましは出来上りましたが、唯一つ、今以て私には描けぬ所がございまする。」

「なに、描けぬ所がある?」

「さようでございまする。私は総じて、見たものでなければ描けませぬ。それでは描けぬも同じ事でございませぬか。」

「では地獄変の屏風を描こうとすれば、地獄を見なければなるまいな。」

「さようでございまする。が、私は先年大火事がございました時に、炎熱地獄の猛火にもまがう火の手を、眼のあたりに眺めました。『よじり不動』の火焔を描きましたのも、実はあの火事に遇ったからでございまする。御前もあの絵は御承知でございましょう。」

「しかし罪人はどうじゃ。獄卒は見た事があるまいな。」大殿様はまるで良秀の申す事が御耳にはいらなかったような御容子で、こう畳みかけて御尋ねになりました。

「私は鉄の鎖に縛られたものを見た事がございまする。怪鳥に悩まされるものの姿も、具に写しとりました。されば罪人の呵責に苦しむ様も知らぬと申されませぬ。又獄卒は——」と云って、良秀は気味の悪い苦笑を洩しながら、「又獄卒は、夢現に何度となく、私の眼に映りました、或は牛頭、或は馬頭、或は三面六臂の鬼の形が、音のせ

ぬ手を拍き、声の出ぬ口を開いて、私を虐みに参りますのは、殆ど毎日毎夜のことと申してもよろしゅうございましょう。——私の描こうとして描けぬのは、そのようなものではございませぬ。」

それには大殿様も、流石に御驚きになったのでございましょう。暫くは唯苛立たしそうに、良秀の顔を睨めて御出になりましたが、やがて眉を険しく御動かしながら、

「では何が描けぬと申すのじゃ」と打捨るように仰有いました。

十五

「私は屏風の唯中に、檳榔毛の車が一輛空から落ちて来る所を描こうと思って居りまする。」良秀はこう云って、始めて鋭く大殿様の御顔を眺めました。あの男は画の事を云うと、気違い同様になるとは聞いて居りましたが、その時の眼のくばりには確にさような恐ろしさがあったようでございます。

「その車の中には、一人のあでやかな上﨟が、猛火の中に黒髪を乱しながら、悶え苦しんでいるのでございまする。顔は煙に咽びながら、眉を顰めて、空ざまに車蓋を仰いで居りましょう。手は下簾を引きちぎって、降りかかる火の粉の雨を防ごうとして

いるかも知れません。そうしてそのまわりには、怪しげな鷲鳥が十羽となく、二十羽となく、嘴を鳴らして紛々と飛び続いているのでございまする。——ああ、それが、その牛車の中の上臈が、どうしても私には描けませぬ。」

「そうして——どうじゃ。」

大殿様はどう云う訳か、妙に悦ばしそうな御気色で、こう良秀を御促しになりました。が、良秀は例の赤い唇を熱でも出た時のように震わせながら、夢を見ているのかと思う調子で、

「それが私には描けませぬ」と、もう一度繰返しましたが、突然噛みつくような勢になって、

「どうか檳榔毛の車を一輛、私の見ている前で、火をかけて頂きとうございまする。そうしてもし出来まするならば——」

大殿様は御顔を暗くなすったと思うと、突然けたたましく御笑いになりました。そうしてその御笑い声に息をつまらせながら、仰有いますには、

「おお、万事その方が申す通りに致して遣わそう。出来る出来ぬの詮議は無益の沙汰じゃ。」

私はその御言を伺いますと、虫の知らせか、何となく凄じい気が致しました。実際又大殿様の御容子も、御口の端には白く泡がたまって居りますし、御眉のあたりには

びくびくと電が走って居りますし、まるで良秀のもの狂いに御染みなすったのかと思う程、唯ならなかったのでございます。それがちょいと言を御切りになると、すぐ又何かが爆ぜたような勢いで、止め度なく喉を鳴らして御笑いになりながら、
「檳榔毛の車にも火をかけよう。又その中にはあでやかな女を一人、上﨟の装をさせて乗せて遣わそう。炎と黒煙とに攻められて、車の中の女が、悶え死をする――それを描こうと思いついたのは、流石に天下第一の絵師じゃ。褒めてとらす。おお、褒めてとらすぞ。」
　大殿様の御言葉を聞きますと、良秀は急に色を失って喘ぐように唯、唇ばかり動して居りましたが、やがて体中の筋が緩んだように、べたりと畳へ両手をつくと、
「難有い仕合でございまする」と、聞えるか聞えないかわからない程低い声で、丁寧に御礼を申し上げました。これは大方自分の考えていた目ろみの恐ろしさが、大殿様の御言葉につれてありありと目の前へ浮んで来たからでございましょうか。私は一生の中に唯一度、この時だけは良秀が、気の毒な人間に思われました。

　十六

　それから二三日した夜の事でございます。大殿様は御約束通り、良秀を御召しにな

って、檳榔毛の車の焼ける所を、目近く見せて御やりになりました。尤もこれは堀川の御邸であった事ではございません。俗に雪解の御所と云う、昔大殿様の妹君がいらしった洛外の山荘で、御焼きになったのでございます。

この雪解の御所と申しますのは、久しくどなたも御住いにはならなかった所で、広い御庭も荒れ放題荒れ果てて居りましたが、大方この人気のない御容子を拝見した者の当推量でございましょう。ここで御歿くなりになった妹君の御身の上にも、兎角の噂が立ちまして、中には又月のない夜毎々々に、今でも怪しい御袴の緋の色が、地にもつかず御廊下を歩むなどと云う取沙汰を致すものもございました。――それも無理ではございません。昼でさえ寂しいこの御所は、一度日が暮れたとなりますと、遣り水の音が一際陰に響いて、星明りに飛ぶ五位鷺も、怪形の物かと思う程、気味が悪いのでございますから。

丁度その夜はやはり月のない、まっ暗な晩でございましたが、大殿油の灯影で眺めますと、縁に近く座を御占めになった大殿様は、浅黄の直衣の浮紋の指貫を御召しになって、白地の錦の縁をとった円座に、高々とあぐらを組んでいらっしゃいました。その前後左右に御側の者どもが五六人、恭しく居並んで居りましたのは、別に取り立てて申し上げるまでもございますまい。が、中に一人、眼だって事ありげに見えたのは、先年陸奥の戦いに餓えて人の肉を食って以来、鹿の生角さえ裂くように

なったと云う強力の侍が、下に腹巻を着こんだ容子で、太刀を鷗尻に佩き反らせなが
ら、御縁の下に厳しくつくばっていた事でございます。――それが皆、夜風に靡く灯
の光で、或は明るく或は暗く、殆ど夢現を分たない気色で、何故かもの凄く見え渡っ
て居りました。

　その上に又、御庭に引き据えた檳榔毛の車が、高い車蓋にのっしりと暗を抑えて、
牛はつけず黒い轅を斜に榻へかけながら、金物の黄金を星のように、ちらちら光らせ
ているのを眺めますと、春とは云うものの何となく肌寒い気が致します。尤もその車
の内は、浮線綾の縁をとった青い簾が、重く封じこめて居りますから、緋には何がは
いっているか判りません。そうしてそのまわりには仕丁たちが、手んでに燃えさかる
松明を執って、煙が御縁の方へ靡くのを気にしながら、跪いて居りましたが、これは何時もの香
当の良秀は稍離れて、丁度御縁の真向に、星空の重みに圧されたかと思う位、何時
もよりは猶小さく、見すぼらしげに見えました。その後に又一人、同じような烏帽子
染めらしい狩衣に萎えた揉烏帽子を頂いて、跪いて居りましたが、これは何時もの香
狩衣の蹲ったのは、多分召し連れた弟子の一人ででもございましょうか。それが丁
度二人とも、遠いうす暗がりの中に蹲って居りますので、私のいた御縁の下からは、
狩衣の色さえ定かにはわかりません。

十七

時刻は彼是真夜中にも近かったでございましょう。林泉をつつんだ暗がひっそりと声を呑んで、一同のする息を窺っているかと思う中には、唯かすかな夜風の渡る音がして、松明の煙がその度に煤臭い匂を送って参ります。大殿様は暫く黙って、この不思議な景色をじっと眺めていらっしゃいましたが、やがて膝を御進めになりますと、

「良秀。」と、鋭く御呼びかけになりました。

良秀は何やら御返事を致したようでございますが、私の耳には唯、唸るような声しか聞えて参りません。

「良秀。今宵はその方の望み通り、車に火をかけて見せて遣わそう。」

大殿様はこう仰有って、御側の者たちの方を流し眄に御覧になりました。その時何か大殿様と御側の誰彼との間には、意味ありげな微笑が交されたようにも見うけましたが、これは或は私の気のせいかも分りません。すると良秀は畏る畏る頭を挙げて御縁の上を仰いだらしゅうございますが、やはり何も申し上げずに控えて居ります。

「よう見い。それは予が日頃乗る車じゃ。その方も覚えがあろう。——予はその車にこれから火をかけて、目のあたりに炎熱地獄を現ぜさせる心算じゃが。」

大殿様は又言をを御止めになって、御側の者たちに頤せをなさいました。それから急に苦々しい御調子で、「その内には罪人の女房が一人、縛めた儘、乗せてある。されば車に火をかけたら、必定その女めは肉を焼き骨を焦して、四苦八苦の最期を遂げるであろう。その方が屏風を仕上げるには、又とないよい手本じゃ。雪のような肌が燃え爛れるのを見のがすな。 黒髪が火の粉になって、舞い上るさまもよう見て置け。」

大殿様は三度口を御嘘みになりましたが、何を御思いになったのか、今度は唯肩を揺って、声も立てずに御笑いなさりながら、

「末代までもない観物じゃ。予もここで見物しよう。それそれ、簾を揚げて、良秀に仰を聞くせて遣さぬか。」

づくと、矢庭に片手をさし伸ばして、簾をさらりと揚げて見せました。けたたましく音を立てて燃える松明の光は、一しきり赤くゆらぎながら、忽ち狭い轅の中を鮮かに照し出しましたが、鞆の上に惨らしく、鎖にかけられた女房は――ああ、誰か見違えを致しましょう。きらびやかな繍のある桜の唐衣にすべらかしの黒髪が艶やかに垂れて、うちかたむいた黄金の釵子も美しく輝いて見えましたが、身なりこそ違え、小造りな体つきは、色の白い頸のあたりは、そうしてあの寂しい位つつましやかな横顔は、良秀の娘に相違ございません。私は危く叫び声を立てようと致しました。

その時でございます。私と向いあっていた侍は慌しく身を起して、柄頭を片手に抑えながら、屹と良秀の方を睨みました。それに驚いて眺めますと、あの男はこの景色に、半ば正気を失ったのでございましょう。今まで下に蹲っていたのが、急に飛び立ったと思いますと、両手を前へ伸した儘、車の方へ思わず知らず走りかかろうと致しました。唯生憎前にも申しました通り、遠い影の中に居りますので、顔貌ははっきりと分りません。しかしそう思ったのはほんの一瞬間で、色を失った良秀の姿は、忽ちうす暗がりを切り抜いてありありと眼前へ浮び上りました。娘を乗せた檳榔毛の車が、この時、まるで何か目に見えない力が、宙へ吊り上げたような良秀の姿は、仕丁たちが投げる松明の火を浴びて炎々「火をかけい」と云う大殿様の御言と共に、と燃え上ったのでございます。

十八

　火は見る見る中に、車蓋をつつみました。庇についた紫の流蘇が、煽られたようにさっと靡くと、その下から濛々と夜目にも白い煙が渦を巻いて、或は簾、或は袖、或は棟の金物が、一時に砕けて飛んだかと思う程、火の粉が雨のように舞い上る――その凄じさと云ったらございません。いや、それよりもめらめらと舌を吐いて袖格子に

擤みながら、半空までも立ち昇る烈々とした炎の色は、まるで日輪が地に落ちて、天火が迸ったようだとでも申しましょうか。前に危く叫ぼうとした私も、今は全く魂を消して、唯茫然と口を開きながら、この恐ろしい光景を見守るより外はございませんでした。しかし親の良秀は――

　良秀のその時の顔つきは、今でも私は忘れません。思わず知らず車の方へ駆け寄ろうとしたあの男は、火が燃え上ると同時に、足を止めて、やはり手をさし伸した儘、食い入るばかりの眼つきをして、車をつつむ焔煙を吸いつけられたように眺めて居りましたが、満身に浴びた火の光で、皺だらけな醜い顔は、髭の先までもよく見えます。が、その大きく見開いた眼の中と云い、引き歪めた唇のあたりと云い、或は又絶えず引き攣っている頬の肉の震えと云い、良秀の心に交々往来する恐れと悲しみと驚きとは、歴々と顔に描かれました。首を刎ねられる前の盗人でも、乃至は十王の庁へ引き出された、十逆五悪の罪人でも、ああまで苦しそうな顔は致しますまい。これには流石にあの強力の侍でさえ、思わず色を変えて、畏る畏る大殿様の御顔を仰ぎました。

　が、大殿様は緊く唇を御嚙みになりながら、時々気味悪く御笑いになって、眼も放さずじっと車の方を御見つめにいらっしゃいます。そうしてその車の中には――ああ、私はその時、その車にどんな娘の姿を眺めたか、それを詳しく申し上げる勇気は、到底あろうとも思われません。あの煙に咽んで仰向けた顔の白さ、焔を掃って

ふり乱れた髪の長さ、それから又見る間に火と変って行く、桜の唐衣の美しさ、――何と云う惨たらしい景色でございましたろう。殊に夜風が一下りして、煙が向うへ靡いた時、赤い上に金粉を撒いたような、焔の中から浮き上って、髪を口に嚙みながら、縛の鎖も切れるばかり身悶えをした有様は、地獄の業苦を目のあたりへ写し出したかと疑われて、私始め強力の侍までおのずと身の毛がよだちました。

するとその夜風が又一渡り、御庭の木々の梢にさっと通う――と誰でも、思いましたろう。そう云う音が暗い空を、どこともなく走ったと思うと、忽ち何か黒いものが、地にもつかず宙にも飛ばず、鞠のように躍りながら、御所の屋根から火の燃えさかる車の中へ、一文字にとびこみました。そうして朱塗のような袖格子が、ばらばらと焼け落ちる中に、のけ反った娘の肩を抱いて、帛を裂くような鋭い声を、何とも云えず苦しそうに、長く煙の外へ飛ばせました。続いて又、二声三声――私たちは我知らず、あっと同音に叫びました。壁代のような焔を後にして、娘の肩に縋っているのは、堀川の御邸に繋いであった、あの良秀と諢名のある、猿だったのでございますから。その猿が何処をどうしてこの御所まで、忍んで来たか、それは勿論誰にもわかりません。が、日頃可愛がってくれた娘なればこそ、猿も一しょに火の中へはいったのでございましょう。

十九

　が、猿の姿が見えたのは、ほんの一瞬間でございました。金梨子地のような火の粉が一しきり、ぱっと空へ上ったかと思う中に、猿は元より娘の姿も、黒煙の底に隠されて、御庭のまん中には唯、一輛の火の車と云うよりも、或は火の柱と云った方が、あの星空を衝いて煮え返る、恐ろしい火焔の有様にはふさわしいかも知れません。
　その火の柱を前にして、凝り固まったように立っている良秀は、──何と云う不議な事でございましょう。あのさっきまで地獄の責苦に悩んでいたような良秀は、今は云うようのない輝きを、さながら恍惚とした法悦の輝きを、皺だらけな満面に浮べながら、大殿様の御前も忘れたのか、両腕をしっかり胸に組んで、佇んでいるではございませんか。それがどうもあの男の眼の中には、娘の悶え死ぬ有様が映っていないようなのでございます。唯美しい火焔の色と、その中に苦しむ女人の姿とが、限りなく心を悦ばせる──そう云う景色に見えました。
　しかも不思議なのは、何もあの男が一人娘の断末魔を嬉しそうに眺めていた、そればかりではございません。その時の良秀には、何故か人間とは思われない、夢に見る

獅子王の怒りに似た、怪しげな厳さがございますから不意の火の手に驚いて、啼き騒ぎながら飛びまわる数の知れない夜鳥でさえ、気のせいか良秀の揉烏帽子のまわりへは、近づかなかったようでございます。恐らくは無心の鳥の眼にも、あの男の頭の上に、円光の如く懸っている、不可思議な威厳が見えたのでございましょう。

　鳥でさえそうでございます。まして私たちは仕丁までも、皆息をひそめながら、身の内も震えるばかり、異様な随喜の心に充ち満ちて、まるで開眼の仏でも見るように、眼も離さず、良秀を見つめました。空一面に鳴り渡る車の火と、それに魂を奪われて、立ちすくんでいる良秀と――何と云う荘厳、何と云う歓喜でございましょう。が、その中でたった一人、御縁の上の大殿様だけは、まるで別人かと思われる程、御顔の色も青ざめて、口元に泡を御ためになりながら、紫の指貫の膝を両手にしっかり御つかみになって、丁度喉の渇いた獣のように喘ぎつづけていらっしゃいました。……

二十

　その夜雪解(ゆきげ)の御所で、大殿様が車を御焼きになった事は、誰の口からともなく世上へ洩れましたが、それに就いては随分いろいろな批判を致すものも居ったようでござ

います。先第一に何故大殿様が良秀の娘を御焼き殺しなすったか、——これは、かなわぬ恋の恨みからなすったのだと云う噂が、一番多うございました。が、大殿様の思召しは、全く車を焼き人を殺してまでも、屏風の画を描こうとする絵師根性の曲なのを懲らす御心算だったのに相違ございません。現に私は、大殿様が御口ずからそう仰有るのを伺った事さえございます。

それからあの良秀が、目前で娘を焼き殺されながら、それでも屏風の画を描きたいと云うその木石のような心もちが、やはり何かとあげつらわれたようでございます。中にはあの男を罵って、画の為には親子の情愛をも忘れてしまう、人面獣心の曲者だなどと申すものもございました。あの横川の僧都様などは、こう云う考えに味方をなすった御一人で、「如何に一芸一能に秀でようとも、人として五常を弁えねば、地獄に堕ちる外はない」などと、よく仰有ったものでございます。

所がその後一月ばかり経って、愈々地獄変の屏風が出来上りますと、良秀は早速それを御邸へ持って出て、恭しく大殿様の御覧に供えました。丁度その時は僧都様も御居合わせになりましたが、屏風の画を一目御覧になりますと、流石にあの一帖の天地に吹き荒んでいる火の嵐の恐しさに御驚きなすったのでございましょう。それまでは苦い顔をなさりながら、良秀の方をじろじろ睨めつけていらっしったのが、思わず知らず膝を打って、「出かし居った」と仰有いました。この言を御聞きになって、大殿様が苦

笑なすった時の御容子も、未だに私は忘れません。
それ以来あの男を悪く云うものは、少くとも御邸の中だけでは、殆ど一人もいなくなりました。誰でもあの屏風を見るものは、如何に日頃良秀を憎く思っているにせよ、不思議に厳かな心もちに打たれて、炎熱地獄の大苦艱を如実に感じるからでもございましょうか。

しかしそうなった時分には、良秀はもうこの世に無い人の数にはいって居りました。それも屏風の出来上った次の夜に、自分の部屋の梁へ縄をかけて、縊れ死んだのでございます。一人娘を先立てたあの男は、恐らく安閑として生きながらえるのに堪えなかったのでございましょう。屍骸は今でもあの男の家の跡に埋まって居ります。尤も小さな標の石は、その後何十年かの雨風に曝されて、とうの昔誰の墓とも知れないように、苔蒸しているにちがいございません。

奉教人の死

読んだ人‥辻原 登(『村の名前』で第一〇三回芥川賞受賞)

作品『奉教人の死』　　　　　　　　　　　辻原　登

　芥川龍之介は近代作家の中では、断然、東西の古典を再話化した作品の多い作家である。ブッキッシュぶりはきわだっている。
　『杜子春』は、唐代きっての小説家李復言の『続玄怪録』にある「杜子春の物語」からつくられている。このふたつを読みくらべてみると、芥川という小説家の弱点がまざまざと透けてみえてくるのだが、これをいまの若い人たちに読みくらべさせ、投票させると十人が十人、芥川作品を支持するから不思議だ。
　だが、私が選んだのは『奉教人の死』なので、『杜子春』を引いたのは、ただ典拠・原話との関係を取り出したかっただけのことである。芥川が拠った李復言は実在した作家だし、「杜子春の物語」は現存して、われわれはいつでもその物語を読むことができる。比較することもできる。
　だが、『奉教人の死』は芥川自身がその典拠を明確にしているにもかかわらず、われわれはそれを読むことができない。彼が挙げている「長崎耶蘇会出版

『れげんだ・おうれあLEGENDA AUREA』は、芥川の創作にかかる偽書だからである。

芥川龍之介に似た作家を世界に求めると、アルゼンチンの盲目の詩人・小説家ボルヘスがみつかる。芥川は一八九二年生まれ、ボルヘスは一八九九年生。ほぼ同世代で、かたや南半球のアルゼンチン、かたや極東の島国。教養の質も似ている。ボルヘスの奇作中の奇作『「ドン・キホーテ」の著者ピエール・メナール』も『ユダについての三つの解釈』もまた偽書によって成り立っている。
だが、そんなことはさておいて、私は少年の頃より『奉教人の死』が好きだった。

見られい。「しめおん」。見られい。傘張りの翁。御主「ぜす・きりしと」の御血潮よりも赤い、火の光を一身に浴びて、声もなく「さんた・るちや」の門に横わった、いみじくも美しい少年の胸には、焦げ破れた衣のひまから、清らかな二つの乳房が、玉のように露われて居るではないか。今は焼けただれた面輪にも、自らなやさしさは、隠れようすべもあるまじい。おう、「ろおれんぞ」は女じゃ。「しめおん」は女じゃ。見られい。猛火を後にして、垣のように

佇んでいる奉教人衆、邪淫の戒めを破ったに由って「さんた・るちや」を逐われた「ろおれんぞ」は、傘張りの娘と同じ、眼なざしのあでやかなこの国の女じゃ。

　以上のパラグラフは暗記し、そらんじては胸をときめかせたものだ。この作品は偽書にもとづいて書かれているが、「間テキスト性」の見地からすれば、先行するテキストとして、むろん『新約聖書』の「ヨハネ福音書」やトルストイの「人はなんで生きるか」を思い浮かべることができる。地上に墜ちてきた堕天使の物語である。「ろおれんぞ」は天使で、長崎に墜ちてきて、また召されて天に還ってゆく。男と思われていた「ろおれんぞ」が死に際に、「清らかな二つの乳房が、玉のように露われて」、女だと明かすところが、トルストイにはない芥川の工夫であった。

たとひ三百歳の齢を保ち、楽しみ身に余ると云ふとも、未来永々の果しなき楽しみに比ぶれば、夢幻の如し。

—— （慶長訳 Guia do Pecador）——

　善の道に立ち入りたらん人は、御教にこもる不可思議の甘味を覚ゆべし。

—— （慶長訳 Imitatione Christi）——

　　一

　去んぬる頃、日本長崎の「さんた・るちや」と申す「えけれしや」（寺院）に、「ろおれんぞ」と申すこの国の少年がござった。これは或年御降誕の祭の夜、その「えけれしや」の戸口に、饑え疲れてうち伏して居ったを参詣の奉教人衆が介抱し、それより伴天連の憐みにて、寺中に養われる事となったげでござるが、何故かその身の素性を問えば、故郷は「はらいそ」（天国）父の名は「でうす」（天主）などと、何時も事もなげな笑に紛らいて、とんとまことは明した事もござない。なれど親の代からの「ぜんちょ」（異教徒）の輩であらなんだ事だけは、手くびにかけた青玉の「こんたつ」（念珠）を見ても、知れたと申す。されば伴天連はじめ、多くの「いるまん」衆

（法兄弟）も、よも怪しいものではござるまいと、おぼされて、ねんごろに扶持して置かれたが、その信心の堅固なは、一同も「ろおれんぞ」は天童の生れがわりであろうずなど申し、いずくの生れ、たれの子とも知れぬものを、無下にめでいつくしんで居ったげでござる。

して又この「ろおれんぞ」は顔かたちが玉のように清らかであったに、声ざまも女のように優しかったれば、一しお人々のあわれみを惹いたのでござろう。中でもこの国の「いるまん」に「しめおん」と申したは、「ろおれんぞ」を弟のようにもてなし、「えけれしや」の出入りにも、必仲よう手を組み合せて居った。この「しめおん」は元さる大名に仕えた、槍一すじの家がらなものじゃ。されば身のたけも抜群なに、性得の剛力であったに由って、伴天連が「ぜんちょ」ばらの石瓦にうたるるを、防いで進ぜた事も、一度二度の沙汰ではござない。それが「ろおれんぞ」と睦じゅうするさまは、とんと鳩になずむ荒鷲のようであったとも申そうか。或は「ればのん」山の檜に、葡萄かずらが纏いついて、花咲いたようであったとも申そうず。

さる程に三年あまりの年月は、流るるようにすぎたに由って、「ろおれんぞ」はやがて元服もすべき時節となった。したがその頃怪しげな噂が伝わったと申すは「さんた・るちや」から遠からぬ町方の傘張の娘が、「ろおれんぞ」と親しゅうすると云う

事じゃ。この傘張の翁も天主の御教を奉ずる人故、娘ともども「えけれしや」へは参る慣であったに、御祈りの暇にも、娘は香炉をさげた「ろおれんぞ」の姿から、眼を離したと申す事がござない。まして「えけれしや」への出入りには、必髪かたちを美しゅうして、「ろおれんぞ」のいる方へ眼づかいをするが定であった。さればおのずと奉教人衆の人目にも止り、娘が行きずりに「ろおれんぞ」の足を踏んだと云い出すものもあれば、二人が艶書をとりかわすをしかと見とどけたと申すものも出て来たげでござる。

由って伴天連にも、すて置かれず思されたのでござろう。或日「ろおれんぞ」を召されて、白ひげを噛みながら、「その方、傘張の娘と兎角の噂ある由を聞いたが、よもやまことではあるまい。どうじゃ」ともの優しゅう尋ねられた。したが「ろおれんぞ」は、唯憂わしげに頭を振って、「そのような事は一向に存じよう筈もござらぬぞ」と、涙声に繰返すばかり故、伴天連もさすがに我を折られて、年配と云い、日頃の信心と云い、こうまで申すものに偽はあるまいと思されたげでござる。

さて一応伴天連の疑は晴れてじゃが、「さんた・るちや」へ参る兄弟同様にして居った人々の間では、容易に、ところこの沙汰が絶えそうもござない。始はかような淫な事を、ものものしゅう詮議立てん」の気がかりは、又人一倍じゃ。されば「ろおれんぞ」の顔するが、おのれにも恥しゅうて、うちつけに尋ねようは元より、「ろおれんぞ」の顔

さえまさかとは見られぬ程であったが、或時「さんた・るちや」の後ろの庭で、「ろおれんぞ」へ宛てた娘の艶書を拾うたに由って、人気ない部屋にいたを幸、「ろおれんぞ」の前にその文をつきつけて、嚇しつ賺しつ、さまざまに問いただいた。なれど「ろおれんぞ」は唯、美しい顔を赤らめて、「娘は私に心を寄せましたげでござれど、私は文を貰うたばかり、とんと口を利いた事もござらぬ」と申す。なれど世間のそしりもある事でござれば、「しめおん」は猶も押して問い詰ったに、「ろおれんぞ」はわびしげな眼で、じっと相手を見つめたと思えば、「私はお主にさえ、噓をつきそうな人間に見えるそうな」と咎めるように云い放って、とんと燕が何ぞのように、その儘つと部屋を出て行ってしもうた。こう云われて見れば、「しめおん」も己の疑深かったのが恥しゅうもなったに由って、悄々その場を去ろうとしたに、いきなり駈けこんで来たは、少年の「ろおれんぞ」じゃ。それが飛びつくように「しめおん」の頭を抱くと、喘ぐように「私が悪かった。許して下されい」と、囁いて、こなたが一言も答えぬ間に、涙に濡れた顔を隠そう為か、相手をつきのけるように身を開いて、一散に又元来た方へ、走って往んでしもうた。さればその「私が悪かった」と囁いたのも、娘と密通したのが、悪かったと云うのやら、或は「しめおん」につれのうしたのが悪かったと云うのやら、一円合点の致そうようがなかったとの事でござる。

するとその後間もなう起ったのは、その傘張の娘が孕ったと云う騒ぎじゃ。しかも

腹の子の父親は、「さんた・るちや」の「ろおれんぞ」じゃと、正しゅう父の前で申したげでござる。されば傘張の翁は火のように憤って、即刻伴天連のもとへ委細を訴えに参った。こうなる上は「ろおれんぞ」も、かつふつ云い訳の致しようがござない。その日の中に伴天連を始め、「いるまん」衆一同の談合に由って、破門を申し渡される事になった。元より破門の沙汰がある上は、伴天連の手もとを追い払われる事でござれば、糊口のよすがに困るのも目前じゃ。したがかような罪人を、この儘「さんた・るちや」に止めて置いては、御主の「ぐろおりや」（栄光）にも関る事かゆえ、日頃親しゅう致いた人々も、涙をのんで「ろおれんぞ」を追い払ったと申す事でござる。

その中でも哀れをとどめたは、兄弟のようにして居った「しめおん」の身の上じゃ。これは「ろおれんぞ」が追い出されると云う悲しさよりも、「ろおれんぞ」に欺かれたと云う腹立たしさが一倍故、あのいたいけな少年が、折からの凩が吹く中へ、しおしおと戸口を出かかったに、傍から拳をふるうて、したたかその美しい顔を打った。

「ろおれんぞ」は剛力に打たれたに由って、思わずそこへ倒れたが、やがて起きあがると、涙ぐんだ眼で、空を仰ぎながら、「御主も許させ給え。『しめおん』は、己が仕業もわきまえぬものでござる」と、わななく声で祈ったと申す事じゃ。「しめおん」もこれには気が挫けたのでござろう。暫くは唯戸口に立って、拳を空にふるうて居ったが、その外の「いるまん」衆も、いろいろととりないたれば、それを機会に手を束

ねて、嵐も吹き出でようず空の如く、凄じく顔を曇らせながら、悄々「さんた・るちや」の門を出る「ろおれんぞ」の後姿を、貪るようにきっと見送って居った。その時居合わせた奉教人衆の話を伝え聞けば、時しも凩にゆらぐ日輪が、うなだれて歩む「ろおれんぞ」の頭のかなた、長崎の西の空に沈もうず景色であったに由って、あの少年のやさしい姿は、とんと一天の火焰の中に、立ちきわまったように見えたと申す。

その後の「ろおれんぞ」は、「さんた・るちや」の内陣に香炉をかざした昔とは打って変って、町はずれの非人小屋に起き伏しする、世にも哀れな乞食であった。まいてその前身は、「ぜんちょ」の輩にはえとりのようにさげしまるるは元より、天主の御教を奉ずるものじゃ。されば町を行けば、心ない童部に嘲らるるは元より、刀杖瓦石の難に遭うた事も、度々ござるげに聞き及んだ。いや、嘗ては、長崎の町にはびこった、恐しい熱病にとりつかれて、七日七夜の間、道ばたに伏しまろんでは、苦み悶えたとも申す事でござる。したが、「でうす」無量無辺の御愛憐は、その都度「ろおれんぞ」が一命を救わせ給うたのみか、施物の米銭のない折々には、山の木の実、海の魚貝など、その日の糧を恵ませ給うのが常であった。由って「ろおれんぞ」も、朝夕の祈は「さんた・るちや」に在った昔を忘れず、手くびにかけた「こんたつ」も、青玉の色を変えなかったと申す事じゃ。なんのそれのみか、夜毎に更闌けて人音も静まる頃となれば、この少年はひそかに町はずれの非人小屋を脱け出いて、月を踏んで住み馴れ

216

「さんた・るちや」へ、御主「ぜす・きりしと」の御加護を祈りまいらせに詣でて居った。

なれど同じ「えけれしや」に詣ずる奉教人衆も、その頃はとんと、「ろおれんぞ」を疎んじはてて、伴天連はじめ、誰一人憐みをかくるものもござらなんだ。ことわりかな、破門の折から所行無慚の少年と思いこんで居ったに由って、何として夜毎に、独り「えけれしや」へ参る程の、信心ものじゃとは知らりょうぞ。これも「でうす」千万無量の御計らいの一つ故、よしない儀とは申しながら、「ろおれんぞ」が身にとっては、いみじくも亦哀れな事でござった。

さる程に、こなたはあの傘張の娘じゃ。「ろおれんぞ」が破門されると間もなく、月も満たず女の子を産み落したが、さすがにかたくなしい父の翁も、初孫の顔は憎からず思うたのでござろう、娘ともども大切に介抱して、自ら抱きもし、かかえもし、時にはもてあそびの人形などもとらせたと申す事でござる。翁は元よりさもあろうずなれど、ことに稀有なは「いるまん」の「しめおん」じゃ。あの「じゃぼ」(悪魔)をも挫ごうず大男が、娘に子が産まれるや否や、暇ある毎に傘張の翁を訪れて、無骨な腕に幼子を抱き上げては、にがにがしげな顔に涙を浮べて、弟と愛しんだ、あえかな「ろおれんぞ」の優姿を、思い慕って居ったと申す。唯、娘のみは、「さんた・るちや」を出でてこの方、絶えて「ろおれんぞ」が姿を見せぬのを、怨めしゅう歎きわ

びた気色であったれば、「しめおん」の訪れるのさえ、何かと快からず思うげに見えた。

この国の諺にも、光陰に関守なしと申す通り、とこうする程に、一年あまりの年月は、瞬くひまに過ぎたと思召されい。ここに思いもよらぬ大変が起ったと申すは、一夜の中に長崎の町の半ばを焼き払った、あの大火事のあった事じゃ。まことにその折の景色の凄じさは、末期の御裁判の喇叭の音が、一天の火の光をつんざいて、鳴り渡ったかと思われるばかり、世にも身の毛のよだつものでござった。その時、あの傘張の翁の家は、運悪う風下にあったに由って、見る見る焔に包まれたが、さて始末じゃ。一定、一間どころに寝かいて置いたを、忘れてこ迄逃げのびたのであろうず。さ
れば翁は足ずりをして罵りわめく。娘も亦、人に遮られず、火の中へも馳せ入って、助け出そう気色に見えた。なれど風は益加わって、焔の舌は天上の星をも焦そうず吼りようじゃ。それ故火を救いに集った町方の人々も、唯、あれよあれよと立ち騒ぐで、狂気のような娘をとり鎮めるより外に、せん方も亦あるまじい。所へひとり、多くの人を押しわけて、駈けつけて参ったは、あの「いるまん」の「しめおん」でござる。これは矢玉の下もくぐったげな、逞しい大丈夫でござれば、ありようを見るより早く、勇んで焔の中へ向うたが、あまりの火勢に辟易致いたのでござろう。二三度煙

をくぐったと見る間に、背をめぐらして、一散に逃げ出いた。して翁と娘とが佇んだ前へ来て、「これも『でうす』万事にかなわせたもう御計らいの一つじゃ。詮ない事とあきらめられい」と叫ぶものがござった。その時翁の傍から、誰とも知らず、高らかに「御主、助け給え」と申す。声ざまに聞き覚えもござれば、「しめおん」が頭をめぐらして、その声の主をきっと見れば、いかな事、これは紛いもない「ろおれんぞ」じゃ。清らかに痩せ細った顔は、火の光に赤うかがやいて、風に乱れる黒髪も、肩に余るげに思われたが、哀れにも美しい眉目のかたちは、一目見てそれと知られた。その「ろおれんぞ」が、乞食の姿のまま、群る人々の前に立って、日もはなたず燃えさかる家を眺めて居る。と思うたのは、まことに瞬く間もない程じゃ。一しきり焰を煽って、恐しい風が吹き渡ったと見れば、「ろおれんぞ」の姿はまっしぐらに、早くも火の柱、火の壁、火の梁のうつばりの中にはいって居った。「しめおん」は思わず遍身に汗を流いて、空高く「くるす」（十字）を描きながら、「御主、助け給え」「さんた・るちや」と叫んだが、何故かその時心の眼には、凩に揺るる日輪の光を浴びて、「ろおれんぞ」の姿が浮かんだと申す。忽兎角の批判は風に乗って、人どよめきの上門に立ちきわまった、美しく悲しげな、「ろおれんぞ」が健気な振舞に驚きながらも破戒の昔を忘れかねたのでもござろう。なれどあたりに居った奉教人衆は、「ろおれんぞ」を渡って参った。と申すは、「さすが親子の情あいは争われぬものと見えた。己が身

の罪を恥じて、このあたりへは影も見せなんだ『ろおれんぞ』が、今こそ一人子の命を救おうとて、火の中へはいったぞよ」と、誰ともなく罵りかわしたのでござる。これには翁さえ同心と覚えて、「ろおれんぞ」の姿を眺めてからは、怪しい心の騒ぎを隠そうず為か、立ちつ居つ身を悶えて、何やら愚しい事のみを、声高にひとりわめいて居った。なれど当の娘ばかりは、狂おしく大地に跪いて、両の手で顔をうずめながら、一心不乱に祈誓を凝らいて、身動きをする気色さえもござない。その空には火の粉が雨のように降りかかる。煙も地を掃って、面を打った。したが、娘は黙然と頭を垂れて、身も世も忘れた祈り三昧でござる。

とこうする程に、再火の前に群った人々が、一度にどっとどよめくかと見れば、髪をふり乱いた「ろおれんぞ」が、もろ手に幼子をかい抱いて、乱れとぶ焔の中から、天くだるように姿を現いた。なれどその時、燃え尽きた梁の一つが、俄に半ばから折れたのでござろう。凄じい音と共に、一なだれの煙焰が半空に迸ったと思う間もなく、「ろおれんぞ」の姿ははたと見えずなって、跡には唯火の柱が、珊瑚の如くそばだつたばかりでござる。

あまりの凶事に心も消えて、「しめおん」をはじめ翁まで、居あわせた程の奉教人衆は、皆目の眩む思いがござった。中にも娘はけたたましゅう泣き叫んで、一度は脛もあらわに躍り立ったが、やがて雷に打たれた人のように、そのまま大地にひれふし

たと申す。さもあらばあれ、ひれふした娘の手には、何時かあの幼い女の子が、生死不定の姿ながら、ひしと抱かれて居たをいかにしょうぞ。ああ、広大無辺なる「でうす」の御知慧、御力は、何とたとえ奉る詞だにござない。燃え崩れる梁に打たれながら、「ろおれんぞ」が必死の力をしぼって、こなたへ投げた幼子は、折よく娘の足もとへ、怪我もなくまろび落ちたのでござる。

されば娘が大地にひれ伏して、嬉し涙に咽んだ声と共に、もろ手をさしあげて立った翁の口からは、「でうす」の御慈悲をほめ奉る声が、自らおごそかに溢れて参った。いや、まさに溢れようずけはいであったとも申そうか。それより先に「しめおん」は、さかまく火の嵐の中へ、「ろおれんぞ」を救おうず一念から、真一文字に躍りこんだに由って、翁の声は再気づかわしげな、いたましい祈りの詞となって、夜空に高くあがったのでござる。これは元より翁のみではござない。親子を囲んだ奉教人衆は、皆一同に声を揃えて、「御主、助け給え」と、泣く泣く祈りを捧げたのじゃ。して「びるぜん・まりや」の御子、なべての人の苦しみと悲しみとを己がものの如くに見そなわす、われらが御主「ぜす・きりしと」は、遂にこの祈りを聞き入れ給うた。見られい。むごたらしゅう御主焼けただれた「ろおれんぞ」は、「しめおん」が腕に抱かれて、早くも火と煙とのただ中から、救い出されて参ったではないか。

なれどその夜の大変は、これのみではござなんだ。息も絶え絶えな「ろおれんぞ」

が、とりあえず奉教人衆の手に昇かれて、風上にあったあの「えけれしや」の門へ横えられた時の事じゃ。それまで幼子を胸に抱きしめて、涙にくれていた傘張の娘は、折から門へ出でられた伴天連の足もとに跪くと、並み居る人々の目前で、「この女子は『ろおれんぞ』様の種ではおじゃらぬ。まことは妾が家隣の『ぜんちょ』の子と密通して、もうけた娘でおじゃるわいの」と、思いもよらぬ「こいさん」(懺悔)を仕った。その思いつめた声ざまの震えと申し、その泣きぬれた双の眼のかがやきかと申し、この「こいさん」には、露ばかりの偽わりさえ、あろうとは思われ申さぬ。道理かな、肩を並べた奉教人衆は、天を焦がす猛火も忘れて、息さえつかぬように声を呑んだ。

娘が涙をおさめて申し次いだは、「妾は日頃『ろおれんぞ』様を恋い慕うて居ったなれど、御信心の堅固さからあまりにつれなくもてなされる故、つい怨む心も出て、腹の子を『ろおれんぞ』様の種と申し偽り、妾につらかった口惜しさを思い知らそうと致いたのでおじゃる。なれど『ろおれんぞ』様の御心の気高さは、妾が大罪をも憎ませ給わいで、今宵は御身の危さをもうち忘れ、「いんへるの」(地獄)にもまごう火焔の中から、妾娘の一命を辱くも救わせ給うた。その御憐み、御計らい、まことに御主『ぜす・きりしと』の再来かともおがまれ申す。さるにても妾が重々の極悪を思えば、この五体は忽ち『じゃぼ』の爪にかかって、寸々に裂かれようとも、中々怨む所はおじゃるまい。」娘は「こいさん」を致いも果てず、大地に身を投げて泣き伏した。

二重三重に群った奉教人衆の間から、「まるちり」（殉教）じゃ、「まるちり」じゃと云う声が、波のように起ったのは、丁度この時の事でござる。殊勝にも「まるちり」ぞ」は、罪人を憐む心から、御主「ぜす・きりしと」の御行跡を踏んで、乞食にまで身を落いた。して父と仰ぐ伴天連も、兄とたのむ「しめおん」も、皆その心を知らなんだ。これが「まるちり」でのうて、何でござろう。

したが、当の「ろおれんぞ」は、娘の「こいさん」を聞きながらも、僅に二三度頷いて見せたばかり、髪は焼け肌は焦げて、手も足も動かぬ上に、口をきこう気色さえも、今は全く尽きたげでござる。娘の「こいさん」に胸を破った翁と「しめおん」とは、その枕がみに蹲って、何かと介抱を致して居ったが、「ろおれんぞ」の息は、刻々に短うなって、最期ももはや遠くはあるまじい。唯、日頃と変らぬのは、遥に天上を仰いで居る、星のような瞳の色ばかりじゃ。

やがて娘の「こいさん」に耳をすまされた伴天連は、吹き荒ぶ夜風に白ひげをなびかせながら、「さんた・るちや」の門を後にして、おごそかに申されたは、「悔い改むるものは、幸じゃ。何しにその幸なものを、人間の手に罰しようぞ。これより益『でうす』の御戒を身にしめて、心静に末期の御裁判の日を待ったがよい。又『ろおれんぞ』がわが身の行儀を、御主『ぜす・きりしと』とひとしくし奉ろうず志はこの国の奉教人衆のわが中にあっても、類稀なる徳行でござる。別して少年の身とは云い——

——ああ、これは又何とした事でござろうぞ。ここまで申された伴天連は、俄にはたと口を噤んで、あたかも「はらいそ」の光を望んだように、じっと足もとの「ろおれんぞ」の姿を見守られた。その恭しげな容子は、どうじゃ。その両の手のふるえざまも、尋常の事ではござるまい。おう、伴天連のからびた頬の上には、とめどなく涙が溢れ流れるぞよ。見られい。「しめおん」。見られい。傘張の翁。御主「ぜす・きりしと」の御血潮よりも赤い、火の光を一身に浴びて、声もなく「さんた・るちや」の門に横わった、いみじくも美しい少年の胸には、焦げ破れた衣のひまから、清らかな二つの乳房が、玉のように露れて居るではないか。今は焼けただれた面輪にも、自らなやさしさは、隠れようすべもあるまじい。おう、「ろおれんぞ」は女じゃ。「ろおれんぞ」は女じゃ。見られい。猛火を後にして、垣のように佇んでいる奉教人衆。邪淫の戒を破ったに由って「さんた・るちや」を逐われた「ろおれんぞ」は、傘張の娘と同じ、眼なざしのあでやかなこの国の女じゃ。

まことにその刹那の尊い恐しさは、あだかも「でうす」の御声が、星の光も見えぬ遠い空から、伝わって来るようであったと申す。されば「さんた・るちや」の前に居並んだ奉教人衆は、風に吹かれる穂麦のように、誰からともなく頭を垂れて、悉く「ろおれんぞ」のまわりに跪いた。その中で聞えるものは、唯、空をどよもして燃えしきる、万丈の焔の響ばかりでござる。いや、誰やらの啜り泣く声も聞えたが、それは傘

張の娘でござろうか。或は又自ら兄とも思うた、あの「いるまん」の「しめおん」でござろうか。やがてその寂寞たるあたりをふるわせて、「ろおれんぞ」の上に高く手をかざしながら、伴天連の御経を誦せられる声が、おごそかに悲しく耳にはいった。して御経の声がやんだ時、「ろおれんぞ」と呼ばれた、この国のうら若い女は、まだ暗い夜のあなたに、「はらいそ」の「ぐろおりや」を仰ぎ見て、安らかなほほ笑みを唇に止めたまま、静に息が絶えたのでござる。……

　その女の一生は、この外に何一つ、知られなんだげに聞き及んだ。なれどそれが、何事でござろうぞ。なべて人の世の尊さは、何ものにも換え難い、刹那の感動に極るものじゃ。暗夜の海にも譬えようず煩悩心の空に一波をあげて、未出ぬ月の光を、水沫の中へ捕えてこそ、生きて甲斐ある命とも申そうず。されば「ろおれんぞ」が最後を知るものは「ろおれんぞ」の一生を知るものではござるまいか。

二

　予が所蔵に関る、長崎耶蘇会出版の一書、題して「れげんだ・おうれあ」と云う。蓋し、LEGENDA AUREA の意なり。されど内容は必しも、西欧の所謂「黄金伝説」ならず。彼土の使徒聖人が言行を録すると共に、併せて本邦西教徒が勇猛精進の事蹟

をも採録し、以て福音伝道の一助たらしめんとせしものの如し。体裁は上下二巻、美濃紙摺草体交り平仮名文にして、鮮明を欠き、活字なりや否やを明にせず。上巻の扉には、羅甸字にて書名を横書し、その下に漢字にて「御出世以来千五百九十六年、慶長二年三月上旬鏤刻也」の二行を縦書す。年代の左右には喇叭を吹ける天使の画像あり。技巧頗る幼稚なれども、亦掬す可き趣致なきにせず。下巻も扉に「五月中旬鏤刻也」の句あるを除いては、全く上巻と異同なし。両巻とも紙数は約六十頁にして、載する所の黄金伝説は、上巻八章、下巻十章を数う。その他各巻の巻首に著者不明の序文及羅甸字を加えたる目次あり。序文は文章雅馴ならずして、間々欧文を直訳せる如き語法を交え、一見その伴天連たる西人の手になりしやを疑わしむ。

以上採録したる「奉教人の死」は、該「れげんだ・おうれあ」下巻第二章に依るものにして、恐らくは当時長崎の一西教寺院に起りし、事実の忠実なる記録ならんか。但、記事中の大火なるものは、「長崎港草」以下諸書に徴するも、その有無をすら明にせざるを以て、事実の正確なる年代を決定するを得ず。もし原文の予は「奉教人の死」に於て、発表の必要上、多少の文飾を敢てしたり。平易雅馴なる筆致にして、甚しく毀損せらるる事なからんか、予の幸甚とする所なりと云爾。

きりしとほろ上人傳

(読んだ人‥皆川博子 『恋紅』で第九五回直木賞受賞)

作品『きりしとほろ上人伝』　　皆川博子

きりしとほろ上人すなわち、聖者クリストフォルスが、幼児の姿で顕在したキリストを担いで川を渡ったという伝承は、ヨーロッパでよく知られている。近年では、ミシェル・トゥルニエが魅惑的な長編『魔王』のモチーフにしている。

芥川が、まことしやかに〈《奉教人の死》と同じく、予が所蔵の切支丹版「れげんだ・あうれあ」の一章に、多少の潤色を加えたものである。〉と「きりしとほろ上人伝」の序文に記しているのが楽しい。切支丹版というのは、天正から慶長のころまでに、長崎、天草に学林をひらいたイエズス会が布教のために印刷した書物である。その中に、「れげんだ・あうれあ」なる書は存在しない。つまり、古文書の贋作、偽書である。芥川はもちろん後世をだましとおす意図など微塵もなく、古文書のまねびであることをすぐに明らかにしている。
偽書を創作することは、書き手にとってなかなかに魅力がある。有名な贋作

者に、十七歳で自殺したイギリスの少年詩人トマス・チャタトンがいる。十八世紀に生を受けながら、識者の目をも欺く中世の詩をものしている。最近では、古川日出男氏が『アラビアの夜の種族』で、いと楽しげに、この手法を用いておられる。

イエズス会の布教にかける熱意は凄まじく、大和言葉には本来存在しないヨーロッパの概念を、苦心して当時の口語に和訳し、『伊曾保物語』『こんてむつすむん地』『きゃとへかとる』などを出版、ザビエルの布教開始からわずか五十数年にして、大部の日葡辞書（ポルトガル語の説明を付した日本語辞書）まで編纂刊行している。

現代の読書人にいかにも古文書と感じさせるのは、ゆたかな知識学識がなくてはできない。「きりしとほろ上人伝」の中世の古雅な口語体は、『伊曾保物語』に倣ったと芥川は述べている。

「さもあろうず。おぬしは今宵という今宵こそ、世界の苦しみを身に荷うた『えす・きりしと』を負いないたのじゃ」

イエズス会の布教は、背後にマカオを拠点とするポルトガルのアジア侵略を隠していた。鎖国によって布教はいったん途切れ、明治になってふたたびキリ

スト教が日本に入ってくるが、ヨーロッパの人々の宗教感覚とは異なり、明治大正の日本人には、珍しい泰西文化として受け取られた部分が大きい。北原白秋の「邪宗門秘曲」や木下杢太郎の「南蛮寺門前」、そうして芥川の幾つかの切支丹ものなどによって、異国情緒ただよう切支丹用語がふたたび世人の目になじむようになった。

しかし、キリスト教と真剣に対峙し近代の理性知性で理解しようとするとき、越えがたい矛盾の溝に落ち込む。大正の知性の人である芥川が描く「さまよえる猶太人」「るしへる」「神神の微笑」などキリスト教をモチーフとした諸作には、苦い皮肉な味わいがある。

小序

これは予が嘗て三田文学紙上に掲載した「奉教人の死」と同じく、予が所蔵の切支丹版「れげんだ・あうれあ」の一章に、多少の潤色を加えたものである。但し「奉教人の死」は本邦西教徒の逸事であったが、「きりしとほろ上人伝」は古来洽く欧洲天主教国に流布した聖人行状記の一種であるから、予の「れげんだ・あうれあ」の紹介も、彼是相俟って始めて全貌を彷彿する事が出来るかも知れない。

伝中殆ど滑稽に近い時代錯誤や場所錯誤が続出するが、予は原文の時代色を損うまいとした結果、わざと何等の筆削をも施さない事にした。大方の諸君子にして、予が常識の有無を疑われなければ幸甚である。

　　一　山ずまいのこと

　遠い昔のことでおじゃる。その頃「れぷろぼす」ほどな大男は、ひろしと云え、絶えて一人もおりなかったと申す。まず身の丈は三丈あまりもおじゃ

じゃった。「しりあ」の国の山奥に、「れぷろぼす」と申す山男がお御主の日輪の照らさせ給う天が下は

ろうか。葡萄蔓かとも見ゆる髪の中には、いたいけな四十雀が何羽とも知れず巣食うて居った。まいて手足はさながら深山の松檜にまがうて、足音は七つの谷々にも谺するばかりでおじゃる。さればその日の糧を猟ろうにも、鹿熊なんどのたぐいをとりひしぐは、指の先の一ひねりじゃ。又は折ふし海べに下り立って、すなどろうと思う時も、海松房ほどな髯の垂れた顋をひたと砂につけて、ある程の水を一吸い吸えば、鯛も鰹も尾鰭をふるうて、ざわざわと口へ流れこんだ。じゃによって沖を通る廻船さえ、時ならぬ潮のさしひきに漂わされて、水夫楫取の慌てふためく事もおじゃったと申し伝えた。

なれど「れぷろぱす」は、性得心根のやさしいものでおじゃれば、山ずまいの杣猟夫は元より、往来の旅人にも害を加えたと申す事はおりない。反って杣の伐りあぐんだ樹は推し倒し、猟夫の追い失うた毛物はとっておさえ、旅人の負いなやんだ荷は肩にかけて、なにかと親切をつくいたれば、遠近の山里でもこの山男を憎もうずもなく、誰一人おりなかった。中にもとある一村では、羊飼のわらんべの親が家の引き窓を推し開くものがあったれば、夜さりそのわらんべの親が家の引き窓を推し開くものがあったれば、驚きまどうて上を見たに、箕ほどな「れぷろぱす」の掌が、よく眠入ったわらんべをかいのせて、星空の下から悠々と下りて来たこともおじゃると申す。何と山男にも似合うまじい、殊勝な心映えではおじゃるまいか。

されば山賤たちも「れぷろぼす」に出合えば、餅や酒などをふるもうて、へだてなく語らうことも度々おじゃった。さるほどにある日のこと、杣の一むれが樹を伐ろうずとて、檜山ふかくわけ入ったに、この山男がのさのさと熊笹の奥から現れたれば、もてなし心に落葉を焚いて、徳利の酒を暖めてとらせた。その滴ほどな徳利の酒さえ、「れぷろぼす」は大きに悦んだしきで、頭の中に巣食うた四十雀にも、杣たちの食み残いた飯をばらまいてとらせながら、あっぱれ功名手がらをも致して申したは、
「それがしも人間と生まれたれば、大あぐらをかいて末は大名ともなろうずる」と云えば、杣たちも打ち興じて、
「道理かな。おぬしほどな力量があれば、城の二つ三つも攻め落そうは、片手業にも足るまじい」と云うた。その時「れぷろぼす」が、ちともの案ずる体で申すようは、
「なれどここに一つ、難儀なことがおじゃる。それがしは日頃山ずまいのみ致いて居れば、どの殿の旗下に立って、合戦を仕ろうやら、とんと分別を致そうようもござないい。就いては当今天下無双の強者と申すは、いずくの国の大将でござろうぞ。誰にもあれそれがしは、その殿の馬前に馳せ参じて、忠節をつくそうずる」と問うたれば、
「さればその事でおじゃる。まずわれらが量見にては、今天が下に『あんちおきや』の帝ほど、武勇に富んだ大将もおじゃるまい」と答えた。山男はそれを聞いて、斜ならず悦びながら、

「さらばすぐさま、打ち立とうず」とて、小山のような身を起いたが、ここに不思議がおじゃったと申すは、頭の中に巣食うた四十雀が、一時にけたたましい羽音を残いて、空に網を張った森の梢へ、雛も余さず飛び立ってしもうた事じゃ。それが斜に枝を延ばの檜のうらに上ったれば、とんとその樹は四十雀が実のったようじゃとも申そうず。「れぷろほす」はこの四十雀のふるまいを、訝しげな眼で眺めて居ったが、やがて又初一念を思い起いた顔色で、足もとにつどうた柚たちにねんごろな別れをつげてから、再び森の熊笹を踏み開いて、元来たようにのしのしと、山奥へ独り往んでしもうた。

されば「れぷろほす」が大名になろうず願望がことは、間もなく遠近の山里にも知れ渡ったが、ほど経て又かような噂が、風のたよりに伝わって参った。と申すは国ざかいの湖で、大ぜいの漁夫たちが泥に吸われた大船の帆柱をむずとつかんだと見えば、苦もなげな山男がどこからか現れて、その船の帆柱をむずとつかんだと見えば、苦もなく岸へひきよせて、一同の驚き呆れるひまに、早くも姿をかくしたと云う噂じゃ。じゃによって「れぷろほす」を見知ったほどの山賤たちは、皆この情ぶかい山男が、愈「しりや」の国中から退散したことを悟ったれば、自らため息がもれたと申す。まいての峯を仰ぐ毎に、限りない名残りが惜しまれて、西空に屏風を立てまわした山々あの羊飼のわらんべなどは、夕日が山かげに沈もうず時は、必村はずれの一本杉に

たかだかとよじのぼって、下につどうた羊のむれも忘れたように、「れぷろぼす」恋しや、山を越えてどち行ったと、かなしげな声で呼びつづけた。さてその後「れぷろぼす」が、如何なる仕合せにめぐり合うたか、右の一条を知ろうず方々はまず次のくだりを読ませられい。

二　俄大名のこと

　さるほどに「れぷろぼす」は、難なく「あんちおきや」の都と申すは、この頃天が下に並びない繁華の土地がらゆえ、山男が巷へはいるや否や、見物の男女夥しゅうむらがって、はては通行することも出来まじいと思われた。されば「れぷろぼす」もとんと行こうず方角を失うて、人波に腰を揉まれながら、とある大名小路の辻に立ちすくんでしもうたに、折よくそこへ来かかったは、帝の御輦をとりまいた、侍たちの行列じゃ。見物の群集はこれに先を追われて、山男を一人残いた儘、見る見る四方へ遠のいてしもうた。じゃによって「れぷろぼす」は、大象の足にもまがおうずしたたかな手を大地について、御輦の前に頭を下げながら、
「これは『れぷろぼす』と申す山男でござるが、唯今『あんちおきや』の帝は、天下

無双の大将と承わり、御奉公申そうずとて、はるばるこれまでまかり上った」と申し入れた。これよりさき、帝の同勢も、「れぷろぽす」の姿に胆をけして、先手は既に槍薙刀の鞘をも払おうずけしきであったが、この殊勝な言を聞いて、異心もあるまじいものと思いつろう、とりあえず行列をそこに止めて、供頭の口からその趣をしかじかと帝へ奏聞した。帝はこれを聞し召されて、
「かほどの大男のことなれば、一定武勇も人に超えつろう。召し抱えてとらせい」と、仰せられたれば、格別の詮義とあって、すぐさま同勢の内へ加えられた。「れぷろぽす」の悦びは申すまでもあるまじい。じゃによって帝の行列の後ろから、三十人の力士もえ昇くまじい長櫃十棹の宰領を承って、ほど近い御所の門まで、鼻たかだかと御供仕った。まことこの時の「れぷろぽす」が、山ほどな長櫃を肩にかけて、行列の人馬を目の下に見下しながら、大手をふってまかり通った異形奇体の姿こそ、目ざましいものでおじゃったろう。

さてこれより「れぷろぽす」は、漆紋の麻裃に朱鞘の長刀を横たえて、朝夕「あんちおきや」の帝の御所を守護する役者の身となったが、幸ここに功名手がらを顕そうず時節が到来したと申すは、ほどなく隣国の大軍がこの都を攻めとろうと、一度に押し寄せて参ったことじゃ。元来この隣国の大将は、獅子王をも手打ちにすると聞えた、万夫不当の剛の者でおじゃれば、「あんちおきや」の帝とても、なおざりの合戦

はなるまじ。じゃによって今度の先手は、今まいりながら「れぷろぽす」に仰せつけられ、帝は御自ら本陣に御輦をすすめて、号令を司らりることとなった。この采配を承った「れぷろぽす」が、悦び身にあまりて、足の踏みどども覚えなんだは、毛頭無理もおじゃるまい。

やがて味方も整えば、帝は、「れぷろぽす」をまっさきに、貝金陣太鼓の音を勇しゅう、国ざかいの野原に繰り出された。かくと見た敵の軍勢は、元より望むところ合戦じゃによって、なじかは寸刻もためらおう。野原を蔽うた旗差物が、俄に波立ったと見てあれば、一度にどっと鬨をつくらって、今にも懸け合わそうずけしきに見えた。

この時「あんちおきや」の人数の中より、一人悠々と進み出いたは、別人でもない「れぷろぽす」じゃ。山男がこの日の出で立ちは、さながら城の天主に魂が宿って、刃渡り七尺の大薙刀を柄みじかにおっとったれば、水牛の兜に南蛮鉄の鎧を着下いて、大地も狭しと揺ぎ出いた如くでおじゃる。さるほどに「れぷろぽす」は両軍の唯中に立ちはだかると、その大薙刀をさしかざいて、遥に敵勢を招きながら、雷のような声で呼わったは、

「遠からんものは音にも聞け、近くばよって目にも見よ。これは『あんちおきや』の帝が陣中に、さるものありと知られたる『れぷろぽす』と申す剛の者じゃ。辱くも今日は先手の大将を承り、ここに軍を出いたれば、われと思おうずるものどもは、近

う寄って勝負せよやっ」と申した。その武者ぶりの凄じさは、昔「ぺりして」の豪傑に「ごりあて」と聞えたが、鱗綴の大鎧に銅の矛を提げて、百万の大軍を叱咤したにも、劣るまじいと見えたれば、さすが隣国の精兵たちも、しばしがほどは鳴を静めて、出で合うずものもおりなかった。じゃによって敵の大将も、この山男を討たいではかなうまじいと思いつろう。美々しい物の具に三尺の太刀をぬきかざいて、竜馬に泡を食ませながら、これも大音に名乗りをあげて、まっしぐらに「れぷろほす」へ打ってかかった。なれどもこなたはものともせいで、大薙刀をとりのべながら、二太刀三太刀あしろうたが、やがて得物をからりと捨てて、猿臂をのばいたと見るほどに、早くも敵の大将を鞍壺からひきぬいて、目もはるかな大空へ、礫の如く投げ飛ばいた。その敵の大将がきりきりと宙に舞いながら、味方の陣中へどうと落ちて、乱離骨灰になったと、「あんちおきや」の同勢が鯨波の声を轟かいて、帝の御輦を中にとりこめ、雪崩の如く攻めかかったのとが、間に髪をも入れまじい、殆ど同時の働きじゃ。されば隣国の軍勢は、一たまりもなく浮き足立って、武具馬具のたぐいをなげ捨てながら、四分五裂に落ち失せてしもうた。まことや「あんちおきや」の帝がこの日の大勝利は、味方の手にとった兜首の数ばかりも、一年の日数よりは多かったと申すことでおじゃる。

じゃによって帝は御悦び斜ならず、目でたく凱歌の裡に軍をめぐらされたが、やがて

「れぷろぽす」には大名の位を加えられ、その上諸臣にも一々勝利の宴を賜って、ねんごろに勲功をねぎらわれた。その勝利の宴を賜った夜のことと思召されい。当時国々の形儀とあって、その夜も高名な琵琶法師が、大燭台の火の下に節面白う絃を調じて、今昔の合戦のありさまを、手にとる如く物語った。この時「れぷろぽす」は、かねての大願が成就したことでおじゃれば、涎も垂れようずばかり笑み傾いて、余念もなく珍陀の酒を酌みかわいてあった所に、ふと酔うた眼にもとまったは、錦の幔幕を張り渡いた正面の御座にわせられる帝の異な御ふるまいじゃ。何故と申せば、検校のうたう物語の中に、悪魔と云う言がおじゃると思えば、帝はあわただしゅう御手をあげて、必ず十字の印を切らせられた。その御ふるまいが怪しからずものものしげに見えたれば、「れぷろぽす」は同席の侍に、

「何として帝は、あのように十字の印を切らせられるぞ」と、卒爾ながら尋ねて見た。

ところがその侍の答えたは、

「総じて悪魔と申すものは、天が下の人間をも掌にのせて弄ぶ、大力量のものでおじゃる。じゃによって帝も、悪魔の障碍を払おうずと思召され、再三十字の印を切って、御身を守らせ給うのじゃ」と申した。「れぷろぽす」はこれを聞いて、迂論げに又問い返したは、

「なれど今『あんちおきや』の帝は、天が下に並びない大剛の大将と承った。されば

悪魔も帝の御身には、一指をだに加えまじい」と申したが、侍は首をふって、
「いや、いや、帝も、悪魔ほどの御威勢はおじゃるまい」と答えた。山男はこの答を聞くや否や、大いに憤って申したは、
「それがしが帝に随身し奉ったは、天下無双の強者は帝じゃと承った故でおじゃる。しかるにその帝さえ、悪魔には腰を曲げられるとあるなれば、それがしはこれよりまかり出でて、悪魔の臣下と相成ろうず」と喚きながら、ただちに珍陀の盃を抛って、立ち上ろうと致いたれば、一座の侍はさらいでも、「れぷろぽす」が今度の功名を妬ましゅう思うて居ったによって、
「すわ、山男が謀叛するわ」と、異口同音に罵り騒いで、やにわに四方八方から搦めとろうと競い立った。もとより「れぷろぽす」も日頃ならば、そうなくこの侍だちに組みとめらりょう筈もあるまじい。なれどもその夜は珍陀の酔に前後も不覚の体じゃによって、しばしがほどこそ多勢を相手に、組んずほぐれつ、揉み合うても居ったが、やがて足をふみすべらいて、思わずどうとまろんだれば、えたりやおうと侍だちは、いやが上にも折り重って、怒り狂う「れぷろぽす」を高手小手に括り上げた。帝もこの体たらくを始終残らず御覧ぜられ、
「恩を讐で返すにっくいやつめ。刎々土の牢へ投げ入れい」と、大いに逆鱗あったによって、あわれや「れぷろぽす」はその夜の内に、見るもいぶせい地の底の牢舎へ、

禁獄せられる身の上となった。さてこの「あんちおきや」の牢内に囚われとなった「れぷろぼす」が、その後如何なる仕合せにめぐり合うたか、右の一条を知ろうず方々は、まず次のくだりを読ませられい。

三　魔往来のこと

さるほどに「れぷろぼす」は、未だ縄目もゆるされいで、土の牢の暗の底へ、投げ入れられたことでおじゃれば、しばしがほどは赤子のように、唯おうおうと声を上げて、泣き喚くより外はおりなかった。その時いずくよりとも知らず、緋の袍をまとうた学匠が、忽然と姿を現して、やさしげに問いかけたは、
「如何に『れぷろぼす』おぬしは何として、かような所に居るぞ」とあったれば、山男は今更ながら、滝のように涙を流いて、
「それがしは、帝に背き奉って、悪魔に仕えようずと申したれば、かように牢舎致されたのでおじゃる。おう、おう、おう」と歎き立てた。学匠はこれを聞いて、再びやさしげに尋ねたは、
「さらばおぬしは、今もなお悪魔に仕えようず望がおりやるか」と申すに、「れぷろぼす」は頭を竪に動かいて、

「今もなお、仕えようずる」と答えた。学匠は大いにこの返事を悦んで、土の牢も鳴りどよむばかり、からからと笑い興じたが、やがて三度やさしげに申したは、

「おぬしの所望は、近頃殊勝千万じゃによって、これよりただちに牢舎を赦いてとらそうずる」とあって、身にまとうた緋の袍を、「れぷろほす」が上に蔽うたれば、不思議や総身の縛めは、悉くはらりと切れてしもうた。山男の驚きは申すまでもあるまじい。されば恐る恐る身を起いて、学匠の顔を見上げながら、慇懃に礼を為して申したは、

「それがしが縄目を赦いてたまわった御恩は、生々世々忘却つかまつるまじい。なれどもこの土の牢をば、何として忍び出で申そうずる」と云うた。学匠はこの時又えせ笑いをして、

「こうすべいに、なじかは難かろう」と申しも果ず、やにわに緋の袍の袖をひらいて、「れぷろほす」を小脇に抱いたれば、見る見る足下が暗うなって、もの狂おしい一陣の風が吹き起ったと思うほどに、二人は何時か宙を踏んで、牢舎を後に飄々と、「あんちおきや」の都の夜空へ、火花を飛いて舞いあがった。まことやその時は学匠の姿も、折から沈もうず月を背負うて、さながら怪しげな大蝙蝠が、黒雲の翼を一文字に飛行する如く見えたと申す。

されば「れぷろほす」は愈胆を消いて、学匠もろとも中空を射る矢のように翔り

ながら、戦く声で尋ねたは、
「そもそもごへんは、何人でおじゃろうぞ。ごへんほどな大神通の博士は、世にも又とあるまじいと覚ゆる」と申したに、学匠は忽ち底気味悪いほくそ笑を洩しながら、わざとさりげない声で答えたは、
「何を隠そう、われらは、天が下の人間を掌にのせて弄ぶ、大力量の剛の者じゃ」とあったによって「れぷろぽす」は始めて学匠の本性が、悪魔じゃと申すことに合点が参った。さるほどに悪魔はこの問答の間さえ、妖霊星の流れる如く、ひた走りに宙を走ったれば、「あんちおきや」の都の灯火も、今ははるかな闇の底に沈みはてて、やがて足もとに浮んで参ったは、音に聞く「えじっと」の沙漠でおじゃろう。幾百里とも知れまじい砂の原が、有明の月の光の中に、夜目にも白々と見え渡った。この時学匠は爪長な指をのべて、下界をゆびさしながら申したは、
「かしこの藁家には、さる有験の隠者が住居致いて居ると聞いた。まずあの屋根の上に下ろうずる」とあって、「れぷろぽす」を小脇に抱いた儘、とある沙山陰のあばら家の棟へ、ひらひらと空から舞い下った。
こなたはそのあばら家に行いすまいて居った隠者の翁じゃ。折から夜のふけたのも知らず、油火のかすかな光の下で、御経を読誦し奉って居ったが、忽ちえならぬ香風が吹き渡って、雪にも紛おうず桜の花が紛々と翻り出いたと思えば、いずくよりとも

なく一人の傾城が、鼈甲の櫛笄を円光の如くさしないて、地獄絵を繍うた裲襠の裳を長々とひきはえながら、夢かとばかり眼を凝し、天女のような媚を見守て居ったに。翁はさながら「えじっと」の沙漠が、片時の内に室神崎の廓に変ったとも思いつろう。あまりの不思議さに我を忘れて、しばしがほどは惚々と傾城の姿を見守て居ったに、相手はやがて花吹雪を身に浴びながら、にっこと微笑んで申したは、

「これは『あんちおきや』の都に隠れもない遊びでおじゃる。近ごろ御僧のつれづれを慰めまいらしょうと存じたれば、はるばるこれまでまかり下った」とあった。その声ざまの美しさは、極楽に棲むとやら承った伽陵頻伽にも劣るまじい。さればさすがに有験の隠者もうかとその手に乗ろうとしたが、思えばこの真夜中に幾百里とも知らぬ「あんちおきや」の都から、傾城などの来よう筈もおじゃらぬ。さては又しても悪魔の悪巧みであろうずと心づいたによって、ひたと御経に眼を曝しながら、専念に陀羅尼を誦し奉って居ったに、傾城はかまえてこの隠者の翁に眼を落そうと心にきわめつろう。蘭麝の薫を漂わせた綺羅の袂を弄びながら、嫋々としたさまで、さも恨めしげに歎いたは、

「如何に遊びの身とは申せ、千里の山河も厭わいで、この沙漠までまかり下ったを、さりとは曲もない御方かな」と申した。その姿の妙にも美しい事は、散りしく桜の花の色さえ消えようずると思われたが、隠者の翁は遍身に汗を流いて、降魔の呪文を読

みかけ読みかけ、かつふつその悪魔の申す事に耳を借そうず気色すらおりない。されば傾城もかくしてはなるまじいと気を苛ったか、つと地獄絵の裳を飜して、斜に隠者の膝へとすがったと思えば、

「何としてさほどつれないぞ」と、よよとばかりに泣い口説いた。と見るや否や隠者の翁は、蝎に刺されたように躍り上ったが、早くも肌身につけた十字架をかざいて、霹靂の如く罵ったは、

「業畜、御主『えす・きりしと』の下部に向って無礼あるまじいぞ」と申しも果てず、ちょうど傾城の面を打った。打たれて傾城は落花の中に、なよなよと伏しまろんだが、忽ちその姿は見えずなって、唯一むらの黒雲が湧き起ったと思うほどに、怪しげな火花の雨が礫の如く乱れ飛んで、

「あら、痛や。又しても十字架に打たれたわ」と唸く声が、次第に家の棟にのぼって消えた。もとより隠者はこうあろうと心に期して居ったによって、この間も秘密の真言を絶えず声高に誦し奉ったに、見る見る黒雲も薄れれば、桜の花も降らずなって、あばら家の中には又もとの如く、油火ばかりが残ったと申す。

なれど隠者は悪魔の障碍が猶もあるべいと思うたれば、夜もすがら御経の力にすがり奉って、目蓋も合わさいで明いたに、やがてしらしら明けと覚しい頃、誰やら柴の扉をおとずれるものがあったによって、十字架を片手に立ち出でて見たれば、これは

又何ぞや、藁家の前に蹲って、恭しげに時儀を致いて居ったは、天から降ったか、地から湧いたか、隠者の前に頭を下げると、小山のような大男じゃ。それが早くも朱を流いた空を黒々と肩にかぎって、恐る恐る申したは、

「それがしは『れぷろぼす』と申す『しりや』の国の『えじっと』の沙漠まで参ったれど、悪魔も悪魔の下部と相成って、はるばるこの御威光には叶い難く、それがし一人を尋ね出いて、その身内に仕えようずる志がおじゃるによって、何とぞこれより後は不束ながら、いずくともなく逐天致いた。自体それがしは今天が下に並びない大剛の者を残し置いて、御主『えす・きりしと』の下部の数へ御加え下されい」と云うた。隠者の翁はこれを聞くと、あばら家の門に佇みながら、俄に眉をひそめて答えたは、

「はてさて、せんない仕宜になられたものかな。総じて悪魔の下部となった時はござない」とあったに、御主『えす・きりしと』は又ねんごろに頭を下げて、

「たとえ幾千歳を経ようずるとも、それがしは初一念を貫こうずと決定致いた。されば先ず御主『えす・きりしと』の御意に叶うべい仕業の段々を教えられい」と申した。枯木に薔薇の花が咲こうずるまで、御主『えす・きりしと』に知遇し奉る時はござなき所で隠者の翁と山男との間には、かような問答がしかつめらしゅうとり交されたと申す事でおじゃる。

「ごへんは御経の文句を心得られたか。」
「生憎一字半句の心得もござない。」
「ならば断食は出来申そうず。」
「如何なこと、それがしは聞えた大飯食いでおじゃる。中々断食などはなるまじい。」
「難儀かな。夜もすがら眠らいで居る事は如何あろう。」
「如何なこと、それがしは聞えた大寝坊でおじゃる。中々眠らいでは居られまじい。」
それにはさすがの隠者の翁も、ほとほと言のつぎ穂さえおじゃらなんだが、やがて掌をはたと打って、したり顔に申したるは、
「ここを南に去ること一里がほどに、流沙河と申す大河がおじゃる。この河は水嵩も多く、流れも矢を射る如くじゃによって、日頃から人馬の渡りに難儀致すとか承った。なれどごへんほどの大男には、容易く徒渉りさえなろうずる。さればごへんはこれよりこの河の渡し守となって、往来の諸人を渡させられい。おのれ人に篤ければ、天主も亦おのれに篤かろう道理じゃ」とあったに、大男は大いに勇み立っ、
「如何にも、その流沙河とやらの渡し守になり申そうずる」と云うた。じゃによって隠者の翁も、「れぷろぽす」が殊勝な志をことの外悦んで、
「然らば唯今、御水を授け申そうずる」とあって、おのれは水瓶をかい抱きながら、そもそもそと藁家の棟へ這い上って、漸く山男の頭の上へその水瓶の水を注ぎ下いた。

ここに不思議がおじゃったと申すは、得度の御儀式が終りも果てず、折からさし上った日輪の爛々と輝いた真唯中から、何やら雲気がたなびいたかと思えば、忽ちそれが数限りもない四十雀の群となって、空に聳えた「れぷろぼす」が叢ほどな頭の上へ、ばらばらと舞い下ったことじゃ。この不思議を見た隠者の翁は、思わず御水を授けようず方角さえも忘れはてて、うっとりと朝日を仰いで居ったが、やがて恭しく天上を伏し拝むと、家の棟から「れぷろぼす」をさし招いて、
「勿体なくも御水を頂かれた上からは、向後『れぷろぼす』を改めて、『きりしとほろ』と名のらせられい。思うに天主もごへんの信心を深く嘉させ給うと見えたれば、万一勤行に懈怠あるまじいに於ては、必定遠からず御主『えす・きりしと』の御尊体をも拝み奉ろうずる」と云うた。さて「きりしとほろ」と名を改めた「れぷろぼす」が、その後如何なる仕合せにめぐり合うたか、右の一条を知ろうず方々はまず次のくだりを読ませられい。

四　往生のこと

さるほどに「きりしとほろ」は隠者の翁に別れを告げて、流沙河のほとりに参ったれば、まことに濁流滾々として、岸べの青蘆を戦がせながら、百里の波を飜すありさ

まは、容易く舟さええ通うまじい。なれど山男は身の丈凡そ三丈あまりもおじゃるほどに、河の真唯中を越す時さえ、水は僅に臍のあたりを渦巻きながら流れるばかりじゃ。されば「きりしとほろ」はこの河べに、ささやかながら庵を結んで、難むと見えた旅人の影が眼に触れれば、すぐさまそのほとりへ歩み寄って、「これはこの流沙河の渡し守でおじゃる」と申し入れた。もとより並々の旅人は、この流沙河の渡し守でおじゃる」と申し入れた。もとより並々の旅人は、げな姿を見ると、如何なる天魔波旬かと始めは胆も消いて逃げのいたが、やがてその心根のやさしさもとくと合点行って、「然らば御世話に相成ろうず」と、おずおず「きりしとほろ」の背にのぼるが常じゃ。ところで「きりしとほろ」は旅人を肩へゆり上げると、何時も汀の柳を根こぎにしたしたたかな杖をつき立てながら、逆巻く流れをこともせず、ざんざんざんと水を分けて、難なく向うの岸へ渡いた。しかもあの四十雀は、その間さえ何羽となく、さながら楊花の飛びちるように、絶えず「きりしとほろ」の頭をめぐって、嬉しげに囀り交いたと申す。まことや「きりしとほろ」の辱さには、無心の小鳥も随喜の思いえ堪えなんだのでおじゃろうず。

かよう致いて「きりしとほろ」は、雨風も厭わず三年が間、渡し守の役目を勤めて居ったが、渡りを尋ねる旅人の数は多うても、御主「えす・きりしと」らしい御姿には、絶えて一度も知遇せなんだ。が、その三年目の或夜のこと、折から凄じい嵐があって、神鳴りさえおどろと鳴り渡ったに、山男は四十雀と庵を守って、すぎこし方の

ことどもを夢のように思いめぐらいて居ったれば、忽ち車軸を流す雨を圧して、いたいけな声が響いたは、

「如何に渡し守はおりやるまいか。その河一つ渡して給われい」と、聞え渡った。さればば「きりしとほろ」は身を起いて、外の闇夜へ揺ぎ出いたに、如何なこと、河のほとりには、年の頃もまだ十には足るまじい、みめ清らかな白衣のわらんべが、空をつんざいて飛ぶ稲妻の中に、頭を低れて唯ひとり、佇んで居ったではおじゃるまいか。山男は稀有の思をないて、千引の巌にも劣るまじい大の体をかがめながら、慰めるように問い尋ねたは、

「おぬしは何としてかような夜更けにひとり歩くぞ」と申したに、わらんべは悲しげな瞳をあげて、

「われらが父のもとへ帰ろうとて」と、もの思わしげな声で返答した。もとより「きりしとほろ」はこの答を聞いても、一向不審は晴れなんだが、何やらその渡りを急ぐ容子があわれにやさしく覚えたによって、

「然らば念無う渡そうずる」と、双手にわらんべをかい抱いて、日頃の如く肩へのせると、例の太杖をちょうとついて、岸べの青蘆を押し分けながら、嵐に狂う夜河の中へ、胆太くもざんぶと身を浸いた。が、風は黒雲を巻き落いて、息もつかすまじいと吹きどよもす。雨も川面を射白まいて、底にも徹ろうずばかり降り注いだ。時折闇を

かい破る稲妻の光に見てあれば、浪は一面に湧き立ち返って、宙に舞上る水煙も、さながら無数の天使たちが雪の翼をはためかいて、飛びしきるかとも思うばかりじゃ。さればさすがの「きりしとほろ」も、今宵はほとほと渡りなやんで、太杖にしかとすがりながら、礎の朽ちた塔のように、幾度もゆらゆらと立ちすくんだが、雨風よりも更に難儀だったは、怪からず肩のわらんべが次第に重うなったことでおじゃる。始はそれもさばかりに、え堪えまじいとは覚えなんだが、やがて河の真唯中へさしかかったと思うほどに、白衣のわらんべが重みは愈増いて、今は恰も大磐石を負いないていると疑われた。所で遂には「きりしとほろ」も、あまりの重さに圧し伏されて、所詮はこの流沙河に命を殞すべいと覚悟したが、ふと耳にはいって来たは、例の聞き慣れた四十雀の声じゃ。はてこの闇夜に何として、小鳥が飛ぼうぞと訝りながら、頭を擡げて空を見たれば、不思議やわらんべの面をめぐって、三日月ほどな金光が燦爛と円く輝いたに、四十雀はみな嵐をものともせず、その金光のほとりに近く、紛々と躍り狂って居った。これを見た山男は、小鳥さえかくは雄々しいに、おのれは人間と生まれながら、なじかは三年の勤行を一夜に捨つべいと思いつろう。あの葡萄蔓にも紛おうず髪をさっさっと空に吹き乱いて、寄せては返す荒波に乳のあたりまで洗わせながら、太杖も折れよとつき固めて、必死に目ざす岸へと急いだ。「きりしとほろ」はそれが凡そ一時あまり、四苦八苦の内に続いたでおじゃろう。

漸く向うの岸へ、戦い疲れた獅子王のけしきで、喘ぎ喘ぎよろめき上ると、柳の太杖を砂にさいて、肩のわらんべを抱き下しながら、吐息をついて申したは、
「はてさて、おぬしと云うわらんべの重さは、海山量り知れまじいぞ」とあったに、わらんべはにっこと微笑んで、頭上の金光を嵐の中に一きわ燦然ときらめかいながら、山男の顔を仰ぎ見て、さも懐しげに答えたは、
「さもあろうず。おぬしは今宵と云う今宵こそ、世界の苦しみを身に荷うた『えす・きりしと』を負いないたのじゃ」と、鈴を振るような声で申した。……

　その夜この方流沙河のほとりには、あの渡し守の山男がむくつけい姿を見せずなった。唯後に残ったは、向うの岸の砂にさいた、したたかな柳の太杖で、これには枯れな幹のまわりに、不思議や麗しい紅の薔薇の花が、薫しく咲き誇って居ったと申す。されば馬太の御経にも記いた如く「心の貧しいものは仕合せじゃ。一定天国はその人のものとなろうずる。」

蜜柑

読んだ人：平野啓一郎

作品『蜜柑』　　　　　　　　　　　平野啓一郎

『蜜柑』は、彼の考える人生の「陰翳」が、鮮やかな色彩感覚で描かれた、後期印象派を思わせる雰囲気の作品。貧困という現実に対する屈折した関心の示し方は、後のマルクス主義への接近を予感させる。
　主人公の鬱々とした胸中が、柑橘類の親しげな美しさに出口を見出すという展開は、数年後に書かれる梶井基次郎の『檸檬』にインスピレイションを与えたかもしれない。

或る曇った冬の日暮である。私は横須賀発上り二等客車の隅に腰を下して、ぼんやり発車の笛を待っていた。とうに電灯のついた客車の中には、珍らしく私の外に一人も乗客はいなかった。外を覗くと、うす暗いプラットフォオムにも、今日は珍しく見送りの人影さえ跡を絶って、唯、檻に入れられた小犬が一匹、時々悲しそうに、吠え立てていた。これらはその時の私の心もちと、不思議な位似つかわしい景色だった。私の頭の中には云いようのない疲労と倦怠とが、まるで雪曇りの空のようなどんよりした影を落していた。私は外套のポッケットへじっと両手をつっこんだ儘、そこにはいっている夕刊を出して見ようと云う元気さえ起らなかった。

が、やがて発車の笛が鳴った。私はかすかな心の寛ぎを感じながら、後の窓枠へ頭をもたせて、眼の前の停車場がずるずると後ずさりを始めるのをともなく待ちかまえていた。所がそれよりも先にけたたましい日和下駄の音が、改札口の方から聞え出したと思うと、間もなく車掌の何か云い罵る声と共に、私の乗っている二等室の戸ががらりと開いて、十三四の小娘が一人、慌しく中へはいって来た。と同時に一つずしりと揺れて、徐に汽車は動き出した。一本ずつ眼をくぎって行くプラットフォオムの柱、置き忘れたような運水車、それから車内の誰かに祝儀の礼を云っている赤帽——そう云うすべては、窓へ吹きつける煤煙の中に、未練がましく後へ倒れて行った。私は漸くほっとした心もちになって、巻煙草に火をつけながら、始めて懶い瞼をあげ

て、前の席に腰を下していた小娘の顔を一瞥した。

それは油気のない髪をひつつめの銀杏返しに結つて、横なでの痕のある皸だらけの両頰を気持の悪い程赤く火照らせた、如何にも田舎者らしい娘だつた。しかも垢じみた萌黄色の毛糸の襟巻がだらりと垂れ下つた膝の上には、大きな風呂敷包みがあつた。その又包みを抱いた霜焼けの手の中には、三等の赤切符が大事さうにしつかり握られてゐた。私はこの小娘の下品な顔だちを好まなかつた。それから彼女の服装が不潔なのもやはり不快だつた。最後にその二等と三等との区別さへも弁へない愚鈍な心が腹立たしかつた。だから巻煙草に火をつけた私は、一つにはこの小娘の存在を忘れたいと云ふ心もちもあつて、今度はポケットの夕刊を漫然と膝の上へひろげて見た。すると其時夕刊の紙面に落ちてゐた外光が、突然電灯の光に変つて、刷りの悪い何欄かの活字が意外な位鮮に私の眼の前へ浮んで来た。云ふまでもなく汽車は今、横須賀線に多い隧道の最初のそれへはいつたのである。

しかしその電灯の光に照らされた夕刊の紙面を見渡しても、やはり私の憂鬱を慰むべく、世間は余りに平凡な出来事ばかりで持ち切つてゐた。講和問題、新婦新郎、瀆職事件、死亡広告──私は隧道へはいつた一瞬間、汽車の走つてゐる方向が逆になつたやうな錯覚を感じながら、それらの索漠とした記事から記事へ殆機械的に眼を通した。が、その間も勿論あの小娘が、恰も卑俗な現実を人間にしたやうな面持ちで、

私の前に坐っている事を絶えず意識せずにはいられなかった。この隧道の中の汽車と、この田舎者の小娘と、そうして又この平凡な記事に埋っている夕刊と、——これが象徴でなくて何であろう。不可解な、下等な、退屈な人生の象徴でなくて何であろう。私は一切がくだらなくなって、読みかけた夕刊を抛り出すと、又窓枠に頭を靠せながら、死んだように眼をつぶって、うつらうつらし始めた。

それから幾分か過ぎた後であった。ふと何かに脅されたような心もちがして、思わずあたりを見まわすと、何時の間にか例の小娘が、向う側から席を私の隣へ移して、頻りに窓を開けようとしている。が、重い硝子戸は中々思うようにあがらないらしい。あの皹だらけの頬は愈赤くなって、時々鼻洟をすすりこむ音が、小さな息の切れる声と一しょに、せわしなく耳へはいって来る。これは勿論私にも、幾分ながら同情を惹くに足るものには相違なかった。しかし汽車が今将に隧道の口へさしかかろうとしている事は、暮色の中に枯草ばかり明い両側の山腹が、間近く窓側に迫って来たのでも、すぐに合点の行く事であった。にも関らずこの小娘は、わざわざしめてある窓の戸を下そうとする。——その理由が私には呑みこめなかった。いや、それが私には単にこの小娘の気まぐれだとしか考えられなかった。だから私は腹の底に依然として険しい感情を蓄えながら、あの霜焼けの手が硝子戸を擡げようとして悪戦苦闘する容子を、まるでそれが永久に成功しない事でも祈るような冷酷な眼で眺めていた。する

と間もなく凄じい音をはためかせて、汽車が隧道へなだれこむと同時に、ようとした硝子戸は、とうとうばたりと下へ落ちた。そうしてその四角な穴の中から、煤を溶したやうな黒い空気が、俄に息苦しい煙になって、濛々と車内へ漲り出した。元来咽喉を害してゐた私は、手巾を顔に当てる暇さへなく、この煙を満面に浴びせられたおかげで、殆息もつけない程咳きこまなければならなかった。が、小娘は私に頓着する気色も見えず、窓から外へ首をのばして、闇を吹く風に銀杏返しの鬢の毛を戦がせながら、じっと汽車の進む方向を見やってゐる。その姿を煤煙と電燈の光との中に眺めた時、もう窓の外が見る見る明くなって、そこから土の匂や枯草の匂や水の匂が冷かに流れこんで来なかったなら、漸咳きやんだ私は、この見知らない小娘を頭ごなしに叱りつけてでも、又元の通り窓の戸をしめさせたのに相違なかったのである。

しかし汽車はその時分には、もう安々と隧道を辷りぬけて、枯草の山と山との間に挟まれた、或貧しい町はづれの踏切りに通りかかってゐた。踏切りの近くには、いづれも見すぼらしい藁屋根や瓦屋根がごみごみと狭苦しく建てこんで、踏切り番が振るのであらう、唯一旒のうす白い旗が懶げに暮色を揺ってゐた。やっと隧道を出たと思う——その時その蕭索とした踏切りの柵の向うに、私は頬の赤い三人の男の子が、目白押しに並んで立ってゐるのを見た。彼等は皆、この曇天に押しすくめられたかと思

う程、揃って背が低かった。そうして又この町はずれの陰惨たる風物と同じような色の着物を着ていた。それが汽車の通るのを仰ぎ見ながら、一斉に手を挙げるが早いか、いたいけな喉を高く反らせて、何とも意味の分らない喊声を一生懸命に迸らせた。すると其の瞬間である。窓から半身を乗り出していた例の娘が、あの霜焼けの手をつとのばして、勢よく左右に振ったと思うと、忽ち心を躍らすばかり暖な日の色に染まっている蜜柑が凡そ五つ六つ、汽車を見送った子供たちの上へばらばらと空から降って来た。私は思わず息を呑んだ。そうして刹那に一切を了解した。小娘は、恐らくはこれから奉公先へ赴こうとしている小娘は、その懐に蔵していた幾顆の蜜柑を窓から投げて、わざわざ踏切りまで見送りに来た弟たちの労に報いたのである。

暮色を帯びた町はずれの踏切りと、小鳥のように声を挙げた三人の子供たちと、そうしてその上に乱落する鮮な蜜柑の色と——すべては汽車の窓の外に、瞬く暇もなく通り過ぎた。が、私の心の上には、切ない程はっきりと、この光景が焼きつけられた。そうしてそこから、或得体の知れない朗な心もちが湧き上って来るのを意識した。私は昂然と頭を挙げて、まるで別人を見るようにあの小娘を注視した。小娘は何時かも私の前の席に返って、相不変皸だらけの頬を萌黄色の毛糸の襟巻に埋めながら、大きな風呂敷包みを抱えた手に、しっかりと三等切符を握っている。……

私はこの時始めて、云いようのない疲労と倦怠とを、そうして又不可解な、下等な、

退屈な人生を僅に忘れる事が出来たのである。

魔術

読んだ人‥藤原智美(『運転士』で第一〇七回芥川賞受賞)

作品『魔術』

教訓的な寓意ではなく

藤原智美

　小学六年生の学芸会で、私のクラスは『杜子春』を劇にして、演じることになった。担任が黒板に題名を書いたとき、後ろの席から松田くんの声が飛んだ。「魔術がいい！」「あれは難しい」と担任は答えた。私は『杜子春』も『魔術』も知らなかった。芥川龍之介さえ知らないほど無知だった。ただ、ふだん大人しく一人でいることの多かった松田くんの意外な大声が印象に残った。私は図書館で漢字にルビがふられた挿絵つきの『魔術』を読んだ。やるなら、こちらのほうだと思った。
　冒頭の「竹藪に囲まれた小さな西洋館」の簡潔な描写は、怪しげな魅力に溢れていた。主人公が魔術（あるいは夢）から覚めたとき、現実と夢が逆転するその鮮やかさにうたれた。そのころの私はテレビの『ミステリーゾーン』の熱狂的ファンで、これを原作にしたドラマを想像したのを覚えている。

ふたたびこの作品を手にしたのは、それから二十年もたってからだ。同世代で芥川の少し先輩格にあたる谷崎潤一郎が、大正六年に発表した『ハッサン・カンの妖術』と、あわせて読むことを勧める人がいたからだ。この谷崎作品と『魔術』には同じ人物が登場する。東京の大森に住むマティラム・ミスラという魔法を使うインド人なのだが、もちろん彼は架空の人物である。『ハッサン・カンの妖術』の主人公は小説家谷崎本人だ。この構図はいわばメタフィクションである。事実と虚構との境を超えることで、さらに虚構性は深みを増す。三年後、この虚構の上にさらに虚構を再構築したのが芥川だった。他人の小説の土台を借用し、もう一つの優れた虚構をつくりあげてしまったのだ。案外ちゃっかりしている。そこには、芥川の新しい作術への敏感な反応と、少しのライバル意識をかいま見ることができる。

夢と現実のダイナミックな往来が『魔術』の魅力である。当時、フロイトの精神分析学が席巻していたヨーロッパの影響もあるだろう。いくつもの層が折り重なる人間の意識という「発見」は、大正作家の心をとらえた。ことに東洋的な神秘にも関心を持っていた芥川は感ずるところが多かったのではないか。この作品に人間の愚かさ、浅はかさという教訓的な寓意を読みとることはさし

て重要ではない。子供はその寓意より、意識の不可解で奥深い有様にこそ反応するからである。
　学芸会だが、松田くんの主張もむなしく演目は『杜子春』となった。教師の「魔術は難しい」という意味は、内容ではなく登場人物の少なさだった。ちなみに私の役は馬だった。

或時雨の降る晩のことです。私を乗せた人力車は、何度も大森界隈の険しい坂を上ったり下りたりして、やっと竹藪に囲まれた、小さな西洋館の前に梶棒を下しました。もう鼠色のペンキの剥げかかった、狭苦しい玄関には、車夫の出した提灯の明りで見ると、印度人マテイラム・ミスラと日本字で書いた、これだけは新しい、瀬戸物の標札がかかっています。

マテイラム・ミスラ君と云えば、もう皆さんの中にも、御存知の方が少くないかも知れません。ミスラ君は永年印度の独立を計っているカルカッタ生れの愛国者で、同時に又ハッサン・カンという名高い婆羅門の秘法を学んだ、年の若い魔術の大家なのです。私は丁度一月ばかり以前から、或友人の紹介でミスラ君と交際していましたが、政治経済の問題などはいろいろ議論したことがあっても、肝腎の魔術を使う時には、まだ一度も居合せたことがありません。そこで今夜は前以て、魔術を使って見せてくれるように、手紙で頼んで置いてから、当時ミスラ君の住んでいた、寂しい大森の町はずれまで、人力車を急がせて来たのです。

私は雨に濡れながら、覚束ない車夫の提灯の明りを便りにその標札の下にある呼鈴の鈕を押しました。すると間もなく戸が開いて、玄関へ顔を出したのは、ミスラ君の世話をしている、背の低い日本人の御婆さんです。

「ミスラ君は御出でですか。」

「いらっしゃいます。先程からあなた様を御待ち兼ねでございました。」

御婆さんは愛想よくこう言いながら、すぐその玄関のつきあたりにある、ミスラ君の部屋へ私を案内しました。

「今晩は、雨が降るのによく御出ででした。」

色のまっ黒な、眼の大きい、柔らかな口髭のあるミスラ君は、テエブルの上にある石油ランプの心を撚りながら、元気よく私に挨拶しました。

「いや、あなたの魔術さえ拝見出来れば、雨位は何ともありません。」

私は椅子に腰をかけてから、うす暗い石油ランプの光に照された、陰気な部屋の中を見廻しました。

ミスラ君の部屋は質素な西洋間で、まん中にテエブルが一つ、壁側に手ごろな書棚が一つ、それから窓の前に机が一つ――外には唯我々の腰をかける、椅子が並んでいるだけです。しかもその椅子や机が、みんな古ぼけた物ばかりで、縁へ赤く花模様を織り出した、派手なテエブル掛でさえ、今にもずたずたに裂けるかと思うほど、糸目が露になっていました。

私たちは挨拶をすませてから、暫くは外の竹藪に降る雨の音を聞くともなく聞いていましたが、やがて又あの召使いの御婆さんが、紅茶の道具を持ってはいって来ると、ミスラ君は葉巻の箱の蓋を開けて、

「どうです。一本。」
と勧めてくれました。
「難有う。」

私は遠慮なく葉巻を一本取って、燐寸の火をうつしながら、
「確あなたの御使いになる精霊は、ジンとかいう名前でしたね。するとこれから私が拝見する魔術と言うのも、そのジンの力を借りてなさるのですか。」
「ジンなどという精霊があると思ったのは、もう何百年も昔のことです。アラビヤ夜話の時代のこととでも言いましょうか。私がハッサン・カンから学んだ魔術は、あなたでも使おうと思えば使えますよ。高が進歩した催眠術に過ぎないのですから。――御覧なさい。この手を、こうしさえすれば好いのです。」

ミスラ君は手を挙げて、二三度私の眼の前へ三角形のようなものを描きましたが、やがてその手をテエブルの上へやると、縁へ赤く織り出した模様の花をつまみ上げました。私はびっくりして、思わず椅子をずりよせながら、よくよくその花を眺めましたが、確にそれは今の今まで、テエブル掛の中にあった花模様の一つに違いありません。が、ミスラ君がその花を私の鼻の先へ持って来ると、丁度麝香か何かのように重苦しい匂さえするのです。私はあまりの不思議さに、何度も感嘆の声を洩しますと、

ミスラ君はやはり微笑した儘、又無造作にその花をテエブル掛の上へ落しました。勿論落すともとの通り、花は織り出した模様になって、つまみ上げること所か、花びら一つ自由には動かせなくなってしまうのです。
「どうです。訳はないでしょう。今度は、このランプを御覧なさい。」
ミスラ君はこう言いながら、ちょいとテエブルの上のランプを置き直しました。その拍子にどういう訳か、ランプはまるで独楽のように、ぐるぐる廻り始めました。それもちゃんと一所に止った儘、ホヤを心棒のようにして、勢よく廻り始めたのです。初の内は私も胆をつぶして、万一火事にでもなっては大変だと、何度も廻りひやひやしましたが、ミスラ君は静に紅茶を飲みながら、一向騒ぐ容子もありません。そこで私もしまいには、すっかり度胸が据ってしまって、だんだん早くなるランプの運動を、眼も離さず眺めていました。
又実際ランプの蓋が風を起して廻る中に、黄いろい焔がたった一つ、瞬きもせずに澄みとっているのが、愈速になって行って、とうとう廻っているとは見えない程、澄み渡ったと思いますと、何時の間にか、前のようにホヤ一つ歪んだ気色もなく、テエブルの上に据っていました。
「驚きましたか。こんなことはほんの子供瞞しですよ。それともあなたが御望みなら、

「もう一つ何か御覧に入れましょう。」

ミスラ君は後を振返って、壁側の書棚を眺めましたが、やがてその方へ手をさし伸ばして、招くように指を動かすと、今度は書棚に並んでいた書物が一冊ずつ動き出して、自然にテエブルの上まで飛んで来ました。その又飛び方が両方へ表紙を開いて、夏の夕方に飛び交う蝙蝠のように、ひらひらと宙へ舞上るのです。私は葉巻を口へ啣えた儘、呆気にとられて見ていましたが、書物はうす暗いランプの光の中に何冊も自由に飛び廻って、一々行儀よくテエブルの上へピラミッド形に積み上りました。しかも残らずこちらへ移ってしまったと思うと、すぐに最初来たのから動き出して、もとの書棚へ順々に飛び還って行くじゃありませんか。

が、中でも一番面白かったのは、うすい仮綴じの書物が一冊、やはり翼のように表紙を開いて、ふわりと空へ上りましたが、暫くテエブルの上で輪を描いてから、急に頁をざわつかせると、逆落しに私の膝へさっと下りて来たことです。どうしたのかと思って手にとって見ると、これは私が一週間ばかり前にミスラ君へ貸した覚えがある、仏蘭西の新しい小説でした。

「永々御本を難有う。」

ミスラ君はまだ微笑を含んだ声で、こう私に礼を言いました。勿論その時はもう多くの書物が、みんなテエブルの上から書棚の中へ舞い戻ってしまっていたのです。私

は夢からさめたような心もちで、暫時は挨拶さえ出来ませんでしたが、その内にさっきミスラ君の言った、「私の魔術などというものは、あなたでも使おうと思えば使えるのです」という言葉を思い出しましたから、

「いや、兼ね兼ね評判はうかがっていましたが、あなたのお使いなさる魔術が、これ程不思議なものだろうとは、実際、思いもよりませんでした。ところで私のような人間にも、使って使えないことのないと言うのは、御冗談ではないのですか。」

「使えますとも。誰にでも造作なく使えます。唯――」と言いかけてミスラ君は、じっと私の顔を眺めながら、いつになく真面目な口調になって、「唯、慾のある人間には使えません。ハッサン・カンの魔術を習おうと思ったら、まず慾を捨てることです。あなたにはそれが出来ますか。」

「出来るつもりです。」

私はこう答えましたが、何となく不安な気もしたので、すぐに又後から言葉を添えました。

「魔術さえ教えて頂ければ。」

それでもミスラ君は疑わしそうな眼つきを見せましたが、さすがにこの上念を押すのは無躾だとでも思ったのでしょう。やがて大様に頷きながら、

「では教えて上げましょう。が、いくら造作なく使えると言っても、習うのには暇も

「どうもいろいろ恐れ入ります。」
「私は魔術を教えて貰う嬉しさに、何度もミスラ君へ御礼を言いました。が、ミスラ君はそんなことに頓着する気色もなく、静に椅子から立上ると、
「御婆サン。御婆サン。今夜ハ御客様ガ御泊リニナルカラ、寝床ノ仕度ヲシテ置イテオクレ。」
私は胸を躍らしながら、葉巻の灰をはたくのも忘れて、まともに石油ランプの光を浴びた、親切そうなミスラ君の顔を思わずじっと見上げました。

　＊　＊　＊　＊　＊

　私がミスラ君に魔術を教わってから、一月ばかりたった後のことです。これもやはりざあざあ雨の降る晩でしたが、私は銀座の或倶楽部の一室で、五六人の友人と、暖炉の前へ陣取りながら、気軽な雑談に耽っていました。
　何しろここは東京の中心ですから、窓の外に降る雨脚も、しっきりなく往来する自働車や馬車の屋根を濡らすせいか、あの、大森の竹藪にしぶくような、ものさびしい音は聞えません。
　勿論窓の内の陽気なことも、明い電灯の光と言い、大きなモロッコ皮の椅子と言い、

或は又滑かに光っている寄木細工の床と言い、見るから精霊でも出て来そうな、ミスラ君の部屋などとは、まるで比べものにはならないのです。

私たちは葉巻の煙の中に、暫くは猟の話だの競馬の話だのをしていましたが、その内に一人の友人が、吸いさしの葉巻を暖炉の中に抛りこんで、私の方へ振り向きながら、

「君は近頃魔術を使うという評判だが、どうだい。今夜は一つ僕たちの前で使って見せてくれないか。」

「好いとも。」

私は椅子の背に頭を靠せた儘、さも魔術の名人らしく、横柄にこう答えました。

「じゃ、何でも君に一任するから、世間の手品師などには出来そうもない、不思議な術を使って見せてくれ給え。」

友人たちは皆賛成だと見えて、てんでに椅子をすり寄せながら、促すように私の方を眺めました。そこで私は徐に立ち上って、

「よく見ていてくれ給え。僕の使う魔術には、種も仕掛もないのだから。」

私はこう言いながら、両手のカフスをまくり上げて、暖炉の中に燃え盛っている石炭を、無造作に掌の上へすくい上げました。私を囲んでいた友人たちは、これだけでも、もう荒胆を挫がれたのでしょう。皆顔を見合せながらうっかり側へ寄って火傷で

もしては大変だと、気味悪るそうにしりごみさえし始めるのです。
そこで私の方は、愈々落着き払って、その掌の上の石炭の火を、暫く一同の眼の前へつきつけてから、今度はそれを勢よく寄木細工の床へ撒き散らしました。その途端に、窓の外に降るまっ赤な石炭の火が、私の掌を離れると同時に、無数の美しい金貨になって、雨のように床の上へこぼれ飛んだからなのです。と言うのはまっ赤な石炭の火が、私の掌を離れると同時に、無数の美しい金貨になって、雨のように床の上へこぼれ飛んだからなのです。
友人たちは皆夢でも見ているように、茫然と喝采するのさえも忘れていました。

「まずちょいとこんなものさ。」
私は得意の微笑を浮べながら、静に又元の椅子に腰を下しました。
「こりゃ皆ほんとうの金貨かい。」
呆気にとられていた友人の一人が、漸くこう私に尋ねたのは、それから五分ばかりたった後のことです。
「ほんとうの金貨さ。噓だと思ったら、手にとって見給え。」
「まさか火傷をするようなことはあるまいね。」
友人の一人は恐る恐る、床の上の金貨を手にとって見ましたが、
「成程こりゃほんとうの金貨だ。おい、給仕、箒と塵取りとを持って来て、これを皆掃き集めてくれ。」

給仕はすぐに言いつけられた通り、床の上の金貨を掃き集めて、堆く側のテエブルへ盛り上げました。友人たちは皆そのテエブルのまわりを囲みながら、
「ざっと二十万円位はありそうだね。」
「いや、もっとありそうだ。華奢なテエブルだった日には、つぶれてしまう位あるじゃないか。」
「何しろ大した魔術を習ったものだ。石炭の火がすぐに金貨になるのだから。」
「これじゃ一週間とたたない内に、岩崎や三井にも負けないような金満家になってしまうだろう。」
などと、口々に私の魔術を褒めそやしました。が、私はやはり椅子によりかかった儘、悠然と葉巻の煙を吐いて、
「いや、僕の魔術というやつは、一旦慾心を起したら、二度と使うことが出来ないのだ。だからこの金貨にしても、君たちが見てしまった上は、すぐに又元の暖炉の中へ抛りこんでしまおうと思っている。」
友人たちは私の言葉を聞くと、言い合せたように、反対し始めました。これだけの大金を元の石炭にしてしまうのは、もったいない話だと言うのです。が、私はミスラ君に約束した手前もありますから、どうしても暖炉に抛りこむと、剛情に友人たちと争いました。すると、その友人たちの中でも、一番狡猾だという評判のあるのが、鼻

の先で、せせら笑いながら、
「君はこの金貨を元の石炭にしようと言う。僕たちは又したくないと言う。それじゃいつまでたった所で、議論が干ないのは当り前だろう。そこで僕が思うには、この金貨を元手にして、君が僕たちと骨牌をするのだ。そうしてもし君が勝ったなら、石炭にするとも何にするとも、自由に君が始末するが好い。が、もし僕たちが勝ったなら、金貨の儘僕たちへ渡し給え。そうすれば御互の申し分も立って、至極満足だろうじゃないか。」

それでも私はまだ首を振って、容易にその申し出しに賛成しようとはしませんでした。所がその友人は、愈嘲るような笑を浮べながら、私とテエブルの上の金貨とを狡るそうにじろじろ見比べて、
「君が僕たちと骨牌をしないのは、つまりその金貨を僕たちに取られたくないと思うからだろう。それなら魔術を使うために、慾心を捨てたとか何とかいう、折角の君の決心も怪しくなって来る訳じゃないか。」
「いや、何も僕は、この金貨が惜しいから石炭にするのじゃない。」
「それなら骨牌をやり給えな。」

何度もこういう押問答を繰返した後で、とうとう私はその友人の言葉通り、テエブルの上の金貨を元手に、どうしても骨牌を闘わせなければならない羽目に立ち至りま

した。勿論友人たちは皆大喜びで、すぐにトランプを一組取り寄せると、部屋の片隅にある骨牌机を囲みながら、まだためらい勝ちな私を早く早くと急き立てるのです。ですから私も仕方がなく、暫くの間は友人たちを相手に、嫌々骨牌をしていました。が、どういうものか、その夜に限って、ふだんは格別骨牌上手でもない私が、噓のようにどんどん勝つのです。すると又妙なもので、始は気のりもしなかったのが、だんだん面白くなり始めて、ものの十分とたたない内に、いつか私は一切を忘れて、熱心に骨牌を引き始めました。

友人たちは、元より私から、あの金貨を残らず捲き上げるつもりで、わざわざ骨牌を始めたのですから、こうなると皆あせりにあせって、殆血相さえ変るかと思うほど夢中になって勝負を争い出しました。が、いくら友人たちが躍起となっても、私は一度も負けないばかりか、とうとうしまいには、あの金貨と略々同じほどの金高だけ、私の方が勝ってしまったじゃありませんか。するとさっきの、人の悪い友人が、まるで、気違いのような勢で、私の前に、札をつきつけながら、

「さあ、引き給え。僕は僕の財産をすっかり賭ける。地面も、家作も、馬も、自働車も、一つ残らず賭けてしまう。その代り君はあの金貨の外に、今まで君が勝った金を悉く賭けるのだ。さあ、引き給え。」

私はこの刹那に慾が出ました。テエブルの上に積んである、山のような金貨ばかり

か、折角私が勝った金さえ、今度運悪く負けたが最後、皆相手の友人に取られてしまわなければなりません。のみならずこの勝負に勝ちさえすれば、私は向うの全財産を一度に手へ入れることが出来るのです。こんな時に使わなければどこに魔術などを教わった、苦心の甲斐があるのでしょう。そう思うと私は矢も楯もたまらなくなって、そっと魔術を使いながら、決闘でもするような勢で、

「よろしい。まず君から引き給え。」

私は勝ち誇った声を挙げながら、まっ蒼になった相手の眼の前へ、引き当てた札を出して見せました。すると不思議にもその骨牌の王様が、まるで魂がはいったように、冠をかぶった頭を擡げて、ひょいと札の外へ体を出すと、行儀よく剣を持った儘、にやりと気味の悪い微笑を浮べて、

「御婆サン。御婆サン。御客様ハ御帰リニナルソウダカラ、寝床ノ支度ハシナクテモ好イヨ。」

と、聞き覚えのある声で言うのです。と思うと、どういう訳か、窓の外に降る雨脚までが、急に又あの大森の竹藪にしぶくような、寂しいざんざ降りの音を立て始めました。

ふと気がついてあたりを見廻すと、私はまだうす暗い石油ランプの光を浴びながら、まるであの骨牌の王様のような微笑を浮べているミスラ君と、向い合って坐っていたのです。

私が指の間に挟んだ葉巻の灰さえ、やはり落ちずにたまっている所を見ても、私が一月ばかりたったと思ったのは、ほんの二三分の間に、私がハッサン・カンの魔術の秘法を習う資格のない人間だということは、私自身にもミスラ君にも、明かになってしまったのです。

私は恥しさに頭を下げた儘、暫くは口もきけませんでした。

「私の魔術を使おうと思ったら、まず慾を捨てなければなりません。あなたはそれだけの修業が出来ていないのです。」

ミスラ君は気の毒そうな眼つきをしながら、縁へ赤く花模様を織り出したテエブル掛の上に肘をついて、静にこう私をたしなめました。

葱

読んだ人‥出久根達郎

作品『葱』

出久根達郎

形式の創造

　久しぶりに芥川作品を読み返しながら、よくわからないことがある。芥川文学の価値である。近代文学の中で、芥川の位置というのは、どの辺にあるのだろう。
　漱石、鷗外が文豪というのは、納得できる。次の世代の芥川は、ではやはり文豪であるか。漱石や鷗外と比べると芥川はぐっと小さい気がする。何より作品が面白くない。小説を楽しんだ、という満足感が得られない。上手な作文、という感じ。
　しかし、たとえば太宰治や立原道造など、多くの作家や詩人が、芥川の影響を受けて育った。若者たちを刺激したというなら、漱石や鷗外以上だろう。何が若人を熱狂させたのだろう？　それが、わからない。時代が違うから、理解がむずかしい。もしかしたら、若者が芥川を支持したのは、その文学ではなく、

将来に対する「唯ぼんやりした不安」からの彼の自殺だったのではないか。これなら、わかる。芥川の自殺理由は、当時の青年たちの共通観念だったろう。芥川の死は、自分の身代りのように感じられたのではないか。そういう捉え方ではなく、時代の動きに敏感な知識人の身の処し方。作品より作者の行動に衝撃を受けたのではないか。芥川文学の終焉。

では芥川の文学史上の功績は、何だろう。

それは「形式の創造」だろう。芥川くらい、ありとあらゆる小説の表現形式を創った作家は、いない。手紙文、告白文、脚本形式、問答式、調書風、独白、会話体、遺書の形、あるいは本の引用のような見せかけ、覚書風⋯⋯

芥川の試みを継いだのは、太宰治である。太宰もまた芥川に劣らぬ新しい形式を生んだ。

「葱」は、作家の「おれ」が、締切を明日に控え、一晩で一気に書き上げた小説、という形式をとっている。いや、こういう小説を書く、と言い、主人公を読者に紹介する形式である。

ストーリーは、他愛ない。愛を夢みる十代の娘が、勤め先のカフェーの客にデートに誘われる。八百屋の前を通りかかって、ふと、店先に目をやると、葱

が山の如く積んである。「一束四銭」と記してある。娘は相手を忘れ、ふらふらと二束買ってしまう。男は世にも情けない顔をし、娘は嬉しそうな微笑を浮かべる。作品の中の「おれ」は、とうとう書き上げた、と記す。しかし、完成はしたが気持ちが浮かない。これはどうしたわけか、と自問する。娘の今後がどうなるか、だ。

芥川がなぜこのような手の込んだ形式を用いたのかは、作品の末尾の一行にあるだろう。そう、批評家に文句を言わせないための伏線である。

要するに芥川は、葱が「一束四銭」で売られていた、それに娘が飛びついたことを書きたかった。娘の身の上はそのための説明である。この場合、大根でも人参でもいけない。葱に限るのである。葱は食用だけでなく薬にもなる。身体を温め、血行を良くし、結核に効果がある。日持ちがして、貧乏人の味方である。

芥川はプロレタリア小説を狙った。しかし、自信が無かった。形式で、糊塗した。

おれは締切日を明日に控えた今夜、一気呵成にこの小説を書こうと思う。いや、書こうと思うのではない。書かなければならなくなってしまったのである。では何を書くかと云うと、——それは次の本文を読んで頂くより外に仕方はない。

　神田神保町辺の或カッフェに、お君さんと云う女給仕がある。年は十五とか十六とか云うが、見た所はもっと大人らしい。何しろ色が白くって、眼が涼しいから、鼻の先が少し上を向いていても、兎に角一通りの美人である。それが髪をまん中から割って、忘れな草の簪をさして、白いエプロンをかけて、自働ピアノの前に立っている所は、とんと竹久夢二君の画中の人物が抜け出したようだ。——とか何とか云う理由から、このカッフェの常連の間には、凧に通俗小説と云う渾名が出来ているらしい。尤も渾名にはまだまだいろいろある。簪の花が花だから、わすれな草。活動写真に出る亜米利加の女優に似ているから、ミス・メリイ・ピックフォオド。このカッフェに欠くべからざるものだから、角砂糖。ETC.ETC.
　この店にはお君さんの外にも、もう一人年上の女給仕がある。これはお松さんと云って、器量は到底お君さんの敵ではない。まず白麺包と黒麺包程の相違がある。だが

ら一つカッフェに勤めていても、お君さんとお松さんとでは、祝儀の収入が非常に違う。お松さんは勿論、この収入の差に平かなるを得ない。その不平が高じた所から、邪推もこの頃廻すようになっている。

　或夏の午後、お松さんの持ち場の卓子にいた外国語学校の生徒らしいのが、巻煙草を一本啣えながら、燐寸の火をその先へ移そうとした。所が生憎その隣の卓子では、煽風機が勢よく廻っているものだから、燐寸の火は其処まで届かない内に、何時も風に消されてしまう。そこでその卓子の側を通りかかったお松さんは、暫くの間風をふせぐ為に、客と煽風機との間へ足を止めた。その暇に巻煙草へ火を移した学生が、日に焼けた頬へ微笑を浮べながら、「難有う」と云った所を見ると、帳場の前へ立っていたお松さんが、丁度其処へ持って行く筈の、アイスクリームの皿を取り上げると、お君さんの顔をじろりと見て、「あなた持っていらっしゃいよ。」と、嬌嗔を発したらしい声を出した。──

　こんな葛藤が一週間に何度もある。従ってお君さんは、滅多にお松さんには口をきかない。何時も自働ピアノの前に立っては、場所がらだけに多い学生の客に、無言ののろけを買わせている。或は業腹らしいお松さんに無言の愛嬌を売っている。が、お君さんとお松さんとの仲が悪いのは、何もお松さんが嫉妬をするせいばかり

ではない。お君さんも内心、お松さんの趣味の低いのを軽蔑している。あれは全く尋常小学を出てから、浪花節を聴いたり、蜜豆を食べたり、男を追っかけたりばかりしていた、そのせいに違いない。こうお君さんは確信している。ではそのお君さんの趣味と云うのが、どんな種類のものかと思ったら、暫くこの賑かなカッフェの外は、近所の露路の奥にある、或女髪結の二階を覗いて見るが好い。何故と云えばお君さんは、その女髪結の二階に間借をして、カッフェへ勤めている間の外は、始終其処に起臥しているからである。

二階は天井の低い六畳で、西日のさす窓から外を見ても、瓦屋根の外は何も見えない。その窓際の壁へよせて、更紗の布をかけた茶ぶ台がある。尤もこれは便宜上、仮に机と呼んで置くが、実は古色を帯びた茶ぶ台に過ぎない。その茶ぶ——机の上には、これも余り新しくない西洋綴の書物が並んでいる。「不如帰」「藤村詩集」「松井須磨子の一生」「新朝顔日記」「カルメン」「高い山から谷底見れば」——あとは婦人雑誌が七八冊あるばかりで、残念ながらおれの小説集などは、唯の一冊も見当らない。それからその机の側にある、とにニスの剥げた茶箪笥の上には、頸の細い硝子の花立てがあって、花びらの一つとれた造花の百合が、手際よくその中にさしてある。察する所この百合は、花びらさえまだ無事でいたら、今でもあのカッフェの卓子に飾られていたのに相違あるまい。最後にその茶箪笥の上の壁には、いずれも雑誌の口絵らしい

のが、ピンで三四枚とめてある。一番まん中なのは、鏑木清方君の元禄女で、その下に小さくなっているのは、ラファエルのマドンナか何からしい。と思うとその元禄女の上には、北村四海君の彫刻の女が御隣に控えたベエトオフェンへ滴したる如き秋波を送っている。但しこのベエトオフェンは、唯お君さんがベエトオフェンだと思っているだけで、実は亜米利加の大統領ウッドロオ・ウイルソンなのだから、北村四海君に対しても、何とも御気の毒の至りに堪えない。——

こう云えばお君さんの趣味生活が、如何に芸術的色彩に富んでいるか、問わずして既に明かであろうと思う。又実際お君さんは、毎晩遅くカッフェから帰って来ると、必ずこのベエトオフェン alias ウイルソンの肖像の下に、「不如帰」を読んだり、造花の百合を眺めたりしながら、新派悲劇の活動写真の月夜の場面よりもサンティマンタアルな、芸術的感激に耽るのである。

桜頃の或夜、お君さんはひとり机に向って、殆一番鶏が啼く頃まで、桃色をしたレタア・ペエパアにせっせとペンを走らせ続けた。が、その書き上げた手紙の一枚が、机の下に落ちていた事は、朝になってカッフェへ出て行った後も、遂にお君さんには気がつかなかったらしい。すると窓から流れこんだ春風が、その一枚のレタア・ペエパアを翻して、鬱金木綿の蔽いをかけた鏡が二つ並んでいる梯子段の下まで吹き落してしまった。下にいる女髪結は、頻々としてお君さんの手に落ちる艶書のある事を心

得ている。だからこの桃色をした紙も、恐らくはその一枚だろうと思って、好奇心からわざわざ眼を通して見た。すると意外にもこれは、お君さんの手蹟らしい。ではお君さんが誰かの艶書に返事を認めたのかと思うと、「武男さんに御別れなすった時の事を考えると、私は涙で胸が張り裂けるようでございます」と書いてある。果然お君さんは殆徹夜をして、浪子夫人に与うべき慰問の手紙を作ったのであった。──

おれはこの挿話を書きながら、お君さんのサンティマンタリズムに微笑を禁じ得ないのは事実である。が、おれの微笑の中には、寸毫も悪意は含まれていない。お君さんのいる二階には、造花の百合や、「藤村詩集」や、ラファエルのマドンナの写真の外にも、自炊生活に必要な、台所道具が並んでいる。その台所道具の象徴する、世智辛い東京の実生活は、何度今日までにお君さんへ迫害を加えたか知れなかった。が、落莫たる人生も、涙の靄を透して見る時は、美しい世界を展開する。お君さんはその実生活の迫害を逃れる為に、この芸術的感激の涙の中へ身を隠した。其処には一月六円の間代もなければ、一升七十銭の米代もない。カルメンは電灯代の心配もなく、気楽にカスタネットを鳴らしている。浪子夫人も苦労はするが、薬代の工面が出来ない次第ではない。一言にして云えばこの涙は、人間苦の黄昏のおぼろめく中に、人間愛の灯火をつつましやかにともしてくれる。ああ、東京の町の音も全く何処かへ消えてしまう真夜中、涙に濡れた眼を挙げながら、うす暗い十燭の電灯の下に、たった一人

逗子の海風とコルドヴァの杏竹桃とを夢みていた、お君さんの姿を想像——畜生、悪意がない所か、うっかりしているとおれまでも、サンティマンタアルになり兼ねないぞ。元来世間の批評家には情味がないと云われている、頗理知的なおれなのだが。

そのお君さんが或冬の夜、遅くなってカッフェから帰って来ると、始は例の如く机に向って、「松井須磨子の一生」か何か読んでいたが、まだ一頁と行かない内に、ど う云う訳かその書物に忽ち愛想をつかした如く、邪慳に畳の上へ抛り出してしまった。と思うと今度は横坐りに坐った儘、机の上に頰杖をついて、壁の上のウィル——ベェトオフェンの肖像を冷淡にぼんやり眺め出した。これは勿論唯事ではない。お君さんはあのカッフェを解傭される事になったのであろうか。さもなければお松さんのいじめ方が一層悪辣になったのであろうか。或は又さもなければ齲歯でも痛み出して来たのであろうか。いや、お君さんの心を支配しているのは、そう云う俗臭を帯びた事件ではない。お君さんは誰にか心を寄せているかと云うと——幸お君さんは壁の上のベエトオフェンを眺めた儘、暫くは身動きもしそうはないから、その間におれは大急ぎで、ちょいとこの光栄ある恋愛の相手を紹介しよう。

お君さんの相手は田中君と云って、無名の——まあ芸術家である。何故かと云うと田中君は、詩も作る、ヴァイオリンも弾く、油絵の具も使う、役者も勤める、歌骨牌

も巧い、薩摩琵琶も出来ると云う才人だから、どれが本職でどれが道楽だか、鑑定の出来るものは一人もいない。従って又人物も、顔は役者の如くのっぺりしていて、髪は油絵の具の如くてらてらしている。声はヴァイオリンの如く敏捷で、金を借り倒す事はの如く気が利いていて、女を口説く事は歌骨牌をとる如く敏捷で、金を借り倒す事は薩摩琵琶をうたう如く勇壮活溌を極めている。それが黒い鍔広の帽子をかぶって、安物らしい猟服を着用して、葡萄色のボヘミアン・ネクタイを結んで——と云えば大抵わかりそうなものだ。思うにこの田中君の如きは既に一種のタイプなのだから、神田本郷辺のバァヤやカッフェ、青年会館や音楽学校の音楽会（但し一番の安い切符の席に限るが）兜屋や三会堂の展覧会などへ行くと、必二三人はこの連中が、傲然として俗衆を睥睨している。おれがこの上明瞭な田中君の肖像が欲しければ、そう云う場所へ行って見るが好い。だからこの上おれが書くのはもう真平御免だ。第一おれが田中君の紹介の労を執っている間に、お君さんは何時か立上って、障子を開けた窓の外の寒い月夜を眺めているのだから。

　瓦屋根の上の月の光は、頸の細い硝子の花立てにさした造花の百合を照らしている。そうして又お君さんの上を向いた鼻を照らしている。が、お君さんの涼しい眼には、月の光も映っていない。霜の下りたらしい瓦屋根も、存在しないのと同じ事である。田中君は今夜カッフェから、

お君さんを此処まで送って来た。そうして明日の晩は二人で、楽しく暮そうと云う約束までした。明日は丁度一月に一度あるお君さんの休日だから、午後六時に小川町の電車停留場で落合って、それから芝浦にかかっている伊太利人のサアカスを見に行こうと云うのである。お君さんは今日までに、未嘗男と二人で遊びに出かけた覚えなどはない。だから明日の晩田中君と、世間の恋人同志のように、つれ立って夜の曲馬を見に行く事を考えると、今更のように心臓の鼓動が高くなって来る。お君さんにとって田中君は、宝窟の扉を開くべき秘密の呪文を心得ている、アリ・ババと更に出現するはない。その呪文が唱えられた時、如何なる未知の歓楽境がお君さんの前に出現するか。
　——さっきから月を眺めて月を眺めないお君さんが、風に煽られた海の如く、或は又将に走らんとする乗合自動車のモオタアの如く、轟く胸の中に描いているのは、実にこの来るべき不可思議の世界の幻であった。其処には薔薇の花の咲き乱れた路に、養殖真珠の指環だの帯止めだのが、数限りもなく散乱している。夜鶯の優しい声も、既に三越の旗の上から、蜜を滴たらすように聞え始めた。橄欖の花の匂の中に大理石を畳んだ宮殿では、今やミスタア・ダグラス・フェアバンクスと森律子嬢との舞踏が、愈 佳境に入ろうとしているらしい。……
　が、おれはお君さんの名誉の為にもつけ加える。その時お君さんの描いた幻の中には、成程お君さ時々暗い雲の影が、一切の幸福を脅すように、底気味悪く去来していた。

んは田中君を恋しているのに違いない。しかしその田中君は、実はお君さんの芸術的感激が円光を頂かせた田中君である。詩も作る、ヴァイオリンも弾く、油絵の具も使う、役者も勤める、歌骨牌も巧い、薩摩琵琶も出来るサア・ランスロットである。だからお君さんの中にある処女の新鮮な直観性は、どうかするとこのランスロットの頗る怪しげな正体を感ずる事がないでもない。暗い不安の雲の影は、こう云う時にお君さんの幻の中を通りすぎる。が、遺憾ながらその雲の影は、現れるが早いか消えてしまう。お君さんはいくら大人じみていても、十六とか十七とか云う少女である。しかも芸術的感激に充ち満ちている少女である。着物を雨で濡らす心配があるか、ライン河の入日の画端書に感歎の声を洩らす時の外は、滅多に雲の影などへ心を止めないのも不思議ではない。況や今は薔薇の花の咲き乱れている路に、養殖真珠の指環だの翡翠まがいの帯止だのが――以下は前に書いた通りだから、其処を読み返して頂きたい。

お君さんは長い間、シャヴァンヌの聖・ジュヌヴィヴの如く、月の光に照らされた瓦屋根を眺めて立っていたが、やがて嘘を一つすると、窓の障子をばたりとしめて、又元の机の際へ横坐りに坐ってしまった。それから翌日の午後六時まで、お君さんが何をしていたか、その間の詳しい消息は、残念ながらおれも知っていない。何故作者たるおれが知っていないかと云うと――正直に云ってしまえ。おれは今夜中にこの小

説を書き上げなければならないからである。

翌日の午後六時、お君さんは怪しげな紫紺の御召のコオトの上にクリイム色の肩掛をして、何時もよりはそわそわと、もう夕暗に包まれた小川町の電車停留場へ行った。行くと既に田中君は、例の如く鍔広の黒い帽子を目深くかぶって、洋銀の握りのついた細い杖をかいこみながら、縞の荒い半オオヴァの襟を立てて、赤い電灯のともった下に、ちゃんと佇んで待っている。色の白い顔が何時もより一層又磨きがかかって、かすかに香水の匂までさせている容子では、今夜は格別身じまいに注意を払っているらしい。

「御待たせして？」

お君さんは田中君の顔を見上げると、息のはずんでいるような声を出した。

「なあに。」

田中君は大様な返事をしながら、何とも判然しない微笑を含んだ眼で、じっとお君さんの顔を眺めた。それから急に身ぶるいを一つして、

「歩こう、少し。」

とつけ加えた。いや、つけ加えたばかりではない。田中君はもうその時には、アアク灯に照らされた人通りの多い往来を、須田町の方へ向って歩き出した。サアカスがあるのは芝浦である。歩くにしても此処からは、神田橋の方へ向って行かなければなら

ない。お君さんはまだ立止った儘、埃風に飜るクリイム色の肩掛へ手をやって、
「そっち?」
と不思議そうに声をかけた。が、田中君は肩越しに、
「ああ。」
と軽く答えたぎり、依然として須田町の方へ歩いて行く。そこでお君さんも外に仕方がないから、すぐに田中君へ追いつくと、葉を振った柳の並樹の下を一しょにいそいそと歩き出した。すると又田中君は、あの何とも判然しない微笑を眼の中に漂わせて、お君さんの横顔を窺いながら、
「お君さんには御気の毒だけれどもね、芝浦のサアカスは、もう昨夜でおしまいなんだそうだ。だから今夜は僕の知っている家へ行って、一しょに御飯でも食べようじゃないか。」
「そう、私どっちでも好いわ。」
 お君さんは田中君の手が、そっと自分の手を捕えたのを感じながら、希望と恐怖とにふるえている、かすかな声でこう云った。と同時に又お君さんの眼にはまるで「不如帰」を読んだ時のような、感動の涙が浮んで来た。この感動の涙を透して見た、小川町、淡路町、須田町の往来が、如何に美しかったかは問うを待たない。歳暮大売出しの楽隊の音、目まぐるしい仁丹の広告電灯、クリスマスを祝う杉の葉の飾、蜘蛛手

に張った万国々旗、飾窓の中のサンタ・クロス、露店に並んだ画端書や日暦——すべてのものがお君さんの眼には、壮大な恋愛の歓喜をうたいながら、世界のはてまでも燦びやかに続いているかと思われる。今夜に限って天上の星の光も冷たくない。時々吹きつける埃風も、コオトの裾を巻くかと思うと、忽ち春が返ったような温かい空気に変ってしまう。「幸福、幸福、幸福……」

　その内にふとお君さんが気がつくと、二人は何時か横町を曲ったと見えて、狭い町を歩いている。そうしてその町の右側に、一軒の小さな八百屋があって、明るく瓦斯の燃えた下に、大根、人参、漬け菜、葱、小蕪、慈姑、牛蒡、八つ頭、小松菜、独活、蓮根、里芋、林檎、蜜柑の類が堆く店に積み上げてある。その八百屋の前を通った時、お君さんの視線は何かの拍子に、葱の山の中に立っている、竹に燭奴を挟んだ札の上へ落ちた。札には墨黒々と下手な字で、「一束四銭」と書いてある。あらゆる物価が暴騰した今日、一束四銭と云う葱は滅多にない。この至廉な札を眺めると共に、今まで恋愛と芸術とに酔っていた、お君さんの幸福な心の中には、其処に潜んでいた実生活が、突如としてその惰眠から覚めた。間髪を入れずとは正にこの謂である。薔薇と指環と夜鶯と三越の旗とは、刹那に眼底を払って消えてしまった。その代り間代、米代、電灯代、炭代、肴代、醬油代、新聞代、化粧代、電車賃——その外ありとあらゆる生活費が、過去の苦しい経験と一しょに、恰も火取虫の火に集る如く、お

君さんの小さな胸の中に、四方八方から群って来る。お君さんは思わずその八百屋の前へ足を止めた。それから呆気にとられている田中君を一人後に残して、鮮な瓦斯の光を浴びた青物の中へ足を入れた。しかも遂にはその華奢な指を伸べて、一束四銭の札が立っている葱の山を指さすと、「さすらい」の歌でもうたうような声で、

「あれを二束下さいな。」

と云った。

　埃風の吹く往来には、黒い鍔広の帽子をかぶって、縞の荒い半オオヴァの襟を立てた田中君が、洋銀の握りのある細い杖をかいこみながら、孤影蕭然として立っている。田中君の想像には、さっきからこの町のはずれにある、格子戸造の家が浮んでいた。軒に松の家と云う電灯の出た、沓脱ぎの石が濡れている、安普請らしい二階家である。が、こうして往来に立っていると、その小ぢんまりした二階家の影が、妙にだんだん薄くなってしまう。そうしてその後には徐に一束四銭の札を打った葱の山が浮んで来る。と思うと忽ち想像が破れて、一陣の埃風が過ぎると共に、実生活の如く辛辣な、眼に滲む如き葱の匂が実際田中君の鼻を打った。

「御待ち遠さま。」

　憐むべき田中君は、世にも情無い眼つきをして、まるで別人でも見るように、じろじろお君さんの顔を眺めた。髪を綺麗にまん中から割って、忘れな草の簪をさした、

鼻の少し上を向いているお君さんは、クリイム色の肩掛をちょいと顋でおさえた儘、片手に二束八銭の葱を下げて立っている。あの涼しい眼の中に嬉しそうな微笑を躍らせながら。

―

とうとうどうにか書き上げたぞ。もう夜が明けるのも間はあるまい。外では寒そうな鶏の声がしているが、折角これを書き上げても、いやに気のふさぐのはどうしたものだ。お君さんはその晩何事もなく、又あの女髪結の二階へ帰って来たが、カッフェの女給仕をやめない限り、その後も田中君と二人で遊びに出る事がないとは云えまい。その時の事を考えると、――いや、その時は又その時の事だ。おれが今いくら心配した所で、どうにもなる訳のものではない。まあこの儘でペンを擱こう。左様なら。お君さん。では今夜もあの晩のように、此処からいそいそ出て行って、勇ましく――批評家に退治されて来給え。

秋山圖

読んだ人‥大庭みな子(『三匹の蟹』で第五九回芥川賞受賞)

作品『秋山圖』

大庭みな子

形式の創造

　芥川の作品は種々のカテゴリーに分類されるが、もしそういう分類が許されるならば、この「秋山図」は芸術至上主義のものに属するといえるだろう。題材は彼の深い教養の一つである中国の古典にのっとっているので、現代の若い世代には抵抗を感じる古い言葉が多いことは難点だが、それは芥川が生きていた時代においてはあまり抵抗なく受け入れられていたことを考えながら読むべきだろう。

　この短編は伝説的な秋山図という名画をめぐって、最初に見たときにはすっかり魅了されてしまうのだが、次の機会に再び見るとどうも違う印象を受ける。それは見る人の心が変ったのか、その絵を見るときの環境が違うせいなのか、あるいは今見ている絵が前に見た絵とは違うからなのか、幻のような名画の存在はたとえあいまいでも、それはそれでいいでしょう、といった話でくくられ

——て、事実なるものは藪の中なのだが、そのような内容性は別にしても、無駄のない文章、巧みな構成は芥川作品の短編小説の代表の一つとしてもよいだろう。

「――黄大痴と云えば、大痴の秋山図を御覧になった事がありますか?」
或秋の夜、甌香閣を訪ねた王石谷は、主人の惲南田と茶を啜りながら、話の次手にこんな問を発した。

「いや、見た事はありません。あなたは御覧になったのですか?」
大痴老人黄公望は、梅道人や黄鶴山樵と共に、元朝の画の神手である。惲南田はこう云いながら、嘗見た沙磧図や富春巻が、髣髴と眼底に浮ぶような気がした。

「さあ、それが見たと云って好いか、見ないと云って好いか、不思議な事になっているのですが、――」

「見たと云って好いか、見ないと云って好いか、――」
惲南田は訝しそうに、王石谷の顔へ眼をやった。

「模本でも御覧になったのですか?」

「いや、模本を見たのでもないのです。兎に角真蹟は見たのですが、――それも私はかりではありません。この秋山図の事に就いては、煙客先生(王時敏)や廉州先生(王鑑)も、それぞれ因縁が御有りなのです。」

王石谷は又茶を啜った後、考深そうに微笑した。

「御退屈でなければ話しましょうか?」

「どうぞ。」

惲南田は銅鑵の火を搔き立ててから、慇懃に客を促した。

元宰先生（董其昌）が在世中の事です。或年の秋先生は、煙客翁と画論をしている内に、ふと翁に、黄一峯の秋山図を見たかと尋ねました。翁は御承知の通り画事の上では、大痴を宗としていた人です。ですから大痴の画と云う画は苟くも人間にある限り、看尽したと云ってもかまいません。が、その秋山図と云う画は、終に見た事がないのです。

「いや、見る所か、名を聞いた事もない位です。」

煙客翁はそう答えながら、妙に恥しいような気がしたそうです。

「では機会のあり次第、是非一度は見て御置きなさい。恐らくは大痴老人の諸本の中でも、夏山図や浮嵐図に比べると、又一段と出色の作です。白眉ではないかと思いますよ。」

「そんな傑作ですか？　それは是非見たいものですが、一体誰が持っているのです？」

「潤州の張氏の家にあるのです。金山寺へでも行った時に、門を叩いて御覧なさい。私が紹介状を書いて上げます。」

煙客翁は先生の手簡を貰うと、すぐに潤州へ出かけて行きました。何しろそう云う妙画を蔵している家ですから、其処へ行けば黄一峯の外にも、まだいろいろ歴代の墨

妙を見る事が出来るに違いない。——こう思った煙客翁は、もう一刻も西園の書房に、じっとしている事は出来ないような、落着かない気もちになっていたのです。

所が潤州へ来て観ると、楽みにしていた張氏の家と云うのは、成程構えは広そうですが、如何にも荒れ果てているのです。墻には蔦が絡んでいるし、庭には草が茂っている。その中に鶏や家鴨などが、客の来たのを珍しそうに眺めていると云う始末です。から、さすがの翁もこんな家に、大痴の名画があるのだろうかと、一時は元宰先生の言葉が疑いたくなった位でした。しかしわざわざ尋ねて来ながら、刺も通ぜずに帰るのは、勿論本望ではありません。そこで取次ぎに出て来た小厮に、兎も角も黄一峯の秋山図が拝見したいと云う、遠来の意を伝えた後、元宰先生が書いてくれた紹介状を渡しました。

すると間もなく煙客翁は、庁堂へ案内されました。此処も紫檀の椅子机が、清らかに並べてありながら、冷たい埃の臭いがする、——やはり荒廃の気が鋪甎の上に、漂っているとでも云いそうなのです。しかし幸い出て来たその主人は、病弱らしい顔はしていても、人がらの悪い人ではありません。いや、寧ろその蒼白い顔や華奢な手の恰好なぞに、貴族らしい品格が見えるような人物なのです。翁はこの主人と一通り、初対面の挨拶をすませると、早速名高い黄一峯を見せて頂きたいと云い出しました。何でも翁の話では、その名画がどう云う訳か、今の内に急いで見て置かないと、霧のよう

に消えてでもしまいそうな、迷信じみた気もちがしたのだそうです。主人はすぐに快諾しました。そうしてその庁堂の素壁へ、一幀の画幅を懸けさせました。

「これが御望みの秋山図です。」

煙客翁はその画を一目見ると、思わず驚嘆の声を洩らしました。——画は青緑の設色です。渓の水が委蛇と流れた処に、村落や小橋が散在している、——その上に起した主峯の腹には、悠々とした秋の雲が、蛤粉の濃淡を重ねています。山は高房山の横点を重ねた、新雨を経たような翠黛ですが、それが又砕を点じた、所々の叢林の紅葉と映発している美しさは、殆何と形容して好いか、言葉の着けようさえありません。こう云うと唯華麗な画のようですが、布置も雄大を尽していれば、筆墨も渾厚を極めている、——云わば爛然とした色彩の中に、空霊澹蕩の古趣が自ら漲っているような画なのです。

煙客翁はまるで放心したように、何時までもこの画を見入っていました。が、画は見ていれば見ている程、益神妙を加えて行きます。

「如何です？　御気に入りましたか？」

主人は微笑を含みながら、斜に翁の顔を眺めました。

「神品です。元宰先生の絶賛は、たとい及ばない事があっても、過ぎているとは云わ

れません。実際この図に比べれば、私が今までに見た諸名本は、悉く下風にある位です。」

煙客翁はこう云う間でも、秋山図から眼を放しませんでした。

「そうですか？　ほんとうにそんな傑作ですか？」

翁は思わず主人の方へ、驚いた眼を転じました。

「何故又それが御不審なのです？」

「いや、別に不審と云う訳ではないのですが、実は、――」

主人は殆処子のように、当惑そうな顔を赤めました。が、やっと寂しい微笑を洩らすと、怯ず怯ず壁上の名画を見ながら、こう言葉を続けるのです。

「実はあの画を眺める度に、私は何だか眼を明いた儘、夢でも見ているような気がするのです。成程秋山は美しい。しかしその美しさは、私だけに見える美しさではないか？　――何故かそう云う疑いが、始終私を悩ませるのです。これは私の気の迷いか、或はあの画が世の中にあるには、余り美し過ぎるからか、どちらが原因だかわかりません。が、兎に角妙な気がしますから、ついあなたの御賞讃にも、念を押すような事になったのです。」

しかしその時の煙客翁は、こう云う主人の弁解にも、格別心は止めなかったそうです。それは何も秋山図に、見惚れていたばかりではありません。翁には主人が徹頭徹

尾、鑑識に疎いのを隠したさに、胡乱の言を並べるとしか、受け取れなかったからなのです。

翁はそれから少時の後、この廃宅同様な張氏の家を辞しました。が、どうしても忘れられないのは、あの眼も覚めるような秋山図です。法灯を継いだ煙客翁の身になって見れば、何を捨ててもあれだけは、手に入れたいと思ったでしょう。のみならず翁は蒐集家です。しかし家蔵の墨妙の中でも、黄金二十鎰に換えたと云う、李営丘の山陰泛雪図でさえ、秋山図の神趣に比べると、遜色のあるのを免れません。ですから翁は蒐集家としてさえ、この稀代の黄一峯が欲しくてたまらなくなったのです。

そこで潤州にいる間に、翁は人を張氏に遣わして、秋山図を譲って貰いたいと、何度も交渉して見ました。が、張氏はどうしても、翁の相談に応じません。あの顔色の蒼白い主人は、使に立ったものの話によると、「それ程この画が御気に入ったのなら、喜んで先生に御貸し申そう。しかし手離す事だけは、御免蒙りたい」と云ったそうです。それが又気を負った煙客翁には、多少癇にも障りました。——翁はそう心に期しながら、とうとう秋山図を残したなり、潤州を去る事になりました。

それから又一年ばかりの後、煙客翁は潤州へ来た次手に、張氏の家を訪れて見ま

た。すると墻に絡んだ蔦や庭に茂った草の色は、以前と更に変りません。が、取次ぎの小厮に聞けば、主人は不在だと云う事です。翁は主人に会わないにしろ、もう一度あの秋山図を楯に、頑として奥へ通うように頼みました。しかし何度頼んで見ても、小厮は主人の留守を楯に、頑として奥へ通すように頼みました。いや、しまいには門を鎖した儘、返事さえ碌にしないのです。

そこで翁はやむを得ず、この荒れ果てた家の何処かに、蔵してある名画を想いながら、惆悵と独り帰って来ました。

所がその後元宰先生に会うと、先生は翁に張氏の家には、大痴の秋山図があるばかりか、沈石田の雨夜止宿図や自寿図のような傑作も、残っていると云う事を告げました。

「前に御話するのを忘れたが、この二つは秋山図同様、繢苑の奇観とも云うべき作です。もう一度私が手紙を書くから、是非これも見て御置きなさい。」

煙客翁はすぐに張氏の家へ、急の使を立てました。使は元宰先生の手札の外にも、それらの名画を購うべき橐金を授けられていたのです。しかし張氏は前の通り、どうしても黄一峯だけは、手離す事を肯じません。翁は終に秋山図には意を絶つより外はなくなりました。

* * * * *

王石谷はちょいと口を噤んだ。
「これまでは私が煙客先生から、聞かせられた話なのです。」
「では煙客先生だけは、確に秋山図を見られたのですか？」
　惲南田は髯を撫しながら、念を押すように王石谷を見た。
「先生は見たと云われるのです。が、確に見られたのかどうか、それは誰にもわかりません。」
「しかし御話の容子では、——」
「まあ先を御話き下さい。しまいまで御聴き下されば、又自ら私とは違った御考が出るかも知れません。」
　王石谷は今度は茶も啜らずに、娓々と話を続け出した。

　　　＊　　＊　　＊　　＊　　＊

　煙客翁が私にこの話を聴かせたのは、始めて秋山図を見た時から、既に五十年近い星霜を経過した後だったのです。その時は元宰先生も、とうに物故していましたし、張氏の家でも何時の間にか、三度まで代が変っていました。ですからあの秋山図も、今は誰の家に蔵されているか、いや、未に亀玉の毀れもないか、それさえ我々にはわかりません。煙客翁は手にとるように、秋山図の霊妙を話してから、残念そうにこう

云ったものです。
「あの黄一峯は公孫大嬢の剣器のようなものでしたよ。筆墨は見えない。唯何とも云えない神気が、直ちに心に迫って来るのです。——丁度竜翔の看はあっても、人や剣が我々に見えないのと同じ事ですよ。」
 それから一月ばかりの後、そろそろ春風が動き出したのを潮に、私は独り南方へ、旅をする事になりました。そこで翁にその話をすると、
「では丁度好い機会だから、秋山を尋ねて御覧なさい。あれがもう一度世に出れば、画苑の慶事ですよ」と云うのです。
 私も勿論望む所ですから、早速翁を煩はせて、手紙を一本書いて貰いました。が、さて遊歴の途に上って見ると、何かと行く所も多いものですから、容易に潤州の張氏の家を訪れる暇がありません。私は翁の書を袖にしたなり、とうとう子規が啼くようになるまで、秋山を尋ねずにしまいました。
 その内にふと耳にはいったのは、貴戚の王氏が秋山図を手に入れたと云う噂です。そう云えば私が遊歴中、煙客翁の書を見せた人には、王氏を知っているものも交っていました。王氏はそう云う人からでも、あの秋山図が、張氏の家に蔵してある事を知ったのでしょう。何でも坊間の説によれば、張氏の孫は王氏の使を受けると、伝家の弊鼎や法書と共に、すぐさま大痴の秋山図を献じに来たとか云う事です。そうして王

氏は喜びの余り、張氏の孫を上座に招じて、家姫を出したり、音楽を奏したり、盛な饗宴を催した揚句、千金を寿にしたとか云う事です。私は殆雀躍しました。滄桑五十載を閲した後でも、秋山図はやはり無事だったのです。のみならず私も面識がある、王氏の手中に入ったのです。昔は煙客翁がいくら苦心をしても、この図を再び看る事は、鬼神が悪むのかと思う位、悉く失敗に終りました。が、今は王氏の焦慮も待たず、自然とこの図が我々の前へ、蜃楼のように現れたのです。これこそ実際天縁が、熟したと云う外はありません。私は取る物も取りあえず、金閶にある王氏の第宅へ、秋山図を見に出かけて行きました。

今でもはっきり覚えていますが、それは王氏の庭の牡丹が、玉欄の外に咲き誇った、風のない初夏の午過ぎです。私は王氏の顔を見ると、揖もすますかすまさない内に、思わず笑い出してしまいました。

「もう秋山図はこちらの物です。煙客先生もあの図では、随分苦労をされたものですが、今度こそは御安心なさるでしょう。そう思うだけでも愉快です。」

王氏も得意満面でした。

「今日は煙客先生や廉州先生も来られる筈です。が、まあ、御出でになった順に、あなたから見て貰いましょう。」

王氏は早速傍の壁に、あの秋山図を懸けさせました。水に臨んだ紅葉の村、谷を埋

めている白雲の群、それから遠近に側立った、屛風のような数峰の青、——忽ち私の眼の前には、大痴老人が造り出した、天地よりも更に霊妙な小天地が浮び上ったのです。私は胸を躍らせながら、じっと壁上の画を眺めました。
　この雲煙邱壑は、紛れもない黄一峯です。痴翁を除いては何人も、これ程皴点を加えながら、しかも墨を活かす事は——これ程設色を重くしながら、しかも筆が隠れない事は、出来ないのに違いありません。しかし——しかしこの秋山図は、昔一たび煙客翁が張氏の家に見たと云う図と、確に別な黄一峯です。そうしてその秋山図より も、恐らくは下位にある黄一峯です。
　私の周囲には王氏を始め、座にい合せた食客たちが、私の顔色を窺っていました。ですから私は失望の色が、寸分も顔へ露れないように、気を使う必要があったのです。が、いくら努めて見ても、何処か不服な表情が、我知らず外へ出たのでしょう。王氏は少時たってから、心配そうに私へ声をかけました。
「どうです?」
　私は言下に答えました。
「神品です。成程これでは煙客先生が、驚倒されたのも不思議はありません。」
　王氏はやや顔色を直しました。が、それでもまだ眉の間には、幾分か私の賞讃に、不満らしい気色が見えたものです。

其処へ丁度来合せたのは、私に秋山の神趣を説いた、あの煙客先生です。翁は王氏に会釈をする間も、嬉しそうな微笑を浮べていました。

「五十年前に秋山図を見たのは、荒れ果てた張氏の家でしたが、今日は又こう云う富貴の御宅に、再びこの図とめぐり合いました。真に意外な因縁です。」

煙客翁はこう云いながら、壁上の大痴を仰ぎ見ました。この秋山が貰翁の見た秋山かどうか、それは勿論誰よりも翁自身が明らかに知っている筈です。ですから私も王氏同様、翁がこの図を眺める容子に、注意深い眼を注いでいました。すると果然翁の顔も、見る見る曇ったではありませんか。

少時沈黙が続いた後、王氏は愈(いよいよ)不安そうに、怯ず怯ず翁へ声をかけました。

「如何です？　今も石谷先生は、大層褒めてくれましたが、——」

私は正直な煙客翁が、有体(ありてい)な返事をしはしないかと、内心冷や冷やしていました。しかし王氏を失望させるのは、さすがに翁も気の毒だったのでしょう。翁は秋山を見終ると、叮嚀(ていねい)に王氏へ答えました。

「これが御手にはいったのは、あなたの御運が好いのです。御家蔵の諸宝もこの後は、一段と光彩を添える事でしょう。」

しかし王氏はこの言葉を聞いても、やはり顔の憂色が、益(ますます)深くなるばかりです。

その時もし廉州先生が、遅れ馳せにでも来なかったなら、我々は更に気まずい思い

をさせられたに違いありません。しかし先生は幸いにも、煙客翁の賞讃が渋り勝ちになった時、快活に一座へ加わりました。
「これが御話の秋山図ですか？」
　先生は無造作な挨拶をしてから、黄一峯の画に対しました。そうして少時は黙然と、口髭ばかり噛んでいました。
「煙客先生は五十年前にも、一度この図を御覧になったそうです。」
　王氏は一層気づかわしそうに、こう説明を加えました。廉州先生はまだ翁から、一度も秋山の神逸を聞かされた事がなかったのです。
「どうでしょう？　あなたの御鑑裁は。」
　先生は歎息を洩らしたぎり、不相変画を眺めていました。
「御遠慮のない所を伺いたいのですが、——」
　王氏は無理に微笑しながら、再び先生を促しました。
「これですか？　これは——」
　廉州先生は又口を噤みました。
「これは？」
「これは痴翁第一の名作でしょう。——この雲煙の濃淡を御覧なさい。元気淋漓じゃありませんか。林木などの設色も、当に天造とも称すべきものです。あすこに遠峯が

一つ見えましょう。全体の布局があの為に、どの位活きているかわかりません。」

今まで黙っていた廉州先生は、王氏の方を顧ると、一々画の佳所を指さしながら、盛に感歎の声を挙げ始めました。その言葉と共に王氏の顔が、だんだん晴れやかになり出したのは、申し上げるまでもありますまい。

私はその間に煙客翁と、ひそかに顔を見合せました。

「先生、これがあの秋山図ですか？」

私が小声にこう云うと、煙客翁は頭を振りながら、妙な瞬きを一つしました。

「まるで万事が夢のようです。事によるとあの張家の主人は、狐仙か何かだったかも知れませんよ。」

　　　＊　　＊　　＊　　＊　　＊

「秋山図の話はこれだけです。」

王石谷は語り終ると、徐に一碗の茶を啜った。

「成程、不思議な話です。」

惲南田は、さっきから銅檠の焰を眺めていた。

「その後王氏も熱心に、いろいろ尋ねて見たそうですが、やはり痴翁の秋山図と云えば、あれ以外に張氏も知らなかったそうです。ですから昔煙客先生が見られたと云う

秋山図は、今でも何処かに隠れているか、或はそれが先生の記憶の間違いに過ぎないのか、どちらとも私にはわかりますまいし。まさか先生が張氏の家へ、秋山図を見に行かれた事が、全体幻でもありますまいし、——」
「しかし煙客先生の心の中には、その怪しい秋山図が、はっきり残っているのでしょう。それからあなたの心の中にも、——」
「山石の青緑だの紅葉の硃の色だのは、今でもあり／＼見えるようです。」
「では秋山図がないにしても、憾む所はないではありませんか？」
　惲王の両大家は、掌を抚って一笑した。

藪の中

読んだ人‥田辺聖子（『感傷旅行(センチメンタル・ジャーニイ)』で第五〇回芥川賞受賞）

作品『藪の中』

田辺聖子

　芥川龍之介は、短編の名手として名高いが、それは、作品のたたずまいが、品たかいからである。文章に気韻があり、快い緊張感がある。そういう作風は、短編に適う。

　好きな作品はいろいろあるが、ミステリー風の味が、現代っぽいところから、私の推すのは、『藪の中』。

　芥川には王朝趣味もあって、王朝期に材を採った作品も多い。かなり古典、それも『今昔物語』に親昵していたのか、『今昔』の匂いの著き小説が多いのは私の嬉しいところ。王朝末期の爛熟の世相の匂いは、芥川の嗜好に適ったのであろう。

　『藪の中』は、旅する夫とその妻、賊の三人三様の自白、供述で成り立つ。真実はどこに。夫は誰に殺されたのか。……作品のねらいは犯人あてではなく、人間それぞれの心にひそむエゴである。読み手によって、この作品の評価が分

れるところも、面白さの一つ。(私には、いつ読んでも新鮮な興趣を与えられる作品だが)

検非違使に問われたる木樵りの物語

さようでございます。あの死骸を見つけたのは、わたしに違いございません。わたしは今朝何時もの通り、裏山の杉を伐りに参りました。それは山陰の藪の中に、あの死骸があったのでございます。あった処でございますか？　それは山科の駅路からは、四五町程隔たって居りましょう。竹の中に痩せ杉の交った、人気のない所でございます。

死骸は縹の水干に、都風のさび烏帽子をかぶった儘、仰向けに倒れて居りました。何しろ一刀とは申すものの、胸もとの突き傷でございますから、死骸のまわりの落葉は、蘇芳に滲みたようでございます。いえ、血はもう流れては居りません。傷口も乾いて居ったようでございます。おまけに其処には、馬蠅が一匹、わたしの足音も聞えないように、べったり食いついて居りましたっけ。

太刀か何かは見えなかったか？　いえ、何もございません。唯その側の杉の根がたに、縄が一筋落ちて居りました。それから、——そうそう、縄の外にも櫛が一つございました。死骸のまわりにあったものは、この二つぎりでございます。が、草や竹の落葉は、一面に踏み荒されて居りましたから、きっとあの男は殺される前に、余程手

痛い働きでもでも致したのに違いございません。何、馬はいなかったか？　あそこは一体馬などには、はいれない所でございます。何しろ馬の通う路とは、藪一つ隔たっておりますから。

検非違使に問われたる旅法師の物語

あの死骸の男には、確かに昨日遇って居ります。昨日の、——さあ、午頃でございましょう。場所は関山から山科へ、参ろうと云う途中でございます。あの男は馬に乗った女と一しょに、関山の方へ歩いて参りました。女は牟子を垂れて居りましたから、顔はわたしにはわかりません。見えたのは唯萩重ねらしい、衣の色ばかりでございます。馬は月毛の、——確か法師髪の馬のようでございました。丈でございますか？　丈は四寸あまりもございましたか？　——何しろ沙門の事でございますから、その辺ははっきり存じません。男は、——いえ、太刀も帯びて居れば、弓矢も携えて居りました。殊に黒い塗り箙へ、二十あまり征矢をさしたのは、唯今でもはっきり覚えて居ります。

あの男がかようになろうとは、夢にも思わずにおりましたが、真に人間の命なぞは、如露亦如電に違いございません。やれやれ、何とも申しようのない、気の毒な事を致

しました。

検非違使に問われたる放免の物語

わたしが搦め取った男でございますか？これは確かに多襄丸と云う、名高い盗人でございます。尤もわたしが搦め取った時には、馬から落ちたのでございましょう、粟田口の石橋の上に、うんうん呻って居りました。時刻でございますか？時刻は昨夜の初更頃でございます。何時ぞやわたしが捉え損じた時にも、やはりこの紺の水干に、打出しの太刀を佩いて居りました。唯今はその外にも御覧の通り、弓矢の類さえ携えて居ります。さようでございますか？あの死骸の男が持っていたのも、──では人殺しを働いたのは、この多襄丸に違いございません。革を巻いた弓、黒塗りの箙、鷹の羽の征矢が十七本、──これは皆、あの男が持っていたものでございましょう。はい。馬も仰有る通り、法師髪の月毛でございます。その畜生に落されるとは、何かの因縁に違いございません。それは石橋の少し先に、長い端綱を引いた儘、路ばたの青芒を食って居りました。

この多襄丸と云うやつは、洛中に徘徊する盗人の中でも、女好きのやつでござい ま

検非違使に問われたる媼の物語

はい、あの死骸は手前の娘が、片附いた男でございます。が、都のものではございません。若狭の国府の侍でございます。名は金沢の武弘、年は二十六歳でございました。いえ、優しい気立でございますから、遺恨なぞ受ける筈はございません。

娘でございますか？　娘の名は真砂、年は十九歳でございます。これは男にも劣らぬ位、勝気の女でございますが、まだ一度も武弘の外には、男を持った事はございません。顔は色の浅黒い、左の眼尻に黒子のある、小さい瓜実顔でございます。

武弘は昨日娘と一しょに、若狭へ立ったのでございますが、こんな事になりましたやら、婿の事はあきらめましても、これだけは心配でなりません。何と云う因果でございましょう。しかし娘はどうなりましたやら、婿の事はあきらめましても、これだけは心配でなりません。どうかこの姥が一生のお願いでござい

す。昨年の秋鳥部寺の賓頭盧の後の山に、物詣でに来たらしい女房が一人、女の童と一しょに殺されていたのは、こいつの仕業だとか申して居りました。その月毛に乗っていた女も、こいつがあの男を殺したとなれば、何処へどうしたかわかりません。差出がましゅうございますが、それも御詮議下さいまし。

……(跡は泣き入りて言葉なし。)

＊＊＊＊＊＊

多襄丸の白状

あの男を殺したのはわたしです。しかし女は殺しはしません。では何処へ行ったのか？ それはわたしにもわからないのです。まあ、お待ちなさい。いくら拷問にかけられても、知らない事は申されますまい。その上わたしもこうなれば、卑怯な隠し立てはしないつもりです。

わたしは昨日の午少し過ぎ、あの夫婦に出会いました。その時風の吹いた拍子に、牟子の垂絹が上ったものですから、ちらりと女の顔が見えたのです。ちらりと、──見えたと思う瞬間には、もう見えなくなったのですが、一つにはその為もあったのでしょう、わたしにはあの女の顔が、女菩薩のように見えたのです。わたしはその刹嗟

の間に、たとい男は殺しても、女は奪おうと決心しました。何、男を殺すなぞは、あなた方の思っているように、大した事ではありません。どうせ女を奪うとなれば、必、男は殺されるのです。唯わたしは殺す時に、腰の太刀を使うのですが、あなた方は太刀は使わない、唯権力で殺す、金で殺す、どうかするとお為ごかしの言葉だけでも殺すでしょう。成程血は流れない、男は立派に生きている、――しかしそれでも殺したのです。罪の深さを考えて見れば、あなた方が悪いか、わたしが悪いか、どちらが悪いかわかりません。（皮肉なる微笑）

しかし男を殺さずとも、女を奪う事が出来れば、別に不足はない訳です。いや、その時の心もちでは、出来るだけ男を殺さずに、女を奪おうと決心したのです。が、あの山科の駅路では、とてもそんな事は出来ません。そこでわたしは山の中へ、あの夫婦をつれこむ工夫をしました。

これも造作はありません。わたしはあの夫婦と途づれになると、向うの山には古塚がある、この古塚を発いて見たら、鏡や太刀が沢山出た、わたしは誰も知らないように、山の陰の藪の中へ、そう云う物を埋めてある、もし望み手があるならば、どれでも安い値に売り渡したい、――と云う話をしたのです。男は何時かわたしの話に、だんだん心を動かし初めました。それから、――どうです、慾と云うものは恐しいではありませんか？　それから半時もたたない内に、あの夫婦はわたしと一しょに、山路

へ馬を向けていたのです。

わたしは藪の前へ来ると、宝はこの中に埋めてある、見に来てくれと云いました。男は慾に渇いていますから、異存のある筈はありません。が、女は馬も下りずに、待っていると云うのです。又あの藪の茂っているのを見ては、そう云うのも無理はありますまい。わたしはこれも実を云えば、思う壺にはまったのですから、女一人を残した儘、男と藪の中へはいりました。

藪は少時の間は竹ばかり。が、半町程行った処に、やや開いた杉むらがある、——わたしの仕事を仕遂げるのには、これ程都合の好い場所はありません。わたしは藪を押し分けながら、宝は杉の下に埋めてあると、尤もらしい嘘をつきました。男はわたしにそう云われると、もう痩せ杉が透いて見える方へ、一生懸命に進んで行きます。その内に竹が疎らになると、何本も杉が並んでいる、——わたしは其処へ来るが早いか、いきなり相手を組み伏せました。男も太刀を佩いているだけに、力は相当にあったようですが、不意を打たれてはたまりません。忽ち一本の杉の根がたへ、括りつけられてしまいました。縄ですか？縄は盗人の有難さに、何時塀を越えるかわかりませんから、ちゃんと腰につけていたのです。勿論声を出させない為にも、竹の落葉を頬張らせれば、外に面倒はありません。

わたしは男を片附けてしまうと、今度は又女の所へ、男が急病を起したらしいから、

見に来てくれと云いに行きました。これも図星に当ったのはありますまい。女は市女笠を脱いだ儘、わたしに手をとられながら、藪の奥へはいって来ました。ところが其処へ来て見ると、男は杉の根に縛られている、——女はそれを一目見るなり、何時の間にか懐から小刀を引き抜きました。わたしはまだ今までに、あの位気性の烈しい女は、一人も見た事がありません。もしその時でも油断していたらば、一突きに脾腹を突かれたでしょう。いや、それは身を躱した所が、無二無三に斬り立てられる内には、どんな怪我も仕兼ねなかったのです。が、わたしも多襄丸ですから、どうにかこうにか太刀も抜かずに、とうとう小刀を打ち落しました。いくら気の勝った女でも、得物がなければ仕方がありません。わたしはとうとう思い通り、男の命は取らずとも、女を手に入れる事は出来たのです。

男の命は取らずとも、——そうです。わたしはその上にも、男を殺すつもりはなかったのです。所が泣き伏した女を後に、藪の外へ逃げようとすると、女は突然わたしの腕へ、気違いのように縋りつきました。しかも切れ切れに叫ぶのを聞けば、あなたが死ぬか夫が死ぬか、どちらか一人死んでくれ、二人の男に恥を見せるのは、死ぬよりもつらいと云うのです。いや、その内どちらにしろ、生き残った男につれ添いたい、——そうも喘ぎ喘ぎ云うのです。わたしはその時猛然と、男を殺したい気になりました。（陰鬱なる興奮）

こんな事を申し上げるまでもなく、きっとわたしはあなた方より、残酷な人間に見えるでしょう。しかしそれはあなた方が、あの女の顔を見ないからです。殊にその一瞬間の、燃えるような瞳を見ないからです。わたしは女と眼を合せた時、たといその神鳴に打ち殺されても、この女を妻にしたいと思いました。妻にしたい、——わたしの念頭にあったのは、唯こう云う一事だけです。これはあなた方の思うように、卑しい色慾ではありません。もしその時色慾の外に、何も望みがなかったとすれば、わたしは女を蹴倒しても、きっと逃げてしまったでしょう。男もそうすればわたしの太刀に、血を塗る事にはならなかったのです。が、薄暗い藪の中に、じっと女の顔を見た刹那、わたしは男を殺さない限り、此処は去るまいと覚悟しました。

しかし男を殺すにしても、卑怯な殺し方はしたくありません。わたしは男の縄を解いた上、太刀打ちをしろと云いました。（杉の根がたに落ちていたのは、その時捨て忘れた縄なのです。）男は血相を変えた儘、太い太刀を引き抜きました。と思うと口も利かずに、憤然とわたしへ飛びかかりました。——その太刀打ちがどうなったかは、申し上げるまでもありますまい。わたしの太刀は二十三合目に、相手の胸を貫きました。二十三合目に、——どうかそれを忘れずに下さい。わたしは今でもこの事だけは感心だと思っているのです。わたしと二十合斬り結んだものは、天下にあの男一人だけですから。（快活なる微笑）

わたしは男が倒れると同時に、血に染まった刀を下げたなり、女の方を振り返りました。すると、――どうです、あの女は何処にもいないではありませんか？　わたしは女がどちらへ逃げたか、杉むらの間を探して見ました。が、竹の落葉の上には、それらしい跡も残っていません。又耳を澄ませて見ても、聞えるのは唯男の喉に、断末魔の音がするだけです。

事によるとあの女は、わたしが太刀打を始めるが早いか、人の助けでも呼ぶ為に、藪をくぐって逃げたのかも知れない。――わたしはそう考えると、今度はわたしの命ですから、太刀や弓矢を奪ったなり、すぐに又もとの山路へ出ました。其処にはまだ女の馬が、静かに草を食っています。その後の事は申し上げるだけ、無用の口数に過ぎますまい。唯、都へはいる前に、太刀だけはもう手放していました。――わたしの白状はこれだけです。どうせ一度は樗の梢に、懸ける首と思っていますから、どうか極刑に遇わせて下さい。（昂然たる態度）

清水寺に来れる女の懺悔

――その紺の水干を着た男は、わたしを手ごめにしてしまうと、縛られた夫を眺め

ながら、嘲るように笑いました。夫はどんなに無念だったでしょう。が、いくら身悶えをしても、体中にかかった縄目は、一層ひしひしと食い入るだけです。わたしは思わず夫の側へ、転ぶように走り寄りました。いえ、走り寄ろうとしたのです。しかし男は咄嗟の間に、わたしを其処へ蹴倒しました。丁度その途端です。わたしは夫の眼の中に、何とも云いようのない輝きが、宿っているのを覚えずにはいられません。何とも云いようのない、──わたしはあの眼を思い出すと、今でも身震いが出ずにはいられません。口さえ一言も利けない夫は、その刹那の眼の中に、一切の心を伝えたのです。しかも其処に閃いていたのは、怒りでもなければ悲しみでもない、──唯わたしを蔑んだ、冷たい光だったではありませんか? わたしは男に蹴られたよりも、その眼の色に打たれたように、我知らず何か叫んだぎり、とうとう気を失ってしまいました。

その内にやっと気がついて見ると、あの紺の水干の男は、もう何処かへ行っていました。跡には唯杉の根がたに、夫が縛られているだけです。わたしは竹の落葉の上に、やっと体を起したなり、夫の顔を見守りました。が、夫の眼の色は、少しもさっきと変りません。やはり冷たい蔑みの底に、憎しみの色を見せているのです。恥しさ、悲しさ、腹立たしさ、──その時のわたしの心の中は、何と云えば好いかわかりません。わたしはよろよろ立ち上りながら、夫の側へ近寄りました。

「あなた。もうこうなった上は、あなたと御一しょには居られません。わたしは一思

いに死ぬ覚悟です。しかし、——しかしあなたもお死になすって下さい。あなたはわたしの恥を御覧になりました。わたしはこの儘あなた一人、お残し申す訳には参りません。」

　わたしは一生懸命に、これだけの事を云いました。それでも夫は忌わしそうに、わたしを見つめているばかりなのです。わたしは裂けそうな胸を抑えながら、夫の太刀を探しました。が、あの盗人に奪われたのでしょう、太刀は勿論弓矢さえも、藪の中には見当りません。しかし幸い小刀だけは、わたしの足もとに落ちているのです。わたしはその小刀を振り上げると、もう一度夫にこう云いました。

「ではお命を頂かせて下さい。わたしもすぐにお供します。」

　夫はこの言葉を聞いた時、やっと脣を動かしました。勿論口には笹の落葉が、一ぱいにつまっていますから、声は少しも聞えません。が、わたしはそれを見ると、忽ちその言葉を覚りました。夫はわたしを蔑んだ儘、『殺せ』と一言云ったのです。わたしは殆ど、夢うつつの内に、夫の縹の水干の胸へ、ずぶりと小刀を刺し通しました。

　わたしは又この時も、気を失ってしまったのでしょう。やっとあたりを見まわした時には、夫はもう縛られた儘、とうに息が絶えていました。その蒼ざめた顔の上には、竹に交った杉むらの空から、西日が一すじ落ちているのです。わたしは泣き声を呑みながら、死骸の縄を解き捨てました。そうして、——そうしてわたしがどうなった

か？　それだけはもうわたしには、申し上げる力もありません。兎に角わたしはどうしても、死に切る力がなかったのです。小刀を喉に突き立てたり、山の裾の池へ身を投げたり、いろいろな事もして見ましたが、死に切れずにこうしているかぎり、これも自慢にはなりますまい。（寂しき微笑）わたしのように腑甲斐ないものは、大慈大悲の観世音菩薩も、お見放しなすったものかも知れません。しかし夫を殺したわたしは、盗人の手ごめに遇ったわたしは、一体どうすれば好いのでしょう？　一体わたしは、——わたしは、——（突然烈しき歔欷）

巫女の口を借りたる死霊の物語

——盗人は妻を手ごめにすると、其処へ腰を下した儘、いろいろ妻を慰め出した。おれは勿論口は利けない。体も杉の根に縛られている。が、おれはその間に、何度も妻へ目くばせをした。この男の云う事を真に受けるな、何を云っても嘘と思え、——おれはそんな意味を伝えたいと思った。しかし妻は悄然と笹の落葉に坐ったなり、じっと膝へ目をやっている。それがどうも盗人の言葉に、聞き入っているように見えるではないか？　おれは妬ましさに身悶えをした。が、盗人はそれからそれへと、巧妙に

話を進めている。一度でも肌身を汚したとなれば、夫との仲も折り合うまい。そんな夫に連れ添っているより、自分の妻になる気はないか？　自分はいとしいと思えばこそ、大それた真似も働いたのだ、──盗人はとうとう大胆にも、そう云う話さえ持ち出した。

盗人にこう云われると、妻はうっとりと顔を擡（もた）げた。おれはまだあの時程、美しい妻は見た事がない。しかしその美しい妻は、現在縛られたおれを前に、何と盗人に返事をしたか？　おれは中有に迷っていても、妻の返事を思い出す毎に、瞋恚（しんい）に燃えなかったためしはない。妻は確かにこう云った、──「では何処へでもつれて行って下さい。」（長き沈黙）

妻の罪はそれだけではない。それだけならばこの闇の中に、いま程おれも苦しみはしまい。しかし妻は夢のように、盗人に手をとられながら、藪の外へ行こうとすると、忽（たちま）ち顔色（がんしょく）を失ったなり、杉の根のおれを指さした。「あの人を殺して下さい。わたしはあの人が生きていては、あなたと一しょにはいられません。」──妻は気が狂ったように、何度もこう叫び立てた。「あの人を殺して下さい。」──この言葉は嵐のように、今でも遠い闇の底へ、まっ逆様におれを吹き落そうとする。一度でもこの位憎むべき言葉が、人間の口を出た事があろうか？　一度でもこの位呪わしい言葉が、人間の耳に触れた事があろうか？　一度でもこの位、──（突然迸（ほとばし）る如き嘲笑（ちょうしょう））その言

葉を聞いた時は、盗人さえ色を失ってしまった。「あの人を殺して下さい。」——妻はそう叫びながら、盗人の腕に縋がっている。「あの人を殺して下さい。」——妻は何度もこう叫んだ。これはおれを夢うつつの中に、今でもおれを吹き倒しそうな勢いを持っている。これ程憎むべき言葉が一度でも人間の口を出たことがあろうか？これ程呪わしい言葉が一度でも人間の耳に触れたことがあろうか？これ程、——（突然ほとばしるような嘲笑）その言葉を聞いた時は、盗人さえ色を失ってしまった。「あの女はどうするつもりだ？殺すか、それとも助けてやるか？返事は唯頷けば好い。殺すか？」——おれはこの言葉だけでも、盗人の罪は赦してやりたい。（再、長き沈黙）

妻はおれがためらう内に、何か一声叫ぶが早いか、忽ち藪の奥へ走り出した。盗人も咄嗟に飛びかかったが、これは袖さえ捉えなかったらしい。おれは唯幻のように、そう云う景色を眺めていた。

盗人は妻が逃げ去った後、太刀や弓矢を取り上げると、一箇所だけおれの縄を切った。「今度はおれの身の上だ。」——おれは盗人が藪の外へ、姿を隠してしまう時に、こう呟いたのを覚えている。その跡は何処も静かだった。いや、まだ誰かの泣く声がする。おれは縄を解きながら、じっと耳を澄ませて見た。が、その声も気がついて見れば、おれ自身の泣いている声だったではないか？（三度、長き沈黙）

おれはやっと杉の根から、疲れ果てた体を起した。おれの前には妻が落した、小刀が一つ光っている。おれはそれを手にとると、一突きにおれの胸へ刺した。何か腥い

塊がおれの口へこみ上げて来る。が、苦しみは少しもない。唯胸が冷たくなると、一層あたりがしんとしてしまった。ああ、何と云う静かさだろう。この山陰の藪の空には、小鳥一羽囀りに来ない。唯杉や竹の杪に、寂しい日影が漂っている。日影が、――それも次第に薄れて来る。もう杉や竹も見えない。おれは其処に倒れた儘、深い静かさに包まれている。
　その時誰か忍び足に、おれの側へ来たものがある。おれはそちらを見ようとした。が、おれのまわりには、何時か薄闇が立ちこめている。誰か、――その誰かは見えない手に、そっと胸の小刀を抜いた。同時におれの口の中には、もう一度血潮が溢れて来る。おれはそれぎり永久に、中有の闇へ沈んでしまった。………

トロッコ

読んだ人：藤原智美

作品『トロッコ』

怯えつづける存在として

藤原智美

　映画やドラマでのトロッコは知っているが、実物は見たことがない。だから実感がわかないのだ。若い読者なら、なおのことそうだろう。けれど、この作品の主人公は、ようやく鉄道が敷設されようかという時代に生きている子供だ。トロッコが彼を夢中にさせる乗り物であったことは、文面にも十二分に表現されている。今ならさしずめ、富士急ハイランドの絶叫マシーンというところだろうか。
　もちろんここでのトロッコは単なる手押しの貨車ではない。八歳の子供が田舎の集落から、外の広い世界をのぞきたいという願望の象徴でもあるだろう。彼はそれに乗る。けれど幼い冒険心はすぐにしぼみ、ふたたび集落へと逃げ帰る。その不安におののく少年の心情は見事に描写されている。
　私も幼いころ、近所の子供たちと同じような体験をした。町はずれのむこう

にクワガタやカブトムシのいる鎮守の森があった。そこへ出かけたのだが、着いたときはすでに薄暗く虫取りどころではなかった。街路灯もない帰り道は足元もおぼつかず、私たちは身を寄せあって進んだ。もし一人だったら、この主人公の少年のように「命さえ助かれば――」くらいの恐怖を覚えたかも知れない。

少年が村へ帰還したときの場面は、あのときの体験を蘇らせた。その心細さ、不安がわずか数行の記述のなかにこめられている。芥川は執拗に推敲を重ねる作家だったというが、ここでも言葉を増やしたり削ったり、くり返したのだろうか？

この佳作のラストを巡って議論になったことがある。「全然何の理由もないのに？――塵労に疲れた彼の前に……」の二行ばかりが不用ではないかという大胆な意見が出た。それがなければ作品の意味がないという者もいた。結論はとうとう出なかった。

ただまちがいないのは、少年を主人公とするこの作品が教養小説的な成長のドラマとはまるで無縁な、人間が成長しても常にかかえ続ける「怯え」をテーマにしていることだ。人は大人になっても子供としての不安と葛藤をかかえた

―― まま存在する。誰しも子供時代の「怯え」の記憶を一つや二つ隠し持っているものだ。この作品の価値は成人した大人のそうした心の深層を、厳選されたわずかな言葉で摘出しているところである。

トロッコ

小田原熱海間に、軽便鉄道敷設の工事が始まったのは、良平の八つの年だった。良平は毎日村外れへ、その工事を見物に行った。工事を――といった所が、唯トロッコで土を運搬する――それが面白さに見に行ったのである。

トロッコの上には土工が二人、土を積んだ後に佇んでいる。トロッコは山を下るのだから、人手を借りずに走って来る。煽るように車台が動いたり、土工の袢天の裾がひらついたり、細い線路がしなったり――良平はそんなけしきを眺めながら、土工になりたいと思う事がある。せめては一度でも土工と一しょに、トロッコへ乗りたいと思う事もある。トロッコは村外れの平地へ来ると、自然と其処に止まってしまう。と同時に土工たちは、身軽にトロッコを飛び降りるが早いか、その線路の終点の山の方へ車の土をぶちまける。それから今度はトロッコを押し押し、もと来た山の方へ登り始める。良平はその時乗れないまでも、押す事さえ出来たらと思うのである。

或夕方、――それは二月の初旬だった。良平は二つ下の弟や、弟と同じ年の隣の子供と、トロッコの置いてある村外れへ行った。トロッコは泥だらけになった儘、薄明るい中に並んでいる。が、その外は何処を見ても、土工たちの姿は見えなかった。三人の子供は恐る恐る、一番端にあるトロッコを押した。トロッコは三人の力が揃うと、突然ごろりと車輪をまわしました。良平はこの音にひやりとした。しかし二度目の車輪の

音は、もう彼を驚かさなかった。ごろり、ごろり、三人の手に押されながら、そろそろ線路を登って行った。その内に彼是十間程来ると、線路の勾配が急になり出した。

「さあ、乗ろう！」

彼等は一度に手をはなすと、トロッコの上へ飛び乗った。トロッコは最初徐ろに、それから見る見る勢よく、一息に線路を下り出した。その途端につき当りの風景は、忽ち両側へ分かれるように、ずんずん目の前へ展開して来る。顔に当る薄暮の風、足の下に躍るトロッコの動揺、——良平は殆ど有頂天になった。

しかしトロッコは二三分の後、もう元の終点に止まっていた。

「さあ、もう一度押すじゃあ。」

良平は年下の二人と一しょに、又トロッコを押し上げにかかった。が、まだ車輪も動かない内に、突然彼等の後には、誰かの足音が聞え出した。のみならずそれは聞え出したと思うと、急にこう云う怒鳴り声に変った。

「この野郎！　誰に断ってトロに触った？」

其処には古い印袢天に、季節外れの麦藁帽をかぶった、背の高い土工が佇んでいる。

——そう云う姿が目にはいった時、良平は年下の二人と一しょに、もう五六間逃げ出していた。——それぎり良平は使の帰りに、人気のない工事場のトロッコを見ても、二度と乗って見ようと思った事はない。唯その時の姿は、今でも良平の頭の何処かに、はっきりした記憶を残している。薄明りの中に仄めいた、小さい黄色の麦藁帽、——しかしその記憶さえも、年毎に色彩は薄れるらしい。

　その後十日余りたってから、良平は又たった一人、午過ぎの工事場に佇みながら、トロッコの来るのを眺めていた。すると土を積んだトロッコの外に、枕木を積んだトロッコが一輛、これは本線になる筈の、太い線路を登って来た。このトロッコを押しているのは、二人とも若い男だった。良平は彼等を見た時から、何だか親しみ易いような気がした。「この人たちならば叱られない。」

　彼はそう思いながら、トロッコの側へ駈けて行った。

「おじさん。押してやろうか？」

　その中の一人、——縞のシャツを着ている男は、俯向きにトロッコを押した儘、思った通り快い返事をした。

「おお、押してくよう。」

　良平は二人の間にはいると、力一杯押し始めた。

「われは中中力があるな。」

他の一人、——耳に巻煙草を挟んだ男も、こう良平を褒めてくれた。
その内に線路の勾配は、だんだん楽になり始めた。「もう押さなくとも好い。」——良平は今にも云われるかと内心気がかりでならなかった。が、若い二人の土工は、前よりも腰を起こしたぎり、黙黙と車を押し続けていた。良平はとうとうこらえ切れず
に、怯ず怯ずこんな事を尋ねて見た。
「何時までも押していて好い？」
「好いとも。」
二人は同時に返事をした。良平は「優しい人たちだ」と思った。
五六町余り押し続けたら、線路はもう一度急勾配になった。其処には両側の蜜柑畑に、黄色い実がいくつも日を受けている。
「登り路の方が好い、何時までも押させてくれるから。」——良平はそんな事を考えながら、全身でトロッコを押すようにした。
蜜柑畑の間を登りつめると、急に線路は下りになった。縞のシャツを着ている男は、良平に「やい、乗れ」と云った。良平は直に飛び乗った。トロッコは三人が乗り移ると同時に、蜜柑畑の匂を煽りながら、ひた辷りに線路を走り出した。「押すよりも乗る方がずっと好い。」——良平は羽織に風を孕ませながら、当り前の事を考えた。「行きに押す所が多ければ、帰りに又乗る所が多い。」——そうも考えたりした。

竹藪のある所へ来ると、トロッコは静かに走るのを止めた。三人は又前のように、重いトロッコを押し始めた。竹藪は何時か雑木林になった。爪先上りの所々には、赤錆びの線路も見えない程、落葉のたまっている場所もあった。その路をやっと登り切ったら、今度は高い崖の向うに、広広と薄ら寒い海が開けた。と同時に良平の頭には、余り遠く来過ぎた事が、急にはっきりと感じられた。

三人は又トロッコへ乗った。車は海を右にしながら、雑木の枝の下を走って行った。しかし良平はさっきのように、面白い気もちにはなれなかった。「もう帰ってくれれば好い。」——彼はそう念じて見た。が、行く所まで行きつかなければ、トロッコも彼等も帰れない事は、勿論彼にもわかり切っていた。

その次に車の止まったのは、切崩した山を背負っている、藁屋根の茶店の前だった。二人の土工はその店へはいると、乳呑児をおぶった上さんを相手に、悠悠と茶などを飲み始めた。良平は独りいらいらしながら、トロッコのまわりをまわって見た。トロッコには頑丈な車台の板に、跳ねかえった泥が乾いていた。

少時の後茶店を出て来しなに、巻煙草を耳に挟んだ男は、（その時はもう挟んでいなかったが）トロッコの側にいる良平に新聞紙に包んだ駄菓子をくれた。良平は冷淡に「難有う」と云った。が、直に冷淡にしては、相手にすまないと思い直した。彼はその冷淡さを取り繕うように、包み菓子の一つを口へ入れた。菓子には新聞紙にあっ

たらしい、石油の匂いがしみついていた。
　三人はトロッコを押しながら緩い傾斜を登って行った。
良平は車に手をかけていても、心は外の事を考えていた。
その坂を向うへ下り切ると、又同じような茶店があった。
その後、良平はトロッコに腰をかけようとした。が、トロッコには花のさいた梅に、西日の光が消えかかっている。「もう日が暮れる。」——彼はそう考えると、ぼんやり腰かけてもいられなかった。トロッコの車輪を蹴って見たり、一人では動かないのを承知しながらうんうんそれを押して見たり、——そんな事に気もちを紛らせていた。
　所が土工たちは出て来ると、車の上の枕木に手をかけながら、無造作に彼にこう云った。
「われはもう帰んな。おれたちは今日は向う泊りだから。」
「あんまり帰りが遅くなるとわれの家でも心配するずら。」
　良平は一瞬間呆気にとられた。もう彼是暗くなる事、去年の暮母と岩村まで来たが、今日の途はその三四倍ある事、それを今からたった一人、歩いて帰らねばならない事、——そう云う事が一時にわかったのである。良平は殆ど泣きそうになった。が、泣いても仕方がないと思った。泣いている場合ではないとも思った。彼は若い二人の土工

に、取って附けたような御時宜をすると、どんどん線路伝いに走り出した。
良平は少時無我夢中に線路の側を走り続けた。その内に懐の菓子包みが、邪魔になる事に気がついたから、それを路側へ抛り出す次手に、板草履も其処へ脱ぎ捨ててしまった。すると薄い足袋の裏へじかに小石が食いこんだが、足だけは遥かに軽くなった。彼は左に海を感じながら、急な坂路を駈け登った。時時涙がこみ上げて来ると、自然に顔が歪んで来る。——それは無理に我慢しても、鼻だけは絶えずくうくう鳴った。

竹藪の側を駈け抜けると、夕焼けのした日金山の空も、もう火照りが消えかかっていた。良平は愈気が気でなかった。往きと返りと変るせいか、景色の違うのも不安だった。すると今度は着物までも、汗の濡れ通ったのが気になったから、やはり必死に駈け続けたなり、羽織を路側へ脱いで捨てた。

蜜柑畑へ来る頃には、あたりは暗くなる一方だった。「命さえ助かれば」——良平はそう思いながら、辷ってもつまずいても走って行った。

やっと遠い夕闇の中に、村外れの工事場が見えた時、良平は一思いに泣きたくなった。しかしその時もべそはかいたが、とうとう泣かずに駈け続けた。

彼の村へはいって見ると、もう両側の家家には、電灯の光がさし合っていた。良平はその電灯の光に、頭から汗の湯気の立つのが、彼自身にもはっきりわかった。井戸

端に水を汲んでいる女衆や、畑から帰って来る男衆は、良平が喘ぎ喘ぎ走るのを見ては、「おいどうしたね?」などと声をかけた。が、彼は無言の儘、雑貨屋だの床屋だの、明るい家の前を走り過ぎた。

彼の家の門口へ駈けこんだ時、良平はとうとう大声に、わっと泣き出さずにはいられなかった。その泣き声は彼の周囲へ、一時に父や母を集まらせた。殊に母は何とか云いながら、良平の体を抱えるようにした。が、良平は手足をもがきながら、啜り上げ啜り上げ泣き続けた。その声が余りに激しかったせいか、近所の女衆も三四人、薄暗い門口へ集って来た。父母は勿論その人たちは、口々に彼の泣く訣を尋ねた。しかし彼は何と云われても泣きたてるより外に仕方がなかった。あの遠い路を駈け通して来た、今までの心細さをふり返ると、いくら大声に泣き続けても、足りない気もちに迫られながら、……

良平は二十六の年、妻子と一しょに東京へ出て来た。今では或雑誌社の二階に、校正の朱筆を握っている。が、彼はどうかした拍子に、全然何の理由もないのに?——塵労に疲れた彼の前には今でもやはりその時のように、薄暗い藪や坂のある路が、細細と一すじ断続している。

……

346

玄鶴山房

読んだ人：平野啓一郎

作品『玄鶴山房』　　　　　　　　　　　平野啓一郎

　『玄鶴山房』は、良くも悪くも、芥川という特異な作家の資質が圧縮されたような作品。モダニストとしての谷崎と芥川との比較は、再度、検討すべき課題であろう。二十代から三十代にかけて、二人が手を替え品を替え取り組んだ作品群の多様さは、そのこと自体特筆されるべきだが、本作を読むと、谷崎的な「執着」がそこから更なる創作活動の長寿を約束していたのに対して、芥川的な「懐疑」がむしろそれを衰弱させてゆくしかなかったことがよく理解される。芥川が「ぼんやりした不安」とともに見据えていた「老年」とは、こうした現実の謂に外ならなかった。

一

　……それは小ぢんまりと出来上った、奥床しい門構えの家だった。尤もこの界隈にはこう云う家も珍しくはなかった。が、「玄鶴山房」の額や塀越しに見える庭木などはどの家よりも数奇を凝らしていた。
　この家の主人、堀越玄鶴は画家としても多少は知られていた。しかし資産を作ったのはゴム印の特許を受けた為だった。或はゴム印の特許を受けてから地所の売買をした為だった。現に彼が持っていた郊外の或地面などは生姜さえ出来ないらしかった。けれども今はもう赤瓦の家や青瓦の家の立ち並んだ所謂「文化村」に変っていた。
　……
　しかし「玄鶴山房」は兎に角小ぢんまりと出来上った、奥床しい門構えの家だった。殊に近頃は見越しの松に雪よけの縄がかかったり、玄関の前に敷いた枯れ松葉に藪柑子の実が赤らんだり、一層風流に見えるのだった。のみならずこの家のある横町も殆ど人通りと云うものはなかった。豆腐屋さえそこを通る時には荷を大通りへおろしたなり、喇叭を吹いて通るだけだった。
「玄鶴山房——玄鶴と云うのは何だろう？」

たまたまこの家の前を通りかかった、髪の毛の長い画学生は細長い絵の具箱を小脇にしたまま、同じ金釦(きんボタン)の制服を着たもう一人の画学生にこう言ったりした。
「何だかな、まさか厳格と云う洒落(しゃれ)でもあるまい。」
彼等は二人とも笑いながら、気軽にこの家の前を通って行った。そのあとには唯凍て切った道に彼等のどちらかが捨てて行った「ゴルデン・バット」の吸い殻が一本、かすかに青い一すじの煙を細ぼそと立てているばかりだった。……

二

　重吉は玄鶴の婿(むこ)になる前から或銀行へ勤めていた。従って家に帰って来るのはいつも電灯のともる頃だった。彼はこの数日以来、門の内へはいるが早いか、忽ち妙な臭気を感じた。それは老人には珍しい肺結核の床に就いている玄鶴の息の匂だった。が、勿論(もちろん)家の外にはそんな匂の出る筈はなかった。冬の外套の腋(わき)の下に折鞄(おりかばん)を抱えた重吉は玄関前の踏み石を歩きながら、こういう彼の神経を怪しまない訣(わけ)には行かなかった。
　玄鶴は「離れ」に床をとり、横になっていない時には夜着の山によりかかっていた。重吉は外套や帽子をとると、必ずこの「離れ」へ顔を出し、「唯今(ただいま)」とか「きょうは如何(いか)ですか」とか言葉をかけるのを常としていた。しかし「離れ」の閾(しきい)の内へは滅多

に足も入れたことはなかった。それは舅の肺結核に感染するのを怖れる為でもあり、又一つには息の匂ひを不快に思ふ為でもあつた。玄鶴は彼の顔を見る度にいつも唯「あ」とか「お帰り」とか答へた。その声は又力の無い、声よりも息に近いものだつた。重吉は舅にかう言はれると、時々彼の不人情に後ろめたい思ひもしない訣ではなかつた。けれども「離れ」へはいることはどうも彼には無気味だつた。

それから重吉は茶の間の隣りにやはり床に就いてゐる姑のお鳥を見舞ふのだつた。お鳥は玄鶴の寝こまない前から、——七八年前から腰抜けになり、便所へも通えない体になつてゐた。玄鶴が彼女を貰つたのは彼女が或大藩の家老の娘と云ふ外にも器量望みからだと云ふことだつた。彼女はそれだけに年をとつても、どこか目などは余りミイラかつた。しかしこれも床の上に坐り、丹念に白足袋などを繕つてゐるのは余りミイラと変らなかつた。重吉はやはり彼女にも「お母さん、きようはどうですか？」と云ふ、手短な一語を残したまま、六畳の茶の間へはいるのだつた。

妻のお鈴は茶の間にゐなければ、信州生まれの女中のお松と狭い台所に働いてゐた。小綺麗に片づいた茶の間は勿論、文化竈を据えた台所さへ舅や姑の居間よりも遥かに重吉には親しかつた。彼は一時は知事などにもなつた或政治家の次男だつた。が、豪傑肌の父親よりも昔の女流歌人だつた母親に近い秀才だつた。それは又彼の人懐こい目や細つそりした頤にも明らかだつた。重吉はこの茶の間へはいると、洋服を和服に

着換えた上、楽々と長火鉢の前に坐り、安い葉巻を吹かしたり、今年やっと小学校にはいった一人息子の武夫をからかったりした。

重吉はいつもお鈴や武夫とチャブ台を囲んで食事をした。彼等の食事は賑かだったが、近頃は「賑か」と云っても、どこか又窮屈にも違いなかった。尤も武夫は「甲野さん」がいても、ふざけるのに少しも変らなかった。いや、或は「甲野さん」がいる為に余計ふざける位だった。お鈴は時々眉をひそめ、こう云う武夫を睨んだりした。しかし武夫はきょとんとしたまま、わざと大仰に茶碗の飯を掻きこんで見せたりするだけだった。重吉は小説などを読んでいるだけに武夫のはしゃぐのにも「男」を感じ、不快になることもないではなかった。が、大抵は微笑したぎり、黙って飯を食っているのだった。

「玄鶴山房」の夜は静かだった。朝早く家を出る武夫は勿論、重吉夫婦も大抵は十時には床に就くことにしていた。その後でもまだ起きているのは九時前後から夜伽をする看護婦の甲野ばかりだった。甲野は玄鶴の枕もとに赤あかと火の起った火鉢を抱え、居睡りもせずに坐っていた。玄鶴は、——玄鶴も時々は目を醒ましていた。が、湿布が冷えたとか云う以外に殆ど口を利いたことはなかった。こう云う「離れ」にも聞えて来るものは植え込みの竹の戦ぎだけだった。甲野は薄ら寒い静かさの中にじっと玄鶴を見守ったまま、いろいろのことを考えていた。この一家

三

　或雪の晴れ上った午後、二十四五の女が一人、か細い男の子の手を引いたまま、引き窓越しに青空の見える堀越家の台所へ顔を出した。重吉は勿論家にいなかった。丁度ミシンをかけていたお鈴は多少予期はしていたものの、ちょっと当惑に近いものを感じた。しかし兎に角この客を迎えに長火鉢の前を立って行った。客は台所へ上った後、彼女自身の履き物や男の子の靴を揃え直した。（男の子は白いスウエタアを着ていた。）彼女がひけ目を感じていることはこう云う所作だけにも明らかだった。がそれも無理はなかった。彼女はこの五六年以来、東京の或近在に玄鶴が公然と囲って置いた女中上りのお芳だった。
　お鈴はお芳の顔を見た時、存外彼女が老けたことを感じた。しかもそれは顔ばかりではなかった。お芳は四五年以前には円まると肥った手をしていた。が、年は彼女の手さえ静脈の見えるほど細らせていた。それから彼女が身につけたものも、――お鈴は彼女の安ものの指環に何か世帯じみた寂しさを感じた。
「これは兄が檀那様に差し上げてくれと申しましたから。」

お芳は愈気後れのしたように古い新聞紙の包みを一つ、茶の間へ膝を入れる前にそっと台所の隅へ出した。折から洗いものをしていたお松はせっせと手を動かしながら、水々しい銀杏返しに結った頭をちょっと後ろへ振り向けた。が、この新聞紙の包みを見ると、更に悪意のある表情をした。お芳はお松を見なかったものの、少くともお鈴の顔色に妙なけはいを感じたらしかった。それから指を噛んでいた子供に「さあ、これは、あの、大蒜でございます」と説明した。それから指を噛んでいた子供に「さあ、坊ちゃん、お時宜なさい」と声をかけた。男の子は勿論玄鶴がお芳に生ませた文太郎だった。その子供をお芳が「坊ちゃん」と呼ぶのはお鈴には如何にも気の毒だった。けれども彼女の常識はすぐにそれもこう云う女には仕かたがないことと思い返した。お鈴はさりげない顔をしたまま、茶の間の隅に坐った親子に有り合せの菓子や茶などをすすめ、玄鶴の容態を話したり、文太郎の機嫌をとったりし出した。……

玄鶴はお芳を囲い出した後、省線電車の乗り換えも苦にせず、一週間に一二度ずつは必ず妾宅へ通って行った。お鈴はこう云う父の気もちに始めのうちは嫌悪を感じていた。「ちっとはお母さんの手前も考えれば善いのに。」――そんなことも度たび考えたりした。尤もお鳥は何ごとも詮め切っているらしかった。しかしお鈴はそれだけ一層母を気の毒に思い、父が妾宅へ出かけた後でも母には「きょうは詩の会ですって」

などと白々しい譃をついたりしていた。その譃が役に立たないことは彼女自身も知らないのではなかった。が、時々母の顔に冷笑に近い表情を見ると、譃をついたことを後悔する、――と云うよりも寧ろ彼女の心も汲み分けてくれない腰ぬけの母に何か情無さを感じ勝ちだった。

お鈴は父を送り出した後、一家のことを考える為にミシンの手をやめるのも度たびだった。玄鶴はお芳を囲い出さない前にも彼女には「立派なお父さん」ではなかった。しかし勿論そんなことは気の優しい彼女にはどちらでも善かった。唯彼女に気がかりだったのは父が書画骨董までもずんずん妾宅へ運ぶことだった。お鈴はお芳が女中だった時から、彼女を悪人と思ったことはなかった。いや、寧ろ人並みよりも内気な女と思っていた。が、東京の或場末に肴屋をしているお芳の兄は何をたくらんでいるかわからなかった。実際又彼は彼女の目には妙に悪賢い男らしかった。お鈴は時々重吉をつかまえ、彼女の心配を打ち明けたりした。けれども彼は取り合わなかった。「僕からお父さんに言う訣には行かない。」――お鈴は彼にこう言われて見ると、黙ってしまうより外はなかった。

「まさかお父さんも羅両峯の画がお芳にわかるとも思っていないんでしょうが。」

重吉も時たまお鳥にはそれとなしにこんなことも話したりしていた。が、お鳥は重吉を見上げ、いつも唯苦笑してこう言うのだった。

「あれがお父さんの性分なのさ。何しろお父さんはあたしにさえ『この硯はどうだ?』などと言う人なんだからね。」

しかしそんなことも今になって見れば、誰にも莫迦々々しい心配だった。玄鶴は今年の冬以来、どっと病の重った為に妾宅通いも出来なくなると、重吉が持ち出した手切れ話に（尤もその話の条件などは事実上彼よりもお鳥やお鈴が拵えたと言うのに近いものだった）存外素直に承諾した。それは又お鈴が恐れていたお芳の兄も同じことだった。お芳は千円の手切れ金を貰い、上総の或海岸にある両親の家へ帰った上、月々文太郎の養育料として若干の金を送って貰う、——彼はこう云う条件に少しも異存を唱えなかった。のみならず妾宅に置いてあった玄鶴の秘蔵の煎茶道具なども催促されぬうちに運んで来た。お鈴は前に疑っていただけに一層彼に好意を感じた。

「就きましては妹のやつが若しお手でも足りませんようなら、御看病に上りたいと申しておりますんですが。」

お鈴はこの頼みに応じる前に腰ぬけの母に相談した。それは彼女の失策と云っても差支えないものに違いなかった。お鳥は彼女の相談を受けると、あしたにもお芳に文太郎をつれて来て貰うように勧め出した。お鈴は母の気もちの外にも一家の空気の擾みだされるのを惧れ、何度も母に考え直させようとした。（その癖又一面には父の玄鶴とお芳の兄との中間に立っている関係上、いつか素気なく先方の頼みを断れない気も

ちにも落ちこんでいた）が、お鳥は彼女の言葉をどうしても素直には取り上げなかった。

「これがまだあたしの耳へはいらない前ならば格別だけれども、――お芳の手前も羞しいやね。」

お鈴はやむを得ずお芳の兄にお芳の来ることを承諾した。それも亦或は世間を知らない彼女の失策だったかも知れなかった。現に重吉は銀行から帰り、お鈴にこの話を聞いた時、女のように優しい眉の間にちょっと不快らしい表情を示した。「そりゃ人手が殖えることは難有いにも違いないがね。……お父さんにも一応話して見れば善いのに。お父さんから断るのならばお前にも責任のない訣なんだから。」――そんなことも口に出して言ったりした。お鈴はいつになく鬱ぎこんだまま、――お芳に勿論未練のあある瀬などと返事をしていた。しかし玄鶴に相談することは、――お芳に勿論未練のある瀬死の父に相談することは今になって見ても出来ない相談に違いなかった。

……お鈴はお芳親子を相手にしながら、こう云う曲折を思い出したりした。お芳は長火鉢に手もかざさず、途絶え勝ちに彼女の兄のことや文太郎のことを話していた。彼女の言葉はこの田舎訛りにいつか彼女の心もちも或気安さを持ち出したのを感じた。お鈴はこの田舎訛のように「それは」をSo-rya と発音する田舎訛りを改めなかった。

同時に又襖一重向うに咳一つしずにいる母のお鳥に何か漠然とした不安も感じた。

「じゃ一週間位はいてられるの？」
「はい、こちら様さえお差支えございませんければ。」
「でも着換え位なくっちゃいけなかないの？」
「それは兄が夜分にでも届けると申しておりましたから。」
お芳はこう答えながら、退屈らしい文太郎に懐のキャラメルを出してやったりした。
「じゃお父さんにそう言って来ましょう。お父さんもすっかり弱ってしまってね。障子の方へ向っている耳だけ霜焼けが出来たりしているのよ。」
お鈴は長火鉢の前を離れる前に何となしに鉄瓶をかけ直した。
「お母さん。」
お鈴は何か返事をした。それはやっと彼女の声に目を醒ましたらしい粘り声だった。
「お母さん。お芳さんが見えましたよ。」
お鈴はほっとした気もちになり、お芳の顔を見ないように早速長火鉢の前を立ち上った。それから次の間を通りしなにもう一度「お芳さんが」と声をかけた。お鳥は横になったまま、夜着の襟に口もとを埋めていた。が、彼女を見上げると、目だけに微笑に近いものを浮かべ、「おや、まあ、よく早く」と返事をした。お鈴ははっきりと彼女の背中にお芳の来ることを感じながら、雪のある庭に向った廊下をそわそわ「離れ」へ急いで行った。

「離れ」は明るい廊下から突然はいって来たお鈴の目には実際以上に薄暗かった。玄鶴は丁度起き直ったまま、甲野に新聞を読ませていた。が、お鈴の顔を見ると、いきなり「お芳か？」と声をかけた。それは妙に切迫した、詰問に近い嗄れ声だった。お鈴は襖側に佇んだなり、反射的に「ええ」と返事をした。それから、――誰も口を利かなかった。

「すぐにここへよこしますから。」

「うん。……お芳一人かい？」

「いいえ。……」

玄鶴は黙って頷いていた。

「じゃ甲野さん、ちょっとこちらへ。」

お鈴は甲野よりも一足先に小走りに廊下を急いで行った。丁度雪の残った棕櫚の葉の上には鶴鶉が一羽尾を振っていた。しかし彼女はそんなことよりも病人臭い「離れ」の中から何か気味の悪いものがついて来るように感じてならなかった。

　　　四

　お芳が泊りこむようになってから、一家の空気は目に見えて険悪になるばかりだっ

た。それはまず武夫が文太郎をいじめることから始まっていた。文太郎は父の玄鶴よりも母のお芳に似た子供だった。しかも気の弱い所まで母のお芳に似ているらしかった。が時々は文太郎を意気地なしと思うこともあるらしかった。

看護婦の甲野は職業がら、冷やかにこのありふれた家庭の悲劇を眺めていた、——と云うよりも寧ろ享楽していた。彼女の過去は暗いものだった。彼女は病家の主人だの病院の医者だのとの関係上、何度一塊の青酸加里を嚥もうとしたことだか知れなかった。この過去はいつか彼女の心に他人の苦痛を享楽する病的な興味を植えつけていた。彼女は堀越家へはいって来た時、腰ぬけのお鳥が便をする度に手を洗わないのを発見した。「この家のお嫁さんは気が利いている。あたしたちにも気づかないように水を持って行ってやるようだから。」——そんなことも一時は疑深い彼女の心に影を落した。が、四五日いるうちにそれは全然お嬢様育ちのお鈴の手落ちだったのを発見した。彼女はこの発見に何か満足に近いものを感じ、お鳥の便をする度に洗面器の水を運んでやった。

「甲野さん、あなたのおかげさまで人間並みに手が洗えます。」

お鳥は手を合せて涙をこぼした。甲野はお鳥の喜びには少しも心を動かさなかった。しかしそれ以来三度に一度は水を持って行かなければならぬお鈴を見ることは愉快だ

った。従ってこう云う彼女には玄鶴山房にはお芳親子に同情のあるらしい素振りを示した。同時に又お鳥にはお芳親子に悪意のあるらしい素振りを示した。それはたとい徐ろにもせよ、確実に効果を与えるものだった。

お芳が泊ってから一週間ほどの後、武夫は又文太郎と喧嘩をした。喧嘩は唯豚の尻っ尾は柿の蔕に似ているとか似ていないとか云うことから始まっていた。武夫は彼の勉強部屋の隅に、——玄関の隣の四畳半の隅にか細い文太郎を押しつけた上、さんざん打ったり蹴ったりした。そこへ丁度来合せたお芳は泣き声も出ない文太郎を抱き上げ、こう武夫をたしなめにかかった。

「坊ちゃん、弱いものいじめをなすってはいけません。」

それは内気な彼女には珍らしい棘のある言葉だった。武夫はお芳の権幕に驚き、今度は彼自身泣きながら、お鈴のいる茶の間へ逃げこもった。するとお鈴もかっとしたと見え、手ミシンの仕事をやりかけたまま、お芳親子のいる所へ無理八理に武夫を引きずって行った。

「お前が一体我儘なんです。さあ、お芳さんにおあやまりなさい、ちゃんと手をついておあやまりなさい。」

お芳はこう云うお鈴の前に文太郎と一しょに涙を流し、平あやまりにあやまる外は

なかった。その又仲裁役を勤めるものは必ず看護婦の甲野だった。甲野は顔を赤めたお鈴を一生懸命に押し戻しながら、いつももう一人の人間の、——じっとこの騒ぎを聞いている玄鶴の心もちを想像し、内心には冷笑を浮かべていた。が、勿論そんな素ぶりは決して顔色にも見せたことはなかった。

けれども一家を不安にしたものは必しも子供の喧嘩ばかりではなかった。お芳は又いつの間にか何ごともあきらめ切ったらしいお鳥の嫉妬を煽っていた。尤もお鳥はお芳自身には一度も怨みなどを言ったことはなかった。（これは又五六年前、お芳がまだ女中部屋に寝起きしていた頃も同じだった。）が、全然関係のない重吉に何かと当り勝ちだった。重吉は勿論とり合わなかった。お鈴はそれを気の毒に思い、時々母の代りに詫びたりした。しかし彼は苦笑したぎり、「お前までヒステリイになっては困る」と話を反らせるのを常としていた。

甲野はお鳥の嫉妬にもやはり興味を感じていた。お鳥の嫉妬それ自身は勿論、彼女が重吉に当る気もちも甲野にははっきりとわかっていた。のみならず彼女はいつの間にか彼女自身も重吉夫婦に嫉妬に近いものを感じていた。お鈴は彼女には「お嬢様」だった。重吉も——重吉は兎に角世間並みに出来上った男に違いなかった。が、彼女の軽蔑する一匹の雄にも違いなかった。こう云う彼等の幸福は彼女には殆ど不正だった。彼女はこの不正を矯める為に（！）重吉に馴れ馴れしい素振りを示した。それは

或は重吉には何ともないものかも知れなかった。けれどもお鳥を苛立たせるには絶好の機会を与えるものだった。お鳥は膝頭も露わにしたまま、「重吉、お前はあたしの娘では——腰ぬけの娘では不足なのかい？」と毒々しい口をきいたりした。
しかしお鈴だけはその為に重吉を疑ったりはしないらしかった。甲野はそこに不満を持ったばかりか、いや、実際甲野にも気の毒に思っているらしかった。のみならず彼女を軽蔑せずにはいられなかった。が、いつか重吉が彼女を避け出したのは愉快だった。彼は前には甲野がいる時でも、台所の側の風呂へはいる為に裸になることをかまわなかった。けれども近頃ではそんな姿を一度も甲野に見せないようになった。それは彼が羽根を抜いた雄鶏に近い彼の体を羞じている為に違いなかった。甲野はこう云う彼を見ながら、(彼の顔も赤雀斑だらけだった。)一体彼は鈴以外の誰に惚れられるつもりだろうなどと密かに彼を嘲ったりしていた。
或霜曇りに曇った朝、甲野は彼女の部屋になった玄関の三畳に鏡を据え、いつも彼女が結びつけたオオル・バックに髪を結びかけていた。それは丁度愈お芳が田舎へ帰ろうと言う前日だった。お芳がこの家を去ることは重吉夫婦には嬉しいらしかった。が、反ってお鳥には一層苛立たしさを与えるらしかった。甲野は髪を結びながら、甲高いお鳥の声を聞き、いつか彼女の友だちが話した或女のことを思い出した。彼女は

パリに住んでいるうちにだんだん烈しい懐郷病に落ちこみ、夫の友だちが帰朝するのを幸い、一しょに船へ乗りこむことにした。長い航海も彼女には存外苦痛ではないらしかった。しかし彼女は紀州沖へかかると、急になぜか興奮しはじめ、とうとう海へ身を投げてしまった。日本へ近づけば近づくほど、懐郷病も逆に昂ぶって来る、——甲野は静かに油つ手を拭き、腰ぬけのお鳥の嫉妬は勿論、彼女自身の嫉妬にもやはりこう云う神秘な力が働いていることを考えたりしていた。

「まあ、お母さん、どうしたんです？ こんな所まで這い出して来て。お母さんったら。」

——甲野さん、ちょっと来て下さい。」

お鈴の声は「離れ」に近い縁側から響いて来るらしかった。甲野はこの声を聞いた時、澄み渡った鏡に向ったまま、始めてにやりと冷笑を洩らした。それからさも驚いたように「はい唯今」と返事をした。

　　五

玄鶴はだんだん衰弱して行った。彼の永年の病苦は勿論、彼の背中から腰へかけた床ずれの痛みも烈しかった。彼は時々唸り声を挙げ、僅かに苦しみを紛らせていた。
しかし彼を悩ませたものは必ずしも肉体的苦痛ばかりではなかった。彼はお芳の泊って

いる間は多少の慰めを受けた代りにお鳥の嫉妬や子供たちの喧嘩にしっきりない苦しみを感じていた。けれどもそれはまだ善かった。玄鶴はお芳の去った後は恐しい孤独を感じた上、長い彼の一生と向い合わない訣には行かなかった。
　玄鶴の一生はこう云う彼には如何にも浅ましい一生だった。成程ゴム印の特許を受けた当座は比較的彼の一生でも明るい時代には違いなかった。しかしそこにも儕輩の嫉妬や彼の利益を失うまいとする彼自身の焦燥の念は絶えず彼を苦しめていた。ましてお芳を囲い出した後は、――彼は家庭のいざこざの外にも年の若いお芳に惹かれていたものの、少くともこの一二年は何度内心にお芳親子を死んでしまえと思ったか知れなかった。しかも更に浅ましいことには年の若いお芳に惹かれていたものの、少くともこの一二年は何度内心にお芳親子を死んでしまえと思ったか知れなかった。
「浅ましい？――しかしそれも考えて見れば、格別わしだけに限ったことではない。」
　彼は夜などはこう考え、彼の親戚や知人のことを一々細かに思い出したりした。彼の婿の父親は唯「憲政を擁護する為に」彼よりも腕の利かない敵を何人も社会的に殺していた。それから彼に一番親しい或年輩の骨董屋は先妻の娘に通じていた。それから或弁護士は供託金を費消していた。それから或篆刻家は、――しかし彼等の犯したら或弁護士は供託金を費消していた。それから或篆刻家は、――しかし彼等の犯した罪は不思議にも彼の苦しみには何の変化も与えなかった。のみならず逆に生そのものにも暗い影を拡げるばかりだった。

「何、この苦しみも長いことはない。お目出度くなってしまいさえすれば……」

これは玄鶴にも残っていたたった一つの慰めだった。彼は心身に食いこんで来るいろいろの苦しみを紛らす為に楽しい記憶を思い起そうとした。けれども彼の一生は前にも言ったように浅ましかった。若しそこに少しでも明るい一面があるとすれば、それは唯何も知らない幼年時代の記憶だけだった。彼は度たび夢うつつの間に彼の両親の住んでいた信州の或山峡の村を、——殊に石を置いた板葺き屋根や蚕臭い桑ボヤを思い出した。が、その記憶もつづかなかった。彼は時々唸り声の間に観音経を唱えて見たり、昔のはやり歌をうたって見たりした。しかも「妙音観世音、梵音海潮音、勝彼世間音」を唱えた後、「かっぽれ、かっぽれ」をうたうことは滑稽にも彼には勿体ない気がした。

「寝るが極楽。寝るが極楽……」

玄鶴は何も彼も忘れる為に唯ぐっすり眠りたかった。を与える外にもヘロインなどを注射していた。けれども彼には眠りさえいつも安らかには限らなかった。彼は時々夢の中にお芳や文太郎に出合ったりした。それは彼には、——夢の中の彼には明るい心もちのするものだった。しかもその又「桜の二十」と話していた。（彼は或夜の夢の中にはまだ新しい花札の「桜の二十」は四五年前のお芳の顔をしていた。）しかしそれだけに目の醒めた後は一層彼を見じめにした。玄鶴は

いつか眠ることにも恐怖に近い不安を感ずるようになった。大晦日もそろそろ近づいた或午後、玄鶴は仰向けに横たわったなり、枕もとの甲野へ声をかけた。
「甲野さん、わしはな、久しく褌をしめたことがないから、晒し木綿を六尺買わせて下さい。」
晒し木綿を手に入れることはわざわざ近所の呉服屋へお松を買いにやるまでもなかった。
「しめるのはわしが自分でしめます。ここへ畳んで置いて行って下さい。」
玄鶴はこの褌を便りに、――この褌に縊れ死ぬことを便りにやっと短い半日を暮した。しかし床の上に起き直ることさえ人手を借りなければならぬ彼には容易にその機会も得られなかった。のみならず死はいざとなって見ると、玄鶴にもやはり恐しかった。彼は薄暗い電灯の光に黄檗の一行ものを眺めたまま、未だに生を貪らずにはいられぬ彼自身を嘲ったりした。
「甲野さん、ちょっと起して下さい。」
それはもう夜の十時頃だった。
「わしはな、これからひと眠りします。あなたも御遠慮なくお休みなすって下さい。」
甲野は妙に玄鶴を見つめ、こう素っ気ない返事をした。

「いえ、わたくしは起きておりますから。」
　玄鶴は彼の計画も甲野の為に看破られたのを感じた。が、ちょっと頷いたぎり、何か読も言わずに狸寝入りをした。甲野は彼の枕もとに婦人雑誌の新年号をひろげ、何か読み耽っているらしかった。玄鶴はやはり蒲団の側の褌のことを考えながら、薄目に甲野を見守っていた。すると——急に可笑しさを感じた。
「甲野さん。」
　甲野も玄鶴の顔を見た時はさすがにぎょっとしたらしかった。玄鶴は夜着によりかかったまま、いつかとめどなしに笑っていた。
「なんでございます？」
「いや、何でもない。何にも可笑しいことはありません。——」
　玄鶴はまだ笑いながら、細い右手を振って見せたりした。
「今度は……なぜかこう可笑しゅうなってな。」
　一時間ばかりたった後、玄鶴はいつか眠っていた。……今度はどうか夢も横にして下さい。」彼は樹木の茂った中に立ち、腰の高い障子の隙から茶室めいた部屋を覗いていた。そこには又まる裸の子供が一人、こちらへ顔を向けて横になっていた。それは子供とは云うものの、老人のように皺くちゃだった。玄鶴は声を挙げようとし、寝汗だらけになったものの、目を醒ましました。……

「離れ」には誰も来ていなかった。のみならずまだ薄暗かった。まだ？——しかし玄鶴は置き時計を見、彼是正午に近いことを知った。彼の心は一瞬間、ほっとしただけに明るかった。けれども又いつものように忽ち陰鬱になって行った。彼自身の呼吸を数えていた。それは丁度何ものかに「今だぞ」とせかれている気もちだった。玄鶴はそっと褌を引き寄せ、彼の頭に巻きつけると、両手にぐっと引っぱるようにした。
そこへ丁度顔を出したのはまるまると着膨れた武夫だった。
「やあ、お爺さんがあんなことをしていらあ。」
武夫はこう囃しながら、一散に茶の間へ走って行った。

六

一週間ばかりたった後、玄鶴は家族たちに囲まれたまま、肺結核の為に絶命した。彼の告別式は盛大（！）だった。（唯、腰ぬけのお鳥だけはその式にも出る訣に行かなかった。）彼の家に集まった人々は重吉夫婦に悔みを述べた上、白い縮緬に蔽われた彼の柩の前に焼香した。が、門を出る時には大抵彼のことを忘れていた。尤も彼の故朋輩だけは例外だったのに違いなかった。「あの爺さんも本望だったろう。若い妾

も持っていれば、小金もためていたんだから。」――彼等は誰も同じようにこんなことばかり話し合っていた。

彼の柩をのせた葬用馬車は一輛の馬車を従えたまま、日の光も落ちない師走の町を或火葬場へ走って行った。薄汚い後の馬車に乗っているのは重吉や彼の従弟だった。彼の従弟の大学生は馬車の動揺を気にしながら、重吉と余り話もせずに小型の本に読み耽っていた。それはLiebknechtの追憶録の英訳本だった。が、重吉は通夜疲れの為にうとうとと居睡りをしていなければ、窓の外の新開町を眺め、「この辺もすっかり変ったな」などと気のない独り語を洩らしていた。

二輛の馬車は霜どけの道をやっと火葬場へ辿り着いた。しかし予め電話をかけて打ち合せて置いたのにも関らず、一等の竈は満員になり、二等だけ残っているということだった。それは彼等にはどちらでも善かった。が、重吉は男よりも寧ろお鈴の思惑を考え、半月形の窓越しに熱心に事務員と交渉した。「実は手遅れになった病人だしするから、せめて火葬にする時だけは一等にしたいと思うんですがね。」――そんな諱もついて見たりした。それは彼の予期したよりも効果の多い諱らしかった。
「ではこうしましょう。一等はもう満員ですから、特別に一等の料金で特等で焼いて上げることにしましょう。」

重吉は幾分か間の悪さを感じ、何度も事務員に礼を言った。事務員は真鍮の眼鏡を

かけた好人物らしい老人だった。
「いえ、何、お礼には及びません。」
　彼等は竈に封印した後、薄汚い馬車に乗って火葬場の門を出ようとした。すると意外にもお芳が一人、煉瓦塀の前に佇んだまま、彼等の馬車に目礼していた。重吉はちょっと狼狽し、彼の帽を上げようとした。しかし彼等を乗せた馬車はその時にはもう傾きながら、ポプラアの枯れた道を走っていた。
「あれですね？」
「うん、……俺たちの来た時もあすこにいたかしら。」
「さあ、乞食ばかりいたように思いますがね。……あの女はこの先どうするでしょう？」
　重吉は一本の敷島に火をつけ、出来るだけ冷淡に返事をした。
「さあ、どう云うことになるか。……」
　彼の従弟は黙っていた。が、彼の想像は上総の或海岸の漁師町を描いていた。それからその漁師町に住まなければならぬお芳親子も。――彼は急に険しい顔をし、いつかさしはじめた日の光の中にもう一度リイプクネヒトを読みはじめた。

河童

どうか kappa と発音して下さい。

読んだ人‥赤瀬川原平（尾辻克彦名義の『父が消えた』で第八四回芥川賞受賞）

作品『河童』

子供の頭に入ってきた河童

赤瀬川原平

　子供のころのわが家に、芥川龍之介全集があった。やや版型の大きな全一冊で、赤い表紙で、中は三段組だった。小学生の頭の記憶なので、違っているかもしれない。でも大きめの版型、表紙赤、三段組、というのははっきり印象に残る。
　大人の本だと思いながらも、当時子供の本なんて欠乏していてほとんどないので、読んでみた。短篇の名が並び、鼻、芋粥、トロッコなど、読めそうだ。河童というのに引かれた。もともと怪し気な生きもので、子供用の話にも出てくる。その小説があるのか、と思って読むと、面白い。するすると読める。河童のお母さんのお腹がふくらんで、子供が産まれそうになる。産科のお医者さんがやってきて、お腹の中の子供に向かって、いよいよ出産だけど、君はこの世に生れたいかどうかと、訊く。それをめぐってあれこれやりとりがあったと

思うが、お腹の中の子供は、生れたくないという。河童のお医者さんが、そうか、わかったというと、お母さんのお腹がすーっとしぼんでふつうのぺったんこになる。

え、こんな小説があるのか、と嬉しくなった。大人の小説なのに、気にせずにすうっと読めた。内容の不思議さに加えて、大人の小説を、途中から気にせずに読み終えていたのが不思議だった。小説というものを読んだ最初だと思う。読めるんだと思い、そのあとトロッコ、芋粥、藪の中など読んだはずだ。でもトロッコは内容を覚えていない。芋粥はわからなかった。鼻は踏んづけたりするのが変だけど、それが何なのかよくわからず、頭の中がすっきりする。藪の中は面白かった。ということもわかって、人の世界の複雑さを少し感じた気がした。他人の考え、もちろんよくわからないけど、何だか臨場感があって、明解で、その面白さで頭の中がすっきりした。

でも河童は素直に面白かったのだ。明解で、その面白さで頭の中がすっきりした。自分がいくつぐらいのころだったかは、はっきりしない。でも読んでいた縁側が、濡れ縁だから板の目が強く出ていて、それが地面からずいぶん高い縁側だったのを覚えている。大分でのことだ。

以来芥川の小説をとくには読んでいない。その後「羅生門」という映画が出

来たが、中味はほとんど「藪の中」だったので、あれ？と思った。その映画の藪の中の感触が、小説の藪の中の記憶にも多少加算されている可能性はあるが、でも読んだ印象が強いと思う。

河童は映画化もされてないので、素のままで記憶されている。筋がすっきりしているので、映画化はしにくいのか。映画化しやすいのかもしれない。筋がはっきりせずもやもやしているものの方が、映画化しやすいのかもしれない。そう考えると、河童は子供の読み物だ。子供のとき読んでよかったと思う。

序

これは或る精神病院の患者、——第二十三号が誰にでもしゃべる話である。彼はもう三十を越しているであろう。が、一見した所は如何にも若々しい狂人である。彼の半生の経験は、——いや、そんなことはどうでも善い。彼は唯じっと両膝をかかえ、時々窓の外へ目をやりながら、（鉄格子をはめた窓の外には枯れ葉さえ見えない樫の木が一本、雪曇りの空に枝を張っていた。）院長のS博士や僕を相手に長々とこの話をしゃべりつづけた。尤も身ぶりはしなかった訣ではない。彼はたとえば「驚いた」と言う時には急に顔をのけ反らせたりした。……

僕はこう云う彼の話を可なり正確に写したつもりである。若し又誰か僕の筆記に飽き足りない人があるとすれば、東京市外××村のS精神病院を尋ねて見るが善い。年よりも若い第二十三号はまず丁寧に頭を下げ、蒲団のない椅子を指さすであろう。それから憂鬱な微笑を浮かべ、静かにこの話を繰り返すであろう。最後に、——僕はこの話を終った時の彼の顔色を覚えている。彼は最後に身を起すが早いか、忽ち拳骨をふりまわしながら、誰にでもこう怒鳴りつけるであろう。——「出て行け！　この悪党めが！　貴様も莫迦な、嫉妬深い、猥褻な、図々しい、うぬ惚れきった、残酷な

虫の善い動物なんだろう。出て行け！　この悪党めが！」

一

　三年前の夏のことです。僕は人並みにリュック・サックを背負い、あの上高地の温泉宿から穂高山へ登ろうとしました。穂高山へ登るのには御承知の通り梓川を溯る外はありません。僕は前に穂高山にも登っていましたから、朝霧の下りた梓川の谷を案内者もつれずに登って行きました。朝霧の下りた梓川の谷を──しかしその霧はいつまでたっても晴れる気色は見えません。のみならず反って深くなるのです。僕は一時間ばかり歩いた後、一度は上高地へ引き返すにしても、兎に角霧の深くなるばかりなのを待った上にしなければなりません。けれども上高地の温泉宿へ引き返すことにしようかと思いました。僕はこう考えましたから、兎に角霧の晴れるのを待った上にしなければなりません。
「ええ、一そ登ってしまえ。」──僕は霧の中をずんずん深くなるばかりなのを離れないように熊笹の中を分けて行きました。
　しかし僕の目を遮るものはやはり深い霧ばかりです。尤も時々霧の中から太い山毛欅や樅の枝が青あおと葉を垂らしたのも見えなかった訣ではありません。それから又放牧の馬や牛も突然僕の前へ顔を出しました。けれどもそれ等は見えたと思うと、忽

ち又濛々とした霧の中に隠れてしまうのです。そのうちに足もくたびれて来れば、腹もだんだん減りはじめる、――おまけに霧に濡れ透った登山服や毛布なども並み大抵の重さではありません。僕はとうとう我を折りましたから、岩にせかれている水の音を便りに梓川の谷へ下りることにしました。

僕は水ぎわの岩に腰かけ、とりあえず食事にとりかかりました。コオンド・ビイフの缶を切ったり、枯れ枝を集めて火をつけたり、――そんなことをしているうちに彼是十分はたったでしょう。その間にどこまでも意地の悪い霧はいつかほのぼのと晴れかかりました。僕はパンを嚙じりながら、ちょっと腕時計を覗いて見ました。時刻はもう一時二十分過ぎです。が、それよりも驚いたのは何か気味の悪い顔が一つ、円い腕時計の硝子の上へちらりと影を落したことです。僕は驚いてふり返りました。する と、――僕が河童と云うものを見たのは実にこの時が始めてだったのです。僕の後ろにある岩の上には画にある通りの河童が一匹、片手は白樺の幹を抱え、片手は目の上にかざしたなり、珍らしそうに僕を見おろしていました。

僕は呆気にとられたまま、暫くは身動きもしずにいました。河童もやはり驚いたと見え、目の上の手さえ動かしません。そのうちに僕は飛び立つが早いか、岩の上の河童へ躍りかかりました。同時に又河童も逃げ出しました。いや、恐らくは逃げ出したのでしょう。実はひらりと身を反したと思うと、忽ちどこかへ消えてしまった

僕は愈驚きながら、熊笹の中を見まわしました。すると河童は逃げ腰をしたなり、二三メエトル隔った向うに僕を振り返って見ているのです。それは不思議でも何でもありません。しかし僕に意外だったのは河童の体の色のことです。いた河童は一面に灰色を帯びていました。けれども今は体中すっかり緑いろに変っているのです。僕は「畜生！」とおお声を挙げ、もう一度河童へ飛びかかりました。河童が逃げ出したのは勿論です。それから僕は三十分ばかり、熊笹を突きぬけ、岩を飛び越え、遮二無二河童を追いつづけました。

河童も亦足の早いことは決して猿などに劣りません。僕は夢中になって追いかける間に何度もその姿を見失おうとしました。のみならず足を辷らして転がったことも度たびです。が、大きい橡の木が一本、太ぶとと枝を張った下へ来ると、幸いにも放牧の牛が一匹、河童の往く先へ立ち塞がりました。しかもそれは角の太い、目を血走らせた牡牛なのです。河童はこの牡牛を見ると、何か悲鳴を挙げながら、一きわ高い熊笹の中へもんどりを打つように飛び込みました。僕は、——僕も「しめた」と思いましたから、いきなりそのあとへ追いすがりました。するとそこには僕の知らない穴でもあいていたのでしょう。僕は滑かな河童の背中にやっと指先がさわったと思うと、忽ち深い闇の中へまっ逆さまに転げ落ちました。我々人間の心はこう云う危機一髪の際にも途方もないことを考えるものです。僕は「あっ」と思う拍子にあの上高地

の温泉宿の側に「河童橋」と云う橋があるのを思い出しました。それから、——それから先のことは覚えていません。僕は唯目の前に稲妻に似たものを感じたぎり、いつの間にか正気を失っていました。

二

　そのうちにやっと気がついて見ると、僕は仰向けに倒れたまま、大勢の河童にとり囲まれていました。のみならず太い嘴の上に鼻眼鏡をかけた河童が一匹、僕の側へ跪きながら、僕の胸へ聴診器を当てていました。その河童は僕が目をあいたのを見ると、僕に「静かに」と云う手真似をし、それから誰か後ろにいる河童へ Quax quax と声をかけました。すると何処からか河童が二匹、担架を持って歩いて来ました。僕はこの担架にのせられたまま、大勢の河童の群がった中を静かに何町か進んで行きました。僕の両側に並んでいる町は少しも銀座通りと違いありません。やはり山毛欅の並み木のかげにいろいろの店が日除けを並べ、その又並み木に挟まれた道を自動車が何台も走っているのです。
　やがて僕を載せた担架は細い横町を曲ったと思うと、或家の中へ舁ぎこまれました。それは後に知った所によれば、あの鼻眼鏡をかけた河童の家、——チャックと云う医

者の家だったのです。チャックは僕を小綺麗なベッドへ寝かせました。それから何か透明な水薬を一杯飲ませました。僕はベッドの上に横たわったなり、チャックのするままになっていました。実際又僕の体は碌に身動きも出来ないほど、節々が痛んでいたのですから。

チャックは一日に二三度は必ず僕を診察に来ました。又三日に一度位は僕の最初に見かけた河童、――バッグと云う漁師も尋ねて来ました。河童は我々人間が河童のことを知っているよりも遥かに人間のことを知っています。それは我々人間が河童を捕獲することよりもずっと河童が人間を捕獲することが多い為でしょう。捕獲と云うのは当らないまでも、我々人間は僕の前にも度々河童の国へ来ているのです。のみならず一生河童の国に住んでいたものも多かったのです。なぜと言って御覧なさい。僕等は唯河童ではない、人間であると云う特権の為に働かずに食っていられるのです。現にバッグの話によれば、或若い道路工夫などはやはり偶然この国へ来た後、雌の河童を妻に娶り、死ぬまで住んでいたと云うことです。尤もその又雌の河童はこの国第一の美人だった上、夫の道路工夫を護摩化すのにも妙を極めていたと云うことです。

僕は一週間ばかりたった後、この国の法律の定める所により、「特別保護住民」としてチャックの隣に住むことになりました。僕の家は小さい割に如何にも瀟洒と出来上っていました。勿論この国の文明は我々人間の国の文明――少くとも日本の文明な

どと余り大差はありません。往来に面した客間の隅には小さいピアノが一台あり、そ
れから又壁には額縁へ入れたエッティングなども懸っていました。唯肝腎の河童をはじ
め、テエブルや椅子の寸法も河童の身長に合わせてありますから、子供の部屋に入れ
られたようにそれだけは不便に思いました。

　僕はいつも日暮れがたになると、この部屋にチャックやバッグを迎え、河童の言葉
を習いました。いや、彼等ばかりではありません。特別保護住民だった僕に誰も皆好
奇心を持っていましたから、毎日血圧を調べて貰いに、わざわざチャックを呼び寄せ
るゲエルと云う硝子会社の社長などもやはりこの部屋へ顔を出したものです。しかし
最初の半月ほどの間に一番僕と親しくしたのはやはりあのバッグと云う漁夫だったの
です。

　或生暖かい日の暮です。僕はこの部屋のテエブルを中に漁夫のバッグと向い合って
いました。するとバッグはどう思ったか、急に黙ってしまった上、大きい目を一層大
きくしてじっと僕を見つめました。これは僕は勿論妙に思いましたから、「Quax, Bag, quo
quel quan?」と言いました。これは日本語に翻訳すれば、「おい、バッグ、どうした
んだ」と云うことです。が、バッグは返事をしません。のみならずいきなり立ち上る
と、べろりと舌を出したなり、丁度蛙の刎ねるように飛びかかる気色さえ示しました。
僕は愈無気味になり、そっと椅子から立ち上ると、一足飛びに戸口へ飛び出そうと

しました。丁度そこへ顔を出したのは幸いにも医者のチャックです。
「こら、バッグ、何をしているのだ？」
チャックは鼻目金をかけたまま、こう云うバッグを睨みつけました。するとバッグは恐れ入ったと見え、何度も頭へ手をやりながら、こう言ってチャックにあやまるのです。
「どうもまことに相すみません。実はこの旦那の気味悪がるのが面白かったものですから、つい調子に乗って悪戯をしたのです。どうか旦那も堪忍して下さい。」

　　　三

　僕はこの先を話す前にちょっと河童と云うものを説明して置かなければなりません。河童は未だに実在するかどうかも疑問になっている動物です。が、それは僕自身が彼等の間に住んでいた以上、少しも疑う余地はない筈です。では又どう云う動物かと云えば、頭に短い毛のあるのは勿論、手足に水掻きのついていることも「水虎考略」などに出ているのと著しい違いはありません。身長もざっと一メエトルを越えるか越えぬ位でしょう。体重は医者のチャックによれば、二十ポンドから三十ポンドまで、――稀には五十何ポンド位の大河童もいると言っていました。それから頭のまん中には

楕円形の皿があり、その又皿は年齢により、だんだん固さを加えるようです。現に年をとったバッグの皿は若いチャックの皿などとは全然手ざわりも違うのです。しかし一番不思議なのは河童の皿は我々人間のように一定の皮膚の色を持っていません。何でもその周囲の色と同じ色に変ってしまう。――たとえば草の中にいる時には草のように緑色に変り、岩の上にいる時には岩のように灰色に変るのです。これは勿論河童に限らず、カメレオンにもあることです。或は河童は皮膚組織の上に何かカメレオンに近い所を持っているのかも知れません。僕はこの事実を発見した時、西国の河童は緑色であり、東北の河童は赤いと云う民俗学上の記録を思い出しました。のみならずバッグを追いかける時、突然どこへ行ったのか、見えなくなったことを思い出しました。しかも河童の下に余程厚い脂肪を持っていると見え、この地下の国の温度は比較的低いのにも関らず、（平均華氏五十度前後です。）着物と云うものを知らずにいるのです。勿論どの河童も目金をかけたり、巻煙草の箱を携えたり、金入れを持ったりはしているでしょう。しかし河童はカンガルウのように腹に袋を持っていますから、それ等のものをしまう時にも格別不便はしないのです。唯僕に可笑しかったのは腰のまわりさえ蔽わないことです。僕は或時この習慣をなぜかとバッグに尋ねて見ました。するとバッグはのけぞったまま、いつまでもげらげら笑っていました。おまけに「わたしはお前さんの隠しているのが可笑しい」と返事を

しました。

四

　僕はだんだん河童の使う日常の言葉を覚えて来ました。従って河童の風俗や習慣ものみこめるようになって来ました。その中でも一番不思議だったのは河童は我々人間の真面目に思うことを可笑しがる、同時に我々人間の可笑しがることを真面目に思う――こう云うとんちんかんな習慣です。たとえば我々人間は正義とか人道とか云うことを真面目に思う、しかし河童はそんなことを聞くと、腹をかかえて笑い出すのです。つまり彼等の滑稽と云う観念と我々の滑稽と云う観念と全然標準を異にしているのでしょう。僕は或時医者のチャックと産児制限の話をしていました。するとチャックは大口をあいて、鼻眼鏡の落ちるほど笑い出しました。僕は勿論腹が立ちましたから、何が可笑しいかと詰問しました。何でもチャックの返答は大体こうだったように覚えています。尤も多少細かい所は間違っているかも知れません。何しろまだその頃は僕も河童の使う言葉をすっかり理解していなかったのですから。

「しかし両親の都合ばかり考えているのは可笑しいですからね。どうも余り手前勝手ですからね。」

その代りに我々人間から見れば、可笑しいものはありません。実際又河童のお産位、可笑しいものはありません。現に僕は暫くたってから、バッグの細君のお産をする所をバッグの小屋へ見物に行きました。河童もお産をするのです。やはり医者や産婆などの助けを借りてお産をするのです。けれどもお産をするとなると、やはり医者や産婆などの助けを借りてお産をするのです。けれどもお産をするとなると、やはり医者や産婆などの助けを借りてお産をするのです。バッグもやはり膝をつきながら、よく考えた上で返事をしろ。」と大きな声で尋ねるのです。バッグもやはり膝をつきながら、よく考何度も繰り返してこう言いました。それからテエブルの上にあった消毒用の水薬で嗽(うがひ)をしました。すると細君の腹の中の子は多少気兼でもしていると見え、こう小声に返事をしました。

「僕は生れたくはありません。第一僕のお父さんの遺伝は精神病だけでも大へんです。その上僕は河童的存在を悪いと信じていますから。」

バッグはこの返事を聞いた時、てれたように頭を掻いていました。が、そこにい合せた産婆は忽ち細君の生殖器へ太い硝子(ガラス)の管を突きこみ、何か液体を注射しました。すると細君はほっとしたように太い息を洩らしました。同時に又今まで大きかった腹は水素瓦斯(ガス)を抜いた風船のようにへたへたと縮んでしまいました。こう云う返事をする位ですから、河童の子供は生れるが早いか、勿論歩いたりしゃべったりするのです。何でもチャックの話では出産後二十六日目に神の有無に就いて

講演をした子供もあったとか云うことです。尤もその子供は二月目には死んでしまったと云うことですが。

お産の話をした次手ですから、僕がこの国へ来た三月目に偶然或街の角で見かけた、大きいポスタアの話をしましょう。その大きいポスタアの下には喇叭を吹いている河童だのが十二三匹描いてありました。それから又上には河童の剣を持っている河童だのが十二三匹描いてありました。それから又上には河童の使う、丁度時計のゼンマイに似た螺旋文字が一面に並べてありました。この螺旋文字を翻訳すると、大体こう云う意味になるのです。これも或は細かい所は間違っているかも知れません。が、兎に角僕としては僕と一しょに歩いていた、ラップと云う河童の学生が大声に読み上げてくれる言葉を一々ノオトにとって置いたのです。

遺伝的義勇隊を募る!!!
健全なる男女の河童よ!!!
悪遺伝を撲滅する為に
不健全なる男女の河童と結婚せよ!!!

僕は勿論その時にもそんなことの行われないことをラップに話して聞かせました。するとラップばかりではない、ポスタアの近所にいた河童は悉くげらげら笑い出しま

「行われない？　だってあなたの話ではあなたがたもやはり我々のように行っていると思いますがね。あなたは令息が女中に惚れたり、令嬢が運転手に惚れたりするのは何の為だと思っているのです？　あれは皆無意識的に悪遺伝を撲滅しているのですよ。第一この間あなたの話したあなたがた人間の義勇隊よりも、——一本の鉄道を奪う為に互に殺し合う義勇隊ですね、——ああ云う義勇隊に比べれば、ずっと僕たちの義勇隊は高尚ではないかと思いますがね。」

　ラップは真面目にこう言いながら、しかも太い腹だけは可笑しそうに絶えず浪立たせていました。が、僕は笑うどころか、慌てて或河童を摑まえようとしました。それは僕の油断を見すまし、その河童が僕の万年筆を盗んだことに気がついたからです。しかし皮膚の滑かな河童は容易に我々には摑まりません。その河童もぬらりと辷り抜けるが早いか一散に逃げ出してしまいました。丁度蚊のように痩せた体を倒れるかと思う位のめらせながら。

五

　僕はこのラップと云う河童にバッグにも劣らぬ世話になりました。が、その中でも

忘れられないのはトックと云う河童仲間の詩人です。詩人が髪を長くしていることは我々人間と変りません。僕は時々トックの家へ退屈凌ぎに遊びに行きました。トックはいつも狭い部屋に高山植物の鉢植えを並べ、詩を書いたり煙草をのんだり、如何にも気楽そうに暮らしていました。その又屋の隅には雌の河童が一匹、（トックは自由恋愛家ですから、細君と云うものは持たないのです。）編み物か何かしていました。トックは僕の顔を見ると、いつも微笑してこう言うのです。（尤も河童の微笑するのは余り好いものではありません。少くとも僕は最初のうちは寧ろ無気味に感じたものです。）

「やあ、よく来たね。まあ、その椅子にかけ給え。」

トックはよく河童の生活だの河童の芸術だのの話をしました。当り前の河童の生活位、莫迦げているものはありません。親子夫婦兄弟などと云うのは悉く互に苦しめ合うことを唯一の楽しみにして暮らしているのです。殊に家族制度と云うものは莫迦げている以上にも莫迦げているのです。トックは或時窓外を指さし、「見給え。あの莫迦さ加減を！」と吐き出すように言いました。窓外の往来にはまだ年の若い河童が一匹、両親らしい河童を始め、七八匹の雌雄の河童を頸のまわりへぶら下げながら、息も絶え絶えに歩いていました。しかし僕は年の若い河童の犠牲的精神に感心しましたから、反ってその健気さを褒め立てました。

「ふん、君はこの国でも市民になる資格を持っている。……時に君は社会主義者かね?」

僕は勿論 qua（これは河童の使う言葉では「然り」と云う意味を現すのです）と答えました。

「では百人の凡人の為に一人の天才を犠牲にすることも顧みない筈だ。」
「では君は何主義者だ? 誰かトック君の信条は無政府主義だと言っていたが、……」
「僕か? 僕は超人（直訳すれば超河童です）だ。」

トックは昂然と言い放ちました。こう云うトックは芸術の上にも独特な考えを持っています。トックの信ずる所によれば、芸術は何ものの支配をも受けない、芸術の為の芸術である、従って芸術家たるものは何よりも先に善悪を絶した超人でなければならぬと云うのです。尤もこれは必しもトック一匹の意見ではありません。トックの仲間の詩人たちは大抵同意見を持っているようです。現に僕はトックと一しょに度たび超人倶楽部へ遊びに行きました。超人倶楽部に集まって来るのは詩人、小説家、戯曲家、批評家、画家、音楽家、彫刻家、芸術上の素人等です。しかしいずれも超人です。のみならず時には彼等は電灯の明るいサロンにいつも快活に話し合っていました。たとえば或彫刻家などは大きい鬼羊歯

の鉢植えの間に年の若い河童をつかまえながら、頬に男色を弄そんでいました。又或雌の小説家などはテエブルの上に立ち上ったなり、アブサントを六十本飲んで見せました。尤もこれは六十本目にテエブルの下へ転げ落ちるが早いか、忽ち往生してしまいましたが。

　僕は或月の好い晩、詩人のトックと肘を組んだまま、超人倶楽部から帰って来ました。トックはいつになく沈みこんで一ことも口を利かずにいました。その又窓の向うには夫婦らしは火かげのさした、小さい窓の前を通りかかりました。その又窓の向うには夫婦らしい雌雄の河童が二匹、三匹の子供の河童と一しょに晩餐のテエブルに向っているのです。するとトックはため息をしながら、突然こう僕に話しかけました。
「僕は超人的恋愛家だと思っているがね、ああ云う家庭の容子を見ると、やはり羨ましさを感じるんだよ。」
「しかしそれはどう考えても、矛盾しているとは思わないかね？」
　けれどもトックは月明りの下にじっと腕を組んだまま、あの小さい窓の向うを、――平和な五匹の河童たちの晩餐のテエブルを見守っていました。それから暫くしてこう答えました。
「あすこにある玉子焼は何と言っても、恋愛などよりも衛生的だからね。」

六

実際又河童の恋愛は我々人間の恋愛とは余程趣を異にしています。雌の河童はこれぞと云う雄の河童を見つけるが早いか、雄の河童を捉えるのに如何なる手段も顧みません。一番正直な雌の河童は遮二無二雄の河童を追いかけるのです。現に僕は気違いのように雄の河童を追いかけている雌の河童を見かけたことはありません。若い雌の河童は勿論、その河童の両親や兄弟まで一しょになって追いかけるのです。雄の河童こそ見じめです。何しろさんざん逃げまわったつかまらずにすんだとしても、二三箇月は床についてしまうのですから。僕は或時僕の家にトックの詩集を読んでいました。するとそこへ駈けこんで来たのはあのラップと云う学生です。ラップは僕の家へ転げこむと、床の上へ倒れたなり、息も切れ切れにこう言うのです。

「大変だ！ とうとう僕は抱きつかれてしまった！」

僕は咄嗟に詩集を投げ出し、戸口の錠をおろしてしまいました。しかし鍵穴から覗いて見ると、硫黄の粉末を顔に塗った、背の低い雌の河童が一匹、まだ戸口にうろついているのです。ラップはその日から何週間か僕の床の上に寝ていました。のみなら

ずいつかラップの嘴はすっかり腐って落ちてしまいました。尤も又時には雌の河童を一生懸命に追いかける雄の河童もないではありません。しかしそれもほんとうの所は追いかけずにはいられないように雌の河童が仕向けるのです。僕はやはり気違いのように雌の河童を追いかけている雄の河童に、時々わざと立ち止まって見たり、四つん這いになったりして見かけました。雌の河童は逃げて行くうちにも、時々わざと立ち止まって見たり、四つん這いになったりして見せるのです。おまけに丁度好い時分になると、さもがっかりしたように楽々とつかませてしまうのです。僕の見かけた雄の河童は雌の河童を抱いたなり、暫くそこに転がっていました。が、やっと起き上ったのを見ると、失望と云うか、後悔と云うか、兎に角何とも形容出来ない、気の毒な顔をしていました。しかしそれはまだ好いのです。これも僕の見かけた中に小さい雄の河童が一匹、雌の河童を追いかけていました。雌の河童は例の通り、誘惑の遁走をしていているのです。すするとそこへ向うの街から大きい雄の河童が一匹、鼻息を鳴らせて歩いて来ました。雌の河童はわたしを殺そうとするのです！」と金切り声を出して叫びました。「大変です！　助けて下さい！　あの雄の河童はわたしを殺そうとするのです！」勿論大きい雄の河童は忽ち小さい河童をつかまえ、往来のまん中へねじ伏せました。小さい河童は水掻きのある手に二三度空を摑んだなり、とうとう死んでしまいました。けれどももうその時には雌の河童はにやにやしながら、大きい河童の頸っ玉へしっかりしがみついてしま

っていたのです。

僕の知っていた雄の河童は誰も皆言い合わせたように雌の河童に追いかけられました。勿論妻子を持っているバッグでもやはり雌の河童に追いかけられたのです。唯マッグと云う哲学者だけは（これはあのトックと云う詩人の隣にいる河童です。）一度もつかまったことはありません。これは一つにはマッグ位、醜い河童も少ない為でしょう。しかし又一つにはマッグは家にばかりいる為です。僕はこのマッグの家へも時々話しに出かけました。マッグはいつも薄暗い部屋に七色の色硝子のランタアンをともし、脚の高い机に向いながら、厚い本ばかり読んでいるのです。僕は或時こう云うマッグと河童の恋愛を論じ合いました。

「なぜ政府は雌の河童が雄の河童を追いかけるのをもっと厳重に取り締らないのです？」

「それは一つには官吏の中に雌の河童の少ない為ですよ。雌の河童の官吏さえ殖えれば、きっと今よりも雄の河童は追いかけられずに暮せるでしょう。しかしその効力も知れたものですからね。なぜと言って御覧なさい。官吏同志でも雌の河童は雄の河童を追いかけますからね。」

「じゃあなたのように暮しているのは一番幸福な訣ですね。」

するとマッグは椅子を離れ、僕の両手を握ったまま、ため息と一しょにこう言いました。
「あなたは我々河童ではありませんから、おわかりにならないのも尤もです。しかしわたしもどうかすると、あの恐ろしい雌の河童に追いかけられたい気も起るのですよ。」

　　七

　僕は又詩人のトックと度たび音楽会へも出かけました。が、未だに忘れられないのは三度目に聴きに行った音楽会のことです。尤も会場の容子などは余り日本と変っていません。やはりだんだんせり上った席に雌雄の河童が三四百匹、いずれもプログラムを手にしながら、一心に耳を澄ませているのです。僕はこの三度目の音楽会の時にはトックやトックの雌の河童の外にも哲学者のマッグと一しょになり、一番前の席に坐っていました。するとセロの独奏が終った後、妙に目の細い河童が一匹、無造作に譜本を抱えたまま、壇の上へ上って来ました。この河童はプログラムの教える通り、──いや、プログラムの教える通り、──いや、プログラムを見るまでもありません。クラバックという作曲家です。クラバックはトックが属している超人倶楽部の会員です

クラバックは盛んな拍手の中にちょっと我々へ一礼した後、静かにピアノの前へ歩み寄りました。それからやはり無造作に自作のリイドを弾きはじめました。クラバックはトックの言葉によれば、この国の生んだ音楽家中、前後に比類のない天才だそうです。僕はクラバックの音楽は勿論、その又余技の抒情詩にも興味を持っていませんでしたから、大きい弓なりのピアノの音に熱心に耳を傾けていました。が、あの美しい（少くとも河童としていたことは或は僕よりも勝っていたでしょう。トックやマッグも恍惚たちの話によれば）雌の河童だけはしっかりプログラムを握ったなり、時々さも苛立たしそうに長い舌をべろべろ出していました。これはマッグの話によれば、何でも彼是十年前にクラバックを摑まえそこなったものですから、未だにこの音楽家を目の敵にしているのだとか云うことです。

クラバックは全身に情熱をこめ、戦うようにピアノを弾きつづけました。すると突然会場の中に神鳴りのように響き渡ったのは「演奏禁止」と云う声です。僕はこの声にびっくりし、思わず後をふり返りました。声の主は紛れもない、一番後の席にいる身の丈抜群の巡査です。巡査は僕がふり向いた時、悠然と腰をおろしたまま、もう一度前よりもおお声に「演奏禁止」と怒鳴りました。それから、——

「Lied——Craback」（この国のプログラムも大抵は独逸語を並べていました。）

から、僕も赤顔だけは知っているのです。

それから先は大混乱です。「警官横暴！」「クラバック、弾け！　弾け！」「莫迦！」「畜生！」「ひっこめ！」「負けるな！」――こう云う声の湧き上った中に椅子は倒れる、プログラムは飛ぶ、おまけに誰が投げるのか、サイダアの空罎や石ころや嚙りかけの胡瓜さえ降って来るのです。僕は呆っ気にとられましたから、トックにその理由を尋ねようとしました。が、トックも興奮したと見え、椅子の上に突っ立ちながら、「クラバック、弾け！　弾け！」と喚きつづけています。のみならずトックの雌の河童もいつの間に敵意を忘れたのか、「警官横暴！」と叫んでいることは少しもトックに変りません。僕はやむを得ずマッグに向かい、「どうしたのです？」と尋ねて見ました。

「これですか？　これはこの国ではよくあることですよ。元来画だの文芸だのは……」

マッグは何か飛んで来る度にちょっと頭を縮めながら、不相変静かにわかわらず説明しました。

「元来画だの文芸だのは誰の目にも何を表わしているかは兎に角ちゃんとわかる筈ですから、この国では決して発売禁止や展覧禁止は行われません。その代りにあるのが演奏禁止です。何しろ音楽と云うものだけはどんなに風俗を壊乱する曲でも、耳のない河童にはわかりませんからね。」

「しかしあの巡査は耳があるのですか？」

「さあ、それは疑問ですね。多分今の旋律を聞いているうちに細君と一しょに寝ている時の心臓の鼓動でも思い出したのでしょう。」

 こう云う間にも大騒ぎは愈盛んになるばかりです。クラバックはピアノに向ったまま、傲然と我々をふり返っていました。が、いくら傲然としていても、いろいろのものの飛んで来るのはよけない訣に行きません。従ってつまり二三秒置きに折角の態度も変った訣です。しかし兎に角大体としては大音楽家の威厳を保ちながら、細い目を凄まじく赫やかせていました。僕は――僕も勿論危険を避ける為にトックを小楯にとっていたものです。が、やはり好奇心に駆られ、熱心にマッグと話しつづけました。

「そんな検閲は乱暴じゃありませんか？」
「何、どの国の検閲よりも却って進歩している位ですよ。たとえば日本を御覧なさい。現についこう言いかけた途端に、マッグは生憎脳天に空罐が落ちたものですから、――丁度こう言いかけた途端です。……」
――quack（これは唯間投詞です）と一声叫んだぎり、とうとう気を失ってしまいました。

　　　　　八

　僕は硝子会社の社長のゲエルに不思議にも好意を持っていました。ゲエルは資本家

中の資本家です。恐らくはこの国の河童の中でも、ゲエルほど大きい腹をした河童は一匹もいなかったのに違いありません。しかし荔枝に似た細君や胡瓜に似た子供を左右にしながら、安楽椅子に坐っている所は殆ど幸福そのものです。僕は時々裁判官のペップや医者のチャックにつれられてゲエル家の晩餐へ出かけました。又ゲエルの紹介状を持ってゲエルやゲエルの友人たちが多少の関係を持っているいろいろの工場も見て歩きました。そのいろいろの工場の中でも殊に僕に面白かったのは書籍製造会社の工場です。僕は年の若い河童の技師とこの工場の中へはいり、水力電気を動力にした、大きい機械を眺めた時、今更のように河童の国の機械工業の進歩に驚嘆しました。何でもそこでは一年間に七百万部の本を製造するそうです。が、僕を驚かしたのは本の部数ではありません。それだけの本を製造するのに少しも手数のかからないことです。何しろこの国では本を造るのに唯機械の漏斗形の口へ紙とインクと灰色をした粉末とを入れるだけなのですから。それ等の原料は機械の中へはいると、殆ど五分とたたないうちに菊版、四六版、菊半截版などの無数の本になって出て来るのです。僕は瀑のように流れ落ちるいろいろの本を眺めながら、反り身になった河童の技師にその灰色の粉末は何と云うものかと尋ねて見ました。すると技師は黒光りに光った機械の前に佇んだまま、つまらなそうにこう返事をしました。

「これですか？　これは驢馬の脳髄ですよ。ええ、一度乾燥させてから、ざっと粉末

にしただけのものです。時価は一頓二三銭ですがね。」
　勿論こう云う工業上の奇蹟は書籍製造会社にばかり起っているのではありません。絵画製造会社にも、音楽製造会社にも、同じように起っているのです。実際又ゲエルの話によれば、この国では平均一箇月に七八百種の機械が新案され、何でもずんずん人手を待たずに大量生産が行われるそうです。従って又職工の解雇されるのも四五万匹を下らないそうです。その癖まだこの国では毎朝新聞を読んでいても、一度も罷業と云う字に出会いません。僕はこれを妙に思いましたから、或時又ペップやチャックとゲエル家の晩餐に招かれた機会にこのことをなぜかと尋ねて見ました。
「それはみんな食ってしまうのですよ。」
　食後の葉巻を啣えたゲエルは如何にも無造作にこう言いました。しかし「食ってしまう」と云うのは何のことだかわかりません。すると鼻眼金をかけたチャックは僕の不審を察したと見え、横あいから説明を加えてくれました。
「その職工をみんな殺してしまって、肉を食料に使うのです。ここにある新聞を御覧なさい。今月は丁度六万四千七百六十九匹の職工が解雇されましたから、それだけ肉の価段も下った訣ですよ。」
「職工は黙って殺されるのですか？」
「それは騒いでも仕かたはありません。職工屠殺法があるのですから。」

これは山桃の鉢植えを後に苦い顔をしていたペップの言葉です。僕は勿論不快を感じました。しかし主人公のゲエルもそんなことは当然と思っているらしいのです。現にチャックは笑いながら、嘲るように僕に話しかけました。
「つまり餓死したり自殺したりする手数を国家的に省略してやるのですね。ちょっと有毒瓦斯を嗅がせるだけですから、大した苦痛はありませんよ」
「けれどもその肉を食うと云うのは、……」
「冗談を言ってはいけません。あのマッグに聞かせたら、さぞ大笑いに笑うでしょう。あなたの国でも第四階級の娘たちは売笑婦になっているではありませんか？　職工の肉を食うことなどに憤慨したりするのは感傷主義ですよ」
　こう云う問答を聞いていたゲエルは手近いテエブルの上にあったサンド・ウィッチの皿を勧めながら、恬然と僕にこう言いました。
「どうです？　一つとりませんか？　これも職工の肉ですがね。」
　僕は勿論辟易しました。いや、それぱかりではありません。ペップやチャックの笑い声を後にゲエル家の客間を飛び出しました。それは丁度家々の空に星明りも見えない荒れ模様の夜です。僕はその闇の中を僕の住居へ帰りながら、のべつ幕なしに嘔吐を吐きました。夜目にも白じらと流れる嘔吐を。

九

しかし硝子会社の社長のゲエルは人懐こい河童だったのに違いありません。僕は度たびゲエルと一しょにゲエルの属している倶楽部へ行き、愉快に一晩を暮らしました。それは一つにはその倶楽部はトックの属している超人倶楽部よりも遥かに居心の善かった為です。のみならず又ゲエルの話は哲学者のマッグの話のように深みを持っていなかったにせよ、僕には全然新らしい世界を、——広い世界を覗かせました。ゲエルは、いつも純金の匙に珈琲の茶碗をかきまわしながら、快活にいろいろの話をしたものです。

何でも或霧の深い晩、僕は冬薔薇を盛った花瓶を中にゲエルの話を聞いていました。それは確か部屋全体は勿論、椅子やテエブルも白い上に細い金の縁をとったセセッション風の部屋だったように覚えています。ゲエルはふだんよりも得意そうに顔中に微笑を漲らせたまま、丁度その頃天下を取っていたQuorax党内閣のことなどを話しました。クオラックスと云う言葉は唯意味のない間投詞ですから、「おや」とでも訳す外はありません。が、兎に角何よりも先に「河童全体の利益」と云うことを標榜していた政党だったのです。

「クオラックス党を支配しているものは名高い政治家のロッペです。『正直は最良の外交である』とはビスマルクの言った言葉でしょう。しかしロッペは正直を内治の上にも及ぼしているのです。……」

「けれどもロッペの演説は……」

「まあ、わたしの言うことをお聞きなさい。あの演説は勿論悉く譃です。が、譃と云うことは誰でも知っていますから、畢竟正直と変らないでしょう。我々河童はあなたがたのように、それを一概に譃と云うのはあなたがただけの偏見ですよ。わたしの話したいのはロッペのことです。ロッペはクオラックス党を支配している、その又ロッペを支配しているものはPou-Fou新聞の(この『プウ・フウ』と云う言葉もやはり意味のない間投詞です。が、クイクイも彼自身の『ああ』とでも云う外はありません)社長のクイクイです。若し強いて訳すれば、クイクイも彼自身のクイクイです。クイクイを支配しているものはあなたの前にいるゲエルです。」

「けれども――これは失礼かも知れませんけれども、プウ・フウ新聞は労働者の味かたをする新聞でしょう。その社長のクイクイもあなたの支配を受けていると云うのは、……」

「プウ・フウ新聞の記者たちは勿論労働者の味かたです。しかし記者たちを支配する

ものはクイクイの外はありますまい。しかもクイクイはこのゲエルの後援を受けずにはいられないのです。」

ゲエルは不相変微笑しながら、純金の匙をおもちゃにしています。僕はこう云うゲエルを見ると、ゲエル自身を憎むよりも、プウ・フウ新聞の記者たちに同情の起るのを感じました。するとゲエルは僕の無言に忽ちこの同情を感じたと見え、大きい腹を膨ませてこう言うのです。

「何、プウ・フウ新聞の記者たちも全部労働者の味かたではありませんよ。少くとも我々河童と云うものは誰の味かたをするよりも先に我々自身の味かたをしますからね。……しかし更に厄介なことにはこのゲエル自身さえやはり他人の支配を受けているのです。あなたはそれを誰だと思いますか？　それはわたしの妻ですよ。美しいゲエル夫人ですよ。」

ゲエルはおお声に笑いました。

「それは寧ろ仕合せでしょう。」

「兎に角わたしは満足しています。しかしこれもあなたの前だけに、——河童でないあなたの前だけに手放しで吹聴出来るのです。」

「するとつまりクオラックス内閣はゲエル夫人が支配しているのですね。」

「さあそうも言われますかね。……しかし七年前の戦争などは確かに或雌の河童の為

「戦争？　この国にも戦争はあったのですか？」
「ありましたとも。将来もいつあるかわかりません。何しろ隣国のある限りは、……」

　僕は実際この時始めて河童の国も国家的に孤立していないことを知りました。ゲエルの説明する所によれば、河童はいつも獺を仮設敵にしているということです。しかも獺は河童に負けない軍備を具えているということです。僕はこの獺を相手に河童の戦争した話に少からず興味を感じました。（何しろ河童の強敵に獺のいるなどと云うことは「水虎考略」の著者は勿論、「山島民譚集」の著者柳田國男さんさえ知らずにいたらしい新事実ですから。）
「あの戦争の起る前には勿論両国とも油断せずにじっと相手を窺っていました。と云うのはどちらも同じように相手を恐怖していたからです。そこへこの国にいた獺が一匹、或河童の夫婦を訪問しました。その又雌の河童と云うのは亭主を殺すつもりでいたのです。何しろ亭主は道楽者でしたからね。おまけに生命保険のついていたことも多少の誘惑になったかも知れません。」
「あなたはその夫婦を御存じですか？」
「ええ、──いや、雄の河童だけは知っています。わたしの妻などはこの河童を悪人

のように言っていますがね。しかしわたしに言わせれば、悪人よりも寧ろ雌の河童に摑まることを恐れている被害妄想の多い狂人です。……そこでその雌の河童は亭主のココアの茶碗の中へ青化加里を入れて置いたのです。それを又どう間違えたか、客の獺に飲ませてしまったのです。獺は勿論死んでしまいました。それから……」

「それから戦争になったのですか？」

「ええ、生憎その獺は勲章を持っていたものですからね。」

「戦争はどちらの勝になったのですか？」

「勿論この国の勝になったのです。三十六万九千五百匹の河童たちはその為に健気にも戦死しました。しかし敵国に比べれば、その位の損害は何ともありません。この国にある毛皮と云う毛皮は大抵獺の毛皮です。わたしもあの戦争の時には硝子を製造する外にも石炭殻を戦地へ送りました。」

「石炭殻を何にするのですか？」

「勿論食糧にするのです。我々河童は腹さえ減れば、何でも食うのにきまっていますからね。」

「それは——どうか怒らずに下さい。それは戦地にいる河童たちには……我々の国では醜聞ですがね。」

「この国でも醜聞には違いありません。しかしわたし自身こう言っていれば、誰も醜

聞にはしないものです。哲学者のマッグも言っているでしょう。『汝の悪は汝自ら言え。悪はおのずから消滅すべし』……しかもわたしは利益の外にも愛国心に燃え立っていたのですからね。」

丁度そこへはいって来たのはこの倶楽部の給仕です。給仕はゲエルにお時宜をした後、朗読でもするようにこう言いました。

「お宅のお隣に火事がございます。」

「火——火事！」

ゲエルは驚いて立ち上りました。僕も立ち上ったのは勿論です。が、給仕は落ち着き払って次の言葉をつけ加えました。

「しかしもう消し止めました。」

ゲエルは給仕を見送りながら、泣き笑いに近い表情をしました。僕はこう云う顔を見ると、いつかこの硝子会社の社長を憎んでいたことに気づきました。が、ゲエルはもう今では大資本家でも何でもない唯の河童になって立っているのです。僕は花瓶の中の冬薔薇の花を抜き、ゲエルの手へ渡しました。

「しかし火事は消えたと云っても、奥さんはさぞお驚きでしょう。さあ、これを持ってお帰りなさい。」

「難有う。」

ゲエルは僕の手を握りました。それから急ににやりと笑い、小声に僕に話しかけました。
「隣はわたしの家作ですからね。火災保険の金だけはとれるのですよ。」
僕はこの時のゲエルの微笑を――軽蔑することも出来なければ、憎悪することも出来ないゲエルの微笑を未だにありありと覚えています。

　　十

「どうしたね？　きょうは又妙にふさいでいるじゃないか？」
　その火事のあった翌日です。僕は巻煙草を啣えながら、僕の客間の椅子に腰をおろした学生のラップにこう言いました。実際又ラップは右の脚の上へ左の脚をのせたまま、腐った嘴も見えないほど、ぼんやり床の上ばかり見ていたのです。
「ラップ君、どうしたねと言えば。」
「いや、何、つまらないことなのですよ。――」
　ラップはやっと頭を挙げ、悲しい鼻声を出しました。
「僕はきょう窓の外を見ながら、『おや虫取り菫が咲いた』と何気なしに呟いたので
す。すると僕の妹は急に顔色を変えたと思うと、『どうせわたしは虫取り菫よ』と当

り散らすじゃありませんか？　おまけに又僕のおふくろも大の妹贔屓ですから、やはり僕に食ってかかるのです。」

「虫取り菫が咲いたと云うことはどうして妹さんには不快なのだね？」

「さあ、多分雄の河童を捕まえると云う意味にでもとったのでしょう。愈大騒動になってしまいました。そこへおふくろと仲悪い叔母も喧嘩の仲間入りをしたのですから、誰彼の差別なしに殴り出したのです。しかも年中酔っているおやじはこの喧嘩を聞きつけると、僕の弟はその間におふくろの財布を盗むが早いか、キネマか何かを見に行ってしまいました。僕は……ほんとうに僕はも う、……」

ラップは両手に顔を埋め、何も言わずに泣いてしまいました。僕の同情したのは勿論です。同時に又家族制度に対する詩人のトックの軽蔑を思い出したのも勿論です。僕はラップの肩を叩き、一生懸命に慰めました。

「そんなことはどこでもあり勝ちだよ。まあ勇気を出し給え。」

「しかし……しかし嘴でも腐っていなければ、……」

「それはあきらめる外はないさ。さあ、トック君の家へでも行こう。」

「トックさんは僕を軽蔑しています。僕はトックさんのように大胆に家族を捨てることが出来ませんから。」

「じゃクラバック君の家へ行こう。」

僕はあの音楽会以来、クラバックにも友だちになっていましたから、兎に角この大音楽家の家へラップをつれ出すことにしました。クラバックはトックに比べれば、遥かに贅沢に暮らしています。と云うのは資本家のゲエルのように暮らしていると云う意味ではありません。唯いろいろの骨董を、——タナグラの人形やペルシアの陶器を部屋一ぱいに並べた中にトルコ風の長椅子を据え、クラバック自身の肖像画の下にいつも子供たちと遊んでいるのです。が、きょうはどうしたのか両腕を胸へ組んだまま、苦い顔をして坐っていました。のみならずその又足もとには紙屑が一面に散らばっていました。ラップも詩人のトックと一しょに度たびクラバックには会っている筈です。しかしこの容子に恐れたと見え、きょうは丁寧にお時宜をしたなり、黙って部屋の隅に腰をおろしました。

「どうしたね？　クラバック君。」

僕は殆ど挨拶の代りにこう大音楽家へ問かけました。

「どうするものか？　批評家の阿呆め！　僕の抒情詩はトックの抒情詩と比べものにならないと言やがるんだ。」

「しかし君は音楽家だし、……」

「それだけならば我慢も出来る。僕はロックに比べれば、音楽家の名に価しないと言

やがるじゃないか？」
　ロックと云うのはクラバックと度たび比べられる音楽家です。が、生憎超人倶楽部の会員になっていない関係上、僕は一度も話したことはありません。尤も嘴の反り上った、一癖あるらしい顔だけは度たび写真でも見かけていました。
「ロックも天才には違いない。しかしロックの音楽は君の音楽に溢れている近代的情熱を持っていない。」
「君はほんとうにそう思うか？」
「そう思うとも。」
　するとクラバックは立ち上るが早いか、タナグラの人形をひっ摑み、いきなり床の上に叩きつけました。ラップは余程驚いたと見え、何か声を挙げて逃げようとしました。が、クラバックはラップや僕にちょっと「驚くな」と云う手真似をした上、今度は冷やかにこう言うのです。
「それは君も亦俗人のように耳を持っていないからだ。僕はロックを恐れている。
……」
「君が？　謙遜家を気どるものか？」
「誰が謙遜家を気どるのはやめ給え。」
　僕は――クラバックに気どって見せる位ならば、批評家たちの前に気どって見せている。僕は――クラバックは天才だ。その点ではロックを恐れ

「ではこう言えばわかるだろう。ロックは僕の影響を受けない。が、僕はいつの間にかロックの影響を受けてしまうのだ。」
「それは君の感受性の……」
「まあ、聞き給え。感受性などの問題ではない。ロックはいつも安んじてあいつだけに出来る仕事をしている。しかし僕は苛ら苛らするのだ。それはロックの目から見れば、或は一歩の差かも知れない。けれども僕には十哩（マイル）も違うのだ。」
「しかしクラバック先生の英雄曲は……」
クラバックは細い目を一層細め、忌々（いまいま）しそうにラップを睨みつけました。
「黙り給え。君などに何がわかる？　僕はロックを知っているのだ。ロックに平身低頭する犬どもよりもロックを知っているのだ。」
「まあ少し静（も）かにし給え。」
「若（も）し静かにしていられるならば、……僕はいつもこう思っている。——クラバックを嘲（あざけ）る為にロックを僕の前に立たせたのだ。哲（てつ）ない何ものかは僕を、——クラバックを嘲る為にロックを僕の前に立たせたのだ。——僕等の知らない何ものかは僕を、

「ではこう言えばわかるだろう。」
「何か正体の知れないものを、——言わばロックを支配している星を。」
「どうも僕には腑（ふ）に落ちないがね。」
「では何を恐れているのだ？」
ていない。」

学者のマッグはこう云うことを何も彼も承知している。いつもあの色硝子のランタンの下に古ぼけた本ばかり読んでいる癖に。

「どうして？」

「この近頃マッグの書いた『阿呆の言葉』と云う本を見給え。――」

クラバックは僕に一冊の本を渡す――と云うよりも投げつけました。それから又腕を組んだまま、突けんどんにこう言い放ちました。

「じゃきょうは失敬しよう。」

僕は悄気返ったラップと一しょにもう一度往来へ出ることにしました。人通りの多い往来は不相変山毛欅の並み木のかげにいろいろの店を並べています。僕等は何と云うこともなしに黙って歩いて行きました。するとそこへ通りかかったのは髪の長い詩人のトックです。トックは僕等の顔を見ると、腹の袋から手巾を出し、何度も額を拭いました。

「やあ、暫らく会わなかったね。僕はきょうは久しぶりにクラバックを尋ねようと思うのだが、……」

僕はこの芸術家たちを喧嘩させては悪いと思い、クラバックの如何にも不機嫌だったことを婉曲にトックに話しました。

「そうか。じゃやめにしよう。何しろクラバックは神経衰弱だからね。……僕もこの

二三週間は眠られないのに弱っているのだ。」
「どうだね、僕等と一しょに散歩をしては？」
「いや、きょうはやめにしよう。おや！」
トックはこう叫ぶが早いか、しっかり僕の腕を摑みました。しかもいつか体中に冷や汗を流しているのです。
「どうしたのです？」
「どうしたのだ？」
「何、あの自動車の窓の中から緑いろの猿が一匹首を出したように見えたのだよ。」
僕は多少心配になり、兎に角あの医者のチャックに診察して貰うように勧めました。しかしトックは何と言っても、承知する気色さえ見せません。のみならず何か疑わしそうに僕等の顔を見比べながら、こんなことさえ言い出すのです。
「僕は決して無政府主義者ではないよ。それだけはきっと忘れずにいてくれ給え。──ではさようなら。チャックなどは真平御免だ。」
僕等はぽんやり佇んだまま、トックの後ろ姿を見送っていました。僕等は──いや、「僕等」ではありません。学生のラップはいつの間にか往来のまん中に脚をひろげ、しっきりない自動車や人通りを股目金に覗いているのです。僕はこの河童も発狂したかと思い、驚いてラップを引き起しました。

「常談じゃない。何をしている?」

しかしラップは目をこすりながら、意外にも落ち着いて返事をしました。

「いえ、余り憂鬱ですから、逆まに世の中を眺めて見たのです。けれどもやはり同じことですね。」

　　十一

これは哲学者のマッグの書いた「阿呆の言葉」の中の何章かです。——

阿呆はいつも彼以外のものを阿呆であると信じている。

　　＊

我々の自然を愛するのは自然は我々を憎んだり嫉妬したりしない為もないことはない。

　　＊

最も賢い生活は一時代の習慣を軽蔑しながら、しかもその又習慣を少しも破らないように暮らすことである。

　　＊

我々の最も誇りたいものは我々の持っていないものだけである。

何びとも偶像を破壊することに異存を持っているものはない。同時に又何びとも偶像になることに異存を持っているものはない。しかし偶像の台座の上に安んじて坐っていられるものは最も神々に恵まれたもの、――阿呆か、悪人か、英雄かである。（クラバックはこの章の上へ爪の痕をつけていました。）

我々の生活に必要な思想は三千年前に尽きたかも知れない。我々は唯古い薪に新らしい炎を加えるだけであろう。

　　　＊

我々の特色は我々自身の意識を超越するのを常としている。

　　　＊

幸福は苦痛を伴い、平和は倦怠を伴うとすれば、――？

　　　＊

自己を弁護することは他人を弁護することよりも困難である。疑うものは弁護士を見よ。

矜誇、愛慾、疑惑——あらゆる罪は三千年来、この三者から発している。同時に又恐らくはあらゆる徳も。

物質的欲望を減ずることは必ずしも平和を齎さない。我々は平和を得る為には精神的欲望も減じなければならぬ。（クラバックはこの章の上にも爪の痕を残していました。）

＊

我々は人間よりも不幸である。人間は河童ほど進化していない。（僕はこの章を読んだ時思わず笑ってしまいました。）

＊

成すことは成し得ることであり、成し得ることは成すことである。畢竟我々の生活はこう云う循環論法を脱することは出来ない。――即ち不合理に終始している。

＊

ボオドレエルは白痴になった後、彼の人生観をたった一語に、――女陰の一語に表白した。しかし彼自身を語るものは必ずしもこう言ったことではない。寧ろ彼の天才に、――彼の生活を維持するに足る詩的天才に信頼した為に胃袋の一語を忘れたことである。（この章にもやはりクラバックの爪の痕は残っている。）

若し理性に終始するとすれば、我々は当然我々自身の存在を否定しなければならぬ。理性を神にしたヴォルテエルの幸福に一生を了ったのは即ち人間の河童よりも進化していないことを示すものである。

　　　　　　　＊

十二

　或割り合に寒い午後です。僕は「阿呆の言葉」も読み飽きましたから、哲学者のマッグを尋ねに出かけました。すると或寂しい町の角に蚊のように痩せた河童が一匹、ぼんやり壁によりかかっていました。しかもそれは紛れもない、いつかの僕の万年筆を盗んで行った河童なのです。僕はしめたと思いましたから、丁度そこへ通りかかった、逞しい巡査を呼びとめました。
「ちょっとあの河童を取り調べて下さい。あの河童は丁度一月ばかり前にわたしの万年筆を盗んだのですから。」
　巡査は右手の棒をあげ、（この国の巡査は剣の代りに水松(いちい)の棒を持っているのです）「おい、君」とその河童へ声をかけました。僕は或はその河童は逃げ出しはしないかと思っていました。が、存外落ち着き払って巡査の前へ歩み寄りました。のみならず

腕を組んだまま、如何にも傲然と僕の顔や巡査の顔をじろじろ見ているのです。しかし巡査は怒りもせず、腹の袋から手帳を出して早速尋問にとりかかりました。
「お前の名は？」
「グルック。」
「職業は？」
「よろしい。そこでこの人の申し立てによれば、君はこの人の万年筆を盗んで行ったと云うことだがね。」
「ええ、一月ばかり前に盗みました。」
「何の為に？」
「子供の玩具にしようと思ったのです。」
「その子供は？」
巡査は始めて相手の河童へ鋭い目を注ぎました。
「一週間前に死んでしまいました。」
「死亡証明書を持っているかね？」
痩せた河童は腹の袋から一枚の紙をとり出しました。巡査はその紙へ目を通すと、急ににやにや笑いながら、相手の肩を叩きました。

「よろしい。どうも御苦労だったね。」

僕は呆気にとられたまま、巡査の顔を眺めていました。しかもそのうちに痩せた河童は何かぶつぶつ呟きながら、僕等を後ろにして行ってしまうのです。僕はやっと気をとり直し、こう巡査に尋ねて見ました。

「どうしてあの河童を捕まえないのです？」

「あの河童は無罪ですよ。」

「しかし僕の万年筆を盗んだのは……」

「子供の玩具にする為だったのでしょう。けれどもその子供は死んでいるのです。若し何か御不審だったら、刑法千二百八十五条をお調べなさい。」

巡査はこう言いすてたなり、さっさとどこかへ行ってしまいました。僕は仕かたがありませんから、刑法千二百八十五条を口の中に繰り返し、マッグの家へ急いで行きました。哲学者のマッグは客好きです。現にきょうも薄暗い部屋には裁判官のペップや医者のチャックや硝子会社の社長のゲエルなどが集り、七色の色硝子のランプの下に煙草の煙を立ち昇らせていました。そこに裁判官のペップが来ていたのは何よりも僕には好都合です。僕は椅子にかけるが早いか、刑法第千二百八十五条を検べる代りにも僕は早速ペップへ問いかけました。

「ペップ君、甚だ失礼ですが、この国では罪人を罰しないのですか？」

ペップは金口の煙草の煙をまず悠々と吹き上げてから、如何にもつまらなそうに返事をしました。

「罰しますとも。死刑さえ行われる位ですからね。」

「しかし僕は一月ばかり前に、……」

僕は委細を話した後、例の刑法千二百八十五条のことを尋ねて見ました。

「ふむ、それはこう云うのです。――『如何なる犯罪を行いたりと雖も、該犯罪を行わしめたる事情の消失したる後は該犯罪者を処罰することを得ず』つまりあなたの場合で言えば、その河童は嘗ては親だったのですが、今はもう親ではありませんから、犯罪も自然と消滅するのです。」

「それはどうも不合理ですね。」

「常談を言ってはいけません。親だった河童も親である、河童も同一に見ることになっているのですね。それはどうも我々には滑稽です。ふふふふふ、ふふふふふ。」

ペップは巻煙草を抛り出しながら、気のない薄笑いを洩らしていました。そこへ口を出したのは法律には縁の遠いチャックです。チャックはちょっと鼻眼金を直し、こう僕に質問しました。

「日本にも死刑はありますか？」

「ありますとも。日本では絞罪です。」

僕は冷然と構えこんだペップに多少反感を感じていましたから、この機会に皮肉を浴せてやりました。

「この国の死刑は日本よりも文明的に出来ているでしょうね？」

「それは勿論文明的です。」

ペップはやはり落ち着いていました。

「この国では絞罪などは用いません。稀には電気を用いることもあります。しかし大抵は電気も用いません。唯その犯罪の名を言って聞かせるだけです。」

「それだけで河童は死ぬのですか？」

「死にますとも。我々河童の神経作用はあなたがたのよりも微妙ですからね。」

「それは死刑ばかりではありません。殺人にもその手を使うのがあります。——」社長のゲエルは色硝子の光に顔中紫に染りながら、人懐つこい笑顔をして見せました。

「わたしはこの間も或社会主義者に『貴様は盗人だ』と言われた為に心臓麻痺を起しかかったものです。」

「それは案外多いようですね。わたしの知っていた或弁護士などはやはりその為に死んでしまったのですからね。」

僕はこう口を入れた河童、——哲学者のマッグをふりかえりました。マッグはやはりいつものように皮肉な微笑を浮かべたまま、誰の顔も見ずにしゃべっているのです。
「その河童は誰かに蛙だと言われ、——勿論あなたも御承知でしょう、この国で蛙だと言われるのは人非人と云う意味になることは。——己は蛙かな？ 蛙ではないかな？ と毎日考えているうちにとうとう死んでしまったものです」
「それはつまり自殺ですね。」
「尤もその河童を蛙だと言ったやつは殺すつもりで言ったのですがね。あなたがたの目から見れば、やはりそれも自殺と云う……」
　丁度マッグがこう云った時です。突然その部屋の壁の向うに、——確かに詩人のトックの家に鋭いピストルの音が一発、空気を反ね返えすように響き渡りました。

　　　十三

　僕等はトックの家へ駈けつけました。トックは右の手にピストルを握り、頭の皿から血を出したまま、高山植物の鉢植えの中に仰向けになって倒れていました。その傍側には雌の河童が一匹、トックの胸に顔を埋め、大声を挙げて泣いていました。僕は雌の河童を抱き起しながら、（一体僕はぬらぬらする河童の皮膚に手を触れることを

「どうしたのだか、わかりません。唯何か書いていたと思うと、いきなりピストルで頭を打ったのです。ああ、わたしはどうしましょう？　qur-r-r-r, qur-r-r-r」（これは河童の泣き声です。）

「何しろトック君は我儘だったからね。」

硝子会社の社長のゲエルは悲しそうに頭を振りながら、裁判官のペップにこう言いました。しかしペップは何も言わずに金口の巻煙草に火をつけていました。すると今まで跪いて、トックの創口などを調べていたチャックは如何にも医者らしい態度をしたまま、僕等五人に宣言しました。（実は一人と四匹とです。）

「もう駄目です。トック君は元来胃病でしたから、それだけでも憂鬱になり易かったのです。」

「何か書いていたと云うことですが。」

哲学者のマッグは弁解するようにこう独り語を洩らしながら、机の上の紙をとり上げました。僕等は皆頸をのばし、（尤も僕だけは例外です）幅の広いマッグの肩越しに一枚の紙を覗きこみました。

「いざ、立ちて行かん。娑婆界を隔つる谷へ。
　岩むらはこごしく、やま水は清く、

余り好んではいないのですが」と尋ねました。

「どうしたのです？」

マッグは僕等をふり返りながら、微苦笑と一しょにこう言いました。

「これはゲエテの『ミニョンの歌』の剽窃ですよ。するとトック君の自殺したのは詩人としても疲れていたのですね。」

そこへ偶然自動車を乗りつけたのはあの音楽家のクラバックです。クラバックはこう云う光景を見ると、暫く戸口に佇んでいました。が、僕等の前へ歩み寄ると、怒鳴りつけるようにマッグに話しかけました。

「それはトック君の遺言状ですか?」

「いや、最後に書いていた詩です。」

「詩?」

やはり少しも騒がないマッグは髪を逆立てたクラバックにトック君の詩稿を渡しました。クラバックはあたりには目もやらずに熱心にその詩稿を読み出しました。しかもマッグの言葉には殆ど返事さえしないのです。

「あなたはトック君の死をどう思いますか?」

「いざ、立ちて、……僕も亦いつ死ぬかわかりません。……娑婆界を隔つる谷へ。」

「しかしあなたはトック君とはやはり親友の一人だったのでしょう?」

「……」

薬草の花はにほへる谷へ

「親友? トックはいつも孤独だったのです。……娑婆界を隔つる谷へ、……唯トックは不幸にも、不幸にも、……岩むらはこごしく……」
「不幸にも?」
「やま水は清く、……あなたがたは幸福です。……岩むらはこごしく。……」
僕は未だに泣き声を絶たない雌の河童に同情しましたから、そっと肩を抱えるようにし、部屋の隅の長椅子へつれて行きました。そこには二歳か三歳かの河童が一匹、何も知らずに笑っているのです。僕は雌の河童の代りに子供の河童をあやしてやりました。するといつか僕の目にも涙のたまるのを感じました。僕が河童の国に住んでいるうちに涙と云うものをこぼしたのは前にも後にもこの時だけです。
「しかしこう云う我儘な河童と一しょになった家族は気の毒ですね。」
「何しろあとのことも考えないのですから。」
裁判官のペップは不相変、新しい巻煙草に火をつけながら、資本家のゲエルに返事をしていました。すると僕等を驚かせたのは音楽家のクラバックのおお声です。クラバックは詩稿を握ったまま、誰にともなしに呼びかけました。
「しめた! すばらしい葬送曲が出来るぞ。」
クラバックは細い目を赫やかせたまま、ちょっとマッグの手を握ると、いきなり戸口へ飛んで行きました。勿論もうこの時には隣近所の河童が大勢、トックの家の戸口

に集まり、珍らしそうに家の中を覗いているのです。しかしクラバックはこの河童たちを遮二無二左右へ押しのけるが早いか、ひらりと自動車へ飛び乗りました。同時に又自動車は爆音を立てて忽ちどこかへ行ってしまいました。

「こら、こら、そう覗いてはいかん。」

裁判官のペップは巡査の代りに大勢の河童を押し出した後、トックの家の戸をしめてしまいました。部屋の中はそのせいか急にひっそりなったものです。僕等はこう云う静かさの中に——高山植物の花の香に交ったトックの血の匂の中に後始末のことなどを相談しました。しかしあの哲学者のマッグだけはトックの死骸を眺めたまま、ぽんやり何か考えています。僕はマッグの肩を叩き、「何を考えているのです？」と尋ねました。

「河童の生活と云うものをね。」
「河童の生活がどうなのです？」
「我々河童は何と云っても、河童の生活を完うする為には、……」
マッグは多少差しそうにこう小声でつけ加えました。
「兎に角我々河童以外の何ものかの力を信ずることですね。」

十四

　僕に宗教と云うものを思い出させたのはこう云うマッグの言葉です。僕は勿論物質主義者ですから、真面目に宗教を考えたことは一度もなかったのに違いありません。が、この時はトックの死に或感動を受けていた為に一体河童の宗教は何であるかと考え出したのです。僕は早速学生のラップにこの問題を尋ねて見ました。
「それは基督教、仏教、モハメット教、拝火教なども行われています。まず一番勢力のあるものは何と言っても近代教でしょう。生活教とも言いますがね。」（「生活教」と云う訳語は当っていないかも知れません。この原語はQuemoochaです。chaは英吉利語のismと云う意味に当るでしょう。quemooの原形quemalの訳は単に「生きる」と云うよりも「飯を食ったり、酒を飲んだり、交合を行ったり」する意味です。）
「じゃこの国にも教会だの寺院だのはある訣なのだね?」
「常談を言ってはいけません。近代教の大寺院などはこの国第一の大建築ですよ。どうです、ちょっと見物に行っては?」
　或生温い曇天の午後、ラップは得々と僕と一しょにこの大寺院へ出かけました。なる程それはニコライ堂の十倍もある大建築です。のみならずあらゆる建築様式を一つ

に組み上げた大建築です。僕はこの大寺院の前に立ち、高い塔や円屋根を眺めた時、何か無気味にさえ感じました。実際それ等は天に向って伸びた無数の触手のように見えたものです。僕等は玄関の前に佇んだまま、（その又玄関に比べて見ても、どの位僕等は小さかったでしょう！）暫らくこの建築よりも寧ろ途方もない怪物に近い稀代の大寺院を見上げていました。

大寺院の内部も亦広大です。そのコリント風の円柱の立った中には参詣人が何人も歩いていました。しかしそれ等は僕等のように非常に小さく見えたものです。そのうちに僕等は腰の曲った一匹の河童に出合いました。するとラップはこの河童にちょっと頭を下げた上、丁寧にこう話しかけました。

「長老、御達者なのは何よりもです。」

相手の河童もお時宜をした後、やはり丁寧に返事をしました。

「これはラップさんですか？　あなたも不相変、──（と言いかけながら、ちょっと言葉をつがなかったのはラップの嘴の腐っているのにやっと気がついた為だったでしょう）──ああ、兎に角御丈夫らしいですね。が、きょうはどうして又……」

「きょうはこの方のお伴をして来たのです。この方は多分御承知の通り、──」

それからラップは滔々と僕のことを話しました。どうも又それはこの大寺院へラップが滅多に来ないことの弁解にもなっていたらしいのです。

「就いてはどうかこの方の御案内を願いたいと思うのですが。」
　長老は大様に微笑しながら、まず僕に挨拶をし、静かに正面の祭壇の礼拝を指さしました。
「御案内と申しても、何も御役に立つことは出来ません。我々信徒の礼拝するのは正面の祭壇にある『生命の樹』です。『生命の樹』には御覧の通り、金と緑との果がなっています。あの金の果を『善の果』と云い、あの緑の果を『悪の果』と云います。……」
　僕はこう云う説明のうちにもう退屈を感じ出しました。それは折角の長老の言葉も古い比喩のように聞えたからです。僕は勿論熱心に聞いている容子を装っていましたが、時々は大寺院の内部へそっと目をやるのを忘れずにいました。
　コリント風の柱、ゴシク風の穹窿、アラビアじみた市松模様の床、セセッション紛いの祈禱机、──こう云うものの作っている調和は妙に野蛮な美を具えていました。しかし僕の目を惹いたのは何よりも両側の龕の中にある大理石の半身像です。僕は何かそれ等の像を見知っているように思いました。それも亦不思議ではありません。あの腰の曲った河童は「生命の樹」の説明を了ると、今度は僕やラップと一しょに右側の龕の前へ歩み寄り、その龕の中の半身像にこう云う説明を加え出しました。
「これは我々の聖徒の一人、──あらゆるものに反逆した聖徒ストリントベリイです。この聖徒はさんざん苦しんだ揚句、スウェデンボルグの哲学の為に救われたように言

われていました。が、実は救われなかったのです。この聖徒は唯我々のように生活教を信じていました。――と云うよりも信じる外はなかったのでしょう。この聖徒の我々に残した『伝説』と云う本を読んで御覧なさい。この聖徒も自殺未遂者だったことは聖徒自身告白しています。」

僕はちょっと憂鬱になり、次の龕へ目をやりました。次の龕にある半身像は口髭の太い独逸人です。

「これはツァラトストラの詩人ニイチェです。その聖徒は聖徒自身の造った超人に救いを求めました。が、やはり救われずに気違いになってしまったのです。若し気違いにならなかったとすれば、或は聖徒の数へはいることも出来なかったかも知れません。……」

長老はちょっと黙った後、第三の龕の前へ案内しました。

「三番目にあるのはトルストイです。この聖徒は誰よりも苦行をしました。それは元来貴族だった為に好奇心の多い公衆に苦しみを見せることを嫌ったからです。この聖徒は事実上信ぜられない基督を信じようと努力しました。いや、信じているようにさえ公言したこともあったのです。しかしとうとう晩年には悲壮な嘘つきだったことに堪えられないようになりました。この聖徒も時々書斎の梁に恐怖を感じたのは有名です。けれども聖徒の数には勿論自殺したのではありません。」

第四の龕の中の半身像は我々日本人の一人です。僕はこの日本人の顔を見た時、さすがに懐しさを感じました。

「これは国木田独歩です。轢死する人足の心もちをはっきり知っていた詩人です。しかしそれ以上の説明はあなたには不必要に違いありません。では五番目の龕の中を御覧下さい。────」

「これはワグネルではありませんか？」

「そうです。国王の友だちだった革命家です。聖徒ワグネルは晩年には食前の祈禱さえしていました。しかし勿論基督教よりも生活教の信徒の一人だったのです。ワグネルの残した手紙によれば、娑婆苦は何度この聖徒を死の前に駆りやったかわかりません。」

僕等はもうその時には第六の龕の前に立っていました。

「これは聖徒ストリントベリイの友だちです。子供の大勢ある細君の代りに十三四のタイティの女を娶った商売人上りの仏蘭西の画家です。この聖徒は太い血管の中に水夫の血を流していました。が、唇を御覧なさい。砒素か何かの痕が残っています。第七の龕の中にあるのは……もうあなたはお疲れでしょう。ではどうかこちらへお出で下さい。」

僕は実際疲れていましたから、ラップと一しょに長老に従い、香の匂のする廊下伝

いに或部屋へはいりました。その又小さい部屋の隅には黒いヴェヌスの像の下に山葡萄が一ふさ献じてあるのです。僕は何の装飾もない僧房を想像していただけにちょっと意外に感じました。すると長老は僕の容子にこう云う気もちを感じたと見え、僕等に椅子を薦める前に半ば気の毒そうに説明しました。
「どうか我々の宗教の生活教であることを忘れずに下さい。我々の神、――『生命の樹』の教えは『旺盛に生きよ』と云うのですから。……ラップさん、あなたはこのかたに我々の聖書を御覧に入れましたか？」
「いえ、……実はわたし自身も殆ど読んだことはないのです。」
ラップは頭の皿を掻きながら、正直にこう返事をしました。が、長老は不相変静かに微笑して話しつづけました。
「それではおわかりなりますまい。我々の神は一日のうちにこの世界を造りました。（『生命の樹』は樹と云うものの、成し能わないことはないのです。）のみならず雌の河童を造りました。すると雌の河童は退屈の余り、雄の河童を求めました。我々の神はこの歎きを憐み、雌の河童の脳髄を取り、雄の河童を造りました。我々の神はこの二匹の河童に『食えよ、交合せよ、旺盛に生きよ』と云う祝福を与えました。……」
僕は長老の言葉のうちに詩人のトックを思い出しました。詩人のトックは不幸にも僕のように無神論者です。僕は河童ではありませんから、生活教を知らなかったのも

434

無理はありません。けれども河童の国に生まれたトックは勿論「生命の樹」を知っていた筈です。僕はこの教えに従わなかったトックの最後を憐みましたから、長老の言葉を遮るようにトックのことを話し出しました。

「ああ、あの気の毒な詩人ですね。」

長老は僕の話を聞き、深い息を洩らしました。

「我々の運命を定めるものは信仰と境遇と偶然とだけです。（尤もあなたがたはその外に遺伝をお数えなさるでしょう。）トックさんは不幸にも信仰をお持ちにならなかったのです。」

「トックはあなたを羨んでいたでしょう。いや、僕も羨んでいます。ラップ君などは年も若いし、……」

「僕も嘴さえちゃんとしていれば或は楽天的だったかも知れません。」

長老は僕等にこう言われると、もう一度深い息を洩らしました。しかもその目は涙ぐんだまま、じっと黒いヴェヌスを見つめているのです。

「わたしも実は、——これはわたしの秘密ですから、どうか誰にも仰有らずに下さい。——わたしも実は我々の神を信ずる訣に行かないのです。しかしいつかわたしの祈禱は、——」

丁度長老のこう言った時です。突然部屋の戸があいたと思うと、大きい雌の河童が

一匹、いきなり長老へ飛びかかりました。僕等がこの雌の河童を抱きとめようとしたのは勿論です。が、雌の河童は咄嗟の間に床の上へ長老を投げ倒しました。
「この爺め！　きょうも又わたしの財布から一杯やる金を盗んで行ったな！」
　十分ばかりたった後、僕等は実際逃げ出さないばかりに長老夫婦をあとに残し、大寺院の玄関を下りて行きました。
「あれではあの長老も『生命の樹』を信じない筈ですね。」
　暫く黙って歩いた後、ラップは僕にこう言いました。が、僕は返事をするよりも思わず大寺院を振り返りました。大寺院はどんより曇った空にやはり高い塔や円屋根を無数の触手のように伸ばしています。何か沙漠の空に見える蜃気楼の無気味さを漂わせたまま。……

　　十五

　それからかれこれ一週間の後、僕はふと医者のチャックに珍らしい話を聞きました。と云うのはあのトックの家に幽霊の出ると云う話なのです。その頃にはもう雌の河童はどこか外へ行ってしまい、僕等の友だちの詩人のステュディオはどこか外へ行ってしまい、僕等の友だちの詩人のステュディオに変っていました。何でもチャックの話によれば、このステュディオでは写真をとると、ト

ックの姿もいつの間にか必ず朦朧と客の後ろに映っているとか云うことです。尤もチャックは物質主義者ですから、死後の生命などを信じていません。現にその話をした時にも悪意のある微笑を浮べながら、「やはり霊魂と云うものも物質的存在と見えますね」などと註釈めいたことをつけ加えていました。僕も幽霊を信じないことは大抵チャックと余り変りません。けれども詩人のトックには親しみを感じていましたから、早速本屋の店へ駈けつけ、トックの幽霊に関する記事やトックの幽霊の写真の出ている新聞や雑誌を買って来ました。成程それ等の写真を見ると、どこかトックらしい河童が一匹、老若男女の河童の後ろにぼんやりと姿を現していました。しかし僕を驚かせたのはトックの幽霊の写真よりもトックの幽霊に関する記事、——殊にトックの幽霊に関する心霊学協会の報告です。僕は可也逐語的にその報告を訳して置きましたから、下に大略を掲げることにしましょう。但し括弧の中にあるのは僕自身の加えた註釈なのです。——

　詩人トック君の幽霊に関する報告。（心霊学協会雑誌第八千二百七十四号所載）

　わが心霊学協会は先般自殺したる詩人トック君の旧居にして現在は××写真師のステュディオなる□□街第二百五十一号に臨時調査会を開催せり。列席せる会員は下の如し。（氏名を略す。）

　我等十七名の会員は心霊学協会々長ペック氏と共に九月十七日午前十時三十分、我

等の最も信頼するメディアム、ホップ夫人を同伴し、該ステュディオの一室に参集せり。ホップ夫人は該ステュディオに入るや、既に心霊的空気を感じ、全身に痙攣を催しつつ、嘔吐すること数回に及べり。夫人の語る所によれば、こは詩人トック君の強烈なる煙草を愛したる結果、その心的空気も亦ニコチンを含有する為なりと云ふ。夫人は三分二十五秒の後、我等会員はホップ夫人と共に円卓を繞りて黙坐したり。夫人は詩人トック君の心霊と左の如き問答を開始したり。我等会員は年齢順に従い、夫人に憑依せるトック君の心霊の憑依する所となれり。極めて急劇なる夢遊状態に陥り、且詩人トック君の心霊と左の如き問答を開始したり。我等会員の名声を軽蔑し居たり。

問　君は何故に幽霊に出ずるか？
答　死後の名声を知らんが為なり。
問　君は――或は心霊諸君は死後も尚名声を欲するや？
答　少くとも予は欲せざる能わず。然れども予の邂逅したる日本の一詩人の如きは死後の名声を軽蔑し居たり。
問　君はその詩人の姓名を知れりや？
答　予は不幸にも忘れたり。唯彼の好んで作れる十七字詩の一章を記憶するのみ。
問　その詩は如何？
答　「古池や蛙飛びこむ水の音」。
問　君はその詩を佳作なりと做すや？

答　予は必しも悪作なりと做さず。唯「蛙」を「河童」とせん乎、更に光彩陸離たるべし。

問　然らばその理由は如何？
答　我等河童は如何なる芸術にも河童を求むること痛切なればなり。

会長ペック氏はこの時に当り、我等十七名の会員にこは心霊学協会の臨時調査会にして合評会にあらざるを注意したり。

問　心霊諸君の生活は如何？
答　諸君の生活と異ること無し。
問　然らば君は君自身の自殺せしを後悔するや？
答　必しも後悔せず。予は心霊的生活に倦まば、更にピストルを取りて自活すべし。
問　自活するは容易なりや否や？
答　トック君の心霊はこの問に答うるに更に問を以てしたり。こはトック君を知れるものには頗る自然なる応酬なるべし。
問　自殺するは容易なりや否や？
問　諸君の生命は永遠なりや否や？
答　我等の生命に関しては諸説紛々として信ずべからず。幸いに我等の間にも基督教、仏教、モハメット教、拝火教等の諸宗あることを忘るる勿れ。

問　君自身の信ずる所は？
答　予は常に懐疑主義者なり。
問　然れども君は少くとも心霊の存在を疑わざるべし。
答　諸君の如く確信する能わず。
問　君の交友の多少は如何？
答　予の交友は古今東西に亘り、三百人を下らざるべし。その著名なるものを挙ぐれば、クライスト、マインレンデル、ワイニンゲル、……
問　君の交友は自殺者のみなりや？
答　必しも然りとせず。自殺を弁護せるモンテエニュの如きは予が畏友の一人なり。唯予は自殺せざりし厭世主義者、――ショオペンハウエルの輩とは交際せず。
問　ショオペンハウエルは健在なりや？
答　彼は目下心霊的厭世主義を樹立し、自活する可否を論じつつあり。然れどもコレラも黴菌病なりしを知り、頗る安堵せるものの如し。
我等会員は相次いでナポレオン、孔子、ドストエフスキイ、ダアウィン、クレオパトラ、釈迦、デモステネス、ダンテ、千の利休等の心霊の消息を質問したり。然れどもトック君は不幸にも詳細に答うることを做さず、反ってトック君自身に関する種々のゴシップを質問したり。

問　予の死後の名声は如何？
答　或批評家は「群小詩人の一人」と言えり。
問　彼は予が詩集を贈らざりしに怨恨を含める一人なるべし。予の全集は出版せられしや？
答　君の全集は出版せられたれども、売行甚だ振わざるが如し。
問　予の全集は三百年の後、——即ち著作権の失われたる後、万人の購う所となるべし。予の同棲せる女友だちは如何？
答　彼女は書肆ラック君の夫人となれり。
問　彼女は未だ不幸にもラック君の義眼なるを知らざるなるべし。予が子は如何？
答　国立孤児院にありと聞けり。
問　トック君は暫く沈黙せる後、新たに質問を開始したり。
問　予が家は如何？
答　某写真師のステュディオとなれり。
問　予の机は如何になれり？
答　如何なれるかを知るものなし。
問　予は予の机の抽斗に予の秘蔵せる一束の手紙を——然れどもこは幸いにも多忙なる諸君の関する所にあらず。今やわが心霊界は徐に薄暮に沈まんとす。予は諸君

と訣別すべし。さらば。諸君。さらば。わが善良なる諸君。
ホップ夫人は最後の言葉と共に再び急劇に覚醒したり。我等十七名の会員はこの問答の真なりしことを上天の神に誓って保証せんとす。（尚又我等の信頼するホップ夫人に対する報酬は嘗て夫人が女優たりし時の日当に従いて支弁したり。）

十六

　僕はこう云う記事を読んだ後、だんだんこの国にいることも憂鬱になって来ましたから、どうか我々人間の国へ帰ることにしたいと思いました。しかしいくら探して歩いても、僕の落ちた穴は見つかりません。そのうちにあのバッグと云う漁師の河童の話には、何でもこの国の街はずれに或年をとった河童が一匹、本を読んだり、笛を吹いたり、静かに暮らしていると云うことです。僕はこの河童に尋ねて見れば、或はこの国を逃げ出す途もわかりはしないかと思いましたから、早速街はずれへ出かけて行きました。しかしそこへ行って見ると、如何にも小さい家の中に年をとった河童どころか、頭の皿も固まらない、やっと十二三の河童が一匹、悠々と笛を吹いていました。僕は勿論間違った家へはいったではないかと思いました。が、念の為に名をきいて見ると、やはりバッグの教えてくれた年よりの河童に違いないのです。

「しかしあなたは子供のようですが……」

「お前さんはまだ知らないのかい？ わたしはどう云う運命か、母親の腹を出た時には白髪頭をしていたのだよ。それからだんだん年が若くなり、今ではこんな子供になったのだよ。けれども年を勘定すれば、生まれる前を六十としても、彼是百十五六にはなるかも知れない。」

僕は部屋の中を見まわしました。そこには僕の気のせいか、質素な椅子やテエブルの間に何か清らかな幸福が漂っているように見えるのです。

「あなたはどうもほかの河童よりも仕合せに暮らしているようですね？」

「さあ、それはどうかも知れない。わたしは若い時は年よりだったし、年をとった時は若いものになっている。従って年よりのように慾にも渇かず、若いものにも色にも溺れない。兎に角わたしの生涯はたとい仕合せではないにもしろ、安らかだったのには違いあるまい。」

「成程それでは安らかでしょう。」

「いや、まだそれだけでは安らかにはならない。わたしは体も丈夫だったし、一生食うに困らぬ位の財産を持っていたのだよ。しかし一番仕合せだったのはやはり生まれて来た時に年よりだったことだと思っている。」

僕は暫くこの河童と自殺したトックの話だの毎日医者に見て貰っているゲエルの話

だのをしていました。が、なぜか年をとった河童は余り僕の話などに興味のないような顔をしていました。
「ではあなたはほかの河童のように格別生きていることに執着を持ってはいないのですね?」
　年をとった河童は僕の顔を見ながら、静かにこう返事をしました。
「わたしもほかの河童のようにこの国へ生まれて来るかどうか、一応父親に尋ねられてから母親の胎内を離れたのだよ。」
「しかし僕はふとした拍子に、この国へ転げ落ちてしまったのです。どうか僕にこの国から出て行かれる路(みち)を教えて下さい。」
「出て行かれる路は一つしかない。」
「と云うのは?」
「それはお前さんのここへ来た路だ。」
　僕はこの答を聞いた時になぜか身の毛がよだちました。
「その路が生憎(あい)にく見つからないのです。」
　年をとった河童は水々しい目にじっと僕の顔を見つめました。それからやっと体を起し、部屋の隅へ歩み寄ると、天井からそこに下っていた一本の綱を引きました。すると今まで気のつかなかった天窓が一つ開きました。その又円い天窓の外には松や檜(ひのき)

が枝を張った向うに大空が青あおと晴れ渡っています。いや、大きい鋸に似た槍ヶ岳の峯も聳えています。僕は飛行機を見た子供のように実際飛び上って喜びました。
「さあ、あすこから出て行くが好い。」
年をとった河童はこう言いながら、さっきの綱を指さしました。今まで僕の綱と思っていたのは実は綱梯子に出来ていたのです。
「ではあすこから出させて貰います。」
「唯わたしは前以て言うがね。出て行って後悔しないように。」
「大丈夫です。僕は後悔などはしません。」
僕はこう返事をするが早いか、もう綱梯子を攀じ登っていました。年をとった河童の頭の皿を遥か下に眺めながら。

十七

僕は河童の国から帰って来た後、暫くは我々人間の皮膚の匂に閉口しました。我々人間に比べれば、河童は実に清潔なものです。のみならず我々人間の頭は河童ばかり見ていた僕には如何にも気味の悪いものに見えました。これは或はあなたにはおわかりにならないかも知れません。しかし目や口は兎も角も、この鼻と云うものは妙に恐

しい気を起させるものです。僕は勿論出来るだけ、誰にも会わない算段をしました。が、我々人間にもいつか次第に慣れ出したと見え、半年ばかりたつうちにどこへでも出るようになりました。唯それでも困ったことは何か話をしているうちにうっかり河童の国の言葉を口に出してしまうことです。

「君はあしたは家にいるかね？」

「Qua」

「何だって？」

「いや、いると云うことだよ。」

大体こう云う調子だったものです。

しかし河童の国から帰って来た後、丁度一年ほどたった時、僕は或事業の失敗した為に……

（S博士は彼がこう言った時、「その話はおよしなさい」と注意をした。何でも博士の話によれば、彼はこの話をする度に看護人の手にも了えない位、乱暴になるとか云うことである。）

ではその話はやめましょう。しかし或事業の失敗した為に僕は又河童の国へ帰りたいと思い出しました。そうです。「行きたい」のではありません。「帰りたい」と思い出したのです。河童の国は当時の僕には故郷のように感ぜられましたから。

僕はそっと家を脱け出し、中央線の汽車へ乗ろうとしました。そこを生憎巡査につかまり、とうとう病院へ入れられたのです。医者のチャックはどうしているでしょう。哲学者のマッグも不相変七色の色硝子のランタアンの下に何か考えているかも知れません。殊に僕の親友だった、嘴の腐った学生のラップは、——或きょうのように曇った午後にこんな追憶に耽っていた僕は思わず声を挙げようとしました。それはいつの間にはいって来たか、バッグと云う漁師の河童が一匹、——泣いたか笑ったかも覚えていませんが、兎に角久しぶりに河童の国の言葉を使うことに感動していたことは確かです。ていたからです。僕は心をとり直した後、

「おい、バッグ、どうして来た？」

「へい、お見舞いに上ったのです。何でも御病気だとか云うことですから。」

「どうしてそんなことを知ったのか？」

「ラディオのニウスで知ったのです。」

バッグは得意そうに笑っているのです。

「それにしてもよく来られたね？」

「何、造作はありません。東京の川や堀割りは河童には往来も同様ですから。」

僕は河童も蛙のように水陸両棲の動物だったことに今更のように気がつきました。

「しかしこの辺には川はないがね。」
「いえ、こちらへ上ったのは水道の鉄管を抜けて来たのです。それからちょっと消火栓をあけて……」
「消火栓をあけて？」
「檀那はお忘れなすったのですか？」
　それから僕は二三日毎にいろいろの河童の訪問を受けました。僕の病はS博士によれば早発性痴呆症と云うことです。しかしあの医者のチャックは（これは甚だあなたにも失礼に当るのに違いありません）僕は早発性痴呆症患者ではない、早発性痴呆症患者はS博士を始め、あなたがた自身だと言っていました。医者のチャックも来る位ですから、学生のラップや哲学者のマグの見舞いに来たことは勿論です。が、あの漁師のバッグの外に昼間は誰も尋ねて来ません。殊に二三匹一しょに来るのは夜、――それも月のある夜です。のみならず月明りの中に硝子会社の社長のゲエルや哲学者のマッグと話をしました。そら、向うの机の上に黒百合の花束がのっているでしょう？　あれもゆうべクラバックが土産に持って来てくれたものです。……
（僕は後を振り返って見た。が、勿論机の上には花束も何ものっていなかった。）
　それからこの本も哲学者のマッグがわざわざ持って来てくれたものです。ちょっと

最初の詩を読んで御覧なさい。いや、あなたは河童の国の言葉を御存知になる筈はありません。では代りに読んで見ましょう。これは近頃出版になったトックの全集の一冊です。――

（彼は古い電話帳をひろげ、こう云う詩をおお声に読みはじめた。）

――椰子の花や竹の中に
仏陀はとうに眠っている。
路ばたに枯れた無花果と一しょに
基督ももう死んだらしい。

しかし我々は休まなければならぬ
たとい芝居の背景の前にも。
（その又背景の裏を見れば、継ぎはぎだらけのカンヴァスばかりだ。！）――

けれども僕はこの詩人のように厭世的ではありません。河童たちの時々来てくれる

限りは、――ああ、このことは忘れていました。あなたは僕の友だちだった裁判官のペップを覚えているでしょう。あの河童は職を失った後、ほんとうに発狂してしまいました。何でも今は河童の国の精神病院にいると云うことです。僕はＳ博士さえ承知してくれれば、見舞いに行ってやりたいのですがね……。

歯車

読んだ人‥北 杜夫（『夜と霧の隅で』で第四三回芥川賞受賞）

作品『歯車』

北 杜夫

　大学生の頃、愛読書はトーマス・マンだったが、いわば副読本として、芥川や太宰をよく読んでいた。芥川は全集を読み通した初めての作家だったはずだ。『歯車』は三年生のときに読んだと思うが、私自身が神経衰弱的な状態にあったせいか、その内容にとても共感するところがあった。

　文中に出てくる歯車は、芥川さんのフィクションかと思っていたが、芥川さんに薬を処方したことのある私の父・斎藤茂吉にあてた手紙の中にも「歯車が見える」との記述がある。後年、じっさいにそうした幻視を訴える人がいると、眼科の医者に聞いたこともあるから、芥川さんの実体験であったのだろう。

　私自身が歯車を見たことはないけれど、病気かそうでないか、不安定な境界線上をさまよう気持ちはよくわかり、この作品には、とても強い印象を受けた。

一　レエン・コオト

僕は或知り人の結婚披露式につらなる為に鞄を一つ下げたまま、東海道の或停車場へその奥の避暑地から自動車を飛ばした。上り列車に間に合うかどうかは可也怪しいのに違いなかった。自動車には丁度僕の外に或理髪店の主人も乗り合せていた。彼は棗のようにまるまると肥った、短い頤鬚の持ち主だった。僕は時間を気にしながら、時々彼と話をした。

「妙なこともありますね。××さんの屋敷には昼間でも幽霊が出るって云うんですが。」

「昼間でもね。」

僕は冬の西日の当った向うの松山を眺めながら、善い加減に調子を合せていた。

「尤も天気の善い日には出ないそうです。一番多いのは雨のふる日だって云うんです が。」

「雨のふる日に濡れに来るんじゃないか？」

「御常談で。……しかしレエン・コオトを着た幽霊だって云うんです。」

自動車はラッパを鳴らしながら、或停車場へ横着けになった。僕は或理髪店の主人

に別れ、停車場の中へはいって行った。すると果して上り列車は二三分前に出たばかりだった。僕は今聞いたばかりの幽霊の話を思い出した。が、ちょっと苦笑したぎり、兎に角次の列車を待つ為に停車場前のカッフェへはいることにした。

それはカッフェと云う名を与えるのも考えものに近いカッフェだった。僕は隅のテエブルに坐り、ココアを一杯註文した。テエブルにかけたオイル・クロオスは白地に細い青の線を荒い格子に引いたものだった。しかももう隅々には薄汚いカンヴァスを露出していた。僕は膠臭いココアを飲みながら、人げのないカッフェの中を見まわした。埃じみたカッフェの壁には「親子丼」だの「カツレツ」だと云う紙札が何枚も貼ってあった。

「地玉子、オムレツ」

僕はこう云う紙札に東海道線に近い田舎を感じた。それは麦畠やキャベツ畠の間に電気機関車の通る田舎だった。……

次の上り列車に乗ったのはもう日暮に近い頃だった。僕はいつも二等に乗っていたが、何かの都合上、その時は三等に乗ることにした。汽車の中は可也こみ合っていた。しかも僕の前後にいるのは大磯かどこかへ遠足に行ったらしい小学校の女生徒ばかりだった。僕は巻煙草に火をつけながら、こう云う

女生徒の群れを眺めていた。彼等はいずれも快活だった。のみならず殆どしゃべり続けだった。
「写真屋さん、ラヴ・シインって何？」
やはり遠足について来たらしい、僕の前にいた「写真屋さん」は何とかお茶を濁していた。しかし十四五の女生徒の一人は僕に何かいろいろのことを問いかけていた。僕はふと彼女の鼻に蓄膿症のあることを感じ、何か頬笑ずにはいられなかった。それから又僕の隣りにいた十二三の女生徒の一人は若い女教師の膝の上に坐り、片手に彼女の頸を抱きながら、片手に彼女の頬をさすっていた。しかも誰かと話す合い間に時々こう女教師に話しかけていた。
「可愛いわね、先生は。可愛い目をしていらっしゃるわね。」
彼等には女生徒よりも一人前の女と云う感じを与えた。……しかし年かさらしい女生徒の一人は僕の側を通る時に誰かの足を踏んだと見え、「御免なさいまし」と声をかけたり、キャラメルの紙を剥いでいたりしていることを除けば。僕は巻煙草を喰えたまま、この矛盾を感じた僕自身を冷笑しない訳には行かなかった。彼女だけは僕等よりもませているだけに反って僕には女生徒らしかった。僕は巻煙草を喰えたまま、この矛盾を感じた僕自身を冷笑しない訳には行かなかった。いつか電灯をともした汽車はやっと或郊外の停車場へ着いた。僕は風の寒いプラットフォームへ下り、一度橋を渡った上、省線電車の来るのを待つことにした。すると

偶然顔を合せたのは或会社にいるT君だった。僕等は電車を待っている間に不景気のことなどを話し合った。T君は勿論僕などよりもこう云う問題に通じていた。が、逞しい彼の指には余り不景気には縁のない土耳古石の指環も嵌まっていた。

「大したものを嵌めているね。」

「これか？　これはハルピンへ商売に行っていた友だちの指環を買わされたんだよ。そいつも今は往生している。コオペラティヴと取引が出来なくなったものだから。」

僕等の乗った省線電車は幸いにも汽車ほどこんでいなかった。僕等は並んで腰をおろし、いろいろのことを話していた。T君はついこの春に巴里にある勤先から東京へ帰ったばかりだった。従って僕等の間には巴里の話も出勝ちだった。カイヨオ夫人の話、蟹料理の話、御外遊中の或殿下の話、……

「仏蘭西は存外困ってはいないよ。唯元来仏蘭西人と云うやつは税を出したがらない国民だから、内閣はいつも倒れるがね。」

「だってフランは暴落するしさ。」

「それは新聞を読んでいればね。しかし向うにいて見給え。新聞紙上の日本なるものはのべつに大地震や大洪水があるから。」

するとレエン・コオトを着た男が一人僕等の向うへ来て腰をおろした。僕はちょっと無気味になり、何か前に聞いた幽霊の話をT君に話したい心もちを感じた。が、T

君はその前に杖の柄をくるりと左へ向け、顔は前を向いたまま、小声に僕に話しかけた。

「あすこに女が一人いるだろう？　鼠色の毛糸のショオルをした、……」

「あの西洋髪に結った女か？」

「うん、風呂敷包みを抱えている女さ。あいつはこの夏は軽井沢にいたよ。ちょっと洒落た洋装などをしてね。」

しかし彼女は誰の目にも見すぼらしいなりをしているのに違いなかった。僕はT君と話しながら、そっと彼女を眺めていた。彼女はどこか眉の間に気違いらしい感じのする顔をしていた。しかもその又風呂敷包みの中から豹に似た海綿をはみ出させていた。

「軽井沢にいた時には若い亜米利加人と踊ったりしていたっけ。モダアン……何と云うやつかね。」

レエン・コオトを着た男は僕のT君と別れる時にはいつかそこにいなくなっていた。僕は省線電車の或停車場からやはり鞄をぶら下げたまま、或ホテルへ歩いて行った。僕はそこを歩いている往来の両側に立っているのは大抵大きいビルディングだった。のみならず僕の視野のうちに妙なものを見つけ出した。うちにふと松林を思い出した。——と云うのは絶えずまわっている半透明の歯車だった。僕はこう云う妙なものを？

457　歯車

経験を前にも何度か持ち合せていた。歯車は次第に数を殖やし、半ば僕の視野を塞いでしまう、が、それも長いことではない、暫くの後には消え失せる代りに今度は頭痛を感じはじめる、——それはいつも同じことだった。眼科の医者はこの錯覚（？）の為に度々僕に禁煙を命じた。しかしこう云う歯車は僕の煙草に親まない二十前にも見えないことはなかった。僕は又はじまったなと思い、左の目の視力をためす為に片手に右の目を塞いで見た。左の目は果して何ともなかった。しかし右の目の眶の裏には歯車が幾つもまわっていた。僕は右側のビルディングの次第に消えてしまうのを見ながら、せっせと往来を歩いて行った。

ホテルの玄関へはいった時には歯車ももう消え失せていた。が、頭痛はまだ残っていた。僕は外套や帽子を預ける次手に部屋を一つとって貰うことにした。それから或雑誌社へ電話をかけて金のことを相談した。

結婚披露式の晩餐はとうに始まっていたらしかった。僕はテエブルの隅に坐り、ナイフやフォオクを動かし出した。正面の新郎や新婦をはじめ、白い凹字形のテエブルに就いた五十人あまりの人びとは勿論いずれも陽気だった。が、僕の心もちは明るい電灯の光の下にだんだん憂鬱になるばかりだった。僕はこの心もちを遁れる為に隣いた客に話しかけた。彼は丁度獅子のように白い頬鬚を伸ばした老人だった。のみならず僕も名を知っていた或名高い漢学者だった。従って又僕等の話はいつか古典の上

へ落ちて行った。
「麒麟はつまり一角獣ですね。それから鳳凰もフェニックスと云う鳥の、……」
この名高い漢学者はこう云う僕の話にも興味を感じているらしかった。僕は機械的にしゃべっているうちにだんだん病的な破壊慾を感じ、堯舜を架空の人物にしたのは勿論、「春秋」の著者もずっと後の漢代の人だったことを話し出した。するとこの漢学者は露骨に不快な表情を示し、少しも僕の顔を見ずに殆ど虎の唸るように僕の話を截り離した。
「もし堯舜もいなかったとすれば、孔子は謊をつかれたことになる。聖人の謊をつかれる筈はない。」

僕は勿論黙ってしまった。それから又皿の上の肉へナイフやフォオクを加えようとした。すると小さい蛆が一匹静かに肉の縁に蠢いていた。蛆は僕の頭の中にWormと云う英語を呼び起した。それは又麒麟や鳳凰のように或伝説的動物を意味している言葉にも違いなかった。僕はナイフやフォオクを置き、いつか僕の杯にシャンパアニュのつがれるのを眺めていた。

やっと晩餐のすんだ後、僕は前にとって置いた僕の部屋へこもる為に人気のない廊下を歩いて行った。廊下は僕にはホテルよりも監獄らしい感じを与えるものだった。しかし幸いにも頭痛だけはいつの間にか薄らいでいた。

僕の部屋には鞄は勿論、帽子や外套も持って来ていた。僕は壁にかけた外套に僕自身の立ち姿を感じ、急いでそれを部屋の隅の衣裳戸棚の中へ抛りこんだ。それから鏡台の前へ行き、じっと鏡に僕の顔を映した。鏡に映った僕の顔は皮膚の下の骨組みを露わしていた。蛆はこう云う僕の記憶に忽ちはっきり浮かび出した。

僕は戸をあけて廊下へ出、どこと云うことなしに歩いて行った。するとロッビイへ出る隅に緑いろの笠をかけた、背の高いスタンドが一つ硝子戸に鮮かに映っていた。それは何か僕の心に平和な感じを与えるものだった。僕はその前の椅子に坐り、いろいろのことを考えていた。が、そこにも五分とは坐っている訳に行かなかった。レエン・コオトは今度も亦僕の横にあった長椅子の背中に如何にもだらりと脱ぎかけてあった。

「しかも今は寒中だと云うのに。」

僕はこんなことを考えながら、もう一度廊下を引き返して行った。廊下の隅の給仕だまりには一人も給仕は見えなかった。しかし彼等の話し声はちょっと僕の耳をかすめて行った。それは何とか言われたのに答えた All right と云う英語だった。「オオル・ライト」？――僕はいつかこの対話の意味を正確に摑もうとあせっていた。「オオル・ライト」？「オオル・ライト」？何が一体オオル・ライトなのであろう？

僕の部屋は勿論ひっそりしていた。が、戸をあけてはいることは妙に僕には無気味

だった。僕はちょっとためらった後、思い切って部屋の中へはいって行った。それから鏡を見ないようにし、机の前の椅子に腰をおろした。椅子は蜥蜴の皮に近い、青いマロック皮の安楽椅子だった。僕は鞄をあけて原稿用紙を出し、或短篇を続けようとした。けれどもインクをつけたペンはいつまでたっても動かなかった。のみならずっと動いたと思うと、同じ言葉ばかり書きつづけていた。All right……All right……All right, sir……All right……

そこへ突然鳴り出したのはベッドの側にある電話だった。僕は驚いて立ち上り、受話器を耳へやって返事をした。

「どなたは？」

「あたしです。あたし……」

相手は僕の姉の娘だった。

「何だい？　どうかしたのかい？」

「ええ、あの大へんなことが起ったんです。ですから、……大へんなことが起ったもんですから、今叔母さんにも電話をかけたんです。」

「大へんなこと？」

「ええ、ですからすぐに来て下さい。すぐにですよ。」

電話はそれぎり切れてしまった。僕はもとのように受話器をかけ、反射的にベルの

鈕を押した。しかし僕の手の震えていることは僕自身はっきり意識していた。給仕は容易にやって来なかった。やっと運命の僕に教えた「オオル・ライト」と云う言葉を了解しながら、した、――僕の姉の夫はその日の午後、東京から余り離れていない或田舎に轢死していた。しかも季節に縁のないレエン・コオトをひっかけていた。僕はいまもそのホテルの部屋に前の短篇を書きつづけている。真夜中の廊下には誰も通らない。が、時々戸の外に翼の音の聞えることもある。どこかに鳥でも飼ってあるのかも知れない。

　　二　復讐

　僕はこのホテルの部屋に午前八時頃に目を醒ました。が、ベッドをおりようとすると、スリッパアは不思議にも片っぽしかなかった。それはこの一二年の間、いつも僕に恐怖だの不安だのを与える現象だった。のみならずサンダアルを片っぽだけはいた希臘神話の中の王子を思い出させる現象だった。僕はベルを押して給仕を呼び、スリッパアの片っぽを探して貰うことにした。給仕はけげんな顔をしながら、狭い部屋の中を探しまわった。

「ここにありました。このバスの部屋の中に。」
「どうしてまた鼠かそんな所へ行っていたのだろう?」
「さあ、鼠かも知れません。」

　僕は給仕の退いた後、牛乳を入れない珈琲を飲み、前の小説を仕上げにかかった。凝灰岩を四角に組んだ窓は雪のある庭に向いていた。僕はペンを休める度にぼんやりとこの雪を眺めたりした。雪は莟を持った沈丁花の下に都会の煤煙によごれていた。それは何か僕の心に傷ましさを与える眺めだった。僕は巻煙草をふかしながら、いつかペンを動かさずにいろいろのことを考えていた。妻のことを、子供たちのことを、就中姉の夫のことを。……

　姉の夫は自殺する前に放火の嫌疑を蒙っていた。それも亦実際仕かたはなかった。彼は家の焼ける前に家の価格に二倍する火災保険に加入していた。しかも偽証罪を犯した為に執行猶予中の体になっていた。けれども僕を不安にしたのは彼の自殺したことよりも僕の東京へ帰る度に必ず火の燃えるのを見たことだった。僕は或は汽車の中から山を焼いている火を見たり、或は又自動車の中から彼の家の焼けない前にもおのずから僕に火事のある予感を与えない訣には行かなかった。
「今年は家が火事になるかも知れないぜ。」

「そんな縁起の悪いことを。……それでも火事になったら大変ですね。保険は礙につていないし、……」

　僕等はそんなことを話し合ったりした。しかし僕の家は焼けずに、——僕は努めて妄想を押しのけ、もう一度ペンを動かそうとした。が、ペンはどうしても一行とは楽に動かなかった。僕はとうとう机の前を離れ、ベッドの上に転がったまま、トルストイのPolikouchkaを読みはじめた。この小説の主人公は虚栄心や病的傾向や名誉心の入り交った、複雑な性格の持ち主だった。しかも彼の一生の悲喜劇は多少の修正を加えさえすれば、僕の一生のカリカテュアだった。殊に彼の悲喜劇の中に運命の冷笑を感じるのは次第に僕を無気味にし出した。僕は一時間とたたないうちにベッドの上から飛び起きるが早いか、窓かけの垂れた部屋の隅へカ一ぱい本を抛りつけた。

「くたばってしまえ！」

　すると大きい鼠が一匹窓かけの下からバスの部屋へ斜めに床の上を走って行った。僕は一足飛びにバスの部屋へ行き、戸をあけて中を探しまわった。が、白いタッブのかげにも鼠らしいものは見えなかった。僕は急に無気味になり、慌ててスリッパアを靴に換えると、人気のない廊下を歩いて行った。

　廊下はきょうも不相変牢獄のように憂鬱だった。僕は頭を垂れたまま、階段を上ったり下りたりしているうちにいつかコック部屋へはいっていた。コック部屋は存外明

るかった。が、片側に並んだ竈は幾つも炎を動かしていた。僕はそこを通りぬけながら、白い帽をかぶったコックたちの冷やかに僕を見ているのを感じた。同時に又僕の堕ちた地獄を感じた。「神よ、我を罰し給え。怒り給うこと勿れ。恐らくは我滅びん。」——こう云う祈禱もこの瞬間にはおのずから僕の唇にのぼらない訣には行かなかった。

僕はこのホテルの外へ出ると、青ぞらの映った雪解けの道をせっせと姉の家へ歩いて行った。道に沿うた公園の樹木は皆枝や葉を黒ませていた。のみならずどれも一本ごとに丁度僕等人間のように前や後ろを具えていた。それも赤僕には不快よりも恐怖に近いものを運んで来た。僕はダンテの地獄の中にある、樹木になった魂を思い出し、ビルディングばかり並んでいる電車線路の向うを歩くことにした。しかしそこも一町とは無事に歩くことは出来なかった。

「ちょっと通りがかりに失礼ですが、……」

それは金釦の制服を着た二十二三の青年だった。僕は黙ってこの青年を見つめ、彼の鼻の左の側に黒子のあることを発見した。彼は帽を脱いだまま、怯ず怯ずこう僕に話しかけた。

「Aさんではいらっしゃいませんか？」

「そうです。」

「どうもそんな気がしたものですから、……」

「何か御用ですか？」
「いえ、唯お目にかかりたかっただけです。僕も先生の愛読者の……」
僕はもうその時にはちょっと帽をとったぎり、彼を後ろに歩き出していた。先生、――それは僕にはこの頃では最も不快な言葉だった。僕はあらゆる罪悪を犯していることを信じていた。しかも彼等は何かの機会に僕を先生と呼びつづけていた。何ものかを？――しかし僕はそこに僕を嘲る何ものかを感じずにはいられなかった。僕はつい二三箇月前にも或小さい同人雑誌にこう云う言葉を発表していた。「僕は芸術的良心を始め、どの物質主義は神秘主義を拒絶せずにはいられなかった。僕の持っているのは神経だけである。」――
　姉は三人の子供たちと一しょに露地の奥のバラックに避難していた。僕等は火鉢に手をかざしながら、いろいろのことを話し合った。体の逞しい姉の夫は人一倍痩せ細った僕を本能的に軽蔑していた。のみならず僕の作品の不道徳であることを公言していた。僕はいつも冷かにこう云う彼を見おろしたまま、一度も打ちとけて話したことはなかった。が、僕の姉と話しているうちにだんだん彼も僕のように地獄に堕ちていたことを悟り出した。しかし彼は現に寝台車の中に幽霊を見たとか云うことだった。僕は巻煙草に火をつけ、努めて金のことばかり話しつづけた。

「何しろこう云う際だしするから、何も彼も売ってしまおうと思うの。」

「それはそうだ。タイプライタアなどは幾らかになるだろう。」

「ええ、それから画などもあるし。」

「次手にNさん（姉の夫）の肖像画も売るか？　しかしあれは……」

僕はバラックの壁にかけた、額縁のない一枚のコンテ画を見ると、迂闊に常談も言われないのを感じた。轢死した彼は汽車の為に顔もすっかり肉塊になり、僅かに唯口髭だけ残っていたとか云うことだった。この話は勿論話自身も薄気味悪いのに違いない、しかし彼の肖像画はどこも完全に描いてあるものの、口髭だけはなぜかぼんやりしていた。僕は光線の加減かと思い、この一枚のコンテ画をいろいろの位置から眺めるようにした。

「何をしているの？」

「何でもないよ。……」

姉はちょっと振り返りながら、何も気づかないように返事をした。

「髭だけ妙に薄いようでしょう。」

僕の見たものは錯覚ではなかった。しかし錯覚ではないとすれば、——僕は午飯の世話にならないうちに姉の家を出ることにした。

「まあ、善いでしょう。」

「又あしたでも、……きょうは青山まで出かけるのだから。」
「ああ、あすこ？　まだ体の具合は悪いの？」
「やっぱり薬ばかり嚥んでいる。催眠薬だけでも大変だよ。ヴェロナァル、ノイロナアル、トリオナァル、ヌマアル……」

　三十分ばかりたった後、僕は或ビルディングへはいり、昇降機に乗って三階へのぼった。それから或レストオランの硝子戸を押してはいろうとした。が、硝子戸は動かなかった。のみならずそこには「定休日」と書いた漆塗りの札も下っていた。僕は愈〻不快になり、硝子戸の向うのテエブルの上に林檎やバナナを盛ったのを見たまま、もう一度往来へ出ることにした。すると会社員らしい男が二人何か快活にしゃべりながら、このビルディングへはいる為に僕の肩をこすって行った。彼等の一人はその拍子に「イライラしてね」と言ったらしかった。
　僕は往来に佇んだなり、タクシイの通るのを待ち合せていた。タクシイは容易に通らなかった。のみならずたまに通ったのは必ず黄いろい車だった。（このタクシイはなぜか僕に交通事故の面倒をかけるのを常としていた。）そのうちに僕は縁起の好い緑いろの車を見つけ、兎に角青山の墓地に近い精神病院へ出かけることにした。

「イライラする、──Tantalizing──Tantalus──Inferno……」

タンタルスは実際硝子戸越しに果物を眺めた僕自身だった。僕は二度も僕の目に浮かんだダンテの地獄を呪いながら、じっと運転手の背中を眺めていた。そのうちに又あらゆるものの譃であることを感じ出した。政治、実業、芸術、科学、――いずれも皆こう云う僕にはこの恐しい人生を隠した雑色のエナメルに外ならなかった。僕はだんだん息苦しさを感じ、タクシイの窓をあけ放ったりした。が、何か心臓をしめられる感じは去らなかった。

緑いろのタクシイはやっと神宮前へ走りかかった。そこには或精神病院へ曲る横町が一つある筈だった。しかしそれもきょうだけはなぜか僕にはわからなかった。僕は電車の線路に沿い、何度もタクシイを往復させた後、とうとうあきらめることにした。

僕はやっとその横町を見つけ、ぬかるみの多い道を曲って行った。するといつか道を間違え、青山斎場の前へ出てしまった。それは彼是十年前にあった夏目先生の告別式以来、一度も僕は門の前さえ通ったことのない建物だった。十年前の僕も幸福ではなかった。しかし少くとも平和だった。僕は砂利を敷いた門の中を眺め、「漱石山房」の芭蕉を思い出しながら、何か僕の一生も一段落のついたことを感じない訣には行かなかった。のみならずこの墓地の前へ十年目に僕をつれて来た何ものかを感じない訣にも行かなかった。

或精神病院の門を出た後、僕は又自動車に乗り、前のホテルへ帰ることにした。が、このホテルの玄関へおりると、レエン・コオトを着た男が一人何か給仕と喧嘩をしていた。給仕と？——いや、それは給仕ではない、緑いろの服を着た自動車掛りだった。僕はこのホテルへはいることに何か不吉な心もちを感じ、さっさともとの道を引き返して行った。

僕の銀座通りへ出た時には彼是日の暮も近づいていた。僕は両側に並んだ店や目まぐるしい人通りに一層憂鬱にならずにはいられなかった。殊に往来の人々の罪などと云うものを知らないように軽快に歩いているのは不快だった。僕は薄明るい外光に電灯の光のまじった中をどこまでも北へ歩いて行った。そのうちに僕の目を捉えたのは雑誌などを積み上げた本屋だった。僕はこの本屋の店へはいり、ぼんやり何段かの書棚を見上げた。それから「希臘神話」と云う一冊の本へ目を通すことにした。黄いろい表紙をした「希臘神話」は子供の為に書かれたものらしかった。けれども偶然僕の読んだ一行は忽ち僕を打ちのめした。

「一番偉いツォイスの神でも復讐の神にはかないません。……」

僕はこの本屋の店を後らに人ごみの中を歩いて行った。いつか曲り出した僕の背中に絶えず僕をつけ狙っている復讐の神を感じながら。……

三　夜

　僕は丸善の二階の書棚にストリントベルグの「伝説」を見つけ、二三頁ずつ目を通した。それは僕の経験と大差のないことを書いたものだった。のみならず黄いろい表紙をしていた。僕は「伝説」を書棚へ戻し、今度は殆ど手当り次第に厚い本を一冊引きずり出した。しかしこの本も挿し画の一枚に僕等人間と変りのない、目鼻のある歯車ばかり並べていた。(それは或独逸人の集めた精神病者の画集だった。)僕はいつか憂鬱の中に反抗的精神の起るのを感じ、やぶれかぶれになった賭博狂のようにいろいろの本を開いて行った。が、なぜかどの本も必ず文章か挿し画かの中に多少の針を隠していた。どの本も？──僕は何度も読み返した「マダム・ボヴァリイ」を手にとって時さえ、畢竟僕自身も中産階級のムッシウ・ボヴァリイに外ならないのを感じた。

　日の暮れに近い丸善の二階には僕の外に客もないらしかった。僕は電灯の光の中に書棚の間をさまよって行った。それから「宗教」と云う札を掲げた書棚の前に足を休め、緑いろの表紙をした一冊の本へ目を通した。この本は目次の第何章かに「恐しい四つ
……

の敵、——疑惑、恐怖、驕慢、官能的欲望」と云ふ言葉を並べてゐた。僕はかう云ふ言葉を見るが早いか、一層反抗的精神の起るのを感じた。それ等の敵と呼ばれるものは少くとも僕には感受性や理智の異名に外ならなかつた。が、伝統的精神もやはり近代的精神のやうにやはり僕を不幸にするのは愈僕にはたまらなかつた。僕はこの本を手にしたまま、ふといつかペン・ネエムに用ゐた「寿陵余子」と云ふ言葉を思ひ出した。それは邯鄲の歩みを学ばないうちに寿陵の歩みを忘れてしまひ、蛇行匍匐して帰郷したと云ふ「韓非子」中の青年だつた。今日の僕は誰の目にも「寿陵余子」であるのに違ひなかつた。しかしまだ地獄へ堕ちなかつた僕もこのペン・ネエムを用ゐてゐたことは、——僕は大きい書棚を後らに努めて妄想を払ふやうにし、丁度僕の向ひにあつたポストアの展覧室へはいつて行つた。が、そこにも一枚のポストアの中には聖ジヨオジらしい騎士が一人翼のある竜を刺し殺してゐた。しかもその騎士は兜の下に僕の敵の一人に近いしかめ面を半ば露してゐた。僕は又「韓非子」の中の屠竜の技の話を思ひ出し、展覧室へ通りぬけずに幅の広い階段を下つて行つた。

僕はもう夜になつた日本橋通りを歩きながら、屠竜と云ふ言葉を考へつづけた。それは又僕の持つてゐる硯の銘にも違ひなかつた。この硯を僕に贈つたのは或若い事業家だつた。彼はいろいろの事業に失敗した揚句、とうとう去年の暮に破産してしまつた。僕は高い空を見上げ、無数の星の光の中にどのくらゐこの地球の小さいかと云ふ

ことを、——従ってどのくらい僕自身の小さいかと云うことを考えようとした。しかし昼間は晴れていたのにどの空もいつのまにかすっかり曇っていた。僕は突然何ものかの僕に敵意を持っているのを感じ、電車線路の向うにある或るカッフェに避難することにした。

それは「避難」に違いなかった。僕はこのカッフェの薔薇色の壁に何か平和に近いものを感じ、一番奥のテエブルの前にやっと楽々と腰をおろした。そこには幸い僕の外に二三人の客のあるだけだった。僕は一杯のココアを啜り、ふだんのように巻煙草をふかし出した。巻煙草の煙は薔薇色の壁へかすかに青い煙を立ちのぼらせて行った。この優しい色の調和も僕には愉快だった。けれども僕は暫らくの後、僕の左の壁にかけたナポレオンの肖像画を見つけ、そろそろ又不安を感じ出した。ナポレオンはまだ学生だった時、彼の地理のノオト・ブックの最後に「セェント・ヘレナ、小さい島」と記していた。それは或は僕等の言うように偶然だったかも知れなかった。しかしナポレオン自身にさえ恐怖を呼び起したのは確かだった。……

僕はナポレオンを見つめたまま、僕自身の作品を考え出した。するとまず記憶に浮かんだのは「侏儒 の言葉」の中のアフォリズムだった。（殊に「人生は地獄よりも地獄的である」と云う言葉だった。）それから「地獄変」の主人公、——良秀 と云う画師の運命だった。それから……僕は巻煙草をふかしながら、こう云う記憶から逃れる為にこのカッフェの中を眺めまわした。僕のここへ避難したのは五分もたたない前の

ことだった。しかしこのカッフェは短時間の間にすっかり容子を改めていた。就中僕を不快にしたのはマホガニイまがいの椅子やテエブルの少しもあたりの薔薇色の壁と調和を保っていないことだった。僕はもう一度人目に見えない苦しみの中に落ちこむのを恐れ、銀貨を一枚投げ出すが早いか、匆々このカッフェを出ようとした。

「もし、もし、二十銭頂きますが、……」

僕の投げ出したのは銅貨だった。

僕は屈辱を感じながら、ひとり往来を歩いているうちにふと、遠い松林の中にある僕の家を思い出した。それは或郊外にある僕の養父母の家ではない、唯僕を中心にした家族の為に借りた家だった。僕は彼是十年前にもこう云う家に暮らしていた。しかし或事情の為に軽卒にも父母と同居し出した。同時に又奴隷に、暴君に、力のない利己主義者に変り出した。……

僕の前のホテルに帰ったのはもう十時だった。ずっと長い途を歩いて来た僕は僕の部屋へ帰る力を失い、太い丸太の火を燃やした炉の前の椅子に腰をおろした。それから僕の計画していた長篇のことを考え出した。それは推古から明治に至る各時代の民を主人公にし、大体三十余りの短篇を時代順に連ねた長篇だった。僕は火の粉の舞い上るのを見ながら、ふと宮城の前にある或銅像を思い出した。この銅像は甲冑を着、忠義の心そのもののように高だかと馬の上に跨っていた。しかし彼の敵だったのは、

「嘘！」
　僕は又遠い過去から目近い現代へすべり落ちた。そこへ幸いにも来合せたのは或先輩の彫刻家だった。彼は不相変天鵞絨の服を着、短い山羊髯を反らせていた。僕は椅子から立ち上り、彼のさし出した手を握った。（それは僕の習慣ではない、パリやベルリンに半生を送った彼の習慣に従ったのだった。）が、彼の手は不思議にも爬虫類の皮膚のように湿っていた。
「君はここに泊っているのですか？」
「ええ、……」
「仕事をしに？」
「ええ、仕事もしているのです。」
　彼はじっと僕の顔を見つめた。僕は彼の目の中に探偵に近い表情を感じた。
「どうです、僕の部屋へ話しに来ては？」
　僕は挑戦的に話しかけた。（この勇気に乏しい癖に忽ち挑戦的態度をとるのは僕の悪癖の一つだった。）すると彼は微笑しながら、「どこ、君の部屋は？」と尋ね返した。
　僕等は親友のように肩を並べ、静かに話している外国人たちの中を僕の部屋へ帰って行った。彼は僕の部屋へ来ると、鏡を後ろにして腰をおろした。それからいろい

のことを話し出した。いろいろのことを？――しかし大抵は女の話だった。僕は罪を犯した為に地獄に堕ちた一人に違いなかった。が、それだけに悪徳の話は愈僕を憂鬱にした。僕は一時的清教徒になり、それ等の女を嘲り出した。

「S子さんの唇を見給え。あれは何人もの接吻の為に……」

僕はふと口を噤み、鏡の中の彼の後ろ姿を見つめた。彼は丁度耳の下に黄いろい膏薬を貼りつけていた。

「何人もの接吻の為に？」

「そんな人のように思いますがね。」

彼は微笑して頷いていた。僕は彼の内心では僕の秘密を知る為に絶えず僕を注意しているのを感じた。けれどもやはり僕等の話は女のことを離れなかった。僕は彼を憎むよりも彼自身の気の弱いのを恥じ、愈憂鬱にならずにはいられなかった。

やっと彼の帰った後、僕はベッドの上に転がったまま、「暗夜行路」を読みはじめた。主人公の精神的闘争は一々僕には痛切だった。僕はこの主人公に比べると、どのくらい僕の阿呆だったかを感じ、いつか涙を流していた。同時に又涙は僕の気もちにいつか平和を与えていた。が、それも長いことではなかった。僕の右の目はもう一度半透明の歯車を感じ出した。歯車はやはりまわりながら、次第に数を殖やして行った。僕は頭痛のはじまることを恐れ、枕もとに本を置いたまま、〇・八グラムのヴェロナ

けれども僕は夢の中に或ぐっすりと眠ることにした。
アルを噬(の)み、兎に角(かく)ぐっすりと眠ることにした。
泳いだりもぐったりしていた。するとこのプゥルを眺めていた。そこには又男女の子供たちが何人もルの前に立った妻を見つけた。同時に又烈しい後悔を感じた。

「おとうさん、タオルは?」

「タオルは入らない。子供たちに気をつけるのだよ。」

僕は又歩みをつづけ出した。が、僕の歩いているのはいつかプラットフォオムに変っていた。それは田舎の停車場だったと見え、長い生け垣(がき)のあるプラットフォオムだった。そこには又Hと云う大学生や年をとった女も佇(たたず)んでいた。彼等は僕の顔を見ると、僕の前へ歩み寄り、口々に僕へ話しかけた。

「大火事でしたわね。」

「僕もやっと逃げて来たの。」

僕はこの年をとった女に何か見覚えのあるように感じた。のみならず彼女と話していることに或愉快な興奮を感じた。そこへ汽車は煙をあげながら、静かにプラットフォオムへ横づけになった。僕はひとりこの汽車に乗り、両側に白い布を垂らした寝台の間を歩いて行った。すると或寝台の上にミイラに近い裸体の女が一人こちらを向い

て横になっていた。それは又僕の復讐の神、——或狂人の娘に違いなかった。………
僕は目を醒ますが早いか、思わずベッドを飛び下りていた。僕の部屋は不相変電灯の光に明るかった。が、どこかに翼の音や鼠のきしる音も聞えていた。僕は戸をあけて廊下へ出、前の炉の前へ急いで行った。それから椅子に腰をおろしたまま、覚束ない炎を眺め出した。そこへ白い服を着た給仕が一人焚き木を加えに歩み寄った。

「何時?」
「三時半ぐらいでございます。」
しかし向うのロッビイの隅には亜米利加人らしい女が一人何か本を読みつづけた。彼女の着ているのは遠目に見ても緑いろのドレスに違いなかった。僕は何か救われたのを感じ、じっと夜のあけるのを待つことにした。長年の病苦に悩み抜いた揚句、静かに死を待っている老人のように。………

　　四　まだ?

　僕はこのホテルの部屋にやっと前の短篇を書き上げ、或雑誌に送ることにした。が、僕は僕の仕事を片づけも僕の原稿料は一週間の滞在費にも足りないものだった。尤

たことに満足し、何か精神的強壮剤を求める為に銀座の或本屋へ出かけることにした。冬の日の当ったアスファルトの上には紙屑が幾つもころがっていた。それ等の紙屑は光の加減か、いずれも薔薇の花にそっくりだった。僕は何ものかの好意を感じ、その本屋の店へはいって行った。そこも亦ふだんよりも小綺麗だった。唯目金をかけた小娘が一人何か店員と話していたのは僕には気がかりにならないこともなかった。けれども僕は往来に落ちた紙屑の薔薇の花を思い出し、「アナトオル・フランスの対話集」や「メリメエの書簡集」を買うことにした。

僕は二冊の本を抱え、或カッフェへはいって行った。それから一番奥のテエブルの前に珈琲の来るのを待つことにした。僕の向うには親子らしい男女が二人坐っていた。その息子は僕よりも若かったものの、殆ど僕にそっくりだった。のみならず彼等は恋人同志のように顔を近づけて話し合っていた。僕は彼等を見ているうちに少くとも息子は性的にも母親に慰めを与えていることを意識しているのに気づき出した。それは僕にも覚えのある親和力の一例に違いなかった。同時に又現世を地獄にする或意志の一例を示したのも幸い、――僕は又苦しみに陥るのを恐れ、丁度珈琲の来たのを幸い、「メリメエの書簡集」を読みはじめた。彼はこの書簡集の中にも彼の小説の中のように鋭いアフォリズムを閃かせていた。それ等のアフォリズムは僕の気もちをいつか鉄のように厳畳にし出した。（この影響を受け易いことも僕の弱点の一つだ

った。）僕は一杯の珈琲を飲み了った後、「何でも来い」と云う気になり、さっさとこのカッフェを後にして行った。

僕は往来を歩きながら、いろいろの飾り窓を覗いて行った。或額縁屋の飾り窓はベエトオヴェンの肖像画を掲げていた。それは髪を逆立てた天才そのものらしい肖像だった。僕はこのベエトオヴェンを滑稽に感ぜずにはいられなかった。……そのうちにふと出合ったのは高等学校以来の旧友だった。この応用化学の大学教授は大きい中折れ鞄を抱え、片目だけまっ赤に血を流していた。

「どうした、君の目は？」
「これか？　これは唯の結膜炎さ。」

僕はふと十四五年以来、いつも親和力を感じる度に僕の目も彼の目のように結膜炎を起すのを思い出した。が、何とも言わなかった。彼は僕の肩を叩き、僕等の友だちのことを話しつづけたまま、或カッフェへ僕をつれて行った。

「久しぶりだなあ。朱舜水の建碑式以来だろう。」

彼は葉巻に火をつけた後、大理石のテエブル越しにこう僕に話しかけた。
「そうだ。あのシュシュン……」

僕はなぜか朱舜水と云う言葉を正確に発音出来なかった。それは日本語だっただけにちょっと僕を不安にした。しかし彼は無頓着にいろいろのことを話して行った。Ｋ

と云う小説家のことを、彼の買ったブル・ドッグのことを、リウイサイトと云う毒瓦斯のことを。………

「君はちっとも書かないようだね。『点鬼簿』と云うのは読んだけれども。……あれは君の自叙伝かい？」

「うん、僕の自叙伝だ。」

「あれはちょっと病的だったぜ。この頃は体は善いのかい？」

「不相変薬ばかり嚥んでいる始末だ。」

「僕もこの頃は不眠症だがね。」

「僕も？──どうして君は『僕も』と言うのだ？」

彼は左だけ充血した目に微笑に近いものを浮かべていた。僕は返事をする前に「不眠症」のショウの発音を正確に出来ないのを感じ出した。

「だって君も不眠症だって言うじゃないか？不眠症は危険だぜ。……」

「気違いの息子には当り前だ。」

僕は十分とたたないうちにひとり又往来を歩いて行った。アスファルトの上に落ちた紙屑は時々僕等人間の顔のようにも見えないことはなかった。すると向うから断髪にした女が一人通りかかった。彼女は遠目には美しかった。けれども目の前へ来たのを見ると、小皺のある上に醜い顔をしていた。のみならず妊娠しているらしかった。

僕は思わず顔をそむけ、広い横町を曲って行った。が、暫らく歩いているうちに痔の痛みを感じ出した。それは僕には坐浴より外に癒すことの出来ない痛みだった。
「坐浴、——ベエトオヴェンもやはり坐浴をしていた。……」
坐浴に使う硫黄の匂いは忽ち僕の鼻を襲い出した。僕はもう一度紙屑の薔薇の花を思い出しながら、努めてしっかりと歩いて行った。しかし勿論往来にはどこにも硫黄は見えなかった。

一時間ばかりたった後、僕は僕の部屋にとじこもったまま、窓の前の机に向かい、新らしい小説にとりかかっていた。ペンは僕にも不思議だったくらい、ずんずん原稿用紙の上を走って行った。しかしそれも二三時間の後には誰か僕の目に見えないものに抑えられたようにとまってしまった。僕はやむを得ず机の前を離れ、あちこちと部屋の中を歩きまわった。僕の誇大妄想はこう云う時に最も著しかった。野蛮な歓びの中に僕には両親もなければ妻子もない、唯僕のペンから流れ出した命だけあると云う気になっていた。

けれども僕は四五分の後、電話に向わなければならなかった。電話は何度返事をしても、唯何か曖昧な言葉を繰り返して伝えるばかりだった。が、それは兎も角もモオルと聞えたのに違いなかった。僕はとうとう電話を離れ、もう一度部屋の中を歩き出した。しかしモオルと云う言葉だけは妙に気になってならなかった。

「モオル――Mole……」

モオルは鼹鼠と云う英語だった。この聯想も僕には愉快ではなかった。が、僕は二三秒の後、Moleをla mortに綴り直した。ラ・モオルは、――死と云う仏蘭西語は忽ち僕を不安にした。死は姉の夫に迫っていたように僕にも迫っているらしかった。けれども僕は不安の中にも何か可笑しさを感じていた。のみならずいつか微笑していた。この可笑しさは何の為にも起るか？――それは僕自身にもわからなかった。僕は久しぶりに鏡の前に立ち、まともに僕の影と問い合った。僕の影も勿論微笑していた。僕はこの影を見つめているうちに第二の僕のことを思い出した。第二の僕、――独逸人の所謂 Doppelgaenger は仕合せにも僕自身に見えたことはなかった。しかし亜米利加の映画俳優になったK君の夫人は第二の僕を帝劇の廊下に見かけていた。（僕は突然K君の夫人に「先達はつい御挨拶もしませんで」と言われ、当惑したことを覚えている。）それからもう故人になった或隻脚の飜訳家もやはり銀座の或煙草屋に第二の僕を見かけていた。死は或は僕よりも第二の僕に来るのかも知れなかった。若し又僕に来たとしても、――僕は鏡に後ろを向け、窓の前の机へ帰って行った。

四角に凝灰岩を組んだ窓は枯芝や池を覗かせていた。僕はこの庭を眺めながら、遠い松林の中に焼いた何冊かのノオト・ブックや未完成の戯曲を思い出した。それからペンをとり上げると、もう一度新らしい小説を書きはじめた。

五　赤光

　日の光は僕を苦しめ出した。僕は実際鼹鼠のように窓の前へカアテンをおろし、昼間も電灯をともしたまま、せっせと前の小説をつづけて行った。それから仕事に疲れると、テエヌの英吉利文学史をひろげ、詩人たちの生涯に目を通した。彼等はいずれも不幸だった。エリザベス朝の巨人たちさえ、——一代の学者だったベン・ジョンソンさえ彼の足の親指の上に羅馬とカルセエジとの軍勢の戦いを始めるのを眺めたほど神経的疲労に陥っていた。僕はこう云う彼等の不幸に残酷な悪意に充ち満ちた歓びを感じずにはいられなかった。

　或東かぜの強い夜、（それは僕には善い徴だった。）僕は地下室を抜けて往来へ出、或老人を尋ねることにした。彼は或聖書会社の屋根裏にたった一人小使いをしながら、祈禱や読書に精進していた。僕等は火鉢に手をかざしながら、壁にかけた十字架の下にいろいろのことを話し合った。なぜ僕の母は発狂したか？　なぜ僕の父の事業は失敗したか？　なぜ僕は罰せられたか？——それ等の秘密を知っている彼は妙に厳かな微笑を浮かべ、いつまでも僕の相手をした。のみならず時々短い言葉に人生のカリカテュアを描いたりした。僕はこの屋根裏の隠者を尊敬しない訣には行かなかった。

しかし彼と話しているうちに彼も亦親和力の為に動かされていることを発見した。──

「その植木屋の娘と云うのは器量も善いし、気立ても善いし、──それはわたしに優しくしてくれるのです。」

「いくつ？」

「ことしで十八です。」

それは彼には父らしい愛であるかも知れなかった。しかし僕は彼の目の中に情熱を感じずにはいられなかった。のみならず彼の勧めた林檎はいつか黄ばんだ皮の上へ一角獣の姿を現していた。（僕は木目や珈琲茶碗の亀裂に度たび神話的動物を発見していた。）一角獣は麒麟に違いなかった。僕は或敵意のある批評家の僕を「九百十年代の麒麟児」と呼んだのを思い出し、この十字架のかかった屋根裏も安全地帯ではないことを感じた。

「如何ですか、この頃は？」

「不相変神経ばかり苛々してね。」

「それは薬では駄目ですよ。信者になる気はありませんか？」

「若し僕でもなれるものなら……」

「何もむずかしいことはないのです。唯神を信じ、神の子の基督を信じ、基督の行っ

「悪魔を信じることは出来ますがね。……」
「ではなぜ神を信じないのです？　若し影を信じるならば、光も信じずにはいられないでしょう？」
「しかし光のない暗もあるでしょう。」
「光のない暗とは？」
　僕は黙るより外はなかった。彼も亦僕のように暗の中を歩いていた。が、暗のある以上は光もあると信じていた。僕等の論理の異るのは唯こう云う一点だけだった。し、かしそれは少くとも僕には越えられない溝に違いなかった。
「けれども光は必ずあるのです。その証拠には奇蹟があるのですから。……奇蹟と云うものは今でも度たび起っているのですよ。」
「それは悪魔の行う奇蹟は。……」
「どうして又悪魔などと云うのです？」
　僕はこの一二年の間、僕自身の経験したことを彼に話したい誘惑を感じた。が、彼から妻子に伝わり、僕も亦母のように精神病院にはいることを恐れない訣にも行かなかった。
「あすこにあるのは？」

た奇蹟を信じさえすれば……」

この逞しい老人は古い書棚をふり返り、何か牧羊神らしい表情を示した。
「『ドストエフスキイ全集』です。『罪と罰』はお読みですか？」
 僕は勿論十年前にも四五冊のドストエフスキイに親しんでいた。が、偶然（？）彼の言った『罪と罰』と云う言葉に感動し、この本を貸して貰った上、前のホテルへ帰ることにした。電灯の光に輝いた、人通りの多い往来はやはり僕には不快だった。殊に知り人に遇うことは到底堪えられないのに違いなかった。僕は努めて暗い往来を選び、盗人のように歩いて行った。
 しかし僕は暫くの後、いつか胃の痛みを感じ出した。この痛みを止めるものは一杯のウィスキイのあるだけだった。僕は或バアを見つけ、その戸を押してはいろうとした。けれども狭いバアの中には煙草の煙の立ちこめた中に芸術家らしい青年たちが何人も群がって酒を飲んでいた。のみならず彼等のまん中には耳隠しに結った女が一人熱心にマンドリンを弾きつづけていた。僕は忽ち当惑を感じ、戸の中へはいらずに引き返した。するといつか僕の影の左右に揺れているのを発見した。しかも僕を照らしているのは無気味にも赤い光だった。僕は往来に立ちどまった。けれども僕の影は前のように絶えず左右に動いていた。僕は怯ず怯ずふり返り、やっとこのバアの軒に吊った色硝子のランタアンを発見した。ランタアンは烈しい風の為に徐ろに空中に動いていた。……

僕の次にはいったのは或る地下室のレストオランだった。僕はそこのバァの前に立ち、ウィスキイを一杯註文した。

「ウィスキイを？」

僕は曹達水の中にウィスキイを入れ、黙って一口ずつ飲みはじめた。僕の隣には新聞記者らしい三十前後の男が二人何か小声に話していた。のみならず仏蘭西語を使っていた。僕は彼等に背中を向けたまま、全身に彼等の視線を感じた。それは実際電波のように僕の体にこたえるものだった。彼等は確かに僕の名を知り、僕の噂をしているらしかった。

「Bien……très mauvais……pourquoi？……」
「Pourquoi？……le diable est mort！……」
「Oui, oui……d, enfer……」

僕は銀貨を一枚投げ出し、（それは僕の持っている最後の一枚の銀貨だった。）この地下室の外へのがれることにした。夜風の吹き渡る往来は多少胃の痛みの薄らいだ僕の神経を丈夫にした。僕はラスコルニコフを思い出し、何ごとも懺悔したい欲望を感じた。が、それは僕自身の外にも、――いや、僕の家族の外にも悲劇を生じるのに違いなかった。のみならずこの欲望さえ真実かどうかは疑わしかった。若し僕の神経さえ常人のように丈夫になれば、――けれども僕はその為にはどこかへ行かなければな

らなかった。マドリッドへ、リオへ、サマルカンドへ、……
 そのうちに或店の軒に吊った、白い小型の看板は突然僕を不安にした。それは自動車のタイアアに翼のある商標を描いたものだった。僕はこの商標に人工の翼を手よりにした古代の希臘人を思い出した。彼は空中に舞い上った揚句、太陽の光に翼を焼かれ、とうとう海中に溺死していた。マドリッドへ、リオへ、サマルカンドへ、——僕はこう云う僕の夢を嘲笑わない訣にも行かなかった。同時に又復讐の神に追われたオレステスを考えない訣にも行かなかった。

 僕は運河に沿いながら、暗い往来を歩いて行った。そのうちに又郊外にある養父母の家を思い出した。養父母は勿論僕の帰るのを待ち暮らしているのに違いなかった。或は僕の子供たちも、——しかし僕はそこへ帰ると、おのずから僕を束縛してしまう或力を恐れずにはいられなかった。運河は波立った水の上に達磨船を一艘横づけにしていた。その又達磨船は船の底から薄い光を洩らしていた。そこにも何人かの男女の家族は生活しているのに違いなかった。やはり愛し合う為に憎み合いながら。……が、僕はもう一度戦闘的精神を呼び起し、ウィスキイの酔いを感じたまま、前のホテルへ帰ることにした。

 僕は又机に向い、「メリメエの書簡集」を読みつづけた。それは又いつの間にか僕に生活力を与えていた。しかし僕は晩年のメリメエの新教徒になっていたことを知る

と、俄かに仮面のかげにあるメリメエの顔を感じ出した。彼も亦やはり僕等のように暗の中を歩いている一人だった。暗の中を？――「暗夜行路」はこう云う僕には恐しい本に変りはじめた。が、この近代の牧羊神もやはり十字架を荷っていた。僕は憂鬱を忘れる為に「アナトオル・フランスの対話集」を読みはじめた。
　一時間ばかりたった後、給仕は僕に一束の郵便物を渡しに顔を出した。……それ等の一つはライプツィッヒの本屋から僕に「近代の日本の女」と云う小論文を書かせるのだった。なぜ彼等は特に僕にこう云う小論文を書けと云うのであろう？　のみならずこの英語の手紙は「我々は丁度日本画のように黒と白の外に色彩のない女の肖像画でも満足である」と云う肉筆のP・Sを加えていた。僕はこう云う一行にBlack and Whiteと云うウィスキイの名を思い出し、ずたずたにこの手紙を破ってしまった。そ
れから今度は手当り次第に一つの手紙の封を切り、黄いろい書簡箋に目を通した。この手紙を書いたのは僕の知らない青年だった。しかし二三行も読まないうちに「あなたの『地獄変』は……」と云う言葉は僕を苛立たせずには措かなかった。三番目に封を切った手紙は僕の甥から来たものだった。僕はやっと一息つき、家事上の問題などを読んで行った。けれどもそれさえ最後へ来ると、いきなり僕を打ちのめした。
　「歌集『赤光』の再版を送りますから……」
　赤光！　僕は何ものかの冷笑を感じ、僕の部屋の外へ避難することにした。廊下に

は誰も人かげはなかった。僕は片手に壁を抑え、やっとロッビイへ歩いて行った。そ
れから椅子に腰をおろし、兎に角巻煙草に火を移すことにした。（僕はこのホテルへ落ち着いてから、いつもスタアばかり吸うこ
ア・シップだった。（僕はこのホテルへ落ち着いてから、いつもスタアばかり吸うこ
とにしていた。）人工の翼はもう一度僕の目の前へ浮かび出した。僕は向うにいる給
仕を呼び、スタアを二箱貰うことにした。しかし給仕を信用すれば、スタアだけは生
憎品切れだった。

「エア・シップならばございますが、……」

僕は頭を振ったまま、広いロッビイを眺めまわした。僕の向うには外国人が四五人
テエブルを囲んで話していた。しかも彼等の中の一人、——赤いワン・ピイスを着た
女は小声に彼等と話しながら、時々僕を見ているらしかった。

「Mrs. Townshead……」

何か僕の目に見えないものはこう僕に囁いて行った。ミセス・タウンズヘッドなど
と云う名は勿論僕の知らないものだった。たとい向うにいる女の名にしても、——僕
は又椅子から立ち上り、発狂することを恐れながら、僕の部屋へ帰ることにした。

僕は僕の部屋へ帰ると、すぐに或精神病院へ電話をかけるつもりだった。が、そこ
へはいることは僕には死ぬことに変らなかった。僕はさんざんためらった後、この恐
怖を紛らす為に「罪と罰」を読みはじめた。しかし偶然開いた頁は「カラマゾフ兄

「弟」の一節だった。僕は本を間違えたのかと思い、本の表紙へ目を落した。「罪と罰」――本は「罪と罰」に違いなかった。僕はこの製本屋の綴じ違えに、――その又綴じ違えた頁を開いたことに運命の指の動いているのを感じ、やむを得ずそこを読んで行った。けれども一頁も読まないうちに全身の震えるのを感じ出した。そこは悪魔に苦しめられるイヴァンを、或はこの部屋にいる一節だった。イヴァンを、ストリントベルグを、モオパスサンを、或はこの部屋にいる僕自身を。………

 こう云う僕を救うものは唯眠りのあるだけだった。しかし催眠剤はいつの間にか一包みも残らずになくなっていた。僕は到底眠らずに苦しみつづけるのに堪えなかった。が、絶望的な勇気を生じ、珈琲を持って来て貰った上、死にもの狂いにペンを動かすことにした。二枚、五枚、七枚、十枚、――原稿は見る見る出来上って行った。僕はこの小説の世界を超自然の動物に満たしていた。のみならずその動物の一匹に僕自身の肖像画を描いていた。けれども疲労は徐ろに僕の頭を曇らせはじめた。僕はとうとう机の前を離れ、ベッドの上へ仰向けになった。それから四五十分間は眠ったらしかった。しかし又誰か僕の耳にこう云う言葉を囁いたのを感じ、忽ち目を醒まして立ち上った。

「le diable est mort」

 凝灰岩の窓の外はいつか冷えびえと明けかかっていた。僕は丁度戸の前に佇み、誰

もいない部屋の中を眺めまわした。すると向うの窓硝子は斑らに外気に曇った上に小さい風景を現していた。それは黄ばんだ松林の向うに海のある風景に違いなかった。僕は怯ず怯ず窓の前へ近づき、この風景を造っているものは実は庭の枯芝や池だったことを発見した。けれども僕の錯覚はいつか僕の家に対する郷愁に近いものを呼び起していた。

僕は九時にでもなり次第、或雑誌社へ電話をかけ、兎に角金の都合をした上、僕の家へ帰る決心をした。机の上に置いた鞄の中へ本や原稿を押しこみながら。

六　飛行機

僕は東海道線の或停車場からその奥の或避暑地へ自動車を飛ばした。運転手はなぜかこの寒さに古いレエン・コオトをひっかけていた。僕はこの暗合を無気味に思い、努めて彼を見ないように窓の外へ目をやることにした。すると低い松の生えた向うに、——恐らくは古い街道に葬式が一列通るのを見つけた。が、金銀の造花の蓮は静かに輿の前後に揺いで行った。……

やっと僕の家へ帰った後、僕は妻子や催眠薬の力により、二三日は可也平和に暮らした。僕の二階は松林の上にかすかに海を覗かせていた。僕はこの二階の机に向かい、鳩の声を聞きながら、午前だけ仕事をすることにした。鳥は鳩や鴉の外に雀も縁側へ舞いこんだりした。——それもまた僕には愉快だった。

「喜雀堂に入る。」——僕はペンを持ったまま、その度にこんな言葉を思い出した。

或生暖かい曇天の午後、僕は或雑貨店へインクを買いに出かけて行った。するとその店に並んでいるのはセピア色のインクばかりだった。セピア色のインクはどのインクよりも僕を不快にするのを常としていた。僕はやむを得ずこの店を出、人通りの少ない往来をぶらぶらひとり歩いて行った。そこへ向うから近眼らしい四十前後の外国人が一人肩を聳やかせて通りかかった。彼はここに住んでいる被害妄想狂の瑞典人だった。しかも彼の名はストリントベルグだった。僕は彼とすれ違う時、肉体的に何かこたえるのを感じた。

この往来は僅かに二三町だった。が、その二三町を通るうちに丁度半面だけ黒い犬は四度も僕の側を通って行った。僕は横町を曲りながら、ブラック・アンド・ホワイトのウィスキイを思い出した。のみならず今のストリントベルグのタイも黒と白だったのを思い出した。それは僕にはどうしても偶然であるとは考えられなかった。若し偶然でないとすれば、——僕は頭だけ歩いているように感じ、ちょっと往来に立ち止

まった。道ばたには針金の柵の中にかすかに虹の色を帯びた硝子の鉢が一つ捨ててあった。この鉢は又底のまわりに翼らしい模様を浮き上らせていた。そこへ松の梢から雀が何羽も舞い下って来た。が、この鉢のあたりへ来ると、どの雀も皆言い合わせたように一度に空中へ逃げのぼって行った。……

僕は妻の実家へ行き、庭先の籐椅子に腰をおろした。それから又僕の足もとには黒犬も一匹横になっていた。庭の隅の金網の中には白いレグホオン種の鶏が何羽も静かに歩いていた。僕は誰にもわからない疑問を解こうとあせりながらは冷やかに妻の母や弟と世間話をした。

「静かですね、ここへ来ると。」
「それはまだ東京よりもね。」
「ここでもうるさいことはあるのですか？」
「だってここも世の中ですもの。」

妻の母はこう言って笑っていた。実際この避暑地もまた「世の中」であるのに違いなかった。僕は僅かに一年ばかりの間にどのくらいここにも罪悪や悲劇の行われているかを知り悉していた。徐ろに患者を毒殺しようとした医者、養子夫婦の家に放火した老婆、妹の資産を奪おうとした弁護士、――それ等の人々の家を見ることは僕にはいつも人生の中に地獄を見ることに異らなかった。

「この町には気違いが一人いますね。」

「Hちゃんでしょう。あれは気違いじゃないのですよ。」

「早発性痴呆と云うやつですね。あいつはこの間もどう云う量見か、馬頭観世音の前にお時宜をしていましたよ。」

「気味が悪くなるなんて、……もっと強くならなければ駄目ですよ。」

「兄さんは僕などよりも強いのだけれども、——」

無精髭を伸ばした妻の弟も寝床の上に起き直ったまま、いつもの通り遠慮勝ちに僕等の話に加わり出した。

「強い中に弱いところもあるから。……」

「おやおや、それは困りましたね。」

僕はこう言った妻の母を見、苦笑しない訣には行かなかった。すると弟も微笑しながら、遠い垣の外の松林を眺め、何かうっとりと話しつづけた。(この若い病後の弟は時々僕には肉体を脱した精神そのもののように見えるのだった。)

「妙に人間離れをしているかと思えば、人間的欲望もずいぶん烈しいし、……」

「善人かと思えば、悪人でもあるしさ。」

「いや、善悪と云うよりも何かもっと反対なものが、……」

「じゃ大人の中に子供もあるのだろう。」
「そうでもない。僕にははっきりと言えないけれど、……電気の両極に似ているのかな。何しろ反対なものを一しょに持っている。」

　そこへ僕等を驚かしたのは烈しい飛行機の響きだった。僕は思わず空を見上げ、松の梢に触れないばかりに舞い上った飛行機だった。それは翼を黄いろに塗った、珍らしい単葉の飛行機だった。鶏や犬はこの響きに驚き、それぞれ八方へ逃げまわった。殊に犬は吠え立てながら、尾を捲いて縁の下へはいってしまった。

「あの飛行機は落ちはしないか？」
「大丈夫。……兄さんは飛行機病と云う病気を知っている？」
「僕は巻煙草に火をつけながら、「いや」と云う代りに頭を振った。
「ああ云う飛行機に乗っている人は高空の空気ばかり吸っているものだから、だんだんこの地面の上の空気に堪えられないようになってしまうのだって。……」

　僕は妻の母の家を後ろにした後、僕は枝一つ動かさない松林の中を歩きながら、じりじり憂鬱になって行った。なぜあの飛行機はほかへ行かずに僕の頭の上を通ったのであろう？　なぜ又あのホテルは巻煙草のエア・シップばかり売っていたのであろう？　僕はいろいろの疑問に苦しみ、人気のない道を選って歩いて行った。海は低い砂山の向うに一面に灰色に曇っていた。その又砂山にはブランコのないブ

ランコ台が一つ突っ立っていた。僕はこのブランコ台を眺め、忽ち絞首台を思い出した。実際又ブランコ台の上には鴉が二三羽とまっていた。鴉は皆僕を見ても、飛び立つ気色さえ示さなかった。のみならずまん中にとまっていた鴉は大きい嘴を空へ挙げながら、確かに四たび声を出した。

僕は芝の枯れた砂土手に沿い、別荘の多い小みちを曲ることにした。この小みちの右側にはやはり高い松の中に二階のある木造の西洋家屋が一軒白じらと立っている筈だった。(僕の親友はこの家のことを「春のいる家」と称していた。) が、この家の前へ通りかかると、そこにはコンクリイトの土台の上にバス・タッブが一つあるだけだった。火事——僕はすぐにこう考え、そちらを見ないように歩いて行った。すると自転車に乗った男が一人まっすぐに向うから近づき出した。彼は焦茶いろの鳥打ち帽をかぶり、妙にじっと目を据えたまま、ハンドルの上へ身をかがめていた。僕はふと彼の顔に姉の夫の顔を感じ、彼の目の前へ来ないうちに小みちへはいることにした。しかしこの小みちのまん中にも腐った鼹鼠の死骸が一つ腹を上にして転がっていた。

何ものかの僕を狙っていることは一足毎に僕を不安にし出した。そこへ半透明な歯車も一つずつ僕の視野を遮り出した。僕は愈最後の時の近づいたことを恐れながら、頸すじをまっ直にして歩いて行った。歯車は数の殖えるのにつれ、だんだん急にまわりはじめた。同時に又右の松林はひっそりと枝をかわしたまま、丁度細かい切子硝子

を透かして見るようになりはじめた。けれども誰かに押されるように立ち止まることさえ容易ではなかった。……
　三十分ばかりたった後、僕は僕の二階に仰向けになり、じっと目をつぶったまま、烈しい頭痛をこらえていた。すると僕の眶の裏に銀色の羽根が一つ見えはじめた。それは実際網膜の上にはっきりと映っているものだった。僕は目をあいて天井を見上げ、勿論何も天井にはそんなもののないことを確めた上、もう一度目をつぶることにした。しかしやはり銀色の翼は暗い中にはっきりと見え、翼のついていたことを思い出した。……僕はふとこの間乗った自動車のラディエタア・キャップにも翼のついていたことを思い出した。そこへ誰か梯子段を慌しく昇って来たかと思うと、すぐに又ばたばた駈け下りて行った。僕はその誰かの妻だったことを知り、驚いて体を起すが早いか、丁度梯子段の前にある、薄暗い茶の間へ顔を出した。すると妻は突っ伏したまま、息切れをこらえていると見え、絶えず肩を震わしていた。
「どうした？」
「いえ、どうもしないのです。……」
　妻はやっと顔を擡げ、無理に微笑して話しつづけた。

「どうもした訣ではないのですけれどもね、唯何だかお父さんが死んでしまいそうな気がしたものですから。……」

 それは僕の一生の中でも最も恐しい経験だった。——僕はもうこの先を書きつづける力を持っていない。こう云う気もちの中に生きているのは何とも言われない苦痛である。誰か僕の眠っているうちにそっと絞め殺してくれるものはないか？

或阿呆の一生

読んだ人：大庭みな子

作品『或阿呆の一生』　　　　　　　　　大庭みな子

　彼の自伝、履歴書であり、遺書ともいうべき作品。事実この原稿は久米正雄に自分の死後に発表をとの後事を託する言葉を添えた前書きのある遺稿であった。五十一の断章から成り立つこの作品は、彼を苦しめ続けてきた境涯、それぞれの時に得た心境などを吐露させた散文詩のような作品で、「敗北の文学」といわれた彼の作品群を納得しながら読み取れる助けとなる。次々と出あう痛ましい境遇をきわめて短い言葉で掬い上げたような作品で、それぞれにぞっとするような内容のものをさらりとした言葉に換えているのはさすがというしかない。何が彼を死に追い詰めたか、彼の処世がこれ以外に道はなかろうと納得う疑問は別にして、この作品から帰結されるものは死しかなかったろうと納得させる。芸術、あるいは美に捉われた者の宿命を語るようなものでもあり、同じ作家の道を選んだ私をぞっとさせるものがある。読むほどに作者に対する痛ましさの増す作品である。

僕はこの原稿を発表する可否は勿論、発表する時や機関も君に一任したいと思っている。

君はこの原稿の中に出て来る大抵の人物を知っているだろう。しかし僕は発表するとしても、インデキスをつけずに貰いたいと思っている。

僕は今最も不幸な幸福の中に暮らしている。しかし不思議にも後悔していない。唯僕の如き悪夫、悪子、悪親を持ったものたちを如何にも気の毒に感じている。ではさようなら。僕はこの原稿の中では少くとも意識的には自己弁護をしなかったつもりだ。最後に僕のこの原稿を特に君に托するのは君の恐らくは誰よりも僕を知っていると思うからだ。（都会人と云う僕の皮を剝ぎさえすれば）どうかこの原稿の中に僕の阿呆さ加減を笑ってくれ給え。

昭和二年六月二十日

久米正雄君

芥川龍之介

一　時代

それは或本屋の二階だった。二十歳の彼は書棚にかけた西洋風の梯子に登り、新らしい本を探していた。モオパスサン、ボオドレエル、ストリントベリイ、イブセン、ショオ、トルストイ、……

そのうちに日の暮は迫り出した。しかし彼は熱心に本の背文字を読みつづけた。そこに並んでいるのは本というよりも寧ろ世紀末それ自身だった。ニイチェ、ヴェルレエン、ゴンクウル兄弟、ダスタエフスキイ、ハウプトマン、フロオベエル、……

彼は薄暗がりと戦いながら、彼等の名前を数えて行った。が、本はおのずからもの憂い影の中に沈みはじめた。彼はとうとう根気も尽き、西洋風の梯子を下りようとした。すると傘のない電灯が一つ、丁度彼の額の上に突然ぽかりと火をともした。彼は梯子の上に佇んだまま、本の間に動いている店員や客を見下した。彼等は妙に小さかった。のみならず如何にも見すぼらしかった。

「人生は一行のボオドレエルにも若かない。」

彼は暫く梯子の上からこう云う彼等を見渡していた。……

二　母

　狂人たちは皆同じように鼠色の着物を着せられていた。彼等の一人はオルガンに向い、熱心に讃美歌を弾きつづけていた。同時に又彼等の一人は丁度部屋のまん中に立ち、踊ると云うよりも跳ねまわっていた。

　彼は血色の善い医者と一しょにこう云う光景を眺めていた。少しも、――彼は実際彼等の臭気に彼の母の臭気を感じた。

「じゃ行こうか？」
　医者は彼の先に立ちながら、廊下伝いに或部屋へ行った。その部屋の隅にはアルコオルを満した、大きい硝子の壺の中に脳髄が幾つも漬っていた。彼は或脳髄の上にかすかに白いものを発見した。それは丁度卵の白味をちょっと滴らしたのに近いものだった。彼は医者と立ち話をしながら、もう一度彼の母を思い出した。

「この脳髄を持っていた男は××電灯会社の技師だったがね。いつも自分を黒光りのする、大きいダイナモだと思っていたよ。」

　彼は医者の目を避ける為に硝子窓の外を眺めていた。そこには空き罐の破片を植え

た煉瓦塀の外に何もなかった。しかしそれは薄い苔をまだらにぼんやりと白らませていた。

三 家

彼は或郊外の二階の部屋に寝起きしていた。それは地盤の緩い為に妙に傾いた二階だった。彼の伯母はこの二階に度たび彼と喧嘩をした。それは彼の養父母の仲裁を受けることもないことはなかった。しかし彼は彼の伯母に誰よりも愛を感じていた。一生独身だった彼の伯母はもう彼の二十歳の時にも六十に近い年よりだった。彼は或郊外の二階に何度も互に愛し合うものは苦しめ合うのかを考えたりした。そ の間も何か気味の悪い二階の傾きを感じながら。

四 東京

隅田川はどんより曇っていた。彼は走っている小蒸汽の窓から向う島の桜を眺めていた。

花を盛った桜は彼の目には一列の襤褸のように憂鬱だった。が、彼はその桜に、——江戸以来の向う島の桜にいつか彼自身を見出していた。

五　我

彼は彼の先輩と一しょに或カッフェの卓子に向い、絶えず巻煙草をふかしていた。彼の先輩は頬杖をしたまま、極めて無造作に返事をした。
彼は余り口をきかなかった。が、彼の先輩の言葉には熱心に耳を傾けていた。
「きょうは半日自動車に乗っていた。」
「何か用があったのですか？」
「何、唯乗っていたかったから。」
その言葉は彼の知らない世界へ、——神々に近い「我」の世界へ彼自身を解放した。彼は何か痛みを感じた。が、同時に又歓びも感じた。
そのカッフェは極小さかった。しかしパンの神の額の下には赭い鉢に植えたゴムの樹が一本、肉の厚い葉をだらりと垂らしていた。

六　病

　彼は絶え間ない潮風の中に大きい英吉利語(イギリス)の辞書をひろげ、指先に言葉を探していた。

Talaria　翼の生えた靴(くつ)、或(あるい)はサンダアル。
Tale　話。
Talipot　東印度に産する椰子(やし)。幹は五十呎より百呎(フィト)の高さに至り、葉は傘、扇、帽等に用いらる。七十年に一度花を開く。

　彼の想像ははっきりとこの椰子の花を描き出した。すると彼は喉もとに今までに知らない痒(かゆ)さを感じ、思わず辞書の上に唼(たん)を落した。唼を？──しかしそれは唼ではなかった。彼は短い命を思い、もう一度この椰子の花を想像した。この遠い海の向うに高だかと聳(そび)えている椰子の花を。

七　画(え)

　彼は突然、──それは実際突然だった。彼は或本屋の店先に立ち、ゴオグの画集を

見ているうちに突然画と云うものを了解した。勿論そのゴオグの画集は写真版だったのに違いなかった。が、彼は写真版の中にも鮮かに浮かび上る自然を感じた。この画に対する情熱は彼の視野を新たにした。彼はいつか木の枝のうねりや女の頬の膨らみに絶え間ない注意を配り出した。

或雨を持った秋の日の暮、彼は或郊外のガアドの下を通りかかった。ガアドの向うの土手の下には荷馬車が一台止まっていた。彼はそこを通りながら、誰か前にこの道を通ったもののあるのを感じ出した。誰か？——それは彼自身に今更問いかける必要もなかった。

二十三歳の彼の心の中には耳を切った和蘭人が一人、長いパイプを啣えたまま、この憂鬱な風景画の上へじっと鋭い目を注いでいた。……

八　火花

彼は雨に濡れたまま、アスファルトの上を踏んで行った。雨は可也烈しかった。彼は水沫の満ちた中にゴム引の外套の匂を感じた。

すると目の前の架空線が一本、紫いろの火花を発していた。彼は妙に感動した。彼の上着のポケットは彼等の同人雑誌へ発表する彼の原稿を隠していた。彼は雨の中を

歩きながら、もう一度後ろの架空線を見上げた。架空線は不相変鋭い火花を放っていた。彼は人生を見渡しても、何も特に欲しいものはなかった。が、この紫色の火花だけは、――凄まじい空中の火花だけは命と取り換えてもつかまえたかった

九　死体

死体は皆親指に針金のついた札をぶら下げていた。その又札は名前だの年齢だのを記していた。彼の友だちは腰をかがめ、器用にメスを動かしながら、或死体の顔の皮を剥ぎはじめた。皮の下に広がっているのは美しい黄色の脂肪だった。
彼はその死体を眺めていた。それは彼には或短篇を、――王朝時代に背景を求めた或短篇を仕上げる為に必要だったのに違いなかった。彼の友だちは眉間をひそめ、静かにメスを動かして行った。腐敗した杏の匂に近い死体の臭気は不快だった。
「この頃は死体も不足してね。」
彼の友だちはこう言っていた。すると彼はいつの間にか彼の答を用意していた。――
「己は死体に不足すれば、何の悪意もなしに人殺しをするがね。」しかし勿論彼の答は心の中にあっただけだった。

十　先生

　彼は大きい櫟の木の下に先生の本を読んでいた。櫟の木は秋の日の光の中に一枚の葉さえ動さなかった。どこか遠い空中に硝子の皿を垂れた秤が一つ、丁度平衡を保っている。――彼は先生の本を読みながら、こう云う光景を感じていた。……

十一　夜明け

　夜は次第に明けて行った。彼はいつか或町の角に広い市場を見渡していた。市場に群った人々や車はいずれも薔薇色に染まり出した。
　彼は一本の巻煙草に火をつけ、静かに市場の中へ進んで行った。するとか細い黒犬が一匹、いきなり彼に吠えかかった。が、彼は驚かなかった。のみならずその犬さえ愛していた。
　市場のまん中には篠懸が一本、四方へ枝をひろげていた。彼はその根もとに立ち、枝越しに高い空を見上げた。空には丁度彼の真上に星が一つ輝いていた。
　それは彼の二十五の年、――先生に会った三月目だった。

十二　軍港

潜航艇の内部は薄暗かった。彼は前後左右を蔽った機械の中に腰をかがめ、小さい目金を覗いていた。その又目金に映っているのは明るい軍港の風景だった。
「あすこに『金剛』も見えるでしょう。」
或海軍将校はこう彼に話しかけたりした。彼は四角いレンズの上に小さい軍艦を眺めながら、なぜかふと阿蘭陀芹を思い出した。一人前三十銭のビイフ・ステエクの上にもかすかに匂っている阿蘭陀芹を。

十三　先生の死

彼は雨上りの風の中に或新らしい停車場のプラットフォオムを歩いていた。空はまだ薄暗かった。プラットフォオムの向うには鉄道工夫が三四人、一斉に鶴嘴を上下させながら、何か高い声にうたっていた。雨上りの風は工夫の唄や彼の感情を吹きちぎった。彼は巻煙草に火もつけずに歓びに近い苦しみを感じていた。「センセイキトク」の電報を外套のポケットへ押しこん

だまま。……
そこへ向うの松山のかげから午前六時の上り列車が一列、薄い煙を靡かせながら、うねるようにこちらへ近づきはじめた。

十四　結婚

彼は結婚した翌日に「来々々無駄費いをしては困る」と彼の妻に小言を言った。しかしそれは彼の小言よりも彼の伯母の「言え」と云う小言だった。彼の妻は彼自身には勿論、彼の伯母にも詫びを言っていた。彼の為に買って来た黄水仙の鉢を前にしたまま。……

十五　彼等

彼等は平和に生活した。大きい芭蕉の葉の広がったかげに。――彼等の家は東京から汽車でもたっぷり一時間かかる或海岸の町にあったから。

十六　枕

彼は薔薇の葉の匂のする懐疑主義を枕にしながら、アナトオル・フランスの本を読んでいた。が、いつかその枕の中にも半身半馬神のいることには気づかなかった。

十七　蝶

藻の匂の満ちた風の中に蝶が一羽ひらめいていた。彼はほんの一瞬間、乾いた彼の唇の上へこの蝶の触れるのを感じた。が、彼の唇の上へいつか捺って行った翅の粉だけは数年後にもまだきらめいていた。

十八　月

彼は或ホテルの階段の途中に偶然彼女に遭遇した。彼女の顔はこう云う昼にも月の光りの中にいるようだった。彼は彼女を見送りながら、（彼等は一面識もない間がらだった）今まで知らなかった寂しさを感じた。……

十九　人工の翼

彼はアナトオル・フランスから十八世紀の哲学者たちに移って行った。が、ルッソオには近づかなかった。それは或は彼自身の一面、——情熱に駆られ易い一面のルッソオに近い為かも知れなかった。彼は彼自身の他の一面、——冷かな理智に富んだ一面に近い「カンディイド」の哲学者に近づいて行った。

人生は二十九歳の彼にはもう少しも明るくはなかった。が、ヴォルテエルはこう云う彼に人工の翼を供給した。

彼はこの人工の翼をひろげ、易やすと空へ舞い上った。同時に又理智の光を浴びた人生の歓びや悲しみは彼の目の下へ沈んで行った。彼は見すぼらしい町々の上へ反語や微笑を落しながら、遮るもののない空中をまっ直に太陽へ登って行った。丁度こう云う人工の翼を太陽の光りに焼かれた為にとうとう海へ落ちて死んだ昔の希臘人も忘れたように。……

二十　枷

彼等夫妻は彼の養父母と一つ家に住むことになった。それは彼が或新聞社に入社することになった為だった。彼は黄いろい紙に書いた一枚の契約書を力にしていた。が、その契約書は後になって見ると、新聞社は何の義務も負わずに彼ばかり義務を負うものだった。

二十一　狂人の娘

　二台の人力車は人気のない曇天の田舎道を走って行った。その道の海に向っていることは潮風の来るのでも明らかだった。後の人力車に乗っていた彼は少しもこのランデ・ブウに興味のないことを怪みながら、彼自身をここへ導いていたものの何であるかを考えていた。それは決して恋愛ではなかった。若し恋愛でないとすれば、——彼はこの答を避ける為に「兎に角我等は対等だ」と考えない訳には行かなかった。のみならず彼女の妹は嫉妬の為に前の人力車に乗っているのは或狂人の娘だった。自殺していた。
「もうどうにも仕かたはない。」
　彼はもうこの狂人の娘に、——動物の本能ばかり強い彼女に或憎悪を感じていた。
　二台の人力車はその間に磯臭い墓地の外へ通りかかった。蠣殻のついた葭簀垣の中

には石塔が幾つも黒んでいた。彼はそれ等の石塔の向うにかすかにかがやいた海を眺め、何か急に彼女の夫を——彼女の心を捉えていない彼女の夫を軽蔑し出した。

　　………

二十二　或画家

　それは或雑誌の挿画だった。が、一羽の雄鶏の墨画は著しい個性を示していた。彼は或友だちにこの画家のことを尋ねたりした。
　一週間ばかりたった後、この画家は彼を訪問した。それは彼の一生のうちでも特に著しい事件だった。彼はこの画家の中に誰も知らない彼を発見した。のみならず彼自身も知らずにいた彼の魂を発見した。
　或薄ら寒い秋の日の暮、彼は一本の唐黍に忽ちこの画家を思い出した。丈の高い唐黍は荒あらしい葉をよろったまま、盛り土の上には神経のように細ぼそと根を露わしていた。それは又勿論傷き易い彼の自画像にも違いなかった。しかしこう云う発見は彼を憂鬱にするだけだった。
　「もう遅い。しかしいざとなった時には……」

二十三　彼女

或広場の前は暮れかかっていた。彼はやや熱のある体にこの広場を歩いて行った。大きいビイルディングは幾棟もかすかに銀色に澄んだ空に窓々の電灯をきらめかせていた。

彼は道ばたに足を止め、彼女の来るのを待つことにした。五分ばかりたった後、彼女は何かやつれたように彼の方へ歩み寄った。が、彼の顔を見ると、「疲れたわ」と言って頬笑んだりした。彼等は肩を並べながら、薄明い広場を歩いて行った。それは彼等には始めてだった。彼は彼女と一しょにいる為には何を捨てても善い気もちだった。

彼等の自動車に乗った後、彼女はじっと彼の顔を見つめ、「あなたは後悔なさらない?」と言った。彼はきっぱり「後悔しない」と答えた。彼女は彼の手を抑え、「あたしは後悔しないけれども」と言った。彼女の顔はこう云う時にも月の光の中にいるようだった。

二十四　出産

彼は襖側に佇んだまま、白い手術着を着た産婆が一人、赤児を洗うのを見下していた。赤児は石鹸の目にしみる度にいじらしい顰め顔を繰り返した。のみならず高い声に啼きつづけた。彼は何か鼠の仔に近い赤児の匂を感じながら、しみじみこう思わずにはいられなかった。――
「何の為にこいつも生れて来たのだろう？　この娑婆苦の充ち満ちた世界へ。――何の為に又こいつも己のようなものを父にする運命を荷ったのだろう？」
しかもそれは彼の妻が最初に出産した男の子だった。

二十五　ストリントベリイ

彼は部屋の戸口に立ち、柘榴の花のさいた月明りの中に薄汚い支那人が何人か、麻雀戯をしているのを眺めていた。それから部屋の中にひき返すと、背の低いランプの下に「痴人の告白」を読みはじめた。が、二頁も読まないうちにいつか苦笑を洩らしていた。――ストリントベリイも亦情人だった伯爵夫人へ送る手紙の中に彼と大

差のない謎を書いている。……

二十六　古代

……
彩色の剝げた仏たちや天人や馬や蓮の華は殆ど彼を圧倒した。彼はそれ等を見上げたまま、あらゆることを忘れていた。狂人の娘の手を脱した彼自身の幸運さえ。

二十七　スパルタ式訓練

彼は彼の友だちと或裏町を歩いていた。そこへ幌をかけた人力車が一台、まっ直に向うから近づいて来た。しかもその上に乗っているのは意外にも昨夜の彼女だった。彼女の顔はこう云う昼にも月の光の中にいるようだった。彼等は彼の友だちの手前、勿論挨拶さえ交さなかった。
「美人ですね。」
彼の友だちはこんなことを言った。彼は往来の突き当りにある、春の山を眺めたまま、少しもためらわずに返事をした。

「ええ、中々美人ですね。」

二十八　殺人

田舎道は日の光りの中に牛の糞の臭気を漂わせていた。彼は汗を拭いながら、爪先き上りの道を登って行った。道の両側に熟した麦は香ばしい匂を放っていた。
「殺せ、殺せ。……」
彼はいつか口の中にこう云う言葉を繰り返していた。誰を？——それは彼には明らかだった。彼は如何にも卑屈らしい五分刈の男を思い出していた。
すると黄ばんだ麦の向うに羅馬カトリック教の伽藍が一宇、いつの間にか円屋根を現し出した。……

二十九　形

それは鉄の銚子だった。彼はこの糸目のついた銚子にいつか「形」の美を教えられていた。

三十　雨

　彼は大きいベッドの上に彼女といろいろの話をしていた。寝室の窓の外は雨ふりだった。浜木綿(はまゆう)の花はこの雨の中にいつか腐って行くらしかった。彼女の顔は不相変月の光の中にいるようだった。彼は彼女と話していることは彼には退屈でないこともなかった。彼は腹這(はらば)いになったまま、静かに一本の巻煙草に火をつけ、彼女と一しょに日を暮らすのも七年になっていることを思い出した。
「おれはこの女を愛しているだろうか？」
　彼は彼自身にこう質問した。この答は彼自身を見守りつけた彼自身にも意外だった。
「おれは未(いま)だに愛している。」

三十一　大地震

　それはどこか熱し切った杏(あんず)の匂に近いものだった。彼は焼けあとを歩きながら、かすかにこの匂を感じ、炎天に腐った死骸の匂も存外悪くないと思ったりした。が、死骸の重なり重った池の前に立って見ると、「酸鼻」と云う言葉も感覚的に決して誇張

でないことを発見した。殊に彼を動かしたのは十二三歳の子供の死骸だった。彼はこの死骸を眺め、何か羨ましさに近いものを感じた。「神々に愛せらるるものは夭折す」
――こう云う言葉なども思い出した。彼の姉や異母弟はいずれも家を焼かれていた。しかし彼の姉の夫は偽証罪を犯した為に執行猶予中の体だった。
「誰も彼も死んでしまえば善い。」
彼は焼け跡に佇んだまま、しみじみこう思わずにいられなかった。……

三十二　喧嘩

彼は彼の異母弟と取り組み合いの喧嘩をした。彼の弟は彼の為に圧迫を受け易いのに違いなかった。同時に又彼も彼の弟の為に自由を失っているのに違いなかった。彼の親戚は彼の弟に「彼を見慣え」と言いつづけていた。彼等は取り組み合ったまま、とうとう縁先へ転げて行った。縁先の庭には百日紅が一本。――彼は未だに覚えている。――雨を持った空の下に赤光りに花を盛り上げていた。

三十三　英雄

彼はヴォルテエルの家の窓からいつか高い山を見上げていた。氷河の懸った山の上には禿鷹の影さえ見えなかった。が、背の低い露西亜人が一人、執拗に山道を登りつづけていた。
ヴォルテエルの家も夜になった後、彼は明るいランプの下にこう云う傾向詩を書いたりした。あの山道を登って行った、露西亜人の姿を思い出しながら。……

　――誰よりも十戒を破った君だ。
　誰よりも十戒を守った君は
　誰よりも民衆を軽蔑した君だ。
　誰よりも民衆を愛した君は
　誰よりも理想に燃え上った君は
　誰よりも現実を知っていた君だ。

君は僕等の東洋が生んだ草花の匂のする電気機関車だ。――

三十四　色彩

三十歳の彼はいつの間か或空き地を愛していた。そこには唯苔の生えた上に煉瓦や瓦の欠片などが幾つも散らかっているだけだった。が、それは彼の目にはセザンヌの風景画と変りはなかった。

彼はふと七八年前の彼の情熱を思い出した。同時に又彼の七八年前には色彩を知らなかったのを発見した。

三十五　道化人形

彼はいつ死んでも悔いないように烈しい生活をするつもりだった。が、不相変養父母や伯母に遠慮勝ちな生活をつづけていた。それは彼の生活に明暗の両面を造り出した。彼は或洋服屋の店に道化人形の立っているのを見、どの位彼も道化人形に近いか

と云うことを考えたりした。が、意識の外の彼自身はと云うにこう云う心もちを或短篇の中に盛りこんでいた。

　　――言わば第二の彼自身は

三十六　倦怠

　彼は或大学生と芒原の中を歩いていた。
「君たちはまだ生活慾を盛んに持っているだろうね？」
「ええ、――だってあなたでも……」
「ところが僕は持っていないんだよ。制作慾だけは持っているけれども。」
　それは彼の真情だった。彼は実際いつの間にか生活に興味を失っていた。
「制作慾もやっぱり生活慾でしょう。」
　彼は何とも答えなかった。芒原はいつか赤い穂の上にはっきりと噴火山を露し出した。彼はこの噴火山に何か羨望に近いものを感じた。しかしそれは彼自身にもなぜと云うことはわからなかった。………

三十七　越し人

彼は彼と才力の上にも格闘出来る女に遭遇した。が、「越し人」等の抒情詩を作り、僅かにこの危機を脱出した。それは何か木の幹に凍った、かがやかしい雪を落すように切ない心もちのするものだった。

風に舞ひたるすげ笠の
何かは道に落ちざらん
わが名はいかで惜しむべき
惜しむは君が名のみとよ。

三十八　復讐

　それは木の芽の中にある或ホテルの露台だった。彼はそこに画を描きながら、一人の少年を遊ばせていた。七年前に絶縁した狂人の娘の一人息子を。
　狂人の娘は巻煙草に火をつけ、彼等の遊ぶのを眺めていた。彼は重苦しい心もちの中に汽車や飛行機を描きつづけた。少年は幸いにも彼の子ではなかった。が、彼を「おじさん」と呼ぶのは彼には何よりも苦しかった。

少年のどこかへ行った後、狂人の娘は巻煙草を吸いながら、媚びるように彼に話しかけた。

「あの子はあなたに似ていやしない？」

「似ていません。第一……」

「だって胎教と云うこともあるでしょう。」

彼は黙って目を反らした。が、彼の心の底にはこう云う彼女を絞め殺したい、残虐な欲望さえない訳ではなかった。

三十九　鏡

彼は或カッフェの隅に彼の友だちと話していた。彼の友だちは焼林檎を食い、この頃の寒さの話などをした。彼はこう云う話の中に急に矛盾を感じ出した。

「君はまだ独身だったね。」

「いや、もう来月結婚する。」

彼は思わず黙ってしまった。カッフェの壁に嵌めこんだ鏡は無数の彼自身を映していた。冷えびえと、何か脅やかすように。……

四十　問答

なぜお前は現代の社会制度を攻撃するか？
資本主義の生んだ悪を見ているから。
悪を？　おれはお前は善悪の差を認めていないと思っていた。ではお前の生活は？
——彼はこう天使と問答した。尤も誰にも恥ずる所のないシルクハットをかぶった天使と。……

四十一　病

彼は不眠症に襲われ出した。のみならず体力も衰えはじめた。何人かの医者は彼の病にそれぞれ二三の診断を下した。——胃酸過多、胃アトニイ、乾性肋膜炎、神経衰弱、蔓性結膜炎、脳疲労、……
しかし彼は彼自身彼の病源を承知していた。それは彼自身を恥じると共に彼等を恐れる心もちだった。彼等を、——彼の軽蔑していた社会を！
或雪雲りに曇った午後、彼は或カッフェの隅に火のついた葉巻を啣えたまま、向う

の蓄音機から流れて来る音楽に耳を傾けていた。それは彼の心もちに妙にしみ渡る音楽だった。彼はその音楽の了るのを待ち、蓄音機の前へ歩み寄ってレコオドの貼り札を検べることにした。

Magic Flute—Mozart

彼は咄嗟に了解した。十戒を破ったモッツアルトはやはり苦しんだのに違いなかった。しかしもや彼のように、……彼は頭を垂れたまま、静かに彼の卓子(テエブル)へ帰って行った。

四十二　神々の笑い声

三十五歳の彼は春の日の当った松林の中を歩いていた。二三年前に彼自身の書いた「神々は不幸にも我々のように自殺出来ない」と云う言葉を思い出しながら。……

四十三　夜

夜はもう一度迫り出した。荒れ模様の海は薄明りの中に絶えず水沫(しぶき)を打ち上げていた。彼はこう云う空の下に彼の妻と二度目の結婚をした。それは彼等には歓びだった。

が、同時に又苦しみだった。三人の子は彼等と一しょに沖の稲妻を眺めていた。彼の妻は一人の子を抱き、涙をこらえているらしかった。
「あすこに船が一つ見えるね？」
「ええ。」
「檣(ほばしら)の二つに折れた船が。」

　　四十四　死

　彼はひとり寝ているのを幸い、窓格子に帯をかけて縊死(いし)しようとした。が、帯に頸(くび)を入れて見ると、俄かに死を恐れ出した。それは何も死ぬ刹那(せつな)の苦しみの為に恐れたのではなかった。彼は二度目には懐中時計を持ち、試みに縊死を計ることにした。すると一寸苦しかった後、何もかもぼんやりなりはじめた。そこを一度通り越しさえすれば、死にはいってしまうのに違いなかった。彼は時計の針を検(しら)べ、彼の苦しみを感じたのは一分二十何秒かだったのを発見した。窓格子の外はまっ暗だった。しかしその暗(やみ)の中に荒あらしい鶏(とり)の声もしていた。

四十五　Divan

Divanはもう一度彼の心に新しい力を与えようとした。それは彼の知らずにいた「東洋的なゲエテ」だった。彼はあらゆる善悪の彼岸に悠々と立っているゲエテを見、絶望に近い羨ましさを感じた。詩人ゲエテは彼の目には詩人クリストよりも偉大だった。この詩人の心の中にはアクロポリスやゴルゴタの外にアラビアの薔薇さえ花をひらいていた。若しこの詩人の足あとを辿る多少の力を持っていたらば、——彼はディヴァンを読み了り、恐しい感動の静まった後、しみじみ生活的宦官に生まれた彼自身を軽蔑せずにはいられなかった。

四十六　謊

彼の姉の夫の自殺は俄かに彼を打ちのめした。彼は今度は姉の一家の面倒も見なければならなかった。彼の将来は少くとも彼には日の暮のように薄暗かった。彼は彼の精神的破産に冷笑に近いものを感じながら、（彼の悪徳や弱点は一つ残らず彼にはわかっていた）不相変いろいろの本を読みつづけた。しかしルッソオの懺悔録さえ英雄

的な謔に充ち満ちていた。殊に「新生」に至っては、——彼は「新生」の主人公ほど老獪な偽善者に出会ったことはなかった。が、フランソア・ヴィヨンだけは彼の心にしみ透った。彼は何篇かの詩の中に「美しい牡」を発見した。絞罪を待っているヴィヨンの姿は彼の夢の中にも現れたりした。彼は何度もヴィヨンのように人生のどん底に落ちようとした。が、彼の境遇や肉体的エネルギイはこういうことを許す訳はなかった。彼はだんだん衰えて行った。丁度昔スウィフトの見た、木末から枯れて来る立ち木のように。……

四十七　火あそび

彼女はかがやかしい顔をしていた。それは丁度朝日の光の薄氷にさしているようだった。彼は彼女に好意を持っていた。しかし恋愛は感じていなかった。のみならず彼女の体には指一つ触れずにいたのだった。

「死にたがっていらっしゃるのですってね。」

「ええ。——いえ、死にたがっているよりも生きることに飽きているのです。」

彼等はこう云う問答から一しょに死ぬことを約束した。

「プラトニック・スウイサイドですね。」

「ダブル・プラトニック・スウイサイド。」

彼は彼自身の落ち着いているのを不思議に思わずにはいられなかった。

四十八　死

彼は彼女とは死ななかった。唯未だに彼女の体に指一つ触っていないことは彼には何か満足だった。彼女は何事もなかったように時々彼と話したりした。のみならず彼に彼女の持っていた青酸加里を一罎渡し、「これさえあればお互に力強いでしょう」とも言ったりした。

それは実際彼の心を丈夫にしたのに違いなかった。彼はひとり籐椅子に坐り、椎の若葉を眺めながら、度々死の彼に与える平和を考えずにはいられなかった。

四十九　剝製の白鳥

彼は最後の力を尽し、彼の自叙伝を書いて見ようとした。が、それは彼自身には存外容易に出来なかった。それは彼の自尊心や懐疑主義や利害の打算の未だに残っている為だった。彼はこう云う彼自身を軽蔑せずにはいられなかった。しかし又一面には

「誰でも一皮剝いて見れば同じことだ」とも思わずにはいられなかった。「詩と真実と」と云う本の名前は彼にはあらゆる自叙伝の名前のようにも考えられ勝ちだった。のみならず文芸上の作品は必しも誰も動かされないのは彼にははっきりわかっていた。彼の作品の訴えるものは彼に近い生涯を送った彼に近い人々の外にある筈はない。——こう云う気も彼には働いていた。彼はそのために手短かに彼の「詩と真実と」を書いて見ることにした。

彼は「或阿呆の一生」を書き上げた後、偶然或古道具屋の店に剝製の白鳥のあるのを見つけた。それは頸を挙げて立っていたものの、黄ばんだ羽根さえ虫に食われていた。彼は彼の一生を思い、涙や冷笑のこみ上げるのを感じた。彼の前にあるものは唯発狂か自殺かだけだった。彼は日の暮の往来をたった一人歩きながら、徐ろに彼を滅しに来る運命を待つことに決心した。

五十　俘

彼の友だちの一人は発狂した。彼はこの友だちにいつも或親しみを感じていた。それは彼にはこの友だちの孤独の、——軽快な仮面の下にある孤独の人一倍身にしみてわかる為だった。彼はこの友だちの発狂した後、二三度この友だちを訪問した。

「君や僕は悪鬼につかれているんだね。世紀末の悪鬼と云うやつにねえ。」
　この友だちは声をひそめながら、こんなことを彼に話したりした。が、それから二三日後には或温泉宿へ出かける途中、薔薇の花さえ食っていたということだった。彼はこの友だちの入院した後、いつか彼のこの友だちに贈ったテラコッタの半身像を思い出した。それはこの友だちの愛した「検察官」の作者の半身像だった。彼はゴオゴリも狂死したのを思い、何か彼等を支配している力を感じずにはいられなかった。
　彼はすっかり疲れ切った揚句、ふとラディゲの臨終の言葉を読み、もう一度神々の笑い声を感じた。それは「神の兵卒たちは己をつかまえに来る」という言葉だった。彼は彼の迷信や彼の感傷主義と闘おうとした。しかしどう云う闘いも肉体的に彼には不可能だった。「世紀末の悪鬼」は実際彼を虐んでいるのに違いなかった。彼は神を力にした中世紀の人々に羨しさを感じた。しかし神を信ずることは――神の愛を信ずることは到底彼には出来なかった。あのコクトオさえ信じた神を！

五十一　敗北

　彼はペンを執る手も震え出した。のみならず涎さえ流れ出した。彼の頭は〇・八のヴェロナアルを用いて覚めた後の外は一度もはっきりしたことはなかった。しかもは

っきりしているのはやっと半時間か一時間だった。彼は唯薄暗い中にその日暮らしの生活をしていた。言わば刃のこぼれてしまった、細い剣(つるぎ)を杖にしながら。

解説　芥川龍之介――人と作品と時代

郷原　宏（文芸評論家）

芥川龍之介の警句集『侏儒の言葉』に、「天才」という一章がある。その第二項に曰く。

1

《天才とは僅かに我我と一歩を隔てたもののことである。同時代は常にこの一歩の千里であることを理解しない。後代は又この千里の一歩であることに盲目である。同時代はその為に天才を殺した。後代は又その為に天才の前に香を焚いている》

芥川にはおそらくその意識はなかっただろうが、今日からみれば、これはほとんど彼自身のことを語っている。大正という同時代は、芥川文学の新しさを理解せず、その才能を見殺しにした。昭和という後代は、芥川の天才を称揚するあまり、彼を神様

に祭り上げた。そして平成の今、われわれは千里の距離を隔てたまま、この作家を忘れ去ろうとしている。最近の芥川賞受賞作家のなかで、芥川龍之介をちゃんと読んだといえる人が、はたして何人いるだろう。まして彼らの読者においておやである。文学の評価はどこまで行っても主観的なものだから、芥川なんか嫌いだという人がいてもかまわない。芥川よりも葛西善蔵や小林多喜二のほうが好きだという人もいるだろう。かくいう私も、昔は芥川の衒学趣味が好きになれなかった。だが、これだけははっきりといっておかなければならない。芥川龍之介は日本現代文学の最初の一歩を踏み出した偉大な作家である。だから、芥川を読まずに日本の文学は語れない。いや、語ってはならないのだ——と。

2

芥川龍之介は明治二十五年（一八九二）三月一日、東京市京橋区入船町（現在の中央区築地付近）で、父新原敏三、母ふくの長男として生まれた。この日は辰年辰月辰日で、しかも辰の刻（午前八時前後）に生まれたところから、龍之介と名づけられた。父は山口県人で、当時としては珍しい牛乳屋を営み、新宿と築地に牧場を持っていた。龍之介の生後七ヶ月目に母が発狂した。そのため彼は本所区（現在の墨田区）小泉町

の母の実家、芥川家に引き取られ、独身の伯母に育てられた。そして十年後に実母が精神病院で亡くなると、正式に芥川家の養子となった。この「狂人の子」という自覚は、生涯にわたって彼を苦しめた。

芥川家は代々お数寄屋坊主として徳川幕府に仕えた由緒ある家柄だったが、当時はすでに没落し、養父は東京府の土木課に勤務していた。養母は幕末に通人として聞こえた細木香以の姪にあたる。経済的には恵まれなかったが、家内には江戸の文人趣味があふれ、和漢の書籍がそろっていた。龍之介は幼時からそれらの書籍に親しみ、南画や骨董の類に興味をおぼえ、この世ならぬ怪異の世界に心をときめかせた。こうした養家の気風は、やがて彼の文学の性格を規定することになる。

芥川の性格形成の上でもう一つ見逃せないのは、彼が幼少年期を過ごした本所の風土である。彼は後年しばしば愛惜をこめてこの本所時代を回顧したが、少年龍之介が特に愛したのは、次のような大川（隅田川）の風景だった。

《自分の見、自分の聞くすべてのものは、悉く、大川に対する自分の愛を新にする。丁度、夏川の水から生まれる黒蜻蛉の羽のやうな、をののきやすい少年の心は、其度に新な驚異の眸を見はらずにはゐられないのである。殊に夜網の船の舷に倚つて、音もなく流れる、黒い川を凝視しながら、夜と水の中に漂ふ「死」の呼吸を感じた時、如

何に自分は、たよりのない淋しさに迫られたことであらう》(『大川の水』)

少年時代の龍之介は、このように神経過敏で「をののきやすい心」の持ち主だったが、学業成績は優秀で、江東小学校、府立三中、一高文科、東大英文科を通じて、つねに秀才の名をほしいままにした。文才にも恵まれていたらしく、小学生時代に《落葉焚いて葉守りの神を見し夜かな》という俳句を残している。また本への興味は幼年時代から一貫しており、中学・高校時代には幸田露伴、樋口一葉、徳冨蘆花、夏目漱石、森鷗外、斎藤茂吉、イプセン、アナトール゠フランス、ツルゲーネフなど、内外の文学を手当たり次第に乱読した。また高校から大学にかけては、ストリンドベリ、ボードレール、ワイルドなど、いわゆる世紀末の文学を耽読して決定的な影響を受けた。

鷗外や漱石と同じく、彼もまた和魂洋才の人だったのである。

一高に入学したころは歴史家になるつもりだったが、同期生の久米正雄のすすめで作家を志すようになった。東大在学中の大正三年(一九一四)に久米、菊池寛、山本有三らと第三次「新思潮」を創刊し、同誌に短篇『老年』、戯曲『青年と死』などを発表した。さらに大正五年(一九一六)二月に創刊された第四次「新思潮」に発表した『鼻』が先輩の夏目漱石に激賞され、これが事実上のデビュー作となった。大正五年(一九一六)七月、『ウィリアム・モリス研究』を卒業論文として英文科

を卒業した龍之介は、生活の根拠を求めて横須賀の海軍機関学校の嘱託教官となり、鎌倉に下宿した。そのかたわら、漱石門下随一の俊英という文名を確立する。翌年五月には第一短篇集『羅生門』が阿蘭陀書房から刊行され、二年前に「帝国文学」に発表したときには話題にも上らなかった短篇『羅生門』が一躍脚光を浴びたりもした。

大正七年（一九一八）二月、跡見女学校に在学中の塚本文と結婚し、鎌倉に新居を構えた。この時期の消息は、「保吉もの」と呼ばれる一連の作品に詳しい。そして翌八年春、「大阪毎日新聞」の社友として定収入を保証されると、さっそく教官を辞めて東京に戻り、滝野川区（現在の北区）田端の自宅書斎に「我鬼窟」の額を掲げて文筆専業の生活に踏み切った。この前後数年間は作家として最も脂の乗り切った時期で、矢つぎばやに発表し、『芋粥』『手巾』『忠義』『或日の大石内蔵助』などを『地獄変』『奉教人の死』『枯野抄』などの名作が相次いで世に送り出された。

3　これらの作品は「新思潮」グループとその周辺では高く評価され、芥川は今や押しも押されもしない人気作家と目されていたが、彼を迎える文壇の空気は、必ずしも温かいものではなかった。

当時、すなわち大正中期の文壇では、明治の末に猛威をふるった自然主義の流れを汲む私小説が勢いを増しつつあった。私小説とは、作家が自分の体験や心境を（主として）一人称で表現する日本独自の小説形式である。田山花袋の『蒲団』に始まり葛西善蔵、嘉村礒多に至る作品の系列だといえる。読んだことのある人にはわかるだろう。そこでは「ありのままの自分」を赤裸々に語ったものがすぐれた文学だとされ、虚構性の強いロマネスクな作品は「通俗文学」として斥けられた。スタンダールやバルザックはもとより、トルストイやドストエフスキーさえ低俗と見なされる風潮があった。

こうした異常ともいえる風潮のなかで、芥川は一切の「告白」を拒否し、「人生は一行のボオドレエルにも若かない」と嘯きながら、内外の古典や史料に取材した虚構性の強い歴史物を書きつづけた。それはそのまま当時の私小説的リアリズムに対する明確な批判であり、新しい芸術至上主義の宣言だったといっていい。

ただし、彼の虚構はトルストイやドストエフスキーのような壮大なロマンには向かわず、人生の真実を閃光のように開示してみせる繊細優美な「名人芸」を志向した。それは方法論の問題というよりむしろ、「一行のボオドレエル」に人生を賭けた作家の宿命だったというべきかもしれない。先の『侏儒の言葉』に《最も善い小説家は「世故に通じた詩人」である》という一節があるが、そういう意味では、彼はついに

「善い小説家」にはなれなかったのである。人生の閃光といえば、死後に遺稿として発表された『或阿呆の一生』に、次のような象徴的な一節がある。

《架空線は不相変鋭い火花を放っていた。彼は人生を見渡しても、何も特に欲しいものはなかった。が、この紫色の火花だけは、——凄まじい空中の火花だけは命と取り換えてもつかまえたかった。》

この架空線上の火花こそ、芥川が生涯をかけて追い求めた「一行のボオドレエル」にほかならない。そして彼は何度かそれをつかまえることに成功した。われわれはその決定的瞬間の一つを、江戸の戯作者滝沢馬琴に託して己れを語った『戯作三昧』の一節に見ることができる。

《彼の耳には何時か、蟋蟀の声が聞えなくなった。彼の眼にも、円行灯のかすかな光が、今は少しも苦にならない。筆は自ら勢を生じて、一気に紙の上を辷りはじめる。彼は神人と相撲つようような態度で、殆ど必死に書きつづけた。》

《この時彼の王者のような眼に映っていたものは、利害でもなければ、愛憎でもない。

まして毀誉に煩わされる心などは、とうに眼底を払って消えてしまった。あるのは、唯不可思議な悦びである。或は恍惚たる悲壮の感激である。この感激を知らないものに、どうして戯作三昧の心境が味到されよう。ここにこそ「人生」は、あらゆるその残滓を洗って、まるで新しい鉱石のように、美しく作者の前に、輝いているではないか。……》

これはまさしく芸術至上の世界である。《この感激を知らないものに、どうして戯作三昧の心境が味到されよう。どうして戯作者の厳かな魂が理解されよう》と書いたとき、芥川は明らかに同時代の私小説作家を意識していた。このような戯作三昧の法悦境のなかで芸術的に昇華されたとき、「人生」は初めて「新しい鉱石」の輝きを放つのだ。君たちが描こうとしているのは、文学以前の「残滓」に過ぎないではないか。彼はきっとそういいたかったに違いない。

とはいえ、芥川は決して自分の人生を語らなかったわけではない。《完全に自己を告白することは何人にも出来ることではない。同時に又自己を告白せずには如何なる表現も出来るものではない》（『侏儒の言葉』）と自ら認めているように、彼もまた折にふれて、直接間接に自己を告白した。『大導寺信輔の半生』の信輔や「保吉もの」の保吉はもとより、『羅生門』の下人も『鼻』の禅智内供も、ある意味ではみんな彼

の分身だったといっていい。ただし、そこで彼の人生は知性という名のフィルターによって濾過され、「残滓」を取り除いたそのエキスだけが、緻密に構成された物語のなかに、見えないテーマとして埋め込まれたのである。芥川龍之介を読むということは、実はその隠されたテーマを見つけ出すことだといっても過言ではない。

こうした芥川の小説作法が最もよく生かされているのは、私見によれば大正七年(一九一八)九月、「三田文学」に発表された『奉教人の死』である。

長崎の「さんた・るちや」という教会に「ろおれんぞ」という少年がいた。顔かたちが美しく信心堅固なところから、天童の生まれ変わりだという人もいた。ある信者の娘が彼に想いを寄せ、やがて子を身ごもった。娘との仲を疑われた彼は一言の弁明もせずに教会を追われた。大火の夜、彼は娘の産んだ子を救おうとして火の中に飛び込み、炎に焼かれて死んだ。そのときになって初めて、人々は彼が女であることを知った──という悲しくも美しい物語である。

ここでは、ろおれんぞの素性や背景はすべて「残滓」として捨てられ、殉教に至る道筋だけが一直線に描かれている。いいかえれば、ろおれんぞは殉教するためだけに生きた人間として描かれている。しかも驚くべきことに、芥川は主人公の殉教を荘厳するために、長崎耶蘇会出版の「れげんだ・おうれあ」という架空の史料まで創り出している。人生の「残滓」を描くことこそ文学だと信じて疑わなかった同時代の私小

4

文学という架空線上の火花をつかまえるために、芥川はこのように題材と表現にさまざまな工夫を凝らした。初期から中期にかけての歴史小説に限ってみても、『羅生門』『鼻』『芋粥』『藪の中』とつづく王朝物、『奉教人の死』『きりしとほろ上人伝』『報恩記』『糸女覚え書』とつづく切支丹物、『或日の大石内蔵助』『戯作三昧』『枯野抄』とつづく江戸物、『舞踏会』『お富の貞操』『雛』とつづく開化物などのヴァリエイションがある。このほかに『秋』『庭』『一塊の土』など現代物があり、『蜜柑』『トロッコ』などの少年物、『杜子春』『蜘蛛の糸』など童話の傑作もある。そしてその一作ごとに、それぞれの時代とテーマにふさわしい様式が与えられ、書簡体、独白体、考証体、記録体など二十種に近い文体の趣向が凝らされている。それはまさに架空線上の綱渡りにも比すべき離れ業だといっていい。

芥川のこうした小説作法について、菊池寛は「人生を銀のピンセットで弄んでいる」といい、堀辰雄は「彼はついに彼固有の傑作をもたなかった。――彼のいかな

説作家が芥川を理解しなかったのは、むしろ当然のことというべきだろう。

傑作の中にも、前世紀の傑作の影が落ちている」と評した。それは確かにそのとおりだが、そこにこそ天才の天才たる所以があったといえなくもない。定家も芭蕉も近松も鷗外も、日本文学の巨人たちは例外なく本歌取りの天才だったのである。

芥川のこうした綱渡りのような執筆活動は、彼の健康を蝕まずにはおかなかった。大正十一年（一九二二）の秋ごろから、神経衰弱、胃痙攣、腸カタル、心悸昂進といった症状が現れ、その文学にも暗い影が射し始める。昭和に入ると、この体調不良にプロレタリア文学の台頭に伴う時代思潮の変化や発狂への不安が重なって、彼は次第に追いつめられていく。そして昭和二年（一九二七）七月二十四日未明、彼はついに致死量の睡眠薬を飲んで自ら三十五歳五ヶ月の短い生涯を閉じたのである。

遺書としてのこされた「或旧友へ送る手記」には、「将来に対するぼんやりとした不安」という言葉が記されていた。その死は一作家の自死にとどまらず、大正から昭和へと移る激動の時代の不安や危機感を象徴する事件として、当時の知識層に大きな衝撃と影響を与えた。

日本の現代文学は、その日から始まった。芥川龍之介の時代は、まだ終わっていない。

本書は、二〇〇七年二月に小社より刊行した『別冊宝島一三八五号 作家たちが読んだ芥川龍之介』を、二〇〇九年四月に文庫化した宝島社文庫『作家たちが読んだ芥川龍之介』を改訂し、改題したものです。

| 宝島社文庫 |

読んでおきたいベスト集！ 芥川龍之介
(よんでおきたいべすとしゅう！ あくたがわりゅうのすけ)

| 2011年7月21日 | 第1刷発行 |
| 2023年2月20日 | 第3刷発行 |

編 者	別冊宝島編集部
発行人	蓮見清一
発行所	株式会社 宝島社
	〒102-8388 東京都千代田区一番町25番地
	電話：営業 03 (3234) 4621／編集 03 (3239) 0646
	https://tkj.jp
印刷・製本	株式会社 広済堂ネクスト

本書の無断転載・複製を禁じます。
乱丁・落丁本はお取り替えいたします。
©TAKARAJIMASHA 2011 Printed in Japan
First published 2007 by Takarajimasha, Inc.
ISBN 978-4-7966-8515-3

宝島社文庫　好評既刊

読んでおきたいベスト集！ 宮沢賢治

別冊宝島編集部 編

日本文学の系譜のなかで、まったく独自の位置を占める作家・宮沢賢治。その作品のほとんどが童話でありながら、宗教的色彩を帯びる名作から破天荒な「おはなし」まで、大人の読書人を愉しませる多彩な作品が残っている。賢治の物語と詩のほか、吉本隆明による『銀河鉄道の夜』評も収録。

定価 755円(税込)